영원의 밤

춤을 추다가 죽게 되리라

춤을 추다가 죽게 되리라

영원의 밤

이소민 장편소설

2막

일러두기

* 이 작품에 등장하는 외래어의 표기는 현행 한글어문규정의 외래어표기법을 따르되, 일부 용어는 실제 사용되는 관례를 받아들여 표기하였습니다.

PROLOGUE : GISELLE

서울은 여전히 밝은 회색의 도시였다. 불빛으로 검은 어둠을 환하게 밝히고 있었지만 낮도 밤도 아닌 것 같은 묘한 풍경을 자아내고 있었다. 택시 안에서 창밖으로 보이는 높은 건물들과 네온사인들이 반가운 나머지 은호는 조금 들떠 있었다.

런던에서 지낸 시간은 이 년이 채 되지 않았는데도 지난 삼십 년을 마주했던 서울의 현란한 풍경이 무슨 영문인지 더 낯설게 느껴졌다. 이 지독하게 익숙하면서도 새로운 풍경에 몸을 던져 환호하며 즐기고 싶었지만 지금은 그럴 때가 아니었다. 그런 작은 즐거움 때문에 힘들게 얻은 특파원 자리에서 잘릴 위험까지 무릅쓰며 긴 휴가를 써서 돌아온 것은 아니었다.

은지는 은호에게 세상에 남은 유일한 가족이다. 부모님이 차 사고로 돌아가셨을 때 은호는 중학생, 은지는 초등학생이었다.

은지가 발레리나가 되는 것은 은지의 꿈이자 부모님의 꿈이었고, 은호는 어려운 상황에서도 그것만은 이뤄야겠다고 생각하며 공부를 하면서도 아르바이트를 해 생계를 이어갔다. 은호가 버티다 못해 쓰러졌을 때, 문득문득 부모님의 정이 그리울 때, 은지가 장학금을 받아 예고에 가게 되었을 때, 은지가 학교 축제에서 열리는 1막짜리 공연에서 주역을 맡게 되었을 때, 부상으로 인해 그 역을 하지 못하게 되었을 때, 거듭되는 부상으로 재활 훈련도 더는 소용이 없어 발레를 그만둬야만 했을 때, 은호가 좁은 시험 문을 통과해 기자가 되어 입사했을 때, 은지가 예신예술고등학교 선생으로 부임해 아이들에게 발레를 가르치게 되었을 때……. 서울의 풍경 위로 두 남매가 서로 부둥켜안고 울고 웃었던 기억들이 주마등처럼 지나가기 시작했다. 두 사람은 서로를 의지하며 쉽지 않았던 삶을 악착같이 버텨왔다. 그야말로 둘도 없는 소중한 동생이었다.

택시는 병원 앞에 멈춰 섰다. 요금을 지불한 은호는 택시에서 내려 병원 건물을 가만히 보다가 착잡해졌다. 도대체 무슨 일이 있었기에 안정을 위해 입원까지 해야 했을까.

병원에 들어서서 계단을 오르던 은호는 문득 은지가 몇 달 전인가 전화로 이야기했던 일을 떠올렸다. 올봄에 친하게 지내던 선생이 죽었다며 은호에게 전화하여 펑펑 울었던 적이 있었다. 계단에서 굴러떨어져서 죽었다고 했다. 그리고 컴퓨터에 남겨놓은 유서에는 이상한 말이 씌어 있었다고 했다.

은호는 은지에게 물었다. 유서가 있다고? 사고사한 사람이 유서를 써놨다고?

그러자 은지는 말했다. 귀신이 그랬을 수도 있고…….

말도 안 되는 이야기였다. 은호는 유서 내용이 뭐였냐고 물었다. 그러자 한층 더 이상한 대답이 돌아왔다.

죽을 때까지 춤을 추어라. 영원의 밤을 걸어야 할 것이다.

유서도 다잉 메시지도 아닌 것 같은 묘한 문구였다. 오히려 누군가를 저주하는 뉘앙스를 풍기고 있는 것으로 보아 제삼자가 남겨놓은 메시지 같은 느낌을 주었다.

경찰은 뭐래? 경찰 쪽에서도 사고사로 결론지었다고 했다.

이상한데. 그렇게 이야기하자 은지는 이상할 것이 없다 말했다. 콩쿠르 시즌이 다가와서 아이들 작품 짜주느라고 며칠 내내 잠도 못 자고 커피를 들이부어가며 겨우 버티고 있다가 정신 놓고 깜빡하면서 발을 잘못 디뎌 굴러떨어진 것 같다고 은지는 말했다. 하필 토슈즈를 신고 있어서 균형을 잡기 힘들었나 봐, 세상 사는 게 다 지겹다고 말한 적이 있는데 유서는 그때 써놓은 게 아닐까, 하고 말했다. 그 말을 들은 은호도 납득하고 은지를 위로했다. 은지가 콩쿠르 시즌에 감기에 걸렸는데도 쉬지도 못하고 정신력으로 겨우 버텨가며 작품을 짜는 것을 몇 번 보았기에 있을 수 없는 일이라고는 생각하지 않았다.

그런데 거기서 끝나지 않았다. 이번엔 은지가 비슷한 사고로 죽을 뻔한 것이다.

다행히 심각한 부상을 입지는 않았다. 어떻게 된 경위인지는 자세히 모르지만 심적으로 상당히 충격을 받은 것 같았다. 은지는 은호에게 전화를 걸어놓고도 무슨 일이 있었는지 제대로 설명하지 못하고 횡설수설했고 보다 못해 옆에 있던 간호사가 대신 은호에게 설명을 해줘야 했다. 학교에서 부정맥 증상을 보여서 병원에 실려 왔는데 불안 증세 때문에 입원했지만 심각하지는 않다는 내용이었다. 하지만 은지는 그 뒤로도 계속 횡설수설하면서 맥락 없는 말들을 중얼거렸기에, 은호는 은지가 심각한 상태 같다고 판단해 많은 것을 뒤로하고 한국으로 돌아왔다.

은지는 연신 소리쳐댔다.

"지젤! 지젤이 나타난 거야. 알겠어? 나를 죽이러 올 거야. 죽이려고 했어! 다시 올 거야……."

지젤.

은지는 언젠가 한 번은 꼭 무대 위에서 지젤을 연기해보고 싶다며 작품의 내용을 몇 번이고 은호에게 들려주곤 했다. 그렇게 동경하는 역이라 그랬는지 예술고등학교 입시 시험도 콩쿠르에서도 지젤 베리에이션을 주로 연습했고, 예술고등학교에서 열리는 무용 축제인 예무제에서 그 역을 자신이 꼭 맡아야 한다며 악착같이 잠까지 줄여가며 오디션 연습을 했다. 그렇게 애써서 따낸 지젤 역을 부상으로 할 수 없게 되었지만. 고질적인 부상으로 결국은 완전히 발레를 그만둬야 하는 상황이 되자 낙담하여 발레 근처에도 가고 싶지 않아 했던 그 시절에도, 〈지젤〉이 올라간다고 하면 꼭 가서 보고 오던 은지였다. 그래서 은호도 줄거리 정도는 기억하고 있었다.

작은 마을에 사는 지젤에게 사랑이 찾아온다. 알브레히트라는 청년은 지젤에게 반해 사랑 맹세까지 했지만 사실은 자신이 귀족 신분에 약혼자가 있는 몸이라는 것을 숨기고 있다. 지젤이 거부하는데도 불구하고 지젤을 짝사랑하여 쫓아다니던 힐라리온이라는 청년이 그것을 눈치채고 때를 기다린다. 춤을 사랑하는 지젤은 축제에서 춤을 추고 싶어 하지만 그녀의 홀어머니는 심장이 약한 지젤을 걱정하며 말린다. 사랑에 배신을 당해 결혼하지 못하고 죽은 처녀는 악귀가 되어 남자들을 홀려 춤을 추다 죽게 만든다는 전설이 마을에 전해지고 있었기 때문이다. 불행하게도 어머니의 걱정대로, 힐라리온이 마을 축제에서 알브레히트의 진짜 정체를 밝히는 바람에 그의 약혼녀를 눈으로 직접 확인한 지젤은 배신감에 미쳐버린다. 지젤의 약한 심장이 충격을 견디지 못하고 지젤은 숨을 거둔다. 죽은 후 혼으로 깨어난 지젤은 악귀들의 무리에 합류하고, 귀신들은 여느 때처럼 숲을 찾아온 힐라리온을 죽이고 알브레히트까지도 죽이려고 한다. 하지만 놀랍게도 지젤은 악귀들 사이에서 혼자 필사적으로 알브레히트를 보호한다. 해가 떠오르고, 귀신들과 지젤은 사라진다. 지젤의 헌신적이고 아름다운 사랑으로 알브레히트가 살아남는다. 대략 이런 내용이었다.

은지는 이번에 자기 제자들이 〈지젤〉 공연을 하게 되었다고, 졸업도 하기 전에 제대로 전막 공연을 올릴 수 있다니 부럽다고, 그래도 그걸 지도할 수 있게 되었으니 열심히 해보겠다고 이야기했다.

하지만 지금은 학생 지도는커녕 병원 1인실에서 조용히 누워 회복해야 하는 처지가 되었다. 그나마 폐쇄 병동에 들어가야 할 지경까지는 아니라는 것이 얼마나 다행인가 싶었다. 그렇게라도 긍정적으로 생각해야 했다.

은호는 조심스럽게 문을 열고 안으로 들어갔다. 문을 등지고 서 있는 은지의 뒷모습이 보였다.

"은지야, 나 왔어."

평소 같으면 그 말에 밝게 웃으며 달려와 팔짱을 끼며 조잘조잘 은호의 안부를 물었을 은지가 멍하니 창밖만 내다보고 있었다. 은호는 은지를 따라 창밖을 내다봤지만 아무것도 없었다. 혹시나 사고로 귀가 들리지 않게 된 건 아닌가 싶어 마음이 덜컥 내려앉았지만 진정하려 애쓰며 생각해보니 그 사건 이후 전화 통화까지 했으니 그럴 확률은 적었다.

"뭐 해?"

은호가 어깨를 톡톡 건드리자 은지는 화들짝 놀라며 뒤를 돌아봤다.

"오빠? 언제 왔어?"

"지금."

"고마워, 고마워."

은지는 은호를 와락 끌어안으며 말했다. 은호는 은지의 등을 토닥여줬다.

"은지야, 그런데 이 와중에도 너 통이 크구나?"

"왜?"

"1인실을 도대체 며칠 동안 쓰는 거야? 이번에 아주 호강하고 가겠네?"

은호가 넉살스럽게 얘기하자 그제야 은지의 얼굴에 옅은 미소가 떠올랐다.

"우리 학생 중에 하나가 이 병원 원장 딸이래. 그래서 입원비는 안 받고 치료비만 받을 테니까 편하게 있으라고……."

"입원비는 오빠가 낼게. 편하게 있어."

"아마 안 받을 거야."

"방금 전에 한 말 농담이었던 거 알지? 우리 은지가 쉰다는데 당연히 오빠가 내야지."

"알아. 근데 안 받을 거 같아. 내가 낸다고 수납까지 하려고 했는데 하지 말래."

아마도 입시가 걸려 있어서 절박한 학생이 때마침 은지에게 어필할 기회를 잘 잡은 모양이었다. 후에 은지가 신경 써주느라 골머리를 앓을 수도 있겠다는 생각이 들긴 했지만 지금 당장은 은지의 안정이 우선이었기에 별말 얹지 않기로 했다. 그런 사소한 실랑이에 에너지를 소모할 때는 아니었다.

"참 감사한 일이네."

"응."

은지는 긴장이 조금 풀린 듯 은호를 바라보았다. 은호는 야위어 볼이 쏙 들어간 은지의 모습에 마음이 아팠다.

"기분은 좀 어때? 의사 선생님은 뭐라셔?"

"괜찮대. 이상 없대."

"다행이다. 그럼 이제 오빠 왔으니까 같이 퇴원하면 되겠네?"

은지는 고개를 가로저었다.

"왜?"

"여기 있는 게 나을 것 같아. 도와줄 사람도 많고……. 응, 여기에 있고 싶어."

은호는 고개를 갸우뚱했다. 부모님을 사고로 잃은 트라우마 때문인지 은지는 병원이라는 소리만 들어도 울적해하곤 했다. 부상 때문에 왔다 갔다 하기 시작할 때는 병원 소독약 냄새만 맡아도 구역질이 날 것 같다고 호소하곤 했다. 그런데 병원에 있고 싶다고?

"도와줄 사람이 많다니? 이상 없다며?"

"응, 이상은 없어."

은호는 은지가 도대체 무슨 말을 하고 있는지 몰라 답답하기만 했다.

"은지야, 도대체 그날 무슨 일이 있었던 거야?"

은지는 대답 없이 눈만 깜빡였다.

"말을 해봐. 뭐 때문에 그렇게 힘들어하는 거야? 단순히 무리해서가 아니야, 무슨 일이 있었어. 그렇지?"

은지는 살짝 고개를 끄덕였다.

"누가 널 놀라게 했어?"

"응……."

"혹시 널 위협했어?"

"나타났어……. 내 심장을 잡았어!"

은지는 갑자기 소리를 쳤다. 은호도 덩달아 소리를 높였다.

"누가?"

그러자 은지는 입술을 꾹 깨물다가 겨우 말을 내뱉었다.

"지젤."

은호는 이해가 되지 않아 미간을 잔뜩 찌푸렸다.

"지젤이 나타나서, 알잖아, 튤립 같은 긴 로맨틱 튜튜 입고, 머리 풀어 헤치고……. 날 죽인댔어. 죽이고 싶댔어……."

은지는 급기야 흐느끼기 시작했다.

"구회영 선생 일이 아직도 견디기 힘드니까, 그래서 그런 걸 봤다고 생각하는 것뿐이야."

은호는 부드럽게 은지를 타일러보았지만 은지는 고개를 거칠게 좌우로 흔들었다.

"아니야. 거기에, 거기에 있었어, 지젤이……. 나한테 다가왔어. 차가운, 추웠어. 공기가, 막 숨을 쉬니까…… 팔이 너무, 너무 하얘서…… 근데 움직일 수가 없었어. 계속 오더니 손을 뻗어. 내, 내 심장을 잡고……."

은지는 중간중간 말을 멈춰가며 더듬더듬 얘기하다가 마지막 대목에 가서는 몸을 부르르 떨었다. 은지는 힘없이 〈둥글게 둥글게〉 동요를 부를 때 하는 율동처럼 양손을 빙글빙글 돌리며 점점 머리 위로 팔을 올렸다. 그러더니 갑자기 놀란 듯 양손을 재빨리 밑으로 내렸다. 마치 병실 안에 차가운 공기가 들이닥치기라도 한 듯 숨을 몰아쉬며, 아무것도 보이지 않는 허공 이쪽 저쪽에 시선을 주더니 벌벌 떨었다.

"은지야, 진정해."

은호는 처음 보는 은지의 모습에 당황했으나 태연한 척하며 은지의 양손을 잡고 진정시켜보려고 애를 썼다. 그러나 은지는 나아지기는커녕 점점 더 심하게 몸을 떨었다.

"은지야, 오빠야. 제발 정신 차려봐. 여긴 너랑 나 말고는 아무도, 아무것도 없어."

'오빠'라는 말이 들렸는지, 은지가 은호의 눈을 바라보고 서서히 진정되어갔다.

"그래, 잘했어. 나만 봐. 지금 이 주위엔 아무것도 없고, 있다고 해도 내가 지켜줄 수 있으니까 괜찮잖아. 그렇지?"

은지는 천천히 고개를 가로저었다.

"오빠…… 윌리들이 나타난 거야."

윌리? 은호는 외국 사람 이름인가 생각했지만 그다음 순간 떠오르는 것이 있었다. 그것 또한 〈지젤〉에 나오는 역할 중 하나였다. 하지만 윌리는 등장인물의 이름이 아니다. 한을 품고 죽은 미혼의 귀신들, 2막의 '귀신'들을 가리키는 말이다. 한마디로 처녀 귀신이네, 은지가 윌리에 대해서 설명해줄 때 은호는 그렇게 답했었다.

이렇게 쇠약해져 현실감각도 잃은 상태에서도 발레 얘기라니. 얼마나 몰두하고 있었으면, 얼마나 충격을 받았으면 상상 속의 인물이 현실에 등장했다고 착각까지 하게 된 건지. 어쩌다 이렇게 분간이 안 될 정도로 동요하게 된 건지. 은호는 한 손으로 머리를 짚으며 괴로워했다.

"이제 영원히 밤이 될 거야. 오빠, 이제 밤이 계속될 거야!"

은지는 두 손으로 입을 막으며 눈물까지 흘렸다. 그러면서도 문과 창문을 수시로 쳐다보며 누가 당장 쳐들어오지는 않을지 살피는 눈치였다. 은호는 그런 은지의 모습이 안쓰러운 나머지

화까지 치밀었다.

"너랑 나랑 같이 비싼 돈 주고 러시아에서 온 발레단이 하는 〈지젤〉 본 적 있잖아, 그게 내가 준 네 열다섯 번째 생일 선물이었잖아, 기억하지? 결말도 기억나. 은지, 너도 잘 알지? 다시 아침이 찾아왔고, 윌리들도 사라졌어. 그 밤은 끝날 거야."

"아니야, 아니야. 오빠. 그렇지 않아. 영원히, 영원히 춤을 춰야 해……."

은호는 은지를 안고 어깨를 토닥거려봤지만 은지는 계속 몸을 떨어댔다.

은호도 몸을 떨었다. 분노 때문이었다. 별일도 아닌 일로 갑자기 은지가 이렇게 미친 사람처럼 굴 리가 없다는 생각이 들었다. 오빠로서의 생각이기도 했지만, 기자로서의 감이기도 했다. 분명히 뭔가 심상치 않은 일이 은지 앞을 가로막았고 은지의 정신을 좀먹으려 하고 있었다.

은호는 학교에 직접 찾아가기로 마음을 먹었다. 과연 학생들의 도를 넘은 장난인지 선생들의 유치한 정치질인지 알아봐야만 직성이 풀릴 것 같았다. 영원히 어둠 속으로 묻혀 밝혀낼 수 없는 일이 되기 전에, 밝혀내야 했다.

1
막

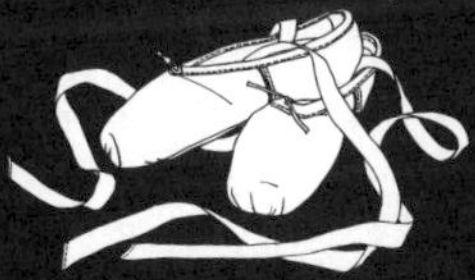

밤마다 우리는 장례식을 치른다.
그 장례식은 우리 스스로의 죽음,
그리고 비슷하게 죽어 윌리가 된
서로를 위한 애도의 시간이다.
하지만 한편으로 축제이기도 하다.

1

기자라는 타이틀이 학교로 들어가는 문을 쉽게 열어주었지만 학교 측의 호의적인 태도까지는 기대하지 않았다. 그런 사건들도 있었던 만큼 경계가 심하지 않을까 생각했다. 하지만 교감선생은 활짝 웃으며, 교감실에 들어선 은호를 호의적인 태도로 맞이했다. 아마도 은호가 전화로 둘러댄 말이 생각 이상으로 마음에 들었던 모양이다.

물론 감언이설을 보태긴 했다. 학생들의 열정 어린 모습을 취재하고 싶다, 비록 동생이 지금 심적으로 힘들어 휴직을 하고 있지만 병실에서 앉아서도 발레 얘기를 할 정도다, 다른 선생님들도 열의 있게 교육하고 있다는 내용을 포함해 예술고등학교 내부의 치열한 장면들을 일반 대중에게 소개해보는 코너를 연재 형식으로 실어보려고 한다, 학교 홍보에도 도움이 될 것 같다,

더불어 흉흉한 일들로 인해 심란한 학부모님들을 안심시킬 수도 있을지 모른다, 그런 내용이었다.

"그럼 우리 아이들 만나러 한번 가보실까요? 선생님들 통해서 얘기는 잘 전해놨으니까."

교감은 이런저런 영양가 없는 얘기를 몇 마디 늘어놓더니 바로 학생들이 연습하는 곳으로 안내해주겠다며 자리에서 일어났다. 어지간히 성미 급한 사람이라는 인상을 받았다. 불만은 없었다. 미끼를 의심도 없이 덥석 물어주니 고마울 뿐이었다.

"발레반은 총 몇 반이죠?"

"무용과는,"

교감은 마치 은호의 말을 정정하듯이 강조해서 말했다.

"한 개 학급이고 한 반에 한국무용, 현대무용 그리고 발레 전공하는 아이들이 섞여 있죠."

"학급이 한 개밖에 없군요. 의외네요."

"각 전공이 해에 따라 다르지만 열다섯 명 내외고, 발레 전공은 스무 명 정도로 조금 더 많죠. 세 학년을 모두 합치면 적은 숫자는 아니죠."

"그건 그렇겠군요."

"무용과 모두가 다 열심히 하고 뛰어난 학생들인데……. 하지만 우리 조 기자님께서는 발레 파트에만 관심이 있으신 거죠?"

마치 벌써 친한 사이라도 된 것처럼 교감은 '우리'라는 호칭을 붙여 말했다. 은호는 거북했지만 애써 입꼬리를 들어 올려 보였다.

"제가 예술 분야에는 영 흥미도 재능도 없는데 발레는 익숙해서 그런지 조금 더 편하게 느껴지네요. 은지가 발레하는 것도 여러 번 보기도 했고."

"아, 조 선생."

갑자기 목이 막힌 듯한 목소리로 교감이 말했다.

"조 선생, 아주 좋은 지도자죠. 건강 상태가 그렇게 악화된 건…… 유감입니다."

"괜찮습니다. 치료 잘 받고 호전되고 있으니까요."

은호와 교감은 한동안 말없이 복도를 걸었다. 교감은 어색한 침묵을 깨려는 듯 먼저 입을 열었다.

"그 외에는 연기과, 음악과, 미술과가 있어요. 거기서 또 세부 전공이 나눠지고요. 혹시 이번 연재가 잘되고 반응이 괜찮다면 다른 전공에도 흥미를 가져주시면 기쁠 것 같네요."

"그렇게까지 기대해주시니 조금 부담스럽네요."

"아이 참, 부담은 무슨."

교감은 마치 애니메이션에 나오는 캐릭터처럼 과장되게 친절한 톤으로 호호 웃었다.

"요즘은 연기과가 인기가 많나요?"

"그렇죠, 아무래도. 미디어가 강세니까. 그래도 발레 하면 예신예술학교라고 다들 그렇게 얘기하죠."

겉도는 듯한 대화에 답답함을 느낀 은호는 슬슬 발레 전공에 대해 파악해보기로 마음을 먹었다.

"이번에 가을 축제 기념 정기 공연을 하게 되었다고 들었어요. 이례적으로 크게 하신다고."

"네, 이번엔 학생들의 요청도 있고, 또 학생들을 위해 후원하겠다는 분도 계셔서 정말 공연다운 공연을 갖춰서 올릴 수 있게 되었답니다. 그것도 전막을요. 미술 전공 아이들과 기악 전공 아이들에게도 좋은 기회가 생기게 되어서 개인적으로 아주 기쁩니다."

"그렇군요……. 작품으로는 〈지젤〉을 한다고 들었습니다."

"네. 〈지젤〉에 대해선 잘 아시나요?"

"잘은 아니고 대충요. 은지가 고등학교 때 지젤 역할을 했으니까, 아니, 할 뻔한 거죠. 다치는 바람에 공연까지는 못 했으니까……."

"그래도 내용은 아시겠네요."

"잘은 몰라도 발레 작품 중에 제일 섬뜩한 내용이라는 건 알죠. 으스스하고."

"그렇지만 동시에 모든 발레리나의 꿈이라고 해도 과언이 아닌 작품이니까요."

"지젤 역할의 오디션도 상당히 치열했겠네요."

"그랬죠. 저희도 상당히 고민을 많이 했답니다. 워낙 우수한 학생이 많아서."

"그렇다면 지젤 역을 하는 친구는 상당한 유망주겠군요."

교감은 미소를 지으며 고개를 끄덕였다. 그러나 은호는 그 미소가 어딘가 떨떠름하다고 생각했다.

"꼭 그런 것만은 아니라는 표정이시네요."

"아이, 모른 척 좀 해주시지."

교감은 곤란하다는 표정을 지었지만 이내 털어놓았다.

"사실은 월등하게 더 뛰어난 친구가 있는데 그 친구는 꼭 다른 역을 하고 싶다고 해서요."

"지젤을 두고요? 발레리나들의 꿈의 역할, 아닌가요?"

"네, 맞아요. 그래서 모두가 의아해했죠. 설득해보려고도 했지만 통하지 않았어요. 뭐, 따지고 보면 그 역도 나쁜 역은 아니죠. 주역은 아니지만 찬사를 받을 만큼 제대로 해내기 쉬운 역은 결코 아니니까요."

"그래서 그 친구는 무슨 역을 하기로 했나요?"

"윌리들의 여왕요."

윌리들에게 여왕이 있었나. 원한에 가득 찬 처녀 귀신이 질서 있게 단체 생활을 한다고? 그게 가능한 일일까 하고 은호가 의아하게 생각할 때쯤 교감이 큰 미닫이문 앞에 섰다. 교감은 은호를 보며 고개를 끄덕이더니, 그 문을 열었다.

문틈으로 들어온 햇살이 눈이 따가울 정도로 밝아서 은호는 잠시 눈을 꾹 감았다가 떠야만 했다. 새하얀 도화지에 그림이 그려지는 것처럼 점차 실루엣들이 명확해지고, 색이 입혀졌다. 한 학생을 중심으로 원을 그리며 앉아 있는 이십여 명의 학생들이 보였다. 하얀색, 하늘색, 검정색 레오타드 위에 하얀 로맨틱 튜튜를 입은 학생들은 한 사람을 중심으로 원을 그리며 앉아 있다. 큰 창문들에서 들어오는 햇살이 그들의 머리칼과 솜털 위로 쏟아지고 있었다. 중간에 서 있는 학생의 하얀 피부는 마치 스스로 광채를 내고 있는 것 같은 착각을 일으켰다. 또렷한 눈매와 오똑한 코 때문인지 아니면 표정 때문인지 지극히 도도한 인상을 주는 아이였다.

벽 쪽에도 다른 학생들이 주르륵 앉아 있는 것이 보였다. 학생들의 시선은 예상치 못한 방문객인 은호를 향했다. 어리둥절한 시선을 던지고 있는 학생들만큼 은호도 익숙하지 않은 세계에 내던져진 양 어리둥절하여 잠시 그 풍경을 가만히 바라보고 있었다. 그러자 교감이 주목하라는 듯 박수를 짝짝 치고는 입을 열었다.

"내가 일전에 말했죠? 우리 학교를 취재해주실 조은호 기자님이세요."

대연습실 안에 있던 모든 학생이 동시에 은호에게 시선을 집중했다.

"안녕하세요, 조은호 기자입니다. 들었겠지만 예비 프리마들의 생활을 엿보는 연재를 하려고 해요. 그러니까 다들 편하게 하던 대로 저 없다고 생각하고 연습하면 돼요. 그래도 정 불편하다면…… 사실 제가 조은지 선생 오빠거든요. 선생님 오빠가 학교에 놀러 왔구나 정도로 편하게 생각하면 됩니다."

은호가 은지의 오빠라는 것을 밝히는 순간, 아이들은 제각각 다른 반응을 보였다. 긴장을 풀고 반가워하는 표정을 짓는가 하면 적대적인 표정으로 돌변하는 아이도 있었다. 그런 반응에 다소 놀라기는 했지만 그보다 더 은호의 시선을 끄는 인물들이 있었다. 앉아 있던 아이 중 하나가 가운데에 서 있던 아이에게 눈짓을 했다. 그 둘은 은호의 말이 끝나자마자 왁자지껄하게 떠드는 다른 아이들과는 달리 대화를 나누지는 않았지만, 그 대신 은호 쪽을 힐끔 바라보며 묘하게 눈빛을 주고받았다. 은호는 최대한 여유로운 태도로 웃어 보이면서도 그 미세한 눈빛들을 놓치지 않았다.

"자, 류 선생, 어디 연습하고 있었죠?"

"윌리 군무 부분요. 자, 다시 집중하고 시작해보자."

류 선생이라는 사람이 말하자 학생들은 다시 가운데에 서 있는 아이를 향해 몸을 틀었다. 곧 음악이 흘러나왔다. 멜로디 라인을 목관악기가 이끌고 있는 차분한 곡조의 음악이었다. 가운데에 있던 아이가 여왕이라는 것에는 의심의 여지가 없었다. 단번에 알 수 있었다. 별로 큰 동작 없이 가만히 서서 팔 동작만 하고 있을 뿐인데도 다른 아이들에게는 없는 카리스마 같은 것이 보였다. 윌리를 맡은 학생들은 여왕에게 마치 경배드리듯이 몸을 굽혔다가 꽃이 피어나듯이 팔을 길게 쭉 뻗는 자세를 반복했다. 그러더니 흩어져서 제각기 자리를 잡고, 두 사람씩 짝지어서 춤을 췄다. 모두가 털실처럼 가볍게 춤을 추는 까닭에, 은호는 토슈즈가 바닥에 부딪히는 소리가 나지 않았다면 정말 몸무게가 없는 귀신이 춤을 추는 것처럼 느껴질 것 같다는 생각을 했다.

"아직 연습 단계인데도 아름답죠? 이 뒤에 이어지는 장면이 바로 그 유명한 장면이에요. 발레 블랑의 대표적인, 아주 대표적인 장면이죠."

어느새 옆으로 바짝 붙어선 교감이 은호에게 속삭였다. 그때 류 선생이 아이들의 동작을 끊기 위해 박수를 치자 곧 음악이 끊어졌다.

"아주 좋은데? 대열 위치 약간씩 안 맞는 건 다시 맞춰 와야 해. 시아 동작도 많이 좋아졌네. 라연이가 봐줬니?"

"네."

류 선생의 말이 끝나자 은호가 연습실에 들어왔을 때 가운데에 서 있던 여자아이가 차분하게 대답했다.

"라연이 네가 나보다 낫다. 이 씬scene은 이대로 연습해주세요.

내일 한 번 더 보고 뒤로 넘어갈게."

벽에 앉아 있던 아이 하나가 일어나 윌리들이 있는 곳까지 걸어 들어왔다. 은호는 라연이 그 아이를 싸늘한 눈빛으로 쳐다보고 있는 것을 발견했다.

"다음, 패전트 가볼까?"

류 선생의 말에 앉아 있던 아이들이 우르르 일어나 연습실 중앙으로 향하고, 동시에 윌리들은 벽 쪽으로 들어가 앉았다. 이번에는 활기찬 음악이 울려 퍼졌다. 다들 표정 연기까지 해가며 열심이었지만 호흡이 제각각이었다. 음악이 끝났지만 류 선생은 좀 전같이 말끔한 표정을 짓지 못했다. 류 선생은 한숨을 쉬고 일어나더니 아이들 쪽으로 걸어가서 한 명씩 자세를 고쳐주기 시작했다.

그때, 여왕이 자리에서 일어나더니 어떤 아이의 옆으로 걸어갔다. 아까 제일 먼저 일어나 중앙으로 들어왔던 패전트였다.

"너, 왜 씬 다 안 끝났는데 들어오는 거야?"

"아……. 전 끝난 줄 알고……."

"기본 아니야? 선생님이 다시 우리 씬 하라고 할 수도 있는 건데 왜 멋대로 판단하고 멋대로 행동해?"

윌리들의 여왕은 감정이 실리지 않은 어조로 차갑게 내뱉었다. 패전트 아이들은 긴장한 표정으로 여왕이 있는 쪽을 슬쩍슬쩍 돌아보기 시작했다. 여전히 류 선생은 아이들의 동작을 한 명씩 봐주고 있었다. 선생님 앞에서 그런 행동을 하는 것이 거슬릴 수 있는데도 류 선생은 힐끔 보더니 별 신경을 쓰지 않고 다시 고개를 돌려 하던 일을 계속했다. 불쾌한 기색도 보이지 않았다. 은호는 나만 불편한가 하고 속으로 생각했다. 한술 더 떠서 여왕은 이번에는 패전트들을 바라보고 말했다.

"차례 아닌데 막 들어오는 거 아니야. 특히나 윌리들 있을 때는 아무도 들어오지 마. 그 말은? 나중에 공연 올라갈 때도 2막 때는 포켓•에도 서 있지 말라는 뜻이야. 알겠어?"

패전트들은 조심스레 고개를 끄덕였다. 기가 죽어 보이기까지 했다. 하지만 그것만으로는 모자랐는지 여왕은 덧붙였다.

"윌리는 활기찬 패전트들이랑은 달라. 너네랑 있으면 집중이 안 된다고. 들어와서 분위기 깨는 사람 있기라도 해봐. 어떻게 될지는 잘 알겠지?"

패전트들은 고개를 끄덕이면서 여왕의 눈치를 봤다. 여왕은 패전트들을 훑어보더니 자리로 돌아가 벽에 기대고 앉았다. 잠시 조용히 여왕을 주목하고 있던 윌리들은 다시 다리를 찢으며 스트레칭을 하거나 모여서 속삭이기 시작했다. 별일 아니라는 듯한 윌리들의 태도는 바짝 주눅이 든 패전트들의 그것과는 너무 달랐다. 이상한 것은 그것이 다가 아니었다. 아까까지만 해도

• 무대 양옆, 관객에게는 보이지 않는 준비 공간.

조그만 일에도 첨언하던 교감이, 그 모든 장면을 보고 있으면서 아무 지적도 하지 않는다는 점이었다.

은호는 교감에게 물었다.

"아직도 선배들이 군기 잡는 분위기인가요? 예전하고는 많이 달라진 줄 알았는데. 아주 강한 어조로 이야기하네요."

"보통은 그렇지 않지만 라연이는 월등하게 뛰어나서요. 영리하고 전체적으로 보는 눈도 뛰어나서 저희가 의지하는 면이 있죠."

교감은 최대한 논란을 피하고 싶은 말투로 온화하게 말했지만, 은호에게는 꼭 무언가를 감추는 듯한 말투처럼 여겨질 뿐이었다.

"그래도 어떻게 될지 알겠느냐는 말은 좀 협박처럼 들려서 무섭네요."

"작품에 대한 열의 때문에 저렇게 얘기하는 것뿐이에요. 절대로 학생들에게 폭력이나 압력을 행사하는 아이는 아니랍니다. 그랬다면 저희 교사들 쪽에서 먼저 제지했을 거예요. 한 장면만 보고 오해하지 말아주세요."

은호는 본능적으로 알았다. 라연이라는 아이는 실력뿐만 아니라 집안 배경 역시도 다른 아이들보다 '월등한' 조건을 가진 아이일 것이다, 그 추측이 가장 그럴듯했다. 그렇지 않다면 멀어서 당사자에게는 들리지도 않을 텐데 교감씩이나 되는 사람이 눈치를 보며 감싸주는 이야기를 할 필요가 없었다. 라연을 둘러싼 아이들의 반응 또한 그 추측에 힘을 실어주고 있었다. 뭐라고 한마디로 단정 지을 수는 없지만 태도에서 구도가 확연하게 드러나고 있었다.

“패전트들이 윌리도 하는 경우가 더 많지 않나요?”

“발레단에선 그럴지 몰라도 학교는 인원수가 많으니까요. 골고루 다 출연시키려면 나눠서 한 역할만 맡게 하는 수밖에 없죠.”

“여기 대부분은 발레단에 가게 되는 거 아닌가요? 그럼 여러 배역을 맡아야 할 일도 생길 텐데 저렇게까지 말할 필요는 없을 것 같다는 생각이 드네요.”

교감은 곤란한 표정을 지으며 또다시 감싸듯 말했다.

“사실 라연이 말이 맞기는 하죠. 현실적인 여건들 때문에 이뤄질 수 없다는 게 문제지만, 저렇게 하는 게 맞겠죠. 원론적으로는요.”

도대체 어떤 원론을 토대로 한 이야기인지 물어보려다가, 은호는 자신이 위장 취재를 하고 있는 처지임을 깨닫고는 입을 다물었다. 지금 사소하게 신경에 거슬리는 포인트들을 캐내보려는 것은 원래의 목적을 잊는 것이라는 사실을 곱씹은 은호는 슬슬 다음 질문으로 넘어가기로 했다.

“그런데…… 그 사건 말입니다.”

교감은 급작스러운 질문에 놀란 듯 입을 꾹 다물고 눈을 크게 떴다.

"용의자도 아직인가요?"

교감은 굳은 표정을 하고는 힘겹게 한쪽 입꼬리를 올리며 은호의 말에 답했다.

"용의자는…… 사건이라고 보기 어려워서 아직 못 찾았다고 하는 것보다 원래부터 없었다고 하는 게 맞겠죠."

어쩌면. 어쩌면 그런 일에 불과할지도 모르지만 분명 석연치 않은 구석이 있었다. 그 선생의 죽음과 은지가 죽을 뻔한 사건은 연관이 없으려야 없을 수 없었다.

"물론 은지 선생이 연관되어 있어서 그렇게 생각하실 수 있어요. 이해는 합니다. 하지만 제가 볼 때는…… 선생들의 신경이 예민해져 있어서 그런 일이 발생할 수 있다고 생각해요. 아시잖아요, 학교 끝나고 난 뒤에도 학생들 실력이 부족하면 레슨 잡아서 가르쳐야 하고, 학부모들도 상대해야 하는데 그 학부모님들이 보통은 아니시죠, 예체능계라. 신경 쓸 일이 아주 많은 복잡한 일이다 보니까 압박감을 느낄 수 있다는 걸……."

이렇게까지 부인하는데 더 캐내려고 하는 것은 소용도 없는 미련한 짓이었다. 교감에게서는 솔직한 말을 들을 수 없다는 최종 판단을 내린 은호는 고개를 끄덕여 보였다.

"그렇죠. 아무래도 제가 과민 반응하는 거겠죠?"

"네."

"하긴, 정말 사건성이 있었으면 경찰이 그렇게 결론 내릴 것 같지도 않고, 무엇보다 학생들도 안심하고 이렇게 연습할 수는 없을 것 같네요."

교감은 약삭빠른 사람이었다. 만난 지 얼마 되지도 않은 사람에 대해 그렇게 판단 내린 것이 내심 미안하긴 했지만 은호는 사건들의 진상을 알아내는 것에 걸림돌이 될 요소를 제거하기 위해 '당신의 말이 맞다'는 거짓말로 쐐기를 박아줄 필요가 있다고 생각했다.

"예술 하는 학교다 보니 기가 강해서 그런지 귀신이 그랬다는 이야기도 파다하고……. 신경 쓰지 않으셔도 되세요."

"네. 엉뚱한 것 생각하지 말고 멋진 학생들에게나 집중해야겠네요."

교감은 안심했다는 듯 흡족한 미소를 지었다. 그때 교감의 주머니에 있던 스마트폰이 요란하게 진동하는 소리가 들렸다.

"필요하신 게 있으시다면 언제든 말씀해주세요. 류 선생 통해서도 좋고, 절 직접 찾아오셔도 됩니다. 연락처는 아시죠?"

교감은 자기 할 말만 하고는 흠뻑 미소를 지어 보이더니 전화를 받으며 문을 열고 나갔다. 인터뷰 진행에 대해서 부연 설명을 하려던 은호는 당황스러워져 잠시 가만히 서 있었다.

초반 삼십 분 정도는 아이들이 연습하는 광경을 보는 것도 재미있었지만 그 이후에는 전부 비슷해 보이고 뭐가 뭔지 몰라 점차 지루하게 느껴졌다. 다행히도 입이 찢어져라 하품을 하기 직전에 쉬는 시간 종이 울렸다. 류 선생은 은호보다도 지친 얼굴로 의자에 앉았다. 은호는 혹시나 아이들에게 질문할 순서를 빼앗길세라 재빠르게 류 선생에게 다가갔다.

"숨 쉴 틈도 없이 질문드려서 죄송한데, 인터뷰는 어떻게 진행하면 좋을까 해서요. 쉬는 시간이나 수업이 다 끝나고 진행하려고 하는데……."

"학교가 끝난다고 다 끝나는 게 아니라서……."

류 선생이 말했다.

"학원을 가나요?"

"다음 콩쿠르까지 아직 시간은 있지만 준비를 하기 위해서 학원에 가는 아이들도 있고 학교에서 보는 걸로는 부족해서 따로 레슨을 받는 아이들도 있죠. 필라테스로 몸 상태를 체크하는 아이들도 있고 부상 때문에 재활 치료나 마사지를 받는 애들도 꽤 있고요. 그래서 아이들 스케줄에 맞춰주셔야 해요."

"학교가 끝난다고 하루가 끝나는 게 아니라 시작되는 거네요."

"그렇다고도 볼 수 있죠."

류 선생은 옆에 놓인 파일을 뒤적거리더니 종이 한 장을 꺼내 은호에게 건넸다.

"윌리들 인터뷰할 때는 이 순서로 부르시면 된다고 하더라고요. 패전트나 다른 아이들은 개인적으로 일정을 물어보셔야 해요. 저한테 말씀해주시면 조정을 해볼게요."

은호는 종이에 적힌 내용을 들여다보았다. 아이들의 학년, 이름과 함께 알파벳이 적혀 있었다.

"제가 언제부터 인터뷰를 할지, 점심시간이 될지 방과후가 될지 모르는데도 이 순서로 괜찮은 건가요?"

"이 아이들은 괜찮아요. 예무제 때까지는 라연이에게 스케줄을 맞추고 있다고 하더라구요."

"라연이라면, 아까 그 윌리 여왕 말이죠?"

"네. 알파벳 순서에 따라서 라연이가 개인 혹은 그룹으로 봐주고 그 외의 아이들은 그 스케줄에 따라서 나머지 일과를 잡는다고 하더라구요. 솔직히 라연이도 학생이라 이렇게 하는 것이 바람직한 일인가 싶지만……. 애들이 늘어서 오는 게 확 보여서 미안하게도 거기에 조금 의지하고 있어요."

"그렇군요. 라연 학생이 이 작품에 애정이 남다른가 봐요."

애정이 남다른 것인지 다른 어떤 이유가 있는 것인지 들여다보고 싶다는 생각이 은호를 강렬하게 덮쳤다.

"좋아요. 그럼 열정을 듬뿍 쏟고 있는 윌리들을 중심으로 인터뷰를 하면서 다른 학생들을 간간이 부르는 게 좋겠네요. 오늘 수업 끝나고 A부터 한다고만 전해주세요. 그다음 일정은 인터뷰하는 학생들을 통해서 전달할게요."

"네."

윌리들의 여왕은 분명 일련의 사건들과 관련이 있어. 은호는 그런 생각으로 눈을 빛내며 라연을 보았다. 라연은 은호와 눈이 마주쳤지만 잠시 쳐다보고는 이내 무시하려는 듯 시선을 다른 쪽으로 돌렸다.

너는 나름대로의 플랜을 짰겠지만 그게 네 숨통을 조이게 될 거야. 은호는 은밀하게 승리의 미소를 지었다.

명단에는 이상한 점이 있었다. A부터 Z까지 순서대로 적힌 명단은 알파벳 수대로 총 스물여섯 명이어야 했는데, 스물네 명이었다. 차근차근 들여다보니 F와 G가 비어 있었다. 누락인가? 아까 윌리가 몇 명이었지? 하지만 애초에 세어보지도 않았는데 다 합쳐 몇 명이었는지 떠오를 리가 없었다.

A와의 인터뷰는 류 선생의 권유에 따라 임시로 교직원 휴게실에서 진행하기로 했다. A의 이름 옆에는 2학년이라고 적혀 있

었다. 명단은 학년 순서대로 나열된 것도 아니었다. 도대체 무슨 기준인 거지. 은호가 궁금해하며 명단을 들여다보고 있을 때 A가 들어와 은호 앞에 앉았다.

"네가 A야?"

"네. 안녕하세요."

은호가 장난스럽게 물었지만 A는 진지하게 인사를 건넸다. 무언가에 약간 겁을 먹은 표정처럼 보이기도 했다.

"시간 내줘서 고마워. 긴 시간 뺏지는 않을게."

"네."

A는 은호의 눈을 똑바로 보지 않고 휴게실 구석을 가만히 쳐다봤다.

"개인적인 사항에 대해서 질문하기 전에, 월리들에게 굳이 알파벳을 붙인 이유가 있을까?"

"우리는 수가 너무 많아서 연습하다 보면 가끔 헷갈릴 때가 있어요. 여러 학년이 섞여 있다 보니까 이름이 같은 경우도 있으니 더욱 그렇죠. 또 연습하다가 지적할 때 일일이 이름 부르는 게 너무 길어서 성가실 때가 있어요. 그래서 우리는 연습할 때만큼은 서로를 알파벳으로 불러요."

"그렇구나. 물어볼 게 또 하나 있는데."

은호는 월리들의 명단들을 내밀며 손가락으로 중간을 톡톡 가리켰다.

"왜 F랑 G는 없는 거야?"

"총 스물네 명이라서요?"

"명단이 누락된 건 아니라는 얘기지?"

"그럴걸요."

"그럼 보통 끝을 비우지 않나?"

"글쎄요……. 언니들한테 물어보세요."

A는 대답을 피하려는 건지 집중을 못 하는 건지 자꾸만 허공을 바라보면서도 말을 이어갔다. 은호에게는 그것이 마치 누군가의 눈치를 보고 있는 행동처럼 보였다.

"어딜 자꾸 보는 건지 물어봐도 될까? 뭘 그렇게 힐끔힐끔 보는지 궁금해서."

A는 은호를 보더니 눈을 깜빡인 후에 말했다.

"알려드릴까요?"

"응. 궁금하네."

"알려드린다고 제 말을 믿어주실지 모르겠는데요."

"그건 얘기를 들어봐야 아는 거지."

A는 어깨를 으쓱하며 말했다.

"알려드려도 보이지 않을 거고, 보이지 않으면 믿지 않으실 거니까요."

"뭐야. 귀신이라도 보는 거야?"

"네."

A는 진지하게 대답했다. 그러고는 다시 시선을 허공으로 돌렸다.

"우리 학교 교복을 입고 있어요. 여자 귀신이고요. 제 주위에 왔다가 쳐다보기만 하고 갔어요."

"연습을 열심히 해서 몸이 허약해진 건 아니고?"

"허약해지면 더 자주 보죠. 지금 제가 이상하다고 생각하실 수도 있는데 정신은 멀쩡해요."

"피곤하거나 하면 가위에 눌릴 수도 있고……."

A는 한숨을 쉬었다.

"봐요, 안 믿잖아요."

"안 믿는 게 아니라 혹시나 해서 그런 거야. 나도 귀신이 있다고 생각해. 그러니까 가끔 은지랑 신점도 보러 가고 그랬지."

A는 여전히 미심쩍은 얼굴로 은호를 바라봤다.

"저랑 저희 언니 둘 다 똑같이 귀신 봐요. 그래서 어렸을 때는 가끔 이상한 소리 해서 엄마를 놀라게 할 때도 있었구요. 안 보이는 엄마 입장에서는 얼마나 놀랐겠어요?"

"그렇겠네."

"오히려 학교 애들이 덜 놀랐죠. 여기는 보는 애들이 좀 있더라구요."

"그래?"

"네. 중학교 때는 제가 귀신 보는 거 알았을 때 애들이 피하고 그랬는데 여기서는 무서워하면서도 그러려니 하더라구요. 자기도 본다고 하는 애들도 있고. 그래서 편해요."

왜일까. 예체능에 재주가 있는 아이들에게 흐르는 어떤 유전적 요소인 걸까 아니면 최고가 되어야 한다는 집념과 압박감이 만들어낸 허상이 형상화한 것일까 하고 은호는 고민했다.

그럼 은지가 봤다는 귀신들은, 학교에 찾아왔다는 윌리들의 정체는, 대체 무엇이었을까? 잠시 생각에 빠졌던 은호는 대화를 이어가기 위해 다시 입을 열었다.

"믿을게."

의외라는 듯 A의 눈이 휘둥그레졌다.

"진짜요?"

"진짜. 궁금한 것도 있고. 이건 너의 말을 믿지 않으면 할 수 없는 질문이야."

"뭔데요?"

얘기를 털어놓고도 경계심을 지우지 않았던 A의 표정이 한결 편해진 것처럼 보였기에 은호는 내심 안도했다.

"너, 구회영 선생님의 귀신을 본 적이 있니?"

A는 빠르게 눈을 굴려 주위를 한번 둘러보더니, 조심스럽게 고개를 끄덕였다.

"그건 알지? 구회영 선생님이 죽었을 때 남겨져 있던 메모 말이야."

"아, 선생님 유서요?"

"유서라고 생각하는구나? 어째서 그렇게 생각하지?"

"어째서라니요?"

은호는 내심 뿌듯해하며 사춘기 소녀의 호기심 어린 마음에 감사했다.

"난 그게 유서라고는 생각하진 않는데."

"그래요? 도대체 왜요?"

"죽을 때까지 춤을 추어라, 라니. 유서치고는 너무 뜬금없는 말 같아서. 그렇다고 저주라고 하기에는 너무 시답지 않은 저주라서 말이야."

"흐응……."

A는 은호의 말에 동의하지 못하겠다는 듯 입을 삐죽였다.

"왜? 맞잖아. 〈지젤〉에 나오는 이야기 아니야?"

"맞아요. 아시네요?"

"응. 은지가 얘기해주더라고."

일순 은호의 머릿속에 그 말을 내뱉으며 오들오들 떨던 은지의 모습이 떠올랐지만 그 모습에 집중하지 않으려 노력하며 다시 질문을 내뱉었다.

"애초에 춤을 추면서 죽으라니 너무 낭만적이잖아? 그런 게 저주가 될 수 있나?"

A는 이번에는 피식 웃었다.

"아저씨, 은지 쌤 토슈즈 신는 거 본 적 있어요?"

"신은 건 본 적 있지."

"아니요, 어떻게 신는 건지요. 아니면 벗은 다음에 은지 쌤 발 본 적 있어요?"

은호는 가만히 생각해보았다. 뼈가 튀어나온 곳마다 빨갛게 된 은지의 발을 분명 언젠가 본 적이 있었다.

"응. 아프겠던데?"

"어떻게 아플 것 같아요?"

얼마나 아플까 안쓰러워는 해봤지만 솔직히 어떤 식으로 아플지 구체적으로 생각해본 적은 없었다.

"토슈즈를 신으면 까치발 선 것처럼 발가락이 바닥에 닿아 있는 걸 상상하는 사람들이 있던데, 그게 아니에요. 말 그대로 발끝으로만 서서 온몸의 무게를 견디며 춤을 춰야 하는 거예요. 그게 얼마나 힘든 건데요. 진짜 사소하게 발톱 조금 잘못 자른 일로도 영향을 받게 되니까. 그날은 발끝에서 불이 나는 거예요. 발끝뿐만이 아니구요, 발 전체를 감싸고 있는 토슈즈 때문에 발은 자유롭지 못하고 엄지랑 새끼발가락 쪽 뼈들은 굳은살이 박일 정도로 눌리고 있어요. 당연히 그걸로 끝이 아니죠. 아슬아슬하게 발끝으로 서서 중심을 똑바로 잡기 위해서 상체 하체 할 것 없이 힘을 잔뜩 주고 있어야 해요. 팔과 다리의 근육은 각자 익숙하지 않은 방향으로 마치 걸레를 쥐어짤 때처럼 뒤틀려요. 그 상태로 계속 춤을 춘다고 생각해보세요.

아니다, 다 필요 없고 그냥 춤을 몇 시간이고 계속 춘다고 생각해보세요. 그것만으로 힘들 것 같지 않아요?"

A의 말을 들은 은호는 가만히 생각해봤다. 좁은 방에서 혼자 낮은 옷장 서랍 끝을 붙잡고 연습하다가 힘들어하는 은지의 모습이 눈앞을 스쳐 지나갔다.

"춤추다가 죽으라니. 그 말이 행복하게만 들리는 사람도 있겠지만 실은 에너지가 전부 빠져나갈 때까지 소모시키라는 거잖아요? 저한테는 근육이 끊어지고 뼈가 갈라지고 심장이 멈춰버릴 때까지 고통받다가 죽으라는 말로 들려요."

"그렇게 들으니까 아주 가혹한 형벌 같네."

"윌리들이 괜히 그런 형벌을 내렸겠어요? 가벼운 형벌, 대수롭지 않은 저주라고 생각하는 건 윌리를 만만하게 알기 때문에 할 수 있는 상상이에요. 원한을 품은 상대한테 낭만적인 벌을 내릴 리가 없잖아요? 그러니까, 저주 맞죠."

"그럼 구회영 선생님이 저주를 내리고 싶어 했던 사람, 혹시 짐작 가니?"

"아니요. 오히려……."

A는 입을 다물었다. 뉘앙스로 보아 다음 말은 굳이 듣지 않아도 알 것 같았기에 은호는 더 묻지 않았다.

"그럼 혹시 다음에 보면 정말 본인이 쓴 유서가 맞는지, 왜 그런 식으로 죽으려고 했는지 물어볼 수 있을까?"

A는 고개를 가로저었다.

"저는 귀신을 볼 수 있다고 했지 귀신하고 말할 수 있다고 한 적은 없는데요."

확실히. A는 그런 말은 한 적이 없다. 볼 수 있으니 당연히 소통할 수 있다고 생각하고 말았다.

"그럼 글씨 같은 걸로도 못 물어봐?"

"하, 어디부터 설명을 해야 하나."

A는 막막한 표정으로 한숨을 쉬었다.

"귀신이 그렇게 영화에서처럼 엄청 뚜렷하게 보이는 게 아니에요, 사람이 아니니까. 무당도 그렇고 말소리가 들리는 사람도 있다고 하는데, 저는 어지간하면 잘 들리지는 않더라구요. 가끔 저한테 말 거는 귀신도 있는데 그냥 웅웅대는 것처럼 들리기는 해요."

"그렇구나."

애초에 귀신과의 만남 같은 것으로 이 일을 해결하리라는 기대는 없었지만 실마리라도 잡고 싶다는 생각에 바보 같은 질문을 던져버렸다. 은호는 하마터면 그 자리에서 자신에게 실소를 터뜨릴 뻔했다. 아무래도 은지의 일이라 이성적이지 않은 방법에까지 매달려보려고 하는 모양이라고 자신을 객관적으로 조금 나무란 후, 다시 A에게 물었다.

"너는 구회영 선생님이 왜 죽었다고 생각해?"

"글쎄요……. 저는 그 선생님에 대해서는 잘 몰라서."

은호에게는 A가 묘하게 자신의 시선을 피하는 것처럼 보였다.

"혹시 그 사건에 대해서 알고 있는 다른 귀신은 있을까?"

"지율이요?"

별안간 A의 표정이 서글프게 변했다.

"지율이? 그게 누군데?"

"작년에 죽은, 저랑 같은 학년 발레 전공요."

"어쩌다가 죽었어?"

"옥상에서 떨어져서요."

자살이구나. 은호는 혀를 차며 안타까워했다. 열정이나 목표가 사람을 죽음으로 몰아갈 수도 있다는 사실이 씁쓸하게 느껴졌다.

"언제쯤 죽었어?"

"가을요. 아, 초겨울인가?"

"몇 월인지 기억 안 나?"

"네…… 하루하루가 다 비슷해서 언젠지……. 이상한 건 아니죠?"

"그럴 수도 있지. 사람이 모든 일을 날짜까지 기억하는 것도 아니고."

은호는 시무룩한 자신과 A 양쪽 모두를 타일러보려고 애썼다.

"혹시 자살 충동에 시달리는 아이들이 주변에도 있니?"

"지율이는 자살한 게 아니에요. 그냥 옥상에서 떨어진 거예요."

은호가 대꾸할 말을 찾고 있는데 A가 먼저 다시 입을 열었다.

"학교에 지독한 원한이 있는 거예요. 그게 아니면 그렇게 서럽게 울 리가 없어요."

A가 손을 들어 올리더니 손가락으로 복도 쪽을 가리켰다.

"지율인 복도를 지나다니면서 서럽게 울어요."

"지율이와 친한 사이였니?"

A는 고개를 저었다.

"엄청 친한 사이는 아니었고, 그냥 같은 반이었어요. 그러니까 충격 때문에 헛걸 보는 건 아니에요."

은호는 친하지 않은 사이라도 충격을 받을 수도, 그래서 그런 걸 본다고 생각하는 걸 수도 있다는 말을 하려다가 그만두고 다른 것을 물었다.

"왜 지율이가 구회영 선생님 사건이랑 관계가 있다는 거야?"

"지율이는 원한이 있을 거 같아서요."

"왜?"

"그렇지 않으면 그렇게 울겠어요?"

별 도움은 되지 않는 대답이었다.

"구회영 선생님이랑 지율이 사이가 나빴니?"

"나쁠 건 없지만 좋을 건 또 없죠. 그 선생님이랑 사이좋은 사람 찾기가 더 힘들걸요?"

아직 첫 번째 인터뷰라 어디까지 믿어야 할지 알 수 없지만, 구회영 선생은 평판이 좋지 않았을 가능성이 높아 보였다.

"교감 선생님한테 들었는데 말이야, 학교에 귀신 소문이 있다고?"

"시시한 소문일 뿐이죠. 그중에 진짜 귀신이 한 게 있기는 하지만, 별건 없어요."

A는 고개를 가로저으며 말했다.

"지율이는 몇 번이나 봤어?"

"자주요. 지율이는 혼자 서서, 아니면 지나다니면서 흐느끼다가 절 발견하고는 스르르 다가와요. 뭐라 뭐라 떠들지만……. 아까 들으셨잖아요. 저는 지율이 말이 들리지 않아요. 근데, 그걸 보고 있으면 너무 마음이 아파요. 찢어지는 것처럼 아파요. 그렇게 친한 사이도 아니었는데……. 이제까지 다른 귀신 봤던 거랑은 좀 달라요. 걔네는 그냥 뭐라 하고 지나가거나, 안 그래도 제가 무시하면 그만이니까. 이렇게 마음 아픈 적은 없었어요."

A는 울먹이며 말했다.

"힘들었겠구나. 친구들과 얘기는 해봤어?"

"네. 근데 제 친구들한테 전해 들었는지 지금 윌리 하는 3학년 언니들이 와서 진짜 귀신 보냐고 물어보더라구요. 그래서 지율이 얘기를 좀 하다가……. 내가 지율이라면 너무 슬프고 억울할 것 같아서 엉엉 울었거든요. 그래서 언니들이 많이 챙겨줬구요. 그러다 보니 조금 나아졌어요. 그래서 지금 윌리 하는 게 그나마 위안이 돼요."

"그런 걸 다 보고 겪으면서 발레하기 힘들지 않아?"

"힘들죠. 가끔 연습하고 있으면 훅 지나갈 때도 있는데, 그때 놀라면 혼나거든요, 집중 못 한다고. 집중 못 하면 다리 삐끗해서 다칠 수도 있으니까. 하지만 지율이 귀신만 아니면 그 정도야 괜찮아요. 그래도 좀 익숙해졌어요."

"그런 장애물을 신경 쓰지 않고 계속 발레를 하기로 마음먹은 것 자체가 대단한 것 같은데, 그 열정의 원천은 어디에 있는 것 같아?"

"춤을 출 때만 느낄 수 있는 것들이 있어서, 그래서 그런 것 같아요. 물론 그걸 위해서 몸을 만드는 거나 훈련을 해야 하는 부분이 힘들긴 하지만 대체할 수 없는 것 같아요, 그 느낌은."

A는 방금 전까지 우울하게 귀신 이야기를 하던 사람이라고 볼 수 없을 정도로 밝은 표정을 하고 있었다. A의 얼굴에 붉은 빛이 감돌았다. 은호는 뒤돌아 창밖을 봤다. 노을이 지기 시작하고 있었다.

"벌써 시간이 이렇게 됐네. 사적인 얘기까지 털어놔줘서 고마워어. B는 내일 쉬는 시간 중에 적당한 때 시작할 거라고 전해줘."

A는 고개를 끄덕이고 자리에서 일어나려고 했다. 은호는 마지막으로 떠오른 질문을 던지고 마무리해야겠다고 생각했다.

"만약에 말이야, 그럴 수 있잖아, 정말 지율이가 억울하게 죽었고 누군가가 그 사연을 알고 있다고 치자고. 그런 사람이 있다면 누굴 것 같아?"

"글쎄요, 정말 몰라서……."

"어디까지나 추측을 말해보라는 거야, 가볍게."

A는 고개를 저었다.

"정말 몰라요. 그런데 방금 그 질문을 듣고 생각해보니까 알아도 가르쳐드렸을 것 같지 않아요."

"어째서?"

"그 사람이 곤란해질 수도 있잖아요. 만약에 복수한 거면……."

A는 은호의 눈치를 보더니 빠르게 덧붙였다.

"복수했다는 건 그냥 제 생각이지만요."

"그 사람이 누군가를 또 해치면 어떡해?"

A는 잠시 고민하다가 말했다.

"놔두는 수밖에요."

"놔둔다고?"

"그래야 복수를 끝마칠 테니까요."

"옳은 방법은 아닌 거 같은데."

"그래도…… 그렇게 해야만 지율이가 슬퍼하는 모습을 더는 보지 않게 될 테니까요."

B

BRACELET

다음 날 은호는 빨간 눈을 하고 대연습실로 들어섰다.

전날 A의 인터뷰가 끝난 후에 은지를 보러 병원에 갔다가 집에 돌아가서는 지율의 사망 기사를 찾아봤다. 학교 이름으로 찾으면 뭐라도 나오겠지 했지만 무리였다. 입시 요강 홍보, 발레 학원들의 입시 성적 홍보와 합격 축하 글, 진로 질문 글, 누구는 지금 남자친구가 있느냐는 이야기부터 재학생의 개인 유튜브 페이지까지 자잘한 것들이 전부 쏟아져 나왔다. 지율의 성이나 죽은 시기를 정확히 모르니 더 난감했다. 제외시킬 만한 키워드를 빼고 찾아봐도 별 도움도 되지 않는 정보만 잔뜩 쏟아졌으며 지역 전체의 학생 사망 기사를 찾아보자니 자살한 학생이 너무 많아 읽어봐야 할 기사가 많다는 씁쓸한 현실 또한 접하게 됐다. 겨우 뭐 하나 찾아냈다 싶으면 구회영의 사망과 관련된, 이미 은호가 알고 있는 정보들이 담긴 기사였다.

동료 기자든 경찰서든 연줄을 통해 뭐라도 알아볼까 했지만 런던에서 들어와 이런 걸 알아보고 있다는 사실을 회사에서 알면 좋을 건 없었다. 게다가 지율의 사건이 실제로 구회영의 죽음 혹은 은지의 사건과 관련이 있다는 확실한 근거 또한 없었다. 아직 인터뷰 첫날이었다. 공연까지는 이 주 넘게 남았으니 그전엔 밝혀낼 수 있을 거라고 자신을 위로하는 수밖에는 달리 방법이 없었다.

류 선생은 이번에는 2학년 수업을 참관하게 해주었다. 아이들에게 말을 걸거나 방해하지 않는다는 조건이었다.

여자아이들은 하늘색, 남자아이들은 남색으로 맞춰 입고 연습실로 들어섰다. 아이들은 구석 의자에 앉아 있는 은호를 보며 왜 여기에 있나 하는 눈치로 의아한 시선을 던지거나 참관하는 게 별로 유쾌하지 않은 듯 서로 눈빛을 주고받았다. 그래도 그중 몇몇 아이는 은호를 알아보고 천진하게 손을 흔들기도 했다.

류 선생이 연습실 안으로 들어서자 아이들은 자연스럽게 바를 옮기고 그 근처로 가서 자리를 잡았다. 음악이 흘러나오자 별 지시 없이도 아이들은 음악에 맞추어 한 손으로 바를 잡고 무릎을 굽히며 플리에• 자세를 취했다. '수업'이라는 말 때문에 일방적으로 뭔가를 배우는 것을 예상한 은호에게는 그 광경이 신선하게만 느껴졌다. 아이들이 동작을 하는 동안 류 선생은 아이들 사이를 지나다니며 손가락으로 어깨를 내리거나 다리를 밀어서 자세를 교정해주었다.

아이들의 머리에 보이지 않는 실이 있어 하늘에서 잡아당기고 있는 건가 하는 생각이 들 정도로 모두가 고개를 꼿꼿하게 세우고 있었다. 커다란 아름드리나무를 안고 있는 듯 허공을 끌어안은 팔들, 바닥에 원을 그렸다가 허공으로 차올리는 다리들을 보면서 은호는 그 동작들과 거기서 받은 인상을 수첩에 적었다. 그리고 멀리서 볼 때는 가늘기만 한 것 같았던 아이들의 팔과 다리에 단단한 근육이 박혀 있는 것을 유심히 보았다. 열심히 본다고 해서 은호가 원하는 내용들을 얻을 수 있는 건 아니었지만 저 쉬워 보이는 동작 하나하나에 얼마나 힘을 들이고 있는 것인지는 깨달을 수 있었다.

류 선생이 신호하자 아이들이 일제히 바를 한쪽으로 옮겨놓았다. 깜빡 졸 뻔한 은호는 그 덕분에 다시 정신을 차릴 수 있었다. 이번에는 류 선생이 먼저 연속 동작 시범을 보이고, 주의할 점을 읊어준 다음에 다시 수업이 시작되었다. 아이들은 차례로

• 발레의 기본 동작 중 하나. 양 발끝을 밖으로 향하게 한 후 무릎을 굽히는 자세.

두셋씩 짝을 지어 연습실을 가로지르며 화려하게 돌고 뛰었다. 이제 조금 보는 재미가 있네, 하던 은호의 눈에 한 아이가 들어왔다. 엉성한 동작으로 돌다가 결국은 중심을 잃어 옆에서 함께 나오던 아이와 가볍게 충돌하고 말았다.

"단비, 턴할 때 서 있는 다리 무너뜨리지 말라고 몇 번 말해!"

류 선생이 다그쳐도 단비라는 아이는 남의 일처럼 후후 웃고는 자리로 들어갔다. 부딪힌 아이에게 미안해하는 눈빛도, 사과의 말도 건네지 않았다. 부딪힌 아이는 왠지 포기한 것 같은 눈빛으로 고개를 절레절레 저었다.

"너, 지젤이 턴 그렇게 돌면 돼? 망신당하고 싶지 않으면 연습 많이 해!"

"알겠어요."

류 선생의 따끔한 말에 자존심이 상할 만도 한데 단비는 아랑곳하지 않고 웃었다. 그렇게 여유로운 태도로 뒷걸음치던 단비는 라연과 부딪힐 뻔했다. 이번에는 잠깐 놀란 표정을 지었지만 역시 사과의 말 없이 후후 겸연쩍게 웃고는 바로 뒤돌아서는 단비였다.

라연은 싸늘한 눈초리로 단비가 구석에 자리 잡을 때까지 지켜보고 있었다. 그러나 어제와는 다르게 아무런 행동을 취하지 않았다. 다행이라고 해야 할지 아니면 그편이 더 뭔가 일을 벌일 것 같아서 불안하다고 해야 할지, 은호는 골똘히 생각하면서 단비를 봤다. 모두들 라연의 눈치를 보고 있는데 단비만은 아무렇지 않게 활개를 치고 다니고 있다는 점에 은호는 흥미를 느꼈다. 눈치가 없는 건지 아니면 일부러 저렇게 행동하는 건지 궁금해졌다. 은호는 B의 인터뷰 전에 단비에 대해서 조금 알아보는 것도 괜찮을 것 같다고 생각했다. 마이 페이스라 다른 아이들보다 조금 더 눈치를 보지 않는 시각에서 이야기해줄 것 같다는 기대가 들었다.

은호는 수업이 끝나고 류 선생을 통해 단비에게 인터뷰를 요청했다. 마침 다음 시간도 류 선생의 클래스인데다가, 패전트 부분을 손봐야 해서 단비는 시간이 좀 남는다고 했다. 단비 역시도 호의적으로 오케이를 외치며 큰 캔에 든 에너지 드링크를 홀짝거리며 은호를 따라 연습실 옆 남자 탈의실로 향했다.

"이름이 단비 맞지?"

"네, 오단비예요."

단비는 활기차게 말했다.

"2학년, 맞지?"

"네, 맞아요."

"갑작스러운 인터뷰에 응해줘서 고마워."

"네. 그래서 이제 무슨 얘기 하면 되는데요?"

"물론 네가 주역을 맡은 〈지젤〉이라는 작품이랑 발레에 관해서 얘기해보려고 하지."

은호가 띄워주는 발언을 하자 단비는 마음껏 뽐낼 기회를 놓치지 않겠다는 듯이 고개를 약간 위로 들었다.

"얼마든지요."

"은지한테 들었어. 지젤은 발레리나들의 꿈이라며? 어렸을 때부터 어찌나 얘기하던지. 근데 그렇게 많이 들었는데도 왜 꿈의 역할인지 난 아직도 잘 몰라. 그리고 그 이유도 사람마다 각각 다를 수도 있고 말이야. 너는 왜 지젤을 꿈꿨니?"

"전 주역이 좋아요. 지젤이든 아니든. 누구나 그런 거 아니겠어요? 물론 아름다운 장면들이 있고 좀더 감정적으로 표현할 수 있는 게 많아서 좋아하는 사람들이 많고 저도 그래서 좋아하긴 하지만, 사실 지젤이 아니라도 주역이기만 하면 괜찮았어요."

생각보다 꿈이 없는 대답에 은호는 약간 실망했다. 매일 꿈을 꾸는 듯 지젤을 찬양하던 은지의 말에 익숙해졌기 때문일까, 그래도 이게 현실이겠지, 하며 납득했다.

"혹시, 지율이라는 애 잘 알았어?"

"아아, 걔요? 걔는 갑자기 왜요?"

단비는 혀를 쯧 하고 찼다.

"별로 괜찮은 앤 아니었어요. 일명 질이 좀 나쁜 애?"

"왜?"

"일탈계 있다는 소문도 있었고."

"일탈계?"

"일탈계 모르세요?"

단비는 은호의 어리둥절한 표정을 보고 재미있다는 듯 코웃음 치더니 주머니에서 스마트폰을 꺼내 열심히 손가락으로 두드리고는 책상 위에 올려 은호 쪽으로 쓱 밀었다.

"이런 걸 일탈계라고 하는 거예요."

은호는 스마트폰을 집어 올렸다가 화면에 뜬 사진들 때문에 미간을 찌푸려야만 했다. 살갗이 노출된 채 가슴이나 엉덩이가 부각되어 있는 사진들이 소셜 미디어의 피드를 장식하고 있었다. 혹은 음란한 말들을 잔뜩 늘어놓은 게시물, 평범한 음식 사진 같아 보이지만 만나서 즐거운 시간 가져보자는 둥 불건전한 목적으로 추정되는 말들이 함께 올라와 있는 게시물 등 모두 성적인 게시물들이었다.

"어째서 지율이가 이런 계정을 가지고 있었다고 생각하는 건데?"

"음. 그냥 보면 알죠."

은호는 새침한 태도로 쉽게 대답해주지 않는 단비를 조금 자극하는 말을 해보기로 했다.

"라이벌 의식 느낀 사람들이 낸 소문 아니야? 살아 있었으면 어쩌면 지젤 역을 맡았을지도 모를 거고. 그랬으면 지금 하고 있는 지젤 역을 따내는 것도 조금 위태로웠을 수도 있겠네."

"근거 있는 의심이라구요."

예상대로 단비가 발끈했다.

"그래요, 걔가 실력은 좀 있었죠. 그러니까 못사는 집안 애가 발레도 하고 그랬던 거겠죠."

단비는 마음에 들지 않는다는 듯 혀를 찼다. 문득 은호는 은지 생각을 했다. 은지도 어려운 처지라 장학생으로 학교를 들어갔다. 은지도 이런 식의 대접을 받으며 학교를 다녔을까, 그동안 자신이 몰랐던 것뿐이었을까 생각하니 가시방석에 앉은 듯 마음이 편치 않았다.

"그런 애가 발레용품은 제일 좋은 브랜드 쓰고, 까르띠에 명품 팔찌 이런 거 차고 다니니까 원교한다 일탈계로 만났다 이런 얘기 도는 거죠. 그건 합리적인 의심 맞잖아요? 그런 거 안 하면 걔가 어디서 그런 돈이 나요?"

"한번 사면 계속 쓰니까 살 때 좋은 거 산 거 아닐까?"

"어떻게 하나를 계속 써요. 레오타드도 몇 개는 있어야 빨아서 갈아입고 연습도 하고 타이즈는 그렇게 자주 아니라도 올 나가면 바꿔야 하는데. 토슈즈도 그래서 보통은 오래가는 걸로 신는데, 아무리 좋아도 콩쿠르 나갈 때도 아닌데 걔는 빨리 무너지는 신발 사서 계속 갈아 신었단 말이에요. 그것만 해도 돈 장난 아니잖아요."

틀린 말이 아니었다. 은호는 고개를 끄덕였다.

"그랬구나. 나도 사실 지율이에 대해서는 얼핏 들은 것뿐이라. 기사를 엮을 때 필요해서 그런데 지율이의 성씨는 뭐야?"

"얘기 못 해드려요."

"왜?"

"죽은 애 이야기를 뭐 하러 해요, 좀…… 꺼림칙하지 않아요? 갑자기 왜 걔에 대해서 묻는 거예요?"

"꺼림칙할 게 뭐 있어. 혹시나 치열한 경쟁에 관련된 얘기일까 해서 물어본 거야. 혹시나 그 에피소드를 다루더라도 이름을 쓸 수는 없잖아?"

은호는 호의적으로 물었으나 단비는 은호를 쳐다보면서 천천히 고개를 흔들었다.

"우리 학교에서 걔 얘기는 금기거든요, 금기."

"금기?"

"네. 아무도 걔 얘기 안 하고 싶어 해요."

방금 전까지 그 얘기를 잘만 하다가 갑자기 태도를 바꾸는 것이 의아했다.

"왜?"

"글쎄요? 제가 추측하는 것까지는 다 말 안 해도 되는 거죠,

이거?"

"그건 그렇지만 알려주면 고마울 것 같은데."

"으음……."

단비는 잠시 고민하더니 어깨를 들썩하며 웃어 보였다.

"아아, 그런데 전 걔 얘기하다가 그게 선생님들 귀에 들어가는 거, 별로 안 원해서요."

은호는 만일 모든 사춘기 학생들이 이런 식이라면 인터뷰 진행이 힘들 수도 있겠다고 생각했다. 차라리 모르는 척하지 아는 척은 다 하더니 중요한 데서 입을 꾹 다물어버리는 단비의 태도가 더없이 얄밉게만 느껴졌다.

"지율이가 죽었을 때도 그렇고 구회영 선생님이 돌아가셨을 때도, 많이 놀랐지?"

"그럼요. 회영 쌤……. 그래두 괜찮은 쌤이었는데……."

"그래?"

"그럭저럭요."

"어떤 면에서?"

'괜찮은 쌤'이라고 말했으면서도 마치 단비는 이유를 찾으려는 듯 눈을 위로 굴리며 한동안 생각하더니 입을 열었다.

"피드백을 확실하게 해준다? 그런 면?"

은호는 슬슬 가짜 질문을 한 번 더 던져줄 때가 됐다고 생각했다.

"그럼 그렇게 정신적으로 어려운 일이 있을 때 어떻게 대처하니?"

"대처라……. 사실 다른 애들은 잘 모르겠고, 전 그냥 잊어버려요."

"낙천적인 성격이구나?"

"그런가? 네! 그런가 봐요."

"그래. 고맙다."

"다 물어본 거예요?"

"응."

사실은 물어보고 싶은 것들이 있긴 했지만 굳이 단비가 아니어도 될 것 같았다.

"또 물어볼 거 있으면 물어보세요. 제가 아주 친절하게 또 답해드릴게요."

퍽이나, 라고 생각하면서 은호는 단비에게 미소를 지어 보였다. 단비는 남은 에너지 드링크를 입에 탈탈 털어 넣고는 빈 캔을 내려놓고 일어났다. 쓰레기를 꼭 거기에 놓고 가야 하나? 그 큰 걸 몇 분 됐다고 벌써 다 마셨나?

"에너지 드링크를 자주 마셔?"

"네. 그런 편이에요."

"잠이 부족하구나?"

"아니요. 그냥 먹는데."

"몸에 별로 좋지 않을 텐데."

은호는 대답하면서 인터뷰 명단이 적힌 종이를 들여다봤다. 은호는 A의 이름 위에 볼펜으로 쭉 그어 인터뷰 완료 표시를 했다. 다음 인터뷰 대상자인 B도 단비나 A처럼 2학년이었다. 그때, 단비가 키득거리는 소리가 들렸다. 은호는 위를 올려다봤다.

"아직 안 갔구나?"

"아저씨, 걔랑 있을 때 지갑 조심하세요."

"지갑? 왜?"

"걔 손버릇 나쁘거든요."

단비는 키득키득 비웃으며 탈의실을 떠났다. 은호는 자신을 비웃은 것이 아닌데도 조금 불쾌함을 느꼈다.

B는 침울한 표정을 하고 탈의실로 들어섰다.

"대답하기 힘든 질문들은 아닐 테니까 너무 긴장하지 않아도 돼."

"네……."

B는 은호 앞에 준비된 의자에 얌전하게 앉았다. 단비가 앉았던 자리에 똑같이 앉으니 둘의 대조적인 성격이 더 확연하게 드러났다.

"발레는 어떻게 시작하게 됐어?"

"어렸을 때부터 했어요. 그래서 자연스럽게……."

"어렸을 때라면 몇 살 정도?"

"유치원 들어가기 전이었던 거 같아요. 아마 늦게 시작한 애들 아니면 거의 비슷할 거예요. 유치원이나 초등학교 저학년 때 시작하고 늦으면 고학년이나 중학교에 시작하고."

"고등학교 때 발레 시작한 애는 없어?"

"거의 없다고 보시면 돼요. 턴 아웃 하는 거랑 스트레칭 하는 것만 해도 꽤 오래 걸릴 텐데 그 와중에 자세 교정하고 동작 익히고 작품 짜고 그거 외우고 소화하고. 이걸 다 하기가 너무 빠듯하잖아요. 그렇게 할 수 있는 사람이 있다고 해도 졸업하고 나서 발레 전공 살려서 계속할 수 있는 사람 별로 없을걸요. 진짜 타고나거나 진짜 운 좋은 거 아니면."

은호가 생각해도 고등학교 때 시작하는 것은 너무 빠듯했다. 초등학교 때 시작했던 은지도 쉽지 않았는데 정말 타고나지 않고서야 골반과 근육, 발 방향을 다 바꾸는 것은 쉽지 않을 것이었다. 어느 날 갑자기 물구나무를 서서 걸어보라는 것과 같은 게 아닐까, 은호는 그렇게 생각하며 고개를 끄덕였다.

"매일 경쟁하는 환경에 갑자기 던져져도 힘들겠고 말이야."

"맞아요. 힘들죠……."

"지젤 역을 따내지 못했을 때도 조금 힘들었을 것 같은데."

내내 위축되어 있던 B가 묘하게 조롱하는 듯한 표정을 지었다.

"오단비네 집도 돈이 많으니까요. 그러니까 선생들 믿고 나대죠."

그렇게 경쟁에 밀려 힘들 때는 어떻게 대처하느냐는 질문을 하려고 했던 은호는 질문 방향을 틀었다.

"돈 있는 집은 그 집뿐만이 아닐 텐데?"

"돈이 있다고 다 선생한테 돈 주진 않잖아요."

B가 시니컬하게 내뱉었다.

"혹시 단비랑 무슨 일 있었어? 사이가 안 좋아 보이네."

"오단비 좋아하는 애가 있기는 한가요?"

하긴, 그렇게 얌체같이 굴면 잘 지내고 싶은 마음이 사라지겠지. 은호는 내비치지는 못하고 속으로만 공감했다.

"절 좋아하는 애도 별로 없겠지만요."

"어째서 그렇게 생각해? 이건 우리끼리의 비밀이지만 네가 단비보다 훨씬 성격이 좋아 보이는데."

"걔한테 그건 못 들으셨어요? 제가 애들한테 뭐라고 불리는지요."

"뭐라고 불리는데?"

"도둑년요."

은호는 단비의 말이 과장이 아니라는데 한 번, 그런 직설적인 표현을 무감각한 표정으로 내뱉는 B에 두 번 놀라고 말았다.

"그건 좀 심한데."

"자업자득이죠."

B는 한숨을 푹 쉬었다.

"학교 다니기가 힘들겠구나. 극단적인 생각도 들고 그래?"

"가끔요. 어떤 땐 그것 때문이고 어떤 땐 다른 것 때문이에요. 미래 같은 것 때문에요."

"그럼 지율이가 죽었을 때도 많이 충격을 받았겠구나. 영향받지는 않았어?"

"충격 많이 받았죠."

"친했나 보구나."

"지율이요……. 친한 건 아니고…… 저한테 친절했어요. 지율이가 살아 있었다면 오단비가 아무리 돈이 많아도 저 실력으로 지젤 역 넘볼 수도 없었을 텐데."

B는 불만스러운 표정으로 중얼거렸다.

"지율이가 어떤 아이였는데?"

"지율이는 예쁘고 사랑스러우니까 인기도 있었고……."

"그래? 단비는 조금 안 좋은 이야기를 하던데. 가정 사정에 안 맞는 소비를 했다고……. 그 돈이 어디서 나왔는지 궁금하다고 하던데?"

"진짜 가지가지하네. 지나 잘하고 다니지."

B는 마치 단비가 눈앞에 있었다면 싸우기라도 할 기세로 말했다.

"누가 사줬겠죠. 뭐 눈엔 뭐만 보인다고 그년은 매번 얘기할 때마다 그런 식이에요, 짜증 나게. 맞아요. 지율이는 명품 같은 거 잘 알지도 못하는 제 눈에도 명품이다 딱 알 수 있는 것들을 많이 들고 다녔어요. 애들이 가방이나 구두 보고 부러워하는 것도 몇 번 봤구요."

"그렇구나……. 지율이랑 특별한 추억 같은 거 있어?"

"추억……. 추억은 아니고…… 하나 있기는 해요.

어느 날 제 토가 무너져서 넘어졌거든요. 다행히 접질리지는 않았는데 미끄러져서 팔 안쪽이 다 까졌어요. 그래서 수업 도중에 혼자 양호실에 가서 치료를 받고 나왔는데…… 왠지 연습실로 돌아가기 싫었어요. 애들이 비웃었을 것 같은데 거기 가서 또 수업 받을 힘이 안 나서…… 그래서 교실로 돌아왔어요. 아무도 없는 교실에서 자리에 앉아서 쉬려고 하는데, 보였어요. 지율이 팔찌가."

"그것도 명품이었어?"

"네. 연예인들도 많이 하고 다녀서 유명한 팔찌였어요. 가방 지퍼가 조금 열려 있었는데 그 사이로 팔찌가 보였어요. 왠지…… 그 순간 그게 너무 갖고 싶었어요. 이유는 잘 모르겠어요. 그냥 앞뒤 생각 안 하고 팔찌를 집었어요. 그리고 망가진 토에 넣고 다시 양호실로 가서 누웠어요.

다시 교실로 돌아가니까 난리가 나 있었어요. 지율이 주변 아이들은 누가 훔쳤냐면서 교실을 돌아다니면서 소리쳤지만 지율이는 속상해하면서도 괜찮다고, 자기가 깜빡해서 어디 흘린 것 같다며 찾아보겠다고 했어요. 저는 마음이 조마조마했지만, 왠지 돌려주고 싶지 않았어요. 왜 그랬을까요? 그건 지금 생각하니까 저도 잘 모르겠어요. 그땐 그냥 그걸 가지고 있으면 좋을 것 같았어요. 가지고 싶었어요."

"부러웠구나."

"네, 아마도 그랬던 것 같아요. 지금 생각해보면 명품 자체보다는 지율이가 부러웠고, 지율이가 하고 있었다는 사실 때문에 가지고 싶었나 봐요. 저희 집도 못사는 건 아니지만 그런 걸 덜컥 살 형편까지는 아니고……."

"지율이가 미웠니?"

B는 황급히 손을 절레절레 저었다.

"그런 적은 없어요. 질투는 났지만……. 지율이는 명품을 먼저 자랑하거나 뻐긴 적이 한 번도 없어요. 그런 애가 아니었어요. 어쩌다가 애들이 물건이나 화장품 보고 그거 어디 거 아니야? 그러면 고마운 사람이 줬다고 웃으면서 쑥스러워했어요."

그 고마운 사람이 누굴까. 단비가 말한 것처럼 일탈계를 통해 만난 사람일까?

"그게 누군지는 혹시 알아?"

"아니요. 말한 적은 없어요. 사실…… 몰라요. 다른 애들한테는 알려줬는데 저만 모르는 걸 수도 있겠죠. 전 친하지는 않았으니까요."

"갑자기 다른 질문 해서 미안. 그래서 그 이후로는 어떻게 됐어?"

"며칠간은 괜찮았어요. 안 들키고 지나갔거든요. 하지만 제 알리바이는 그렇게 완벽하지는 못했어요. 옆 반 연기과 애가 교실에 들어갔다가 나오는 저를 봤다고 얘기했대요. 그래서 애들이 제 가방을 뒤졌는데…… 네, 거기서 그 팔찌가 나온 거죠."

"왜 가지고 있었지?"

"집에 놓았다가는 엄마가 볼 거고 그럼 훔친 걸 들킬 것 같아서 무서워서 가지고 다녔거든요……."

이성적인 판단은 했지만 두려움이라는 감정에 지배당해 그와 반대로 행동하는 것은 범인들에게 흔히 있는 패턴이라고 언젠가 들은 적이 있었다.

"당연히 난리가 났고……. 아이들은 경찰서에 가야 된다고 절 둘러싸고 얘기했어요. 전 겁이 나서 울었어요. 그냥 겁이 나서만은 아니었고 어쩌다가 내가 남의 물건에 손을 댔나 하는 생각도 들어서 부끄러워서……."

B는 그때의 기억이 떠오르는지 무릎 위에 올려놓은 손을 파

르르 떨었다.

"근데 그때 지율이가 다가왔어요. 팔찌를 돌려받았으니 괜찮다고 경찰서까지는 안 가도 될 것 같다고 말했어요. 아이들은 그러면 안 된다고 본때를 보여줘야 된다고 화를 냈지만 지율이는 같은 반 친구끼리 그러지 말자고 얘기해줬어요."

"아량이 넓은 친구구나."

"물론 그렇다고 해서 조용히 끝나지는 않았죠. 그때부터 저는 더 티가 나게 따돌림을 당했어요. 선생님들이 노트를 제출하라고 해서 내놓으면 찢어져서 돌아올 때도 많았어요. 하지만 아무도 저를 때리거나 발레용품을 망가뜨리거나 그러진 않았어요. 제 생각엔 지율이가 못 하게 한 것 같아요."

"왜 그렇게 생각하지?"

"지율이는 가끔 저한테 말도 걸어주고 그랬거든요."

은호는 지율이가 착한 동시에 꽤 영리한 아이가 아니었을까 하는 생각을 했다. 자신이 가진 힘이 주위에 어떤 영향을 미치는지 알고 일부러 그렇게 행동한 것 같았다.

"그런 지율이가 죽었다고 들었을 때…… 미안하게도 저는 이제 난 어떡하지 그런 걱정을 먼저 했어요. 그다음에 슬퍼졌어요. 정말 나빴죠."

"나쁜 건 아니라고 생각해. 자기 입장을 먼저 생각하는 건 현명한 것 같아, 난. 나쁜 짓을 한 것도 아니고 그다음에는 친구의 죽음을 애도했으니까 죄책감을 가질 필요는 없지 않을까?"

"…… 감사합니다."

B는 꾸벅 인사를 했다.

"이제 끝…… 맞죠?"

B에게 위로의 말을 건네면서 마지막 질문이 떠올랐다.

"마지막 하나만. 지젤이야 오디션을 뽑아야 하는 역이니까 그렇다 치고 윌리보다는 패전트가 너를 옥죄고 있는 죄책감이나 부정적인 감정에서는 거리가 멀 것 같은데, 왜 윌리를 하기로 한 거야?"

B는 아리송한 대답을 했다.

"지율이한테 빚을 갚을 수 있는 기회는 이것뿐이라는 생각이 들었어요."

C

CALCULATION

햇살이 쏟아지는 복도를 걸으며 은호는 가만히 생각에 빠졌다. 지율이라는 아이는 분명 간접적으로라도 일련의 일들과 관련이 있을 것이라는 생각이 머리에서 떠나지를 않았다. 하지만 다시 기사를 검색해봐도 역시나 이 학교에 관한 글은 홍보나 입시에 관련된 기사밖에 나오지 않았다. 그렇다고 선생들에게 물었다가는 교감의 귀에 금세 들어가 사건의 경위에 다가가기도 전에 내쫓길 것 같은 기분이 들었다. 방법이 영 없는 것은 아니었으나 의혹을 품고 있는 것뿐인 현재 상황이 그런 방법까지 동원할 단계도 아니라고 생각했다. 아이들을 어떻게 구슬릴까 생각하는 사이, 쉬는 시간 종이 울렸다. 조용했던 복도에 아이들이 몰려들면서 순식간에 왁자지껄해졌다.

그때 하얀 레오타드를 입고 겉옷을 대충 걸친 아이 셋이서 쫑알쫑알 떠들면서 은호 쪽으로 다가오고 있는 것이 보였다. 아이들은 J야, K는, S 네가, 하면서 서로를 알파벳으로 호명했다. 윌리들이었다.

은호는 아이들에게 손을 흔들며 인사를 건넸다.

"너네들, 윌리 맞지?"

아이들은 오오 하는 탄성을 내며 은호를 흥미롭다는 듯 바라봤다.

"아저씨 기억력 짱이네요?"

"그럼. 이렇게 후줄근하게 입고 있긴 해도 괜히 기자는 아니야."

아이들은 재미있다는 듯 키득거렸다.

"너네는 발레복을 색을 맞춰 입은 거야?"

"아니요. 학년별로 색이 달라요. 저희는 1학년이라서 하얀색이구요."

"근데 아저씨 뭐 해요?"

"그냥 학교 둘러보는 중이야."

"아저씨, 기자 되면 재미있어요?"

"일을 재미로 하나?"

"그래도 기자가 된 이유가 있을 것 아니에요."

전날 단비를 상대하고 나니 이런 호기심 많은 아이들과 마주치는 게 차라리 다행으로 여겨졌다. 은호는 아이들의 천진함에 새삼 감사했다.

“뭔가 파헤쳐나가는 재미가 있다고나 할까?”

“오오.”

K는 고개를 끄덕이며 감탄했다. 그사이 S는 손에 들고 있던 작은 텀블러에 있던 물을 마셨다. 그러자 은호에게 떠오른 것이 하나 있었다.

“너네 혹시 에너지 드링크 자주 마시니?”

“네, 가끔 마시는데. 좀 빡세게 해야 될 때?”

“아니면 실기 칠 때나 교과 시험 볼 때 가끔 마셔요.”

“자주는 아니고?”

“맛이 별로 취향이 아닌데. 그냥 전 커피 마시면 되던데.”

“좋아하는 애들은 많이 먹겠죠.”

“어제 보니까 단비는 아주 달고 살더라고. 너네도 그런가 싶어서.”

“아, 오단비? 걔는 좋아하나 보죠.”

세 아이는 모두 마음에 들지 않는다는 표정을 했다.

“싫어하는구나?”

“너무 티 났어요?”

“야, 너네 표정 너무 썩어 있어.”

“아, 몰라. 졸라 싫은데 어떡해.”

“그거 마시는 것도 쇼 같지 않냐? 열정의 아이콘인 척 쩔어.”

"맞아, 맞아."

은호는 대화가 끊길세라 끼어들지 않고 가만히 아이들을 관찰했다.

"걔 어제 봤냐? 미친. 선생들한테 아부 쩔고요."

"아부만 잘해서 그래. 진짜 턴을 그따위로 도는데 솔로 어쩔."

"원래 미드 같은 데서 보면 그런 애들이 제일 먼저 죽던데."

"여기 미드 아님. 현실."

아이들은 한 학년 높은 선배인데도 불구하고 단비에게는 '언니'나 '선배'라는 호칭을 붙이지 않았다. 단비는 은호에게뿐만 아니라 모두에게 그렇게 얄밉게 구는 모양이었다. 은호는 그래서는 안 된다고 생각하면서도 약간 속이 시원했다.

"미드는 아닌데, 귀신은 나온다며."

은호가 묻자 아이들은 동시에 고개를 끄덕였다.

"맞아요."

"본 적 있어?"

이번에는 동시에 고개를 가로저었다.

"근데 귀신은 안 보여도, 귀신이 하는 짓은 본 적 있죠."

"어떤 거?"

"장난 아니에요. 막 새가 복도에 떨어져서 죽는데, 보면 다쳐서 피 막 뒤집어쓰고 있고."

"그것도 한 번이 아니라 몇 번씩이나."

"또 저번엔 수도에서 막 핏물이 흐르는 거예요. 진짜 손 씻다가 깜짝 놀라서. 그런데 학교 전체가 그런 거 있죠."

"다른 데서도 핏물 줄줄줄."

"그래서 그때 수도관 교체 공사 끝날 때까지 수업하고 샤워도 못 했어요. 땀 냄새 쩔었는데 진짜."

"난 미치는 줄."

"야, 밥도 못 먹었잖아."

"맞아 맞아, 급식실도 물이 빨갛게 나오니까 밥도 못 짓는다고 해서 그때 밥 사 먹으러 나가고 그랬어요."

J라는 아이는 자신의 어깨를 손으로 빠르게 털었다. 마치 어깨에 무언가가 앉아 있기라도 한 사람처럼 다급한 동작이었다.

"그리고 미술실에 아무도 없는데 불나고 그래요. 급식실에도 불났거든요? 그래서 과학수사대 같은 차 오고 난리 났었는데."

"그래도 그건 나름 재미있었어. 무슨 드라마 같지 않았냐?"

K가 조금 들뜬 기색으로 대답했다.

"제발 급식실은 안 건드렸으면 좋겠어. 그나마 제대로 먹는 건 점심밖에 없는데."

아이들은 맞아 맞아, 하고 맞장구를 치며 까르르 웃었다.

"또 2층 화장실에는 혼자 못 가요."

"왜? 너무 구석에 있어서?"

"그 화장실에서는 우는 소리가 들리거든요."

S는 목소리를 깔고 말했다.

"저! 저 진짜 들었어요. 아저씨 제 팔 봐봐요, 지금 생각해도 막 이렇게 소름이 돋는다니까요?"

J는 자신의 팔을 은호 쪽으로 내밀었다. 가늘디가는 팔에 오도독 소름이 돋아나 있었다.

"다른 화장실에 사람 너무 많으면 그 화장실 가긴 하는데, 둘 이상 아니면 아무리 급해도 안 가요. 선생님 화장실 몰래 쓰죠, 차라리."

"진짜 솔직히 두 명이서도 안 가요. 적어도 네 명 정도 있어야 돼요. 너무 무서워."

"언니들이 이건 진짜 시작에 불과하다고 그러던데요?"

"또 무슨 일이 있었는데?"

"왜요? 아저씨 귀신 얘기 취재하세요?"

아이들은 다시 까르르 웃었다. 이번엔 은호도 웃으면서 대꾸했다.

"그래, 책 하나 내볼까?"

"그럼 이 학교에 일 년만 다니세요. 베스트셀러 낼 수도 있을걸요?"

"그래야겠네."

"윌리 중에 귀신 보는 언니도 있어요, A라고. 그 언니한테도 물어보세요!"

"맞아, 귀신 얘기 엄청 해줄걸요."

J가 말하고는 또다시 어깨를 손으로 털었다.

"차라리 선생님 되고 월급도 받으세요."

"교사 자격증도 없는데 어떻게 선생을 해."

"왜요, 다른 선생님들도 별로 선생 자격은 없는데."

"자격증 있으면 다 하는 거죠. 아저씨도 따세요!"

아이들은 서로를 보며 까르르 웃었다.

아이들 말에 맞장구는 쳤지만 은호는 이 정도 이야기는 보통 학교에도 있을 법한 흔한 귀신 이야기에 불과하다고 생각하고 있었다.

"윌리 중에 1학년은 너희가 전부야?"

"아니요. 한 명 더 있어요. C라고……."

"그런데 왜 같이 안 다녀? 안 친해?"

아이들은 서로 시선을 교환하더니 어깨를 으쓱했다.

"친하지도 안 친하지도 않아요."

"우리가 같이 산책하고 오자고 해도 안 간대요."

"조금 특이해요."

"왜 웃으세요?"

S는 은호가 피식 웃은 것을 놓치지 않고 보았는지 은호에게 질문했다.

"오늘이 C 인터뷰할 차례거든. 쉽지 않겠다 싶어서."

"아."

S는 고개를 끄덕였다.

"굿 럭."

"저희는 이제 가볼게요. 쉬는 시간 끝나가서."

"쉬는 시간 써줬으니까 다음에 한턱 쏘기?"

"알았어."

은호가 대답하자 아이들은 손을 흔들고는 서로 팔짱을 끼고 까르르 웃으며 사라졌다.

확실히, C라는 아이는 천진하게 쫑알쫑알 떠들던 다른 1학년 윌리들과 다르게 차분한 태도로 들어와 자리에 앉아 꾸벅 인사를 했다.

"시간 내줘서 고마워."

"아니에요. 이거 괜찮은 거 말하면 기사 타는 거죠?"

"그래. 그럴 거야."

"그럼 괜찮은 말 많이 해야겠네요."

C가 입으로만 웃었다.

"선배들 사이에서 연습하기가 힘들지는 않아?"

"아니요. 이번이 좀 특이하게 선배들이 많은 공연이긴 한데,

오히려 많이 도움이 되죠. 아무래도 선배들이니까 자세 같은 것도 지적 많이 해주고."

"선배들이 많은 공연이 왜 특이한 거야?"

"보통 3학년은 콩쿠르나 입시 준비를 많이 하죠. 예무제 참가하고 싶어서 하는 사람들도 당연히 있겠지만 여기에 중심을 두고 하진 않을 텐데, 이번엔 되게 열의 있는 선배들이 많이 붙어 있잖아요."

"아, 하긴 그렇겠구나. 너네는 공부로 가는 게 아니니까. 그럼 이건 특별한 경험이네?"

"네, 좋죠. 하지만 그분들의 선택은 아주 어리석은 선택이죠."

'그분들'이라는 존칭까지 쓰면서 동시에 어리석다는 표현을 쓰는 것이 재미있게 느껴졌다.

"콩쿠르는 모두가 참가하는 거야?"

"거의 다 나가야죠. 콩쿠르 자체가 경험이니까요. 무대에 서보는 거랑 안 서보는 건 천지 차이고 경험을 쌓아야 하잖아요. 수상하면 더 좋은데 현실적으로 그러긴 힘들구요."

"공연을 하는 것도 하나의 경험일 거 아니야."

"라연 선배는 콩쿠르 나갔으면 당연히 상 탔을 텐데 콩쿠르를 안 나간 거예요. 경험은 경험이지 경력이 되는 건 아니잖아요? 그 선배들은 지금 콩쿠르에 열을 올려서 유학을 가든지 아니면 대학 입학에 조금이라도 도움이 되는 걸 시도해봐야 하는데 공연에 시간을 낭비한다고요? 알 수가 없어요."

C는 고개를 절레절레 저었다.

"너무 현실적인 시선으로만 보는 거 아니야?"

"현실에서 사니까요. 꿈은 잘 때만 꾸는 거예요."

"와. 맞는 말인데, 좀 살벌하다."

"그런가요?"

"라연이는 원래도 콩쿠르는 안 나갔어?"

"제가 들어오기 전 일은 저도 본 게 아니라 잘 모르지만. 저 입학하고 여름까지는 나갔어요. 꽤 괜찮은 상도 많이 탄 걸로 아는데. 근데 그해 가을에 중요한 콩쿠르에 안 나갔어요."

"그런 걸 다 알고, 라연이랑 꽤나 가까운 사이인가 보네?"

"이 학교 사람들은 다 알아요. 그 일로 학교가 발칵 뒤집혔으니까요. 이 학교에서 그 일 모르면 수상한 사람이라고 보면 될 거예요. 애들도 '좋겠다, 저 선배는 콩쿠르 나가서 수상 좀 하고 학교 좋은 데 가거나 유학 루트 타겠지' 그랬는데 안 나갔으니까요. 선생님들도 발칵 뒤집히고, 교감 선생님이 막 흥분해서. 얼마나 흥분했는지 그 잘하는 고상한 척도 못 하더라고요."

C의 얼굴에 처음으로 웃음기가 돌았다. 은호 역시도 교감의 표정을 상상하니 웃음이 나오려 했다.

"라연이가 유망주이기는 하구나."

"수상 경력 모으는 거, 그게 얼마나 중요한데. 그래서 이번 공연도 예무제 대신에 올리게 된 거예요."

"원래는 어떤데?"

"원래는 콩쿠르의 다른 버전처럼 여러 조로 나눠서 공연하고 그러거든요. 근데 이번엔 통짜로 공연이잖아요."

이 공연이 왜 라연이의 콩쿠르 출전과 관련이 있지 하고 생각하고 있을 때 C가 다시 말을 이었다.

"라연 선배가 이 공연을 통으로 전막 공연 해보고 싶다고, 그리고 이게 무사히 끝나면 그후에 있는 콩쿠르를 나가겠다고 해서요. 선생님들은 당연히 그러자고 하죠."

"그럴 정도로 잘해?"

"솔직히 말해서…… 상 받을 정도로 잘하는 건 맞는데, 온 우주가 저렇게 난리법석 떨 정도까지 인지는 잘. 하긴 선생님들은 원래……."

"입시 관련해서는 난리법석 떨곤 하지."

"정답."

C는 이제야 말이 통한다는 듯 한쪽 눈썹을 올리며 고개를 끄덕였다.

"선생님들이 그 정돈데 부모님이라고 안달이 안 나겠어요? 선배 엄마랑 이모가 후원도 해주고 의상도 빌려준다고. 덕분에 우리는 좋은 기회 얻은 거죠. 앞으로 진짜 발레단에 들어가서 발레할 기회가 있을지 없을지도 모르는 판국에."

꿈도 희망도 없는 것 같은 냉소적인 말투였다. 하지만 C는 썩 기분 나빠 하는 것 같은 기색은 아니었다.

"너는? 너도 콩쿠르 출전하니?"

"그럼요. 근데 전 진짜 큰 데랑 진짜 작은 데만 나가요."

"어째서? 되게 극단적인 선택 같은데?"

"큰 데는 출연 경력이랑 포트폴리오 사진이 필요하고 작은 데는 상 탈 확률이 좀 있을까 해서요."

"그럼 더 많이 나가야 되는 거 아니야? 어디서 상 탈지 알아?"

"돈이 얼만데 그걸 다 나가요. 콩쿠르 나가는 데 돈이 얼마나 드는지 알지 않으세요?"

"아니, 정확히는 몰라. 많이 든다는 건 알지만……. 그래도 나갈 정도는 되지 않아?"

"정말 모르시네. 발레하는 동생 둔 사람 맞나요?"

C는 은호에게 의아한 눈빛을 던지며 말했다.

"혼자 준비하는 거 아니면 작품비랑 레슨비 들고 의상비도 들고. 콩쿠르 참가비는 당연히 들고. 사진이랑 비디오도 하려면 따로 돈 들고. 사실 몇백만 원 넘어가는 건 진짜 우스우니까."

"그런 걸 다 내야 돼? 참가비만 내는 거 아니었어?"

"네. 모르셨어요? 하긴, 부모님이 돈 대주셨으면 아저씨는 모를 수 있죠."

그랬던 것도 아닌데 왜 몰랐을까? 은호는 갑자기 자신이 모르고 있는 사실이 어떤 종류의 것일지 걱정이 되기 시작했다.

"하지만 전 기죽진 않아요. 성공한 사람들은 모두가 유복한 집안에서 자랐을까요? 아니요. 모두가 뛰어난 자질을 가지고 있을까요? 아니요. 그렇다고 모두가 인격자일까요? 아니요."

"그럼 성공하기 위해선 뭐가 필요한데?"

"성공하기 위해서는, 계산을 잘해야 해요."

"계산."

은호는 의외의 대답에 고개를 기울였다.

"누가 앞으로 나의 장래에 도움이 될 것인가, 어떤 방법이 잘 먹힐 것인가 하는 것들을 늘 잘 재는 것이 굉장히 중요하죠."

"그렇구나. 그래서 라연이가 심한 말을 해도 잘 따르는 거야?"

"라연 선배는 심한 말 안 해요. 맞는 말을 조금 냉정하게 하는 것뿐이죠."

은호는 은근히 떠보려는 말을 했으나 C는 거기에 넘어오지 않았다.

"라연 선배는 이 공연을 하는 문제 빼고는 상당히 현명한 분이라고 할 수 있죠. 보는 눈도 좋고, 스킬도 좋아요. 본인이 원했다면 이름 정도야 진작 알릴 수 있었을 거예요. 집안도 좋고. 그러니까 라연 선배가 내 동작을 봐주고 쓴소리를 해준다는 건 오히려 감사할 일이죠."

"모두가 그렇게 생각할까?"

"그렇다고 말한 적은 없어요. 남들이 어떻게 생각하느냐에 별 관심도 없고요. 하지만 라연 선배가 제안하는 것들을 거절하는 건 정말 있을 수 없는 일이라는 건 알고 있죠. 아주 어리석은 짓이에요."

"꼭 숭배하는 것같이 들린다고 하면 기분이 나쁘겠지?"

"아니요, 사실은 아니지만 상관없어요. 그렇다고 해도, 그걸로 누군가가 절 흉본다고 해도 저한테 나쁠 게 뭐가 있겠어요? 지금 당장은 라연 선배 어머니가 힘을 쥐고 있지만 결국 그 많은 돈과 지위가 다 누구 손으로 떨어지겠어요? 외동인 라연 선배밖에는 없죠. 거기에 미모에다가 실력까지 갖췄으니 숭배한다는 오명도 썩 나쁘진 않을 것 같네요. 그래도 쪽팔릴 일 없으니까."

이쯤 되니 대체 라연의 집안이 어떤 집안인지 궁금해졌다. 그러자 꼭 C가 은호의 속을 읽은 것같이 설명을 시작했다.

"간단하게, 남들이 아는 사실만 말씀드리자면 이래요. 엄마는 정부 요직에 있었던 유명 정치인의 딸이자 사업가고, 이모는 국립, 유니버설이랑 함께 3대 발레단 중 하나인 유설 발레단 단장이고, 아빠는 지금은 돌아가셨지만 회사 사장이었대요. 알려진 것만 해도 이렇다는 거예요."

이제야 교감이 그렇게 안절부절못했던 것이 조금 이해가 됐다. 힘이나 돈이 있는 것도 그렇지만 발레단과 연결되어 있기까지 한 라연을 홀대했다가는 어떤 식으로라도 불이익이 있을 것이다. 게다가 유설 발레단은 문외한인 은호도 들어본 적이 있을 정도로 유명했다.

"그런데 왜 그렇게 성공을 하고 싶은 거야?"

"누가 나한테 성공을 강요한 건 아니지만, 제 안에는 그걸 강요하는 야심이 있어요."

C는 잠시 무언가를 회상하는 듯 눈을 내리깔고 생각하고는 곧 답했다.

"평범한 우리 집안을 일으키고 가족들을 떵떵거리며 살게 하는 그런 사람이 되어서 저랑 우리 가족을 우습게 봤던 친척들을 깔아뭉개주고 싶어요. 저는 꼭 성공해야 해요."

"그렇구나. 조금 슬픈 이유네."

"왜 슬프죠?"

"좋아해서 선택한 미래가 아니라는 것이 말이야."

"괜찮아요. 딱히 더 가고 싶었던 미래가 있는 건 아니라서."

은호는 대체 자신이 고등학생과 대화를 하고 있는 건지 아니면 심사 위원과 대화를 하고 있는 건지 모를 기분이 들었다. 복도에서 대화했던 다른 1학년 아이들과 같은 나이인데도 이렇게나 천진함을 잃을 수 있다니.

"그런데…… 말은 그렇게 해도 정말 발레를 좋아하는 거 아닐까?"

"제가요? 왜 그렇게 생각하시죠?"

"출세를 원한다면 다른, 돈을 많이 벌 수 있는 전공을 택했어야 하는 거 아니야? 이렇게 많은 학생들 중에서 결국 무대에 설 수 있는 사람은 소수고 프리마가 되는 건 더욱더 소수잖아. 실리보다 예술을 택한 건데, 전혀 계산적이지 않은걸?"

C는 고개를 끄덕이며 알 수 없는 미소를 지었다.

"그건 잘못 계산하신 거예요. 기자님의 바람을 담은 시각이나 편견에서 비롯된 오산일 뿐이죠."

은호는 C의 계산법을 들어보기로 했다.

"저는 발레 전공생이라는 하나의 수식어를 취득했어요. 내년부터는 매체 쪽을 기웃거릴 예정이에요. 메인 미인 대회는 돈이 너무 많이 드니까 지방에 있는 미인 대회를 통해서 그 대회 출신 수상자라는 타이틀을 얻고 인맥에 주력할 거예요. 그 인맥을 토대로 커나가야죠. 아나운서도 좋고 기상 캐스터도 좋고 그냥 아무것도 아니어도 좋아요. 꽤나 괜찮은 집 아들이랑 결혼해서 발레 학원 하나 해서 애들 가르치면서 남편이 기웃거리는 자선단체에 참석하고, 친척들한테 잘난 척하고 그렇게 살 거예요."

속된 꿈이라고 해서 꿈이 아닌 것은 아니다. 얼마나 설움을 당했으면 저런 생각을 할까 하고 이해가 됐다. 그런 서러운 처지에 처해보지 않았다면 꿈은 꿈다워야 한다고 말했을지도 모르지만, 은호는 충분히 이해할 수 있었다. 다만 그런 생각에 정착하게 된 것이 안타까울 뿐이었다.

"그럼 너는 아니겠구나."

은호의 입에서 말이 저절로 튀어나왔다.

"뭐가 아니라는 거죠?"

"원한을 품고 복수나 그런 걸 계획할 사람이 아닌 것 같다는 거야. 너의 계산에 별로 맞는 행동은 아니잖아?"

C는 빙긋 웃어 보이며 명쾌하게 대답했다.

"저는 저에게 이득이 되는 행동만 해요."

"은지야, 오빠 왔다."

은호는 병실에 들어와 손에 든 큰 과일 바구니를 흔들어 보였다.

"그게 다 뭐야? 누가 줬어?"

"아니. 내가 샀지."

은지는 깜짝 놀란 표정으로 은호를 봤다.

"왜? 그냥 과일 한두 개만 사 오지……."

"오빠 이제 돈 벌 만큼 벌어. 이렇게 과일 바구니로 병문안 선물 한번 해보고 싶었어."

"드라마 같은 데 나오는 것처럼?"

"응. 맞아."

은지와 은호는 마주 보고 킥킥 웃었다. 그렇게 웃고 있으니 은지가 왜 병원에 입원했는지도 잊고 마냥 즐거운 마음이 들었다.

멜론을 자르려는데 과도가 보이지 않았다. 며칠 전에 일부러 가져다 놨는데 아무래도 간호사가 치운 모양이었다. 은호는 간호 스테이션에 가서 멜론을 자른 후, 반을 나눠주고 반을 병실로 가져왔다. 은지가 맛있게 먹으며 미소 짓는 모습에 조금은 안정을 되찾은 것처럼 보여 은호의 마음도 한층 놓였다.

"은지야. 너, 콩쿠르 많이 나갔었지?"

"응. 꽤 나갔었지. 갑자기 왜?"

"애들한테 물어보다 보니까 알게 됐는데, 콩쿠르가 꽤 돈 많이 드는 거더라."

"애들한테 뭘 물어봐?"

갑자기 은지가 날카로운 말투로 은호에게 물었다. 그 바람에 은호는 은지에게도 거짓말을 해야 했다.

"아니, 그냥……. 들어온 김에 학생들의 열정 같은 걸 취재하고 싶어서. 예전에 너 고등학교 때 생각도 나고 말이야."

은지는 방금 전의 날카로운 태도를 거두고 회상에 잠겼다.

"맞아. 좋았는데 힘들었어. 힘들었는데 좋았고. 돈…… 돈도 많이 들었지."

"학비랑 발레용품은 장학금 나왔으니까 그걸로 했겠고, 레슨비는 내가 줬고. 근데 작품비랑 의상비 같은 건 어떻게 했어?"

은지는 씁쓸한 표정을 지으며 나직하게 말했다.

"어떻게 하긴. 애들한테 빌붙을 수 있으면 최대한 빌붙고, 의상실 아줌마한테는 버리는 옷이나 못 쓰는 옷 달라고 해서 내가 리폼해서 입고, 작품비는 내가 벌었어."

"뭘로?"

"동대문 가서 액세서리 같은 거 자재 떼어 와서 남 티아라 만들어주고, 부자인 애들은 유명한 거 사겠지만 아닌 애들은 또 나한테 산단 말이야. 그럼 그거 모아서 작품비 하고. 아주 작은 건 예전에 했던 거 혼자 하거나 그렇게……. 아무튼 여러 가지로."

"……힘들었겠네. 혹시 따돌림 같은 것도 당하고 그랬어?"

은지는 피식, 허탈하게 웃더니 말했다.

"오빠, 나 예고 예무제 있잖아, 부상당해서 지젤 못 한 거 아니야."

"그럼?"

은호는 눈을 크게 떴다.

"부상당한 건 맞는데 공연 못 할 정도는 아니었어. 어떻게 뽑히기는 내가 뽑혔는데, 몇몇 선생님들이 별로 안 좋아했어. 그래도 계속하려고 했는데…… 날 안 가르쳐주더라. 혼자서는 못 하겠어서 중간에 그만뒀어. 마음도 힘들었고. 그런 식으로 날 안 봐주니까 수업 시간에 잘 봐주는 선생님 수업 아니면 자세도 안 잡히고, 점점 흐트러지고, 그러다가 결국 부상 크게 난 거고. 사실…… 애들도 뒤로 말 많이 했고."

처음 안 사실이었다. 은호는 잠시 할 말을 잃었다. 그렇게 하고 싶어 하던 지젤 역을 그런 식으로 관뒀는지는 꿈에도 몰랐다.

"몰랐어. 몰라서 미안."

"괜찮아. 다 지난 일이야."

은지는 씁쓸하게 웃었다. 은호는 그런 사정을 몰랐다는 것에 죄책감을 느꼈다.

"괜찮아, 오빠."

"앞으로는 오빠한테 다 말해줘. 알았지?"

"응."

은호는 한숨을 푹 쉬었다. 이제라도 그런 부분까지 알아주는 사려 깊은 오빠가 되어야지 싶었지만 늦은 결심이었다.

하긴, 그때 알았다고 해도 은호가 할 수 있는 일은 없었을지도 모른다. 그때는 지금과 또 다른 감정 때문에 힘들었겠지만 그래도 알고 있는 편이 더 낫지 않았을까. 그런 생각들을 하다가 은호는 문득 이번 인터뷰로 진상을 알아내는 것 이외에도 은지를 더 잘 이해하는 계기가 될 수 있을 것 같다는 생각을 했다. 그러자 조금은 기운이 회복되는 기분이 들었다. 은호는 더 기운을 차리기 위해 과일 바구니에서 오렌지를 집어 껍질을 벗겼다.

향기로운 오렌지 냄새가 병실 안에 퍼졌다. 입안에 넣고 달콤한 맛을 보려던 바로 그때였다.

"오빠!"

갑자기 은지가 소리를 질렀다.

"왜 그래?"

놀란 은호가 재빠르게 다가가 어깨를 토닥이자, 은지는 팔에 매달리듯 꼭 붙잡고 숨을 헐떡이기 시작했다.

"방금 그 냄새, 오렌지 향이 났어. 그때, 그때……."

"어디서? 그날 말이야?"

은지는 입을 벌린 채 고개를 연신 끄덕였다.

"쿵 하는 소리가 났어."

"뭐?"

"뭔가 무거운 게 쿵, 하고 떨어지는 소리였어……."

"그리고 또?"

"하얀 가루, 하얀 가루가……. 그리고 숨이, 숨이 막혔어……."

은지는 눈을 질끈 감고 엉엉 울며 괴로워했다.

D

DISCRIMINATION

I

다음 날 대연습실에서는 지젤이 진실을 알고 미쳐버리는 씬이 한창이었다. 진실을 밝히는 힐라리온, 약혼녀의 등장, 진실 앞에서 굳어버린 알브레히트, 미쳐버리는 지젤, 그리고 그걸 바라보는 마을 사람들, 이어지는 지젤의 죽음……. 막장으로 치닫는 내용에 은호는 눈을 뗄 수가 없었다. 게다가 어린아이들이 마을 사람들이 되어 열심히 호들갑을 떨며 놀라는 연기를 하는 모습이 귀여워서 웃음을 꾹 참아야 했다.

그렇지만 지젤을 맡은 단비의 어설픈 미친 연기는 차마 눈을 뜨고 보기가 힘들었다. 허가를 받아 사진을 몇 장 찍었지만 장면마다 단비의 어설픈 동작이 박제되어 과연 어떤 컷을 쓸 수 있을지 싶을 정도였다.

그런 생각을 한 것은 은호만이 아닌 듯했다. 씬이 끝나고 류 선생이 윌리들 씬을 가보자고 말하자마자 라연은 단비에게 다가가서 잔뜩 인상을 썼다.

"너 지금 되게 신이 나 있는 것처럼 보여. 그게 아니라 괴로워서 정신 줄 놔버린 거야."

"미친년처럼 보이려고 웃은 건데……."

단비의 변명에 라연은 질렸다는 듯한 표정을 지었다.

"그게 안 고쳐지면 사람들 사이로 돌아다닐 때 어설픈 팔 동작이라도 어떻게 해봐. 몇 번을 했는데 안 나아지는 거야?"

라연은 홱 돌아서 연습실 가장자리에 서 있는 윌리들 곁으로 걸어갔다. 단비는 분한 표정을 지으면서도 아무 말을 못 하고 구석으로 물러났다.

윌리들 중앙에는 남자아이 하나가 서 있었다.

"시작해도 될까?"

류 선생이 묻자 라연은 아이들을 한번 쭉 둘러보더니 고개를 끄덕였다. 그러자 불길한 곡조의 음악이 흘러나오기 시작했다. 중앙에 있던 남자아이가 구석으로 뛰어가자, 윌리들이 마치 퇴로를 막으려는 것처럼 앞을 막아섰다. 다른 방향으로 갈 때마다 구석구석에서 윌리들이 나와 남자아이를 막아섰고, 그걸 반복하는 사이 어느새 남자아이는 윌리들에게 포위되어 있었다.

라연이 중앙으로 나오더니 팔을 쭉 벌려 춤을 추기 시작했다. 그러자 윌리들이 똑같은 동작의 춤을 췄고 남자아이는 펄쩍펄쩍 뛰기 시작했다. 여자 귀신들에게 홀리는 건가 생각하던 은호는 남자아이의 표정을 보고 그것이 아님을 깨달았다. 마치 자신은 원하지도 않는데 조종당하며 춤을 추는 것처럼 괴로워하고 있었다. 남자아이가 숨을 헐떡이며 계속 높은 점프를 하는 것을 보면서 은호는 춤추다가 죽으라는 말을 처음 들었을 때 낭만적이라고 생각했던 것이 아주 터무니없는 것이었음을 절절하게 깨닫고 있었다. 남자아이는 괴로워 심장을 부여잡으며 라연에게 무릎을 꿇고 빌었지만 라연은 단호하게 고개를 돌렸다. 오히려 춤은 갈수록 더 격렬해졌다.

마지막으로 라연은 처단하라는 듯 손을 공중에 휘둘렀다. 그러나 이상하게도 아무도 움직이지 않았다. 대신 윌리들의 시선이 점차 남자아이 쪽으로 이동했다. 남자아이에게로 시선이 도착하자, 남자아이는 마치 누군가에 끌려가기라도 하는 것처럼 움직이며 무대 가장자리로 이동했다. 순간 은호는 등골이 서늘해지는 것을 느꼈다. 마치 은호만 뭔가를 보지 못하고 있는 듯한 꺼림칙하고 소름 끼치는 기분이었다.

남자아이의 마지막 애원에도 아랑곳하지 않고 윌리들은 그를 끌어내어 무대 밖으로 던져버렸다. 그러고는 모두가 같은 타이밍에 같은 동작을 하며 장면을 마무리했다. 언젠가 은호는 귀신 중에 처녀 귀신이 가장 무섭다는 이야기를 들었을 때 웃어넘겼는데 이제는 정말 그럴지도 모른다는 생각을 하게 되었다.

연습실은 잠시 정적에 휩싸였다가 아이들의 박수로 뒤덮였다. 윌리들은 뿌듯한 표정을 감추려고 애썼다. 하지만 류 선생은 완전히 만족하지는 못한 듯했다. 은호가 볼 때는 라연 역시도 그래 보였다.

"지금 호흡은 그런대로 잘 맞아. 동작도 딱딱 맞는데 힘이 부족한 느낌이야. 그것 말고는 괜찮아. 힐라리온도 잘했어."

류 선생의 말로 이 장면이 윌리들이 힐라리온을 처단하는 씬인 것을 확실히 알 수 있었다.

"뭐 할 말 있어?"

항상 라연의 가장 근처에 있는 윌리, Y가 라연에게 말하자 라연은 고개를 끄덕이고는 윌리들와 힐라리온 역을 맡은 남자아이를 구석으로 불러 모았다. 다행히 라연은 은호에게도 들릴 정도의 목소리로 조곤조곤 이야기했다.

"음악 반주를 들어. 모든 악기는 헛으로 나오는 게 아니야. 헛되게 나와도 잘 활용할 줄 알아야 해. 팀파니 소리가 꼭 심판 내리는 것같이 들리지 않아? 그리고 메인 멜로디가 너네, 밑에 깔리는 멜로디가 내 명령이라고 생각해봐."

라연이 눈짓하자 남자아이가 크게 말했다.

"선생님, 저희, 저희 씬 음악 한 번만 들어도 될까요?"

"그렇게 해."

류 선생의 허가가 떨어지자 연습실에는 다시 어딘가 불길한 음악이 울려 퍼지기 시작했다. 은호는 그 틈을 타 류 선생의 근처로 가서 질문을 던졌다.

"중간에 왜 아무도 동작을 안 하고 멈춰 있던 거죠?"

류 선생은 민망한 미소를 지으며 말했다.

"원래 저 씬에 두 명의 윌리가 더 있어요. 미르타의 왼팔과 오른팔 같은 역할인데……."

무슨 사정인지 공교롭게 그 둘이 같이 연습을 빠졌구나 생각하려던 찰나 류 선생이 덧붙였다.

"귀신들 자리라서 비워놓아야 한다고 하더라구요……."

"네? 귀신들 자리요?"

은호는 아까의 소름 끼치는 기분이 무엇 때문인지 조금 알 것 같았다. 귀신을 보고 있는 것 같은 시선의 이동과 동작, 그것이 주는 위화감 때문이었다. 귀신을 보는 듯한 그 동작에 소름이 끼친 건지, 아니면 그런 연출을 한 라연의 발상에 소름이 끼친 건지는 잘 구분할 수 없었다.

"저 부분은 눈에 잘 안 띌 거라고 생각했는데 아무래도 티가 나나 보네요."

류 선생은 팔짱을 끼고 손가락을 톡톡톡 두드렸다.

"지금은 정말 많이 없어진 거예요. 처음에는 전체 씬에서 저 두 자리를 다 비워둔데다 그 둘이 솔로로 춤추는 파트도 통으로 비어 있었거든요. 라연이가 어떤가 궁금하다면서 앞에서 쭉 보더니 안 되겠다고 빈 부분은 나눠서 여러 명에게 잘 분배하는 걸로 채우겠다고 해서 이렇게 나아진 거예요."

"빈 부분이 보였을 때 선생님이 짜셔도 되잖아요? 왜 라연이에게 맡겨두는지, 너무 학생한테 의지하는 것 아닌가 싶어서요."

류 선생은 고개를 끄덕였다.

"어쩌면 학생에게 의지하는 선생이 되는 건지도 모르지만, 저는 저게 라연이의 재능 같아서 키워주고 싶어서요."

류 선생은 턱짓으로 라연을 가리키더니 미소를 지었다.

"보세요, 보통은 자기 캐릭터나 전체적인 맥락을 위주로 생각하죠. 저렇게 모든 인물을 구체적으로 그것도 유기적으로 보는 게 가능한 학생은 별로 없어요. 재능이죠. 게다가 그런 시각을 접하면 다른 아이들도 해석하는 시야를 조금 더 넓힐 수 있죠. 아무래도 선생들은 정석적인 걸 가르쳐야 하니까 잡아주기 힘든 부분을 저 아이가 하고 있는 거죠. 그리고 저 모습을 보니 마음이 편해서요. 얼마 전까지 아무 의욕도 없고 다른 세계에 있는 아이 같았는데, 저렇게 열심인 모습을 보니까 마음이 좀 놓여요."

그쯤 되자 류 선생이 라연의 월권행위를 묵인하는 이유는 적어도 라연을 편애하기 때문은 아니라는 생각이 들었다. 아마 교사 입장에서도 권위를 세우지 않고 학생이 말하는 것을 그저 지켜보는 것이 쉬운 일만은 아니라는 생각이 들어 은호는 아무 말도 덧붙이지 않았다.

D의 인터뷰는 연습실 옆 탈의실에서 진행됐다. D는 힐라리온을 맡은 남자아이와 가깝게 붙어 서서 뭐가 그리 재미있는지 킥킥대며 웃다가 인사를 하고 은호가 앉아 있는 탈의실로 들어와 문을 닫았다.

"남자친구야?"

은호가 씩 웃으며 묻자 D는 잠시 대답을 망설였다.

"그냥……."

"그냥 썸 정도?"

D는 헤헤 웃으며 쑥스러워했다.

"선생님들한테 말하시면 안 돼요. 알았죠?"

"왜? 학교에 연애 금지 같은 규칙도 있어?"

"그건 아니고 재네 집이 좀 잘살거든요."

"……그게 왜?"

"오, 아저씨는 그렇게 막 찌든 사람은 아닌가 보네요."

D는 살짝 미소를 지으며 말했다.

"왜, 선생님들이 재가 잘살아서 안 된대?"

"안 될걸요? 눈에 불 켜고 따라다니면서 깨지라고 할걸요. 나

중에 선생님들이 재 어떻게 대하나 한번 보세요. 그런데 전 그렇게 잘살지 않거든요. 평범에서 약간 모자라게 살아요. 겨우 발레할 정도?"

"그런 게 어디 있어. 가정환경은 별개의 문제지."

D는 또 오, 하는 소리를 냈다.

"아저씨 때는 차별 없었어요?"

"있었지, 왜 없어. 슬프게도 아직도 차별이 없는 세상은 존재하진 않는 것 같네."

D는 고개를 끄덕였다.

"발레를 하는 데 돈이 중요한 건 아니잖아."

은호는 전날 은지가 한 말을 생각하며 씁쓸해했다.

"글쎄요, 중요하죠."

"어째서?"

D는 한숨을 쉬었다.

"아저씨, 여기서는 못산다고 하는 기준이 밖이랑 똑같지 않아요. 물론 평범하게 사는 애들도 있기는 한데요, 그래도 여유 있는 평범이거나 장학금을 받거나 할 거예요. 아, 그러고 보니 아저씨도 잘 아시겠네요. 매번 사지 않고 빌린다고 해도 의상비도 꽤 크고, 뱁새가 황새 쫓아가는 꼴이 되더라도 따라는 가야 되니까 부지런히 레슨 받아야 되고, 그럼 레슨비 들고, 콩쿠르 참가비 들고, 슈즈나 마사지나 특강이나……. 지금 제가 말씀드린

돈만 드는 것도 아니구요."

"그런 식이라면 내가 생각한 것보다도 더 많이 들 것 같은데? 요즘이 더 준비할 게 많아서 비싸진 건가?"

"꼭 그렇진 않을걸요."

D는 별로 동의하지 않는 표정으로 말했다.

"그래서 선생님들이 널 차별해? 그래서 연애를 밝히면 안 된다는 거야?"

"네, 알아봐요. 난리 나지."

"선생님 중에 네 남친……."

"아직 아니거든요."

"그럼 썸남이라고 하자. 개네 부모님 있기라도 해, 혹시? 그런 것도 아닐 텐데 부모님도 안 할 간섭을 참……."

은호는 D의 말이 사실이라면 선생들이 참 쓸데없는 일에까지 주의를 기울이는구나 하고 생각했다. D는 대수롭지 않다는 듯 눈썹을 올렸다 내렸다.

"뭐……. 이해는 해요. 누구든 호불호가 있으니까. 날 싫어하는 사람 당연히 있겠죠. 나도 모르는 사이에 비호감을 산 이유가 있을 수도 있고요. 하지만 선생이라는 자리에 있으면 최대한 그걸 드러내지 않아야 하는 것 아닌가요? 아니, 예뻐하는 건 티가 난다고 해도 참나, 그렇게 생각하고 지나갈 수 있다고 쳐요. 인간이니까. 그렇지만 미워하는 건 좀 감춰야 하는 거 아닌가요?”

“당연하지.”

“내가 아무리 가난한 발레리나 지망생이라지만 나름 장학 재단에서 장학금까지 받으면서 학교에 다니고 있고, 의상은 알아서 싸게 빌려 입고, 레슨도 형편이 안 맞으니까 혼자 연습해서 진도 맞추잖아요. 그러면 꿀릴 거 없는 거 아니에요? 그런데 왜 나를 이렇게 개무시하는 건지 진짜 모르겠어요.”

은호는 고개를 끄덕이며 공감을 표했다.

“그럼…… 너는 라연이나 그런 친구들이 불편하게 느껴질 수도 있겠네?”

은호는 조심스레 질문을 라연과 연결시켰다. 그러나 D는 뭔 소리냐는 듯 미간을 찌푸렸다.

“유라연요? 오히려 어설픈 부자들이나 졸부들이 못되게 굴죠. 제가 세상의 모든 부자 애들을 알 수는 없지만, 제 경험상으론 그래요. 아까 걔도 엄청 부잔데 저랑 잘 놀잖아요.”

“유라연은 졸부가 아니라서 그렇지는 않다?”

“네. 잘살고 못살고 그런 걸로 사람 무시하는 건 못 봤어요. 능력이 너무 없거나 주변에 피해 줄 때는 좀 많이 쪽 주는 것 같긴 하지만. 애초에 그걸로 차별하면 윌리에 절 넣어줬겠어요?”

“구박하려고 넣을 수도 있잖아, 일부러.”

“오, 아저씨, 누구 좀 괴롭혀봤는데.”

은호와 D는 하하 웃었다.

"애들은 생각보다 그런 거 안 따져요. 따지는 애들은 따지겠지만 전부 그런 건 아니니까 어울려 놀 애들 정도는 있다구요. 나를 적극적으로 옹호하면서 선생님한테 따지는 그런 애는 없지만 그것도 이해하구요. 애들 입장 생각해보면…… 그렇잖아요, 이 좁은 발레 판에서 앞길이 달려 있는데 어떻게 따져요."

"선생님들이 앞길을 막을 수도 있다?"

"그럴 수 있죠."

체육계나 예술계에서 그런 일이 빈번하게 일어난다고 들었지만, 아직 성인도 되지 않은 고등학생들의 세계에서도 그런 일이 벌어질 거라고는 생각해본 적이 없었다. 설마, 하고 의심조차도 안 해봤다.

"혹시 너무 편향된 생각은 아닐까? 선생님들은 대학 입시 성적 잘 올리고, 자기 제자 중에 특출한 애 하나 키우고 그런 보람으로 하는 걸 텐데?"

"아저씨가 잘 몰라서 그렇죠."

D는 고개를 절레절레 저었다.

"선생들이 관심 있는 건 그런 것들이 아니에요. 이 학생이 돈을 얼마나 가지고 있냐, 얼마만큼 큰 돈으로 자신들의 환심을 살 수 있나, 그따위 것들이겠죠."

은호가 학교에 다닐 때도 그런 조건들로 학생들을 차별하던 선생님들은 있었다. 하지만 그 선생님들이 대학 입학 전까지는 영향을 끼칠 수 있어도, 그 이후로는 그럴 수가 없었다. 그저 못된 선생, 그렇게 여겨질 뿐이지 결코 대학 입시 다음의 진로를 막는 거대한 압박을 줄 수 있는 존재는 아니었다.

"구회영 선생 죽었다고 했을 때, 전 솔직히 고소하다고 생각했어요. 난 그 사람한테 레슨도 거의 안 받아서 레슨비를 많이 안 내니까, 그래서 대놓고 날 싫어했던 사람이니까, 자업자득이다, 벌을 그렇게 받게 되는구나, 그렇게 생각했어요. 난 애교 있는 성격도 아니고 예쁘지도 않으니까 추수인 선생도 당연히 관심도 없겠고. 조은지……."

D는 아차 싶은지 잠시 말을 멈추고 은호를 쳐다봤다. 은호는 계속해도 된다고 격려하기 위해 고개를 끄덕였다.

"은지 선생님은 그냥 애들한테 관심 자체가 없는 느낌이에요. 공평한 것처럼 보이다가도 어떤 애들한테는 엄청 관심 주니까. 잘했다고 칭찬도 해주고. 칭찬 잘 안 하거든요."

"전체적으로 선생님들이 공평하게 대한다고 느끼지 못하는 모양이네."

"공평은 바라지도 않아요. 부당하게 대하지만 않아도 고마워할 건데."

D는 이미 기대도 없는 듯, 분노도 섞이지 않은 말투로 말했다.

"존나 못해도 부둥부둥. 솔직히 눈꼴실 때 있어요. 그러다가도 어떤 애한테는 칭찬도 안 하고 잔소리도 안 하는데 계속 쳐다보고만 있을 때도 있었어요, 솔직히. 쟤를 미워하나? 도대체 뭐 때문에? 싶을 정도로요. 선생들이 미워하는 이유가 언제는 합리적이었나 생각해서 그 이상은 궁금해지지도 않았지만요. 그나마 류 선생님은 괜찮다고 볼 수 있죠. 〈지젤〉 하기 전까진 절 담당한 적이 없으니까 문제이긴 했지만."

"그러니까, 구회영 선생님에게는 네가 원한을 품었을 수도 있는 거네?"

은호는 일부러 짐짓 장난스럽게 물었다.

"저만요? 그렇진 않을걸요."

D도 장난스럽게 받아쳤다.

"그 선생님을 싫어하는 사람이 많아?"

"좋아하는 사람이 있나?"

"싫어하는 이유들은 뭔데?"

"아주 여러 가지죠. 근데 학교에 떠도는 이야기는 있어요."

"뭔데?"

"이건 저주라고요. 지율이의 저주라고."

"저주?"

D는 심각한 얼굴로 고개를 끄덕였다.

"딱 그런 건 아닌데, 어떻게 보면 구회영 선생, 지젤처럼 죽은 거잖아요. 토슈즈 신고. 계단에서 굴렀다는 건 좀 다르지만……. 멀리서 보면 춤추는 거랑 비슷하게 보이지 않았을까요?"

D는 자신이 그렇게 말해놓고 소름 돋는다는 듯 몸을 부르르 떨었다.

"지율이가 왜 저주를 내려."

"모르죠. 그냥 그런 얘기가 있어요."

"근거는 없는 이야기네."

"그렇죠."

잠시 정적이 흘렀다.

"만약에 구회영 죽인 사람이 나처럼 차별당하거나 불공평한 일을 겪어서 복수한 거라면, 전 박수 칠 거예요."

사춘기를 겪었던 한 사람으로서, 사춘기 아이들의 누군가를 향한 증오는 가공할 만한 것이었다. 한계를 모르기에 겁도 없는 그 증오를 다시 한번 마주하게 된 은호는 그것이 얼마나 치기 어린 일인지 D에게 말해줄 수도 있었다. 하지만 실망스러운 모습을 보여준 어른을 증오하게 되는 것은 어쩌면 곧 어른이 될 사람의 입장에서는 당연한 것이 아닐까 싶은 마음이 들었다. 은호는 그저 조용히 다음 말을 기다렸다.

"만약에 영화에서처럼 지율이가 귀신으로 나타나서 네가 그 뜻을 이어야 한다……. 이러면 저도 했을지 몰라요. 결국 그건 지율이의 복수이기도 하지만 저의 복수이기도 한 거잖아요? 아. 근데 귀신 보고도 안 기절한 다음의 얘기겠네요, 이건."

"귀신은 무서워하는구나?"

"네."

D는 헤헤 웃었다.

"지율이가 잘사는 편은 아니었다며?"

"잘사는 편이 아니었다구요?"

D는 기가 막힌다는 듯 웃었다.

"엄청 못살아요. 아니, 못살았죠."

"들어보니까 물건은 명품 들고 다니고 그래서 의아하게 생각하던 애들이 있던데."

"아아. 그거요?"

D는 어깨를 으쓱하며 말했다.

"누가 사줬겠죠."

"누가?"

"남친이나 그런 사람이요."

"남친이라고 해도 학생 아니야? 학생 씀씀이가 뭐 그래. 남친이 부자였어?"

"아니, 그러니까……."

D는 뭔가를 말하려다가 입을 다물었다. 은호는 들고 있던 펜과 수첩을 책상에 내려놓고 말했다.

"걱정 마. 누가 말했다고 얘기 안 해. 기자들 중에서도 그런 거 사방팔방 얘기하고 다니는 사람은 좋은 취잿거리를 놓치거든. 보통 특종이 아니면 섣불리 움직이지는 않아. 게다가 이건 떠벌려봤자 딱히 특종도 아니라 나한테 별 이득도 없고 말이야."

"아저씨, 아무래도 저희를 인터뷰하는 다른 목적이 있나 봐요? 개이득 볼 만한 그런 거……?"

은호는 아무 대답하지 않았지만 D는 이내 고개를 끄덕였다.

"교사 월급은 적다고 듣긴 했지만 레슨비랑 작품비까지 합치면 적게 버는 건 아니겠죠?"

은호는 잠시 D를 보며 눈을 깜빡였다.

"설마 지금 지율이가 교사랑 사귀었다는 얘기를 하는 거야?"

D는 빠르게 고개를 끄덕였다.

"너무 티 나게 연애를 했어요. 동물원에서 손잡고 가는 거 봤다는 애도 있을 정도니까요."

"그냥 뜬소문 같은 거 아니고?"

D는 고개를 저으며 코웃음을 쳤다.

"진짜예요. 못 믿겠으면 가서 직접 확인해보세요. 양지후 선생한테."

E

EXPERIMENT

D의 인터뷰가 끝나고 점심시간이 되어서야 은호는 자신이 D에게 지율에 대해서 조사할 수 있을 만한 정보들을 물어보는 것을 깜빡 잊었다는 것을 깨달았다. 선생과 학생이 사귀는 것이 아주 없는 일은 아니라고는 하지만 아무리 생각해도 자신의 상식선에는 벗어난 행동이라 동요해버렸다. 덜렁댄 것을 조금 반성한 다음, 은호는 인터뷰할 E의 이름을 가만히 들여다보았다.

처음 명단을 받고 훑어봤을 때 은호는 E의 이름을 보고 깜짝 놀랐다. 보기 드문 성씨에 보기 드문 이름, 드라마와 영화에 나왔다 하면 히트를 치는 여자 배우와 유명한 남자 클래식 연주자의 외동딸의 이름과 똑같았기 때문이다. 한때 그 배우를 상당히 동경했던 은호는 설마 하면서도 은근히 기대했다.

E를 만나기로 한 소연습실로 들어가자 한 남자 선생이 혼자

춤을 추고 있었다. 선생은 은호를 보더니 춤추던 것을 멈추고 어색하게 일자로 섰다.

"혹시 조은호 기자님이신가요?"

말투도 차분하니 정중하고 외모도 꽤나 준수해 보였다. 은호는 안 그래도 예민한 학생들이 위로받고 동경까지도 할 만하다고 생각했다.

"바로 아시네요."

"네. 오신다고 들어서요. 저는 양지후라고 합니다. 조은지 선생님하고도…… 같은 발레 파트고 꽤 가까운 동료인데 이렇게 학교에서 오빠분을 뵙게 될 줄은 몰랐네요."

"그러게 말입니다. 은지는 학교에서 어떻게 지냈나요?"

은지에 대한 질문이 갑작스러웠는지 지후는 약간 당황한 기색이었다.

"네? 네……. 비교적 잘 지낸 것 같아요. 이렇게 들으니 꼭 학부모 상담 같네요."

"하하, 그러네요."

"류 선생님이랑 강 선생님은 주로 둘이서만 어울려서 조 선생님이랑은 사이가 어떤지 잘 모르겠지만요, 단짝인 선생님도 있었고 선생님들과 두루두루 잘 지내고 학생들과도 적당히 거리를 지키며 잘 지내는 걸로 알고 있어요."

단짝인 선생이 있었다는 말이 과거형인 것으로 보아 구회영 선생을 가리키는 것 같아 굳이 묻지는 않았다.

“몇 학년 담당하시나요? 연습실에서는 못 뵌 것 같아서.”

“3학년 담당입니다.”

“3학년 학생들은 콩쿠르에 많이 나간다고 하던데 바쁘시겠네요.”

“네, 지금도 작품 짜고 있는 중이었어요.”

“학생들은 콩쿠르를 몇 번 정도 나가나요?”

“적게 나가는 아이들은 세 개에서 다섯 개…… 많이 나가는 애들은 열댓 개 나가죠.”

“그렇게나 많이요?”

지후는 씁쓸한 표정으로 고개를 끄덕였다.

“대회가 많다는 건 콩쿠르를 경험해볼 기회도 수상할 기회도 많다는 이야기라 좋기는 하지만……. 아이들에게 부담이 많이 간다는 점이 참 안타깝죠.”

“나가야 할 대회가 많아서 심적으로 부담된다는 말씀이신가요?”

“아니요, 경제적으로요. 대충 아시겠지만 이것저것 하면 돈이 들어갈 곳이 많으니까요.”

“그렇군요…….”

“하고 싶은 일이, 꿈에 도전하는 일이 돈 때문에 가로막힐 수도 있다는 것이 참……. 현실적으로 물질적인 요소에서 벗어날 수 있는 일은 별로 없지만 그래도 과한 감이 있으니까요."

더이상 무슨 대화를 나누면 좋을까. 은호는 빨리 E가 등장하거나 지후가 나가면서 어색한 상황이 종료되기를 바랐으나 지후는 무슨 할 말이라도 있는 사람처럼 쭈뼛거리며 나가지를 않았다.

"구회영 선생님 일 말인데요."

지후는 갑자기 튀어나온 이름 탓인지 놀란 표정으로 은호를 보며 눈을 깜빡였다.

"은지는 과로사라고 하던데, 정말인가요?"

"네. 아마도 그렇겠죠. 죽을 때까지 토슈즈를 신고 있었다는 게 불쌍하면서도 일에 열심이었던 것 같아서 대단하게 느껴지긴 하죠."

"왜 과로가 해결이 안 되나요? 그럼 교직원을 증원해야 하는 게 아닌가요?"

"예술고등학교지만 발레 학교는 아니다 보니 아무래도 발레 파트만 증원한다는 게 현실적으로 조금 어렵다고 봐요."

지후는 연습실 내의 물건을 정리하며 뭉그적거렸다. 은호는 이렇게 된 바에야 마지막으로 불편한 질문을 하나 던져봐도 나쁘지 않을 것 같다는 판단이 들었다.

"지율이라는 학생과 가까운 사이였나요?"

지후는 잠시 망설이는 듯하더니 차분하게 고개를 끄덕였다.

"들으셨군요."

"사실인가요?"

"네. 사실이에요."

잠시 정적이 흘렀다.

"알고 있습니다. 뭐라고 변명해도 안 되는 일은 안 되는 일인데……. 저를 제어할 수가 없었어요. 솔직히 이런 말씀드리기 부끄럽지만, 운명이라고 느꼈어요. 지율이 말고는 학생과 사귄 적은 단 한 번도 없습니다. 지율이라서 가능했던 것 같아요."

은호는 그렇다 한들 선생과 제자가 사귀었다는 사실 자체를 들은 것만으로도 껄끄러운 감정을 느꼈다. 그러나 우울해하는 지후의 표정을 보며 그래도 그렇게 만나지면 어쩔 수 없기도 할 것이고, 그렇게 만났더라도 좋은 인연을 맺어 졸업 후 성인이 된 뒤에 함께하는 일이 아예 불가능한 일도 아니지 않을까 하는 생각을 했다.

"지율이가 죽은 후…… 힘들었어요. 선생으로 부끄러운 말이지만 아이들 수업에도 집중을 못 하고 잠깐 동안은 보기 싫게 살도 좀 쪘죠. 술을 너무 많이 마셨거든요. 지금도 예전보단 약간 쪄 있기도 하고……."

은호는 지후가 아무렇지도 않은 척하면서 하하 허탈하게 웃는 것이 왠지 안쓰럽게 여겨졌다.

"천사 같은 아이였어요……. 제가 무언가에 대해 불평을 하면 오히려 어떻게 받아들이면 좋은가, 어떤 생각을 해야 하는가 하는 것들을 저보다도 더 어른스럽게 말하던 아이였죠. 웃을 때는 더욱 천사 같고……. 보고 싶네요……."

이제야 지후는 슬슬 나갈 생각을 하는 듯 문 쪽을 바라보았다.

"지율이의 성이 뭔지 알려줄 수 있나요?"

"한지율이에요."

지후는 은호에게 꾸벅 인사를 하고 연습실에서 나갔다.

완전한 가식이거나 조금 어리석지만 진실한 사람이거나. 지후와 이야기를 나눠본 후 은호의 소감이었다.

E가 소연습실로 들어서는 순간, 은호는 학생 시절 책상 옆에 고이 붙여놓았던 배우의 젊은 시절 얼굴을 떠올렸다. E와 인사를 나누는 동안 자신이 바보 같은 표정을 지었던 것 같아 표정 관리를 하려고 애썼다.

"저 잠깐 숨 좀 돌릴게요. 급하게 오느라."

"그래. 그렇게 해."

E는 가방을 내려놓더니 먼 곳을 멍하니 쳐다보며 숨을 내쉬었다. 열린 가방 사이로 물건들이 보였다. 아무렇게나 뭉쳐놓은

스타킹, 토슈즈, 작은 망치, 큰 커터 칼, 낚싯줄 더미, 고무줄 더미, 펜치, 라이터……. 왜 공구들이 E의 가방에 들어 있는 것일까? 은호는 의아하게 생각하며 그 점을 슬그머니 수첩에 적다가 E와 눈이 마주쳤다.

"뭘 그렇게 적으세요?"

"아, 발레를 정말 사랑하는 것 같다고 말이야. 시간을 꽉 채워서 연습하고 나서 숨 고를 틈도 없이 인터뷰에 왔다고."

은호는 태연하게 거짓말을 했다.

"그렇게 사랑하지 않아요."

"그래? 그럼 왜 이렇게 열심히 하는 거야?"

"발레하다가 온 게 아니라 문제 풀다가 온 거예요."

"문제를 풀어?"

"저한테는 성적이 너무 중요해서. 발레가 좋아서 예고에 진학하긴 했지만 더 좋아하는 게 있다는 걸 뒤늦게 깨달았거든요."

"그래? 그럼 뭘 전공하려고 하는데?"

"화학요."

"화학? 발레와는 완전 다른 쪽이네?"

"네."

E는 강단 있는 얼굴로 말했다. 그 표정이 왠지 동경하던 배우의 남편인 음악가와 똑 닮아 있었다.

"화학은 배신하지 않아요."

"배신하지 않는다, 라. 그럼 발레는 배신을 하고?"

"그럼요. 노력은 날 배신할 수 있거든요. 운은 처음부터 내 편이 아닐 수도 있고요.

오로지 원리에 맞게, 결합한 양에 따라 결과가 도출되면서도 때로는 평소에 발견하기 힘든 짜릿한 결과를 맛보게 해주는 것이 화학이니까요. 되짚어보니까, 제가 어렸을 때부터 화학을 좋아했더라고요. 실험 키트도 혼자 많이 가지고 놀고."

"예상과는 좀 다르구나."

"제가 누구 딸인지, 이미 알고 계시죠?"

역시! 착각이 아니었다. 은호는 최대한 덤덤하게 반응하려고 했지만 만면에 묘한 미소가 떠오르는 것을 굳이 거울을 보지 않아도 느낄 수 있었다.

"그래도 감사하게 생각해요. 먼저 아는 척하고 친한 척하고, 그런 거 안 하셔서."

E는 목례를 했다.

"이제야 하는 말인데 정말 영광이다."

E는 까르르 웃었다.

"내가 진짜 너네 어머니 팬이었는데."

"정말요?"

"정말, 완전. 그래서 항상 먼 동경의 존재이기만 했는데 그 딸이랑 이런 공감대가 생길 줄은 몰랐어."

"어떤 공감대요?"

"운이 내 편이 아닐지도 모른다는 생각 같은 거 말이야."

"아아."

"그런데 왜 넌 그런 생각을 했어? 나 같은 경우에는 어릴 때 너무 힘들게 사니까 그런 생각을 했는데……. 실례일지도 모르지만 너희 집에 태어나면 운이 좋은 거 아닐까, 해서."

"그럴 수도 있고, 아닐 수도 있고요."

E는 묘하게 씁쓸한 미소를 지었다.

"도대체 어떤 것 때문에 그런 생각을 했을까 했어. 혹시 발레 쪽의 경쟁 때문인가?"

"아저씨가 기사로 안 낸다고, 비밀로 해준다고 하면 제가 우리 엄마에 관한 질문에 답해드릴 수도 있는데."

E는 갑자기 화제를 돌렸다. 평소 같으면 다시 원래의 화제로 돌리려고 했을 은호지만 지난날 동경의 대상인지라 덥석 물었다.

"안 낼게, 안 내지. 기자로서, 인간 조은호로 자존심 다 걸고."

"그럼 물어보세요."

E는 약간 흥분한 듯한 은호의 말투에 웃음을 꾹 참으며 말했다.

"그…… 드라마 〈매미〉에서 중간에 어머니께서 막 물건을 파헤치다가 손에 피를 흘리면서 미친 듯이 웃는 장면 있잖아. 그게 나는 너무 굉장하다고 생각했거든. 대본에 있는 거면 대본을 어떻게 그렇게 잘 살릴 수 있나 싶고 만약 애드리브라면 정말 천생 배우다, 최고다 이렇게 생각했는데……. 혹시 어느 쪽인지 알아?"

"네, 알아요. 이거 많이들 궁금해하시더라고요. 엄마가 방송 나가서는 그건 시청자들 상상에 맡겨두는 편이 나을 거라고 했지만, 사실은 애드리브라고 했어요. 물건 중에 날카로운 게 있어서 갑자기 피가 났는데, 그 순간 갑자기 확 뭔가 올라오면서 미친 듯 웃음이 나더래요. 그러면서 사람이 정말 미치면 울 상황에서 오히려 웃게 되기도 하겠구나, 그런 생각이 들었대요. 궁금한 게 해결되셨나요?"

"어! 너무 고마워. 와……. 그랬구나……."

은호가 감탄하는 사이 E는 알아서 그전에 은호가 던졌던 질문에 대한 답을 했다.

"우리 가족들이 모두 바빴어요. 사실 개개인의 영광이 제일 중요한 사람들이 어떻게 가족으로 묶여 있는지 잘 모르겠지만 나름 그 이유는 있죠."

"뭔데?"

"첫 번째로는 모두가 영광스러운 사람이기 때문이겠죠. 그 영광스러운 사람이 내 가족이야, 나도 완벽한데 내 배우자도 가족도 정말 완벽하네, 그렇게 생각하기 때문이니까요. 두 번째로는 그렇게 잘나서 아빠고 엄마고 친척이고 다 유명하고 외모도 출중하다는 소리를 들으니 이성이 많이 꼬이기는 하지만 자기 커리어가 가장 중요하고 이미 완벽한 가족이 있기 때문에 자기 계발에 힘쓰느라 바람을 안 피워서 그래요. 그럴 시간도 필요도 없으니까. 그렇게 낭만적인 이유들은 아니죠.

발레를 전공하면서 겪게 되는 경쟁은 그래도 경쟁이라는 이름이 붙어 있잖아요. 가족이라는 이름을 붙이고 나도 잘난 사람이 되어야 된다는, 경쟁자도 없는데 경쟁을 해야 하는 것보다는 덜 숨 막히죠.

그걸 깨달은 건 고등학생이 되고 진실한 친구들을 만나면서부터예요. 그전엔 몰랐고, 우리 가족 같은 가족이 이상적인 형태라고 생각했고, 그게 당연했고. 이제 집안에 없는 발레 천재가 나와야 하니 가족들은 어렸을 때 저한테 발레 학원을 다니게 하고 개인 레슨을 시켰고……. 그래서 발레를 하기로 한 것 같아요. 발레는 제 꿈이 아니라 가족들의 꿈이었던 거죠. 저도 싫지는 않았지만요. 그래서 별 거부감 없이 계속했죠.

그러다가 작년에야 그런 생각이 드는 거예요. 앞으로 십 년 넘게 발레를 해야 한다고? 그렇게 생각하니까 이건 아니다 싶었어요. 그렇게 뒤늦게 깨닫고는…… 우울해지기도 했어요. 애초에 선택을 잘못했구나. 나, 이제 와서 너무 늦은 거 아닌가? 그래도 라연이 말에 힘을 얻었죠."

"뭐라고 했는데?"

"발레를 전공한 화학도가 어디 흔할 것 같냐고. 너는 너만의 독보적인 길을 가는 거라고. 처음에는 가족들이나 남들이 뭐라고 할지 몰라도 나중에는 다들 참 멋진 사람이다, 그렇게 말할 거라고.

그런 말을 들으니까 제가 택한 길이 왠지 특별해 보이더라고요. 희한하죠. 라연이는 저랑 동갑이지만 그런 면에서 대단한 거 같아요. 말 한마디로 그렇게 인식을 바꿀 수 있는 게 흔한 능력은 아니니까 말이에요."

"역시 보통 애는 아니구나."

"그렇게 생각하세요?"

E는 똘망똘망한 눈을 빛내며 은호에게 되물었다.

"연습실에서 본 인상으로는."

"흐음."

E는 고개를 끄덕끄덕하더니 하던 말을 이어갔다.

"그래서 용기를 내서 공부를 열심히 했고, 얼마 안 되어서 모의고사도 상위 3퍼센트 이내로 들었어요."

"대단한데?"

"하지만 부모님은 아직도 절 인정해주지 않으세요. 1퍼센트는 되어야 잘하는 거 아니겠냐는 소리만 들었죠."

"너무한데……. 서운했겠네."

E는 여유 있게 미소 지었다.

"중학교 때 발레 콩쿠르에서 동상 받았을 때도 비슷한 반응이었어요. 대단한 부모를 두면 그게 힘들어요. 워낙에 자신들이 대단하니까 내가 뭘 해도 시시하게 보일 수밖에요. 자신들은 뭐 한 가지만 해도 주목과 각종 찬사를 받는 예술가인데다가, 사촌 언니는 무슨 도장 깨기처럼 해외 콩쿠르들 접수하고 신예 성악가로 떠오르고 있으니까. 제가 하는 건 대충대충, 장난하는 것처럼 보이겠죠."

대단한 사람의 자식이라는 건 남의 시선에서 자유롭지 못하다는 점에서 괴로울 거라고는 생각했지만, 이런 취급까지 받아가면서 고통받고 있는 줄은 헤아리지 못했다.

"3퍼센트……. 너희 부모님께서 날 자식으로 두셨으면 아주 통탄을 하셨겠다. 아까 너희 집에 태어나면 운이 좋다는 말, 그 말은 취소야."

E는 웃음을 터뜨렸다.

"그런 면에서 라연이는 참 괜찮은, 좋은 친구죠. 나를 인정해줬으니까요. 그리고 라연이가 인정해주니까 주변에서도 저의 능력을 인정해주기 시작하더라고요. 별것 아닌 거 같겠지만, 정말 그게 별거더라구요. 인정받는다는 거요. 제가 계속 열심히 할 수 있는 원동력이 되고 있으니까요. 생각해보세요. 내가 제대로 살고 있다는 걸 아무도 인정해주지 않으면, 계속 제대로 살고 싶겠어요? 그게 제대로인지 아닌지 알 수도 없을 거고요.

그러니까 저는 살다가 라연이가 도움이 필요하다고 하면 언제든 도와줄 준비가 되어 있어요. 꼭 필요했지만 그 누구도 주지 않았던, 엄청난 걸 받은 거니까요. 정말."

"그렇구나."

"아저씨가 라연이를 별로 좋아하지 않는 것 같은 인상을 받아서 드리는 말씀이에요."

"들켰나?"

"네."

"알았어. 참고할게."

E는 흡족한 표정으로 고개를 끄덕였다. 그 바람에 E의 옆머리가 조금 흘러내렸고 E는 손을 들어 흘러내린 머리를 귀 뒤로 넘겼다. 그 순간 오렌지 냄새가 났다.

"오렌지 향?"

"오렌지? 아, 제 향수 냄새요?"

"어. 어제 은지랑 같이 있을 때……."

수상한 도구들에 오렌지 향까지. 우연이라고 여기기는 힘들었다.

"은지 선생님도 그거 쓰나 보네요?"

은호는 굳이 은지가 그 향을 맡고 괴로워 날뛰었다는 얘기는 하지 않았다.

"저는 산성 쪽 애들 향 좋아해서요. 근데 정말 산이 들어 있는 화학적인 냄새는 향수로는 좀 살벌하잖아요? 건강에도 좋을 리 없고. 그러니까 과일 중에 산이 들어 있는 계열이 좋겠다, 하고 맡다가 보니 마음에 들어서 선택한 거죠."

E는 싱긋 웃었다.

"학교에 너무…… 파스 냄새 나지 않아요?"

"그렇긴 하더라. 깜짝 놀랐어."

"다른 과 애들이 지나가면서 너무 냄새 심하다고 투덜거리더라고요."

"파스 꼭 써야 돼? 그래야 좋은 거야?"

"남들은 발레가 우아하게 다리나 찢고 팔 허우적대면 끝인 줄 알지만 의외로 근력 운동이에요. 더군다나 단순하게 무리한 운동을 하는 것도 아니고 발레 동작을 하기 위해서 근육을 익숙하지 않은 방향으로 이리저리 뒤틀어야 하니까 당연히 근육통이 오죠. 근데 맨날 붙일 수도 없고 칙, 칙, 하고 뿌리니까……. 아시죠? 스프레이 냄새 심한 거. 하지만 안 할 순 없으니까요. 딜레마죠. 심지어 어떤 애들은 안 아픈데 예방책처럼 뿌려요. 예방이 되겠어요? 그냥 본인만의 징크스 같은 거겠죠. 그러니까 진동할 수밖에 없죠, 파스 향이."

"솔직히 말할까? 와, 난 운동부에 온 줄 알았어."

E는 농담에도 크게 웃지 않고 그저 고개를 끄덕였다.

“그래서 제가 향수 쓰는 거예요. 그나마 제 코라도 속여보려고.”

“이해가 된다.”

“가끔 머스크 향이나 진한 향수 쓰는 애들이 섞이면 그건 또 그것대로 괴롭긴 해요.”

은호는 고개를 끄덕였다. 그럴듯한 핑계일까, 진실일까.

“그런데 왜 하필 산이 좋은 건데?”

“산은 물건을 녹일 수 있잖아요. 저는 강력한 인상을 주는 게 좋거든요.”

잠시 정적이 흘렀다. 도대체 무엇을 녹이고 싶은데? 묻고 싶은 충동을 억누르고 은호는 물었다.

“그럼 마지막으로 미래 화학도의 포부 한마디 부탁할까?”

E는 빙그레 웃으며 말했다. 표정은 그 유명 배우와 무척이나 닮아 보였다.

“저는 아직도 실험중이에요. 실험으로 저를 증명해 보일 거예요.”

하지만 은호는 잔뜩 긴장한 탓에 E의 웃음에 답해줄 수가 없었다.

"조 기자님."

류 선생이 복도를 걸어가는 은호를 불러 세웠다.

"오후 연습 참관하시나요?"

"아니요. 오늘은 다른 일이 있어서."

거짓말이었다. 그저 연습 광경을 보고 있는 것도 지겹고 왠지 에너지가 소진되어 집에 가서 드러누울 예정이었다.

"네. 그럼."

류 선생이 뒤돌아서는데, 지후가 한 말이 생각났다.

—류 선생님이랑 강 선생님은 주로 둘이서만 어울려서 조 선생님이랑은 사이가 어떤지 잘 모르겠지만요.

아마도 그 말과 이제까지 본 류 선생의 모습에 의하면, 은호가 던진 질문을 다른 선생이나 교감에게 쪼르르 달려가 말할 것 같은 사람은 아니라는 판단이 들었다. 백 퍼센트 확신할 수는 없었지만 기대를 걸어보기로 했다.

"선생님, 여쭤보고 싶은 게 하나 있습니다."

"네. 말씀하세요."

"한지율이라는 학생, 가르치신 적 있나요."

순간 류 선생의 얼굴에서 핏기가 가셨다. 마치 아이들이 시끌벅적하게 떠드는 소리가 들리지 않는 것처럼 멍한 표정을 지었다.

"네……. 있죠. 그런데 지율이 얘기는 어떻게 아셨나요?"

"애들과 얘기하다 보니 알게 되었습니다. 정말 안됐어요. 또 그렇게 죽는 학생이 없어야 할 텐데요."

"네……."

"그 이후에 학교에서는 아이들의 정신 건강을 잘 관리중인가요?"

"기자님, 여기는 유럽이 아니에요. 한국 학교에 그런 걸 기대하시면 안 돼요."

"하지만 당연히 해야 하는 거잖아요? 그 후폭풍이 언제 몰아칠지……."

류 선생은 한숨을 쉬며 고개를 끄덕였다.

"알아요, 당연히 그게 맞죠. 제가 어렸을 때도 학교에 자살 시도하는 아이 한두 명씩은 있었으니까 당시엔 저도 그렇구나 하고 받아들여서 잘 몰랐는데 그게 얼마나 중요한 건지 잠깐 외국에서 학교 다니면서 알게 됐죠. 하지만 지금은 상담실 선생님에게 직접 가는 거, 그 방법밖에는 없어요."

"선생님들이 케어해주는 방법이 있지 않습니까?"

류 선생은 허탈한 웃음을 지었다.

"선생님들이 그런 자질이나 갖췄고요?"

류 선생은 고개를 절레절레 저었다. 은호는 그 표정에서 류 선생이 어째서 다른 선생들과 잘 어울리지 않으려 하는지를 엿볼 수 있었다.

"학생의 수가 많잖아요. 아이들을 잘 들여다보려면 정말 소수의 인원을 봐야 해요. 이야기하는 것만으로는 아이들을 잘 파악할 수 없어요. 어른이니까 꿰뚫어 볼 수 있겠지 생각하는데 그건 잘못된 생각이에요. 불행한 아이도 행복한 척하고 행복한 아이도 불행한 척할 수 있어요."

은호 역시도 자신이 아이들을 잘 파악할 수 있다고 생각하던 터라, 미간을 찌푸리며 류 선생에게 물었다.

"아이들이 그런 척할 이유는 뭐죠?"

"각자의 이유 때문이죠. 개네는 말 그대로 청소년이에요. 어른은 아니지만 어린이도 아니에요. 상담 선생님들이 더 계셔서 상담 횟수를 의무화해도 다 파악하긴 힘들 거예요. 물론 지금보단 낫겠지만요."

"네……. 어려운 문제네요."

"동의하시면 이런 것도 기사에 좀 실어주세요. 기자님 견해라는 식으로라도 괜찮고요. 그런 이야기가 많이 공론화되다 보면 언젠간 지금보다는 나아지지 않을까요?"

은호는 류 선생에게 조금 감명받았다. 학생들에게 별 관심이 없어 보였지만 사실은 진심으로 학생을 위하는 사람이라는 것을 대화를 통해 알 수 있었다.

"네. 그래서 지율이에 대해서 물어본 겁니다. 학생들이 또 비슷한 이유로 죽음을 택하거나 경쟁이 과열되는 걸 막을 수 있다면 해서요."

"네……. 좋네요. 그런데 기자님."

류 선생이 자못 심각한 표정을 짓더니 말했다.

"혹시 궁금하시다고 해서 지율이네 집을 알아내서 찾아가거나 하지는 말아주세요. 어디까지나 조용히 알아봐주세요. 부탁드립니다."

"……이유를 여쭤봐도 될까요?"

류 선생은 어두운 표정으로 답했다.

"지율이는 어머니가 혼자 키우셨어요. 어느 집 자식이 안 귀하겠느냐마는, 다른 가족 없이 어머니 혼자서 아등바등 힘든 환경에서 애지중지하던 자식인데 그렇게 죽어서……. 그 이후로 앓아누우신 걸로 알고 있어요. 아마 가서 물어보거나 하신다면 충격으로 또 쓰러지실지도……."

"네, 안 그럴게요."

"부탁드려요."

"당연히 그래야죠."

"감사해요. 그리고 다른 선생님들한테는 지율이에 대해서 묻지 않는 게 좋으실 거예요. 취재를 더는 못 하게 될 수도 있어요."

"어째서……."

은호가 뭔가를 더 물어보려는 찰나, 종이 울렸다. 류 선생은 가볍게 묵례를 하고 복도를 걸어갔다. 은호는 그런 류 선생의 뒷모습을 한참 바라보았다. 은지가 겪은 사건에 대한 것을 다 밝히고 나면 정말로 학생들의 정신 건강에 대한 칼럼을 써봐도 괜찮지 않을까 하는 생각을 했다.

여전히 더 밝혀진 사실은 없었다. 은호는 답답한 마음에 터덜터덜 집으로 걸어가다가 허름하고 작은 분식집을 발견했다. 학창 시절 생각도 나고 허기도 지는 탓에 은호는 분식집 안으로 자연스럽게 걸어 들어가 주문을 하고 자리를 잡았다. 점심시간을 틈타 나온 것인지 학생들이 많았다. 다양한 교복들이 보였지만 예신예술고등학교의 교복은 보이지 않았다.

“여기 예신예고 학생들은 잘 안 오나요?”

“왜 안 와. 자주 오지. 학교가 지척인께.”

주인아주머니는 양손에 국자를 들고 떡볶이를 섞으며 대답했다.

“그렇군요. 그 학교 교복만 안 보여서.”

“매일 떡볶이만 먹는 것도 아니니까.”

주인아주머니는 유쾌하게 대답하며 은호의 앞에 떡볶이 그릇을 놓았다. 한입 베어 물자 정겨운 맛에 왠지 학창 시절로 돌아간 것 같아 기분이 좋아졌다. 허겁지겁 먹느라 입에 묻은 소스를 닦을 휴지를 찾으려고 고개를 돌리던 은호는, 남색 교복을 입은 여학생 둘이 자신을 힐끔힐끔 쳐다보는 것을 보았다. 은호는 마치 자신이 다른 학교 학생이라도 되는 것처럼 가볍게 물었다.

“왜? 나 입에 많이 묻었어?”

여학생들은 대답하기를 망설이며 잠시 시선만 교환했다. 왼쪽에 있던 여학생이 조그만 소리로 물었다.

“저주받은 학교 얘기는 왜 물어보는 건데요?”

“저주받은 학교?”

“완전 유명한데.”

“그 학교에 대해서 잘 알아?”

“왜요? 아저씨 그 학교 가게요? 바바리맨이에요?”

"아니야. 바바리맨이 여기서 여유롭게 떡볶이 먹겠어?"

"그럴 수도 있죠. 바바리 안 입으면 그땐 바바리맨 아닌 척할 수 있으니까."

이야기를 듣던 주인아주머니는 크게 웃음을 터뜨렸다.

"아니에요, 저 기자예요. 얘들아, 나 바바리맨 아니야. 저 학교에 무용과 애들 좋은 말 하는 기사 써주려고 온 거야. 홍보 기사 같은 거 있잖아."

여학생들은 입을 삐죽이며 은호의 말을 믿을까 말까 하고 있었다.

"그 저주받은 내용이 뭔지 하나라도 얘기해줄 수 있어? 그러면 내가 쏠게. 먹고 싶은 거 말만 해."

"진짜 그거 얘기만 하면 사준다구요?"

"그래. 그거 간단하게 얘기하고 세트도 시키고 음료도 시켜. 어때? 손해 볼 건 전혀 없지?"

여학생들은 웬 횡재냐는 듯 서로를 바라보며 미소를 지었다. 은호는 떡볶이 그릇을 들고 여학생들 옆으로 가서 앉았다. 학생들은 치즈 떡볶이와 튀김 여러 개, 탄산음료를 시키고는 만족해했다.

"이거면 되겠어? 더 시켜도 돼."

"먹고 싶어도 배불러서 더 못 먹어요."

왼쪽 학생은 탄산음료를 쭉 들이켜고 캬 하는 소리를 내뱉더니 말을 시작했다.

“그 학교에 밤 되면 불이 켜지는 연습실이 있대요. 거긴 예고니까 무용이나 연기나 뭐 연습하는 애들이 있을 수도 있잖아요? 근데 알고 보면 연습실에는 아무도 없고 그렇대요.”

“이런 얘기는 다른 학교에도 있잖아요. 걔네 학교는 차원이 달라요. 미술실에 있는 조각상에서 진짜 피 눈물 흐르고, 다음 날에는 학교 전체에서 핏물이 나왔대요.”

“그게 끝이 아니라니까요. 이유도 없이 복도에 새가 피를 흘리며 죽어 있고 그런대요. 그건 누가 인스타에도 올렸을걸요?”

“또…… 몇 층이지? 그건 모르는데 화장실에서 우는 소리가 막 난대요. 혼자 못 간다잖아. 소오름.”

또 귀신 이야기인가. 아이들이 말한 저주라는 게 이렇게 단순한 내용이었나 허탈해할 즈음, 왼쪽 학생이 다시 입을 열었다.

“그리고 그 학교 일 년마다 학생 한 명씩 죽잖아요. 내가 아는 것만 벌써 세 명임.”

“아니야, 올해는 선생이었어.”

오른쪽 학생이 끼어들었다.

“아, 맞다. 그랬지.”

가만히 듣고 있던 은호는 두 사람의 이름을 떠올렸다. 한지율, 구회영.

“세 명이라고? 재작년에도 누가 죽었어?”

"네. 그때도 학생이었지?"

"어어. 나도 그때 들었어. 우리 중3 때니까 그 언니 고1 아니었나?"

"맞아, 맞아. 우리 중학교에 그 언니 동생 있었음."

"대박. 어떡해. 걔는 어떻게 됐어?"

"몰라. 걔 우리 학년 아니고 2학년이었으니까 …… 잘 몰라."

"어떡해. 진짜 슬프겠다."

"장난 아니지. 생각만 해도 못 견딜 것 같지 않냐?"

여학생들은 어느새 자기들끼리의 대화에 빠져 있었다.

"정확한 거야?"

은호가 묻자 둘은 동시에 고개를 끄덕였다.

"어디서 들었는데?"

"카톡으로요."

"기사 같은 게 아니고?"

"그런 일 있으면 기사로 뜨기 전에 알죠. 금방 쫙 도는데."

"나는 버스에서 들었는데. 그날 학교 가는데 누가 버스에서 문자 받고 막 크게 얘기해서 주위에 있던 교복 입은 애들 다 같이 얘기하고 그랬잖아, 서로 다 모르는 사인데. 진짜 소름 돋아 가지고."

"맞아. 나도 아침에 받음. 애들이 발견했다며."

여학생들은 몸을 부르르 떠는 시늉을 했다. 그러자 가만히 있던 주인아주머니가 한숨을 푹 쉬며 한마디 얹었다.

"착한 사람들이 마음이 약혀."

"아는 학생이세요?"

"직접 알진 못하고. 몇 번 왔다고 해도 단골 아니면 잘 모르제. 여기 다니는 학생이 몇인디. 근데 그 동생은 기억이 나서 말여. 아주 인사성도 밝고 착했는디, 매번 늦은 밤에 언니 사다 준다고 떡볶이 사 가고 그랬거든? 근데 어느 날부터 안 오더니, 하루는 와서 울면서 언니가 죽어서 이제 떡볶이를 못 먹겠다는 거여. 언니 생각난다고 그래서 이제 못 오겠다고, 죄송하다고. 그냥 안 와도 되는디 인사를 하러 왔더라고, 나한테."

"어떡해……."

여학생들은 마치 자신들이 아는 사람의 이야기인 것처럼 안타까워했다.

"혹시 그 학생 전공은 뭐였는지 아세요?"

"언니가 발레한다 그랬나, 무용한다 그랬나. 그래서 학교가 늦게 끝난다, 뭐 그런 말 들은 것도 같은디."

뜻밖의 장소에서 뜻밖의 정보를 얻었다. 어쩌면 그 학생의 죽음 또한 연관이 있을지도 모를 일이다. 학교가 정말 저주를 받아서 일 년마다 누군가가 죽을 확률보다는 그 확률이 몇 배로 높았다. 은호는 세 사람에게 감사 인사를 하고, 집이 아니라 학교로 돌아가기로 했다. 다시 몸에서 기운이 솟았다.

학교로 서둘러 돌아갔지만 대연습실 앞에 도착할 때쯤 익숙한 음악 소리가 이미 울려 퍼지고 있었다. 조용히 들어간다면 괜찮겠지만 왠지 방해하는 것 같아 들어가기 꺼려지는 마음에, 은호는 생각도 정리할 겸 다음 수업까지 학교 안을 조금 둘러보기로 했다.

예술고등학교라고 해도 일단은 고등학교였다. 은호가 다녔던 학교처럼 디귿 자 건물이라 그런지 은호는 복도를 거닐며 마치 고등학생 시절로 돌아온 듯한 이상한 향수를 느끼고 있었다. 차이점은 미술실이나 음악실의 개수나 크기 자체가 다르다는 점 정도였다.

어느새 1층에 다다른 은호는 "소극장"이라고 씌어 있는 팻말과 화살표를 보았다. 학교에 극장이라니, 은호는 호기심에 소극장 앞으로 다가갔다. 두꺼운 소극장 문을 살짝 열자 안에서부터 두런두런 이야기하는 소리와 뭔가 드르륵 돌아가는 소리, 그리고 툭 떨어지는 소리 같은 것이 들렸다. 은호는 문을 완전히 열고 안쪽으로 빼꼼 고개를 내밀었다.

두 명의 아이가 극장 무대 중앙에 물건들을 잔뜩 펼쳐놓고 앉아 있었다. 옆에는 페인트 통과 락카 통, 테이프 같은 것들이 이리저리 굴러다녔다. 한 명은 여자아이 한 명은 남자아이였다. 둘은 손에 물건을 하나씩 들고 서로 보여주면서 고개를 갸우뚱갸우뚱하고 있었다.

"아, 마음에 안 드는데……."

손에 장갑을 낀 남자아이가 무대 옆에서 도르래를 손에 들고 나타나며 말했다.

"무게를 더 달아."

"그럴까 봐."

은호는 대화가 멈추자마자 혀로 똑똑똑 소리를 내서 기척을 알렸다. 세 아이들은 은호 쪽을 쳐다봤다.

"안녕, 갑자기 미안한데 뭐 하고 있는 거야?"

"아, 발레 파트 공연 무대에 설치할 것들이랑 소품 만들고 있어요."

"그런데 누구세요?"

은호는 대답 대신 가서 명함을 내밀었다.

"기자?"

장갑 낀 아이가 물었다.

"응. 발레 파트 공연 맞춰서 연재 기사 같은 걸 쓰려고 발레 파트에 왔다 갔다 하고 있어."

"오와. 발레 파트는 역시 좋네. 우리랑 클라쓰가 달라."

여자아이가 입술을 오 하고 모으며 감탄했다.

"괜찮으면 구경도 하고 얘기도 좀 할 수 있을까?"

"그럼요."

"교감 허락은 받은 거죠?"

은호는 미간을 잔뜩 찡그리며 고개를 끄덕였다. 그 표정에 세 아이 모두 킥킥 웃었다. 아무래도 교감은 다른 과 학생들에게도 호감을 주지 못하는 모양이었다.

"2막에 꽃이 나오던가?"

은호는 여자아이가 손에 든 하얀 백합 조화를 보고 물었다.

"네. 지젤 무덤 앞에도 피어 있어야 하고 미르타가 들고 춤출 것도 있어야 해요. 지젤이 미르타한테 지 사랑하는 사람 살려달라고 한아름 바치는 것도 있어서 꽤나 필요해요. 고결한 지젤을 상징하는 거니까 하얗게 잘 만들고 조명 비췄을 때 예쁘게 보이게 하려고 지금 완전 정성 기울이고 있어요."

남자아이는 손에 락카를 든 채 "Giselle"이라고 새겨진 비석을 보고 있었다.

"이건 지젤 무덤이에요. 정말 유럽에 있는 묘비 같나요?"

"응. 무덤 앞에 서 있는 것 같아서 오싹하네."

"멀리서 봐보세요, 가벼운 물건처럼 보여요?"

남자아이는 지젤의 비석을 갖고 재빠르게 뒷걸음질하며 말했다.

"정말 비석 같고 괜찮네. 다만 밑부분이 좀 신경 쓰여. 조금 더 어두워야 땅에 박혀 있는 것처럼 보일 것 같은데."

"드디어. 객관적 시각을 확보했다."

은호가 말하자 아이들은 기뻐하며 박수를 쳤다.

"왜 너네만 이렇게 작업해?"

"3학년이니까? 그래서 나머지는 다 공부하니까? 선생님들은 수업해야 하니까 수업 끝나고 조금 봐주시고 그러죠."

"어차피 선생님들이 중요한 게 아니에요. 발레 파트의 의견이 제일 중요하니까."

"그냥 버린 자식들입니다."

세 아이는 쾌활하게 웃었다.

"3학년이면 입시 때문에 바쁘지 않아?"

"전 수시 통과요."

장갑 낀 아이가 검지와 중지로 브이 자를 그렸다.

"전 어차피 무대미술 쪽 갈 거라서, 이런 기회 있는 게 좋아서 참여했어요. 어차피 앉아 있어도 공부 안 할 거 같고."

이어서 여자아이가 대답했다.

"무대미술과도 있어?"

"많진 않지만 있어요."

"전 그냥…… 아무 생각 없어요. 그냥 재미있어 보여서."

남자아이는 큭큭 웃으며 말했다. 은호는 아이의 장갑 낀 손에 있는 도르래와 하얀 베일을 바라보았다.

"아까 뭐 드르륵하는 소리 나던데, 혹시 그거야?"

"아아, 네. 이게 뭐냐면요, 도르랜데요, 2막 때 쓸 거예요."

장갑은 무대 옆 포켓으로 나가더니 허공에 베일을 매달았다. 자세히 보니 가느다란 와이어 한 줄이 무대 중앙을 쭉 가로지르고 있었다. 까치발을 들고 낑낑대며 베일을 매단 장갑은 이번에는 반대편 포켓 쪽으로 향했다. 반대편 무대 옆 천장에는 도르래가 매달려 있는 것이 보였다. 도르래 밑에 도르래가 매달려 있는 그 사이로 밧줄이 지나가고 있었고, 밧줄의 맨 끝부분이 다시 와이어와 이어지게 해놓은 식이었다. 은호는 어렸을 때 과학교과서에서 본 것들을 떠올리며, 그걸 복합 도르래라고 부른다는 것을 기억해냈다. 장갑은 구석 책상 위에 있던 무게 추를 두 손으로 들고 낑낑대며 바닥으로 내렸다. 그러자 반대편에 있던 베일이 와이어를 타고 허공을 스르르 가로질러 아주 빠르게 이동했다.

"와, 멀리서 보면 유령 같겠는데?"

"그렇죠? 2막은 으스스한 분위기니까 이런 효과를 줘보는 게 어떨까 싶었어요."

장갑은 뿌듯하게 말하며 다시 베일을 회수했다.

"근데 추를 떨어뜨려서 힘을 주니까 너무 훅 하고 빠르게 움직여서 손보는 중이에요. 너무 빠르면 제대로 보이지 않아서 설치한 보람이 없고, 음악이랑도 잘 맞으려면 이것보다는 더 천천히 움직여야 할 것 같아서요. 아무래도 이렇게 위아래로 밧줄이 지나가게 추로 힘을 줄 게 아니라 옆에서 당겨서 베일이 횡단할 수 있는 구조로 설치할까 봐요."

"그래. 내가 말했잖아. 위아래는 엘리베이터랑 목매달 때고, 이거는 옆이라고. 강에서 사람 구할 때 옆으로 가잖아. 옆으로 당겨야지."

"꼭 그런 것만도 아니거든? 무슨 목을 매달아."

"맞거든?"

장갑과 남자아이는 티격태격했다.

"대단한데. 소품들이 좋아서 무대 몰입이 엄청 잘되겠어."

아이들은 은호의 말에 뿌듯한 표정을 지었다. 은호는 이쯤 가까워졌으니 가볍게 질문을 던져봐도 되겠다고 생각했다.

"아까 분식집에서 재미있는 얘기를 들었는데."

"무슨 얘기요?"

"다른 학교 애들이 이 학교에 귀신 있는 것 같다고, 저주받은 것 같다고 그러더라고."

"아아."

아이들은 새삼스럽지도 않다는 듯 심드렁한 반응을 보였다.

"확실히 그런 면은 있는데, 뭐 저주까지야."

"저주받은 건 발레 파트겠죠. 죽은 사람들 다 발레 파튼데. 맞지?"

"맞을걸?"

"미술 전공이면 발레 전공이랑은 어울릴 기회가 없나? 서로 잘 몰라?"

"저는 여친이 발레 파트라서 소식 빠삭합니다."

"무뜬금 여친 자랑 뭐임."

남자아이의 대답에 장갑이 불만을 터뜨렸다.

"너네 1학년 때 자살한 학생 있다며."

자살이라는 단어에 세 아이의 표정이 굳었다.

"일 년마다 한 번씩 사람이 죽는다고, 그래서 저주받은 거 같다고 얘기하던데? 물론 그게 내 생각은 아니야. 나는 혹시나 무슨 일이 있는 건지, 무슨 사연인지 궁금해서 그런 거거든."

"혹시 발레 파트 걔?"

"아, 현지요……."

여자아이가 말했다.

"걔 이름이 현지야?"

"네, 김현지라고……. 그냥 얼굴 아는 사이? 그 정도였는데."

"현지에 대해서 아는 것 있어? 조금이라도."

"아니요, 딱 그 정도예요. 착하고 친절한 애. 왜였는지 기억은 안 나는데 어쩌다 보니 오다가다 인사하게 된 사이 정도……."

"아, 나는 여친한테 들었는데 진짜 착한 애였다는데."

남자아이가 끼어들었다.

"애들이랑 막 다 친한 건 아닌데 그렇다고 걔를 싫어하고 괴롭히는 애들도 딱히 없었다는데……. 그래서 죽었을 때 슬펐는데 다들 자살한 이유를 몰라서 서로 얘기하다가 혹시 돈 문제 때문이었나 싶었대요."

"돈?"

"네. 제 여자친구는 발레 파트인데도 먹는 거 진짜 좋아하거든요. 그래도 다이어트는 해야 되니까 맨날 다이어트하다가 한 번 빡 맛있는 거 먹으러 비싼 곳 가거든요."

"뜬금없이 여친 자랑 뭐임."

장갑이 또다시 불만스럽게 툴툴거렸다.

"친구들이랑도 그렇게 놀더라구요. 가끔 호텔 애프터눈 티 세트 같은 맛있는 거 먹으러 가고 사진 찍고 수다 떨고. 이게 정말 재미있다 그래서 저도 같이 해보니까 신기하게 진짜로 재밌던데요? 근데 그 현지라는 친구는 같이 가자 그래도 매번 거절했대요. 잘 보니까 슈즈도 진짜 다 닳을 때까지 신고 그랬다고……. 그래서 같이 놀고 그러지는 못했대요."

"집이 어려웠던 거야? 아, 불쌍해."

장갑이 혀를 차면서 안타까워했다.

"얘가 나보다 더 잘 아는 것 같은데요. 그래도 죽은 날짜는 기억해요. 왜냐면 그날이 제 친구 생일이라서 전날 사놓은 선물 들고 등교했는데 학교를 못 들어간다고 그래서 보니까 누가 죽었다고……."

여자아이가 조금 침울한 표정으로 말했다.

"그 날짜가 언제야?"

"12월 13일요. 발레 파트 애들이 얘기 안 해줘요?"

은호는 12월 13일을 핸드폰에 적었다.

"아니. 오늘 나도 처음 안 사실이라서……. 또 다른 거 아는 거 있어?"

"…… 유서가 조금 특이했어요."

"맞아, 얼마 전에 죽은 발레 파트 무슨 선생이랑 똑같지 않았냐? 그래서 현지 귀신한테 죽은 거라고 그런 얘기 있었잖아."

"아, 맞아 맞아."

세 아이는 합창하듯 동시에 말했다.

"죽을 때까지 춤을 추어라. 영원의 밤을 걸어야 할 것이다."

"영원의 밤……."

은호가 조용히 중얼거리자 아이들은 한마디씩 거들었다.

"그게 뭘까?"

"영원히 할 때 그 영원 맞겠지?"

"그거 말고 또 뭐가 있냐."

"완전. 왜 〈그알〉에서는 이거 취재 안 왔냐?"

"〈그알〉에서 무슨 이런 자살을 취재해."

"그래도. 뭔가 이 기자 아저씨처럼 이야기 낼 수도 있잖아."

"너 그거 모르냐? 이 일 누가 어느 커뮤니티 사이트 게시판인가에 올리고 그랬다는데, 자살한 거랑 유서 내용 같은 거. 근데 그 글 바로 신고당해서 삭제되고 그랬던 거? 이상하지 않냐?"

"아, 진짜?"

"근데, 어쩌면 진짜 귀신일지도 몰라. 우리 학교 열라 이상하잖아."

"야, 그만해. 무섭잖아."

"작년에 죽은 애에 대해서는 알아? 걔도 그런 유서 남겼어?"

세 아이는 잠깐 생각하더니 동시에 고개를 좌우로 저었다.

"아니요. 그런 거 썼으면 진짜 페북 올라감."

"경찰에서 안 알려준 걸 수도 있잖아."

"그럼 진짜 소름."

"혹시 그 애가 죽은 날짜는 기억해?"

은호가 묻자 아이들은 시선을 교환하며 어깨를 으쓱했다.

"가을이긴 했는데……."

"날짜는 저희도 잘 기억이 안 나요. 친했으면 기억했을 것 같은데 후배라 접점도 없고……."

"진짜 대학이 뭔지……."

"진짜 예술이 뭔지……."

세 사람은 한숨을 푹 쉬었다.

"그 사건은 기사도 안 나고 지나간 거야?"

"그럴 리가요."

"기사는 못 봤어도 이 근처 학교에는 소문 쫙 돌았을걸요?"

"아, 그런 기사로 난 적 있었어요. 심근경색이 뭐 어쩌구저쩌구."

"너 뉴스도 봐?"

"가끔?"

"야, 진짜로 너 심근경색 그런 말도 아냐?"

"야, 공부 못한다고 너무 무시하지 마라. 그 말은 안다, 그 병이 뭔지는 잘 몰라도."

세 아이는 또 뭐가 웃긴지 키득키득 죽이 맞아서 웃었다.

"난 아무리 찾아도 검색에 안 걸리던데."

"기자 이름이 오영고였는데 그걸로 찾아보세요."

장갑이 말했다.

"기자 이름까지도 기억해?"

옆에 있던 다른 아이들이 "영고"라고 내뱉고 피식 웃었다.

"그때 기사 났을 때 심각하게 읽다가 마지막에 이름 때문에 터졌거든요."

"그 이름이 왜?"

"영원히 고통받는다는 뜻이잖아요."

여자아이가 끼어들었다.

"그렇구나. 내가 유행어는 좀 느려서."

"이거 예전부터 쓰던 말인데. 되게 한참 됐을걸요?"

남자아이가 은호를 놀리듯 말했다. 은호는 멋쩍게 웃었다.

“아무튼 고맙다, 얘들아. 작업하는데 방해해서 미안해.”

“방해라니요. 저흰 재밌었어요.”

“저희를 외면하지 않은 유일한 어른이네요.”

아이들은 또 키득키득 웃었다.

“공연 보러 갈게. 너네가 작업한 결과물도 열심히 볼게.”

“우와, 네!”

아이들은 은호에게 손을 열심히 흔들고는 장갑 낀 아이의 도르래로 시선을 옮겼다. 아예 구조와 방향을 바꿔보자는 둥 이야기를 나누며 밧줄을 천장에 매달린 도르래에서 빼내어 포켓 구석에 있는 기둥에 칭칭 감기 시작했다. 장갑은 얇은 밧줄이 작은 도르래 사이를 오가게 해 원처럼 만든 다음, 그것을 버클을 이용해 한쪽 기둥에 감긴 밧줄 끝에 매달고, 또다시 버클을 이용해 반대쪽 끝을 와이어에도 연결했다. 은호는 마지막으로 극장을 쭉 돌아보았지만, 딱히 눈에 띄는 것도 의문점도 없었다.

은호가 극장 문을 열고 나서려는데 아이들이 하나, 둘, 셋 하고 호흡을 맞추는 소리가 들렸다. 은호는 호기심에 뒤를 돌아봤다. 장갑이 줄다리기처럼 밧줄 끝을 열심히 잡아당기자, 베일이 힘 있게 이동했다. 베일은 적당히 빠른 속도로 무대를 가로질렀고, 아이들은 환호했다. 은호가 보기에도 꼭 날아가는 윌리의 치맛자락처럼 보였다. 은호는 아이들을 향해 엄지손가락을 치켜세우고 다시 뒤돌아 소극장을 나섰다.

G

GHOST

은호는 노트북 앞에 앉아 몇 가지 키워드를 넣고 12월 13일자 기사를 검색했다. 그중 눈에 띄는 기사가 있었다. 제목만 보아도 단번에 현지의 기사임을 알 수 있었다.

「지나친 경쟁 사회가 불러온 안타까운 죽음…… 여고생 '나의 불행을 불러일으킨 사람들' 유서 남기고 옥상에서 투신」

은호는 기사 내용을 보기 위해 기사를 클릭했다.

지난 13일 오전 7시 50분경 서울 모 고등학교에서 A(16, 고1)양이 바닥에 숨져 있던 것을 등교하던 학생들이 목격하고 경찰에 신고했다.

A양이 작성한 것으로 보이는 메모에는 “나의 불행을 불러일으킨 사람들이여, 내가 학교에 남아 당신들의 불행을 지켜볼 것이다” 등의 말이 적혀 있었다.

경찰은 A양이 치열한 경쟁에 대한 스트레스와 경제난 때문에 고민해왔다는 A양의 친구들의 진술에 따라 신변을 비관해 투신자살한 것으로 보고, 정확한 사인에 대해 조사중이다.

“죽을 때까지 춤을 추어라” 하는 부분은 아무래도 내보내기에는 자극적이라고 판단했는지 기사에서는 빠져 있었다.

이어서 은호는 미술 전공 아이들의 조언대로 예술고등학교라는 키워드를 빼고 ‘오영고’라는 이름을 추가해서 검색을 해봤다. 몇 페이지를 넘기자, 다음과 같은 타이틀의 기사가 있었다.

「고교생 투신자살 “평소 어려운 집안 환경으로 인해 고민 많아”」

고교생이 학교 옥상에서 추락해 숨지는 사고가 발생했다.

지난 12일 오전 6시 00분경 서울의 한 고등학교에서 한모(16, 고1) 양이 바닥에 숨져 있는 것을 출근하던 경비원이 발견해 경찰에 신고했다.

한 양은 성격이 밝고 교우 관계가 좋아 인기가 많았지만, 평소 어려운 집안 환경으로 인해 고민이 많았다는 한 양의 친구들의 진술이 있었다.

타살의 정황은 없어 스스로 목숨을 끊은 것으로 보고 있지만, 유서 등 뚜렷한 증거는 발견되지 않아 유가족과 친구, 학교 교사를 중심으로 수사를 진행중이다.

그리고 조금 위에, 장갑의 말대로 "보이지 않는 자객 심근경색, 초기 증상 무시하면 큰일 나"라는 심근경색에 대한 칼럼이 보여 클릭했다.

……치명적으로, 돌연사의 원인으로 꼽히고 있다.

과연 이 보이지 않는 자객에 대처하는 방법은 없는 것일까?

한국대학병원 유대현 교수에 의하면, 심근경색의 초기 증상인 가슴 통증, 울렁거리며 체한 것 같은 기분이나 어깨 결림 등의 증상이 나타났는데도 불구하고 심근경색이라고 생각하지 않고 대처할 시기를 놓쳐 사망으로까지 이어지는 경우가 많다고 한다. 흔히 심근경색은 장년, 노년층에서만 발생한다고 생각하지만 젊은 층인 10~20대에서도 발생할 수 있다고 하니 증상이 있다면 바로 병원으로 가는 것이 중요하다. 한 달 전 학교 옥상에서 투신했다고 알려진 한 학생도 부검 결과 자살이 아니라 옥상에서 심근경색을 일으켜 안타까운 사고로 이어진 것으로 밝혀졌다. 이 학생도 평소에 가슴 통증을 호소했던 것으로 알려져 있다.

"이게 말이 돼?"

은호는 기가 막힌 나머지 혼잣말을 내뱉었다. 그 야심한 시간에 고등학생이 옥상에 있어야 할 이유가 무엇일까? 아무 이유도 없이 아슬아슬한 난간 쪽에 서 있다가 갑자기 심근경색이 일어나 떨어졌다? 심장을 부여잡으며 주저앉는 것이 더 일반적인 반응이 아닐까? 있을 수 있는 일이긴 했지만 완전히 납득하기는 힘들었다. 부검 결과가 거짓은 아닐 테니 심근경색이 일어나서 떨어진 것을 사실로 본다면, 정말로 지율은 자살을 하러 갔다가 기묘한 타이밍으로 심근경색을 일으켜서 떨어졌거나, 혹은 그날 밤 지율을 궁지에 몰아붙였던 무언가 혹은 누군가가 있다고밖에는 볼 수 없었다.

이 기자는 정말 인과관계에 이상이 없다고 생각한 걸까? 하지만 기자를 비난하기에는 일렀다. 기사에는 밝히지 않았지만 그렇게 추정할 만한 근거가 따로 있을 수도 있었다. 은호는 오영고라는 기자에게 연락을 해볼까 싶었다. 메일 주소를 복사해 구글 검색창에 입력하자, 바로 그의 페이스북이 나왔다.

그는 여전히 페이스북 담벼락에 사회 이슈와 일상에 대해서 꾸준히 업데이트하고 있었다. 한줄기 빛이 비추는 것 같은 기분도 잠시, 은호는 댓글 창에서 익숙한 이름을 발견했다. 교감이었다. 교감은 게시글에 꾸준히 댓글을 달며 오영고 기자와 활발하게 교류하고 있었다.

땅이 꺼져라 한숨을 쉬던 은호는 그래도 혹시 모르는 일이라고 생각했다. 나쁜 쪽으로만 추측하며 행동을 자제하다가는 언제 실마리를 잡을 수 있을지 알 수 없었다. 은호는 다이렉트 메시지 창을 열었다.

—안녕하세요. 조은호 기자라고 합니다. 1년 전에 있었던 예신예술고등학교 여학생 투신자살 사건에 대해서 여쭈어보고 싶어서 연락드립니다.

일 분도 지나지 않아 메시지에 '읽음' 표시가 떴다. 하지만 오 분을 기다려도 답장은 오지 않았다. 은호는 시간 되시면 연락 달라며 자신의 메일 주소와 전화를 남겼다. 이번에는 몇 분이 지나도 읽지도 않았다.

은호는 허탈하게 가만히 앉아 있다가, 문득 예술고등학교 사람들의 소셜 네트워크 계정을 찾아보면 어떨까 하는 생각을 했다. 제일 먼저 가장 궁금한 라연의 이름을 검색했다. 페이스북 대신 인스타그램이 떴다. 라연의 사진이 프로필에 걸려 있어 라연의 계정임을 금방 알아볼 수 있었는데, 특이한 점은 놀러 가서 누가 예쁘게 찍어준 사진이나 셀카가 아니라 증명사진이 걸려 있었다는 점이었다. 입을 굳게 다물고 미소조차 짓고 있지 않은 사진이었다. 라연의 계정에는 대부분 사물이나 발레리나 사진이나 콩쿠르에 출전한 사진들이 올라와 있었다. 마지막 업데

이트는 최근, 백합꽃을 찍은 사진이었다. 그 사진이 일 년 만의 업데이트였다. 팔로워는 많지만 자신이 팔로우한 사람은 외국의 유명한 발레리나와 발레리노밖에 없었다. 철저한 라연답게 필요 이상의 정보는 노출시키지 않고 있었다.

하지만 단비의 소셜 네트워크 계정이라면 전혀 다른 모습을 하고 있을 것 같은 생각이 들었다. 은호의 예상대로 단비는 하루에 두 번 꼴로 뭔가를 올리고 있었다. 너무 많은 양이라 다 읽어볼 수도 없었지만, 그럴 필요도 없었다. 명품 브랜드의 가방이나 옷 사진을 태그를 잔뜩 걸어서 게시해놓거나, 자신의 감상을 여과 없이 드러내놓고 있었다. 라연과 다른 점이 있다면 라연의 게시물에는 라연이 별로 관심을 가지지 않아도 지인이나 모르는 사람으로부터 찬사의 댓글이 여럿 달리는 반면, 단비의 게시물에는 딱 봐도 광고 계정인 것 같은 댓글이 꽤 많이 달려 있었다. 단비를 팔로우하는 사람을 살펴봐도 무용과 친구들보다는 모르는 일반인 남성의 계정이 더 많아 보였다. 단비 본인도 유명인이나 모르는 사람들을 열심히 팔로우하고 있었지만 또래 친구들의 계정은 몇 개밖에 팔로우하고 있지 않았다. 그러나 친구들에게 별 관심이 없는 단비는 선생들에게는 조금 관심이 있는지, 선생들의 계정은 거의 다 팔로우를 하고 있었다. 교감에 지후에 은지와 류 선생까지 골고루 팔로우하고 있는 와중에도 추수인이라는 1학년 담당 교사의 이름은 없었다. 은호는 지후의 계정으로 들어가보기로 했다.

지후의 계정은 그저 평범한 이십 대 후반의 인스타그램이었다. 시답지 않은 유머를 곁들인 게시물이나 어디 여행 가서 찍은 것 같은 사진들이 올라와 있었는데, 그중 이질적으로 보이는 사진들이 몇 있었다. 귀여운 캐릭터 열쇠고리라든지 마그넷, 뜬금없는 꽃 사진 같은 것들이었다. 누가 봐도 연애중인 사람과의 알콩달콩한 추억 담기용 사진이었다. 은호는 지후가 지율을 진심으로 좋아하긴 했구나 생각하는 한편, 선생이 학생과 연애하는 것도 모자라 경솔하게 이런 걸 티를 못 내서 안달이라니, 나이가 차서 선생이 되긴 했지만 아직도 철이 없구나 하는 생각을 했다.

은호는 귀여운 강아지 캐릭터 모양의 마그넷 사진에 달린 댓글 하나를 발견했다. 댓글에는 수줍게 웃는 모양의 이모티콘만 표시되어 있었다. 그리고 그 댓글을 작성한 사람은 예상대로 지율이었다.

지율이 마지막으로 올린 사진은 비 오는 날의 흐린 풍경이었다. 그 게시물에는 지율을 그리워하는 사람들의 메시지와 명복을 비는 말이 가득 적혀 있었다. 은호는 이상하게도 아이들에게 직접 지율에 대한 이야기를 들을 때보다 이 댓글들을 읽는 것으로 지율이 과거에 실제로 존재했지만 지금은 존재하지 않는다는 것을 실감했다. 지율은 그 게시물 이외에는 발레에 대한 이야기만 잔뜩 올려놓았다. 지율은 발레에 대한 자신의 열정과 자신이 춤추는 모습을 주로 올려놓았고 달린 댓글에는 거의 다 답을 해주고 있었다. 심지어는 모르는 사람이 잘한다고 올려놓은 댓글과 입은 레오타드가 무엇이냐는 질문에도 친절하게 대답을 해 놓았다. 댓글을 읽은 건지 만 건지 알 수 없는 라연의 인스타그램과 상당히 다른 점이 인상적이었다.

은호는 지율이 올려놓은 영상의 재생 버튼을 눌러보았다. 은호는 그간 아이들이 단비가 실력이 없는데 지젤이 되었다는 말을 단순히 악감정 때문에 한다고 생각해왔으나, 영상을 다 보고 나니 왜 그런 말을 한 건지 이해했다. 의상을 갖춰 입지도 않고 레오타드 위에 연습용 튜튜 하나 걸쳤을 뿐이었지만 지율은 사랑에 빠진, 활달하지만 연약하고 춤을 좋아하는 소녀, 지젤 그 자체처럼 보였다.

하지만 지율의 영상 몇 개를 보아도, 다른 게시물을 보아도 은지와의 연결 고리를 찾기는 힘들었다. 지율은 선생 중에서는 지후와 류 선생, 그리고 강 선생으로 추정되는 계정만을 팔로우하고 있었다.

그리고 은호는 은지의 인스타그램 계정을 찾았다. 은지의 계정은 잠겨 있어서, 은지가 허가한 사람만이 게시물을 볼 수 있었다. 은호는 은지에게 인스타그램 계정이 있는지는 미처 몰랐다. 자신이 페이스북을 하고 또 친구 사이로 되어 있으니까 은지는 페이스북만 한다고 생각했고 요즘은 귀찮아졌나 보다 정도로만 생각하고 있었다. 아무래도 은지를 만나면 자기도 볼 수 있게 허용해달라고 말해봐야겠다고 생각했다.

하지만 현지의 계정은 끝내 찾을 수가 없었다. 현지의 이름으로는 나오지 않았고 댓글에서도 현지의 이름을 발견할 수 없었다. 계정을 타고 떠돌아다니는 것도 한계가 있어서 결국은 포기하고 말았다.

은지는 완전히 병실을 자기 방처럼 편하게 생각하기 시작한 것 같았다. 병실 곳곳에 자기 물건을 늘어놓고 TV를 보며 대부분의 시간을 보내는 것 같았다.

"언제까지 있으려고 이렇게 잘 꾸며놓은 거야?"

은지는 은호가 들어오는 소리에 필요 이상으로 화들짝 놀라며 주저앉았다가 은호의 얼굴을 확인하고는 천천히 일어났다.

"글쎄……. 당분간은 여기에 있는 게 좋을 것 같아서."

"학생 병원에 너무 신세 지는 거 아닌가 싶은데, 그만 집으로 돌아가는 게 어때?"

"아직. 아직은 좀 그래. 집은 아직 위험하단 말이야."

"뭐가 위험하다는 거야? 그러지 말고 오빠랑 집에 가자. 내가 같이 있어주면 되잖아."

은지는 고개를 가로저었다.

"언제까지 병원에 있을 생각이야?"

"공연 끝날 때까지만이라도."

"왜? …… 설마 그 윌리 때문에?"

은지는 고개를 끄덕였다. 은호는 어처구니가 없어 웃음이 절로 나왔다.

"널 놀라게 한 건 윌리나 귀신 같은 게 아니야. 그건 누가 장난을 친 거라고."

"그럼 내가 본 건 뭔데? 난 분명히 봤어. 오빠는 내가 미쳤다고 말하고 싶은 거야?"

은지는 억울하다는 눈빛으로 은호를 보았다.

"그게 아니야. 내 말 믿어봐. 내가 언제 틀린 말 한 적 있어? 오빠가 옆에 있어줄 테니까 너무 불안해하지 마."

"응, 맞아. 알아……."

"그래서 말인데 은지야, 물어볼 게 있어. 흥분하지 말고 잘 들어. 그래야 오빠가 도와줄 수 있어."

은지는 고개를 끄덕였다.

"현지라는 애 기억해?"

"현지……?"

은지는 고개를 가로젓다가 갑자기 무언가가 생각난 듯 앗 하는 소리를 내뱉었다.

"몇 년 전에 죽은 현지 말이야?"

"그래. 기억나지?"

"응. 현지……. 집이 많이 못살았지. 아무래도 경제적으로 무리가 왔었나 봐."

"그래? 현지한테 들은 적 있어?"

"아니, 나도 어쩌다 알게 된 거야."

"그 현지라는 애, 지율이하고 혹시 아는 사이였어?"

은지는 불안한 눈빛으로 은호를 바라보았다.

"오빠, 왜 자꾸 학교 일을 물어?"

"말했잖아. 학생들 특집 기사 낼 거라고."

"오빠 문화부도 아니잖아."

"그래도 이렇게 들어와서 시간 죽이긴 아까워서."

"너무 우울한 얘기야. 얘기하고 싶지 않아."

"지율이에 대해서 얘기 좀 해봐."

"왜 이렇게 질문이 많아졌어?"

"잘 생각해봐, 은지야. 난 너에 대해서 평생 궁금해하고 신경 썼어. 내가 지금 나쁜 의도로 물어보는 게 아니란 걸 잘 알잖아."

"그건 그렇지만……."

불만을 토하던 은지는 곰곰이 생각해보더니 마지못해 수긍하듯 고개를 끄덕였다. 한동안 말없이 창밖의 풍경을 바라보던 은지는 겨우 입을 열었다.

"지율이는…… 꼭 지젤 같았어."

은지가 눈을 가늘게 뜨고 말했다.

"이런 애가 발레를 하려고 태어난 애구나, 그런 생각이 들었어. 얼굴도 예쁘고……. 질투 날 정도였어……. 걔가 가지지 못한 게 있다면 돈이랑 아버지밖에 없었어. 아니, 한 가지 더 있었는지도 몰라. 그렇게 건강한 애가 아니었으니까. 콤비네이션이 좀 길어지거나 뛰는 동작이 많아질 때면 종종 숨이 차다고, 가슴을 꾹 움켜쥐었어. 그것까지 지젤이랑 똑같지 뭐야?"

다들 그것을 심근경색 증상이라고 알아차리지는 못한 모양이었다. 모두가 지켜봤지만 아무도 몰랐고 그 때문에 적절하게 대처하지 못했다고 생각하니 씁쓸해졌다.

"그럼 다 가진 건 아니잖아? 체력이 중요한 일인데 건강이 안 좋다니."

은지는 은호의 말에 아무 대답을 하지 않았다.

"그래서 지율이가 죽은 거야?"

"그렇다고 들었어."

"지율이는 그날 도대체 뭐 때문에 옥상에 간 거야?"

은지의 시선이 이리저리로 불안하게 옮겨 다니기 시작했다.

"난 잘 몰라. 나 때문이 아니야. 병 때문이야!"

은지는 손톱까지 잘근잘근 씹으며 불안해했다. 은지의 사건이 지율과 관계가 없다면 나올 수 없는 반응이었다. 어떤 식으로든 관계가 있는 게 분명했다. 때문에 은호는 지지부진한 조사를 멈출 수 없었다.

H

HATRED

1

다음 날 아침, 은호에게 문자가 하나 도착했다. 교감으로부터였다.

—오늘 선생님들이랑 점심 식사나 함께하죠. 예약해놓았습니다.

거의 통보 문자였다. 유쾌하진 않았지만 부탁하는 입장이라 불평할 처지도 못 됐다. 간밤에 이불이라도 걷어차고 잤는지 아침부터 몸이 으슬으슬하고 피로를 잔뜩 느끼고 있었지만, 선택의 여지가 없었다.

호텔 식당에 도착해 직원에게 안내를 받아 예약된 자리로 가자, 교감이 예의 과장된 말투로 은호를 반겼다. 그 자리에는 류선생, 지후가 와 있었고 얼굴을 모르는 남자 선생과 여자 선생이 있었다. 각각 자신을 추수인, 강재나라고 소개했다. 그후 코스 요리가 나오며 교감의 자랑을 코스 요리처럼 다채롭게 들어야만 하는 불편한 식사가 이어졌다.

"선생님들, 그리고 조 기자님을 이렇게 오늘 식사 자리에 초대한 것은 학교에 자꾸 커져가는 귀신 소문 때문이에요. 다른 선생님들하고는 이미 말을 했기 때문에 우리 발레 파트 선생님들과도 이야기 해보려고요."

교감을 목을 흠흠 다듬고는 계속했다.

"아시다시피 흉흉한 소문이 있어서 학부모님들이 자꾸 걱정하십니다. 우리가 예술을 하다 보면 참 어려운 일들이 많은데, 그걸 버티는 게 너무 힘들어 그런지 종종 귀신 이야기 같은 게 떠돌기도 한다는 거, 잘 아실 겁니다.

그런데 그 이야기에 대해서 이상한 음모론이 돌고 있다고 하네요. 제보가 들어왔는지 아는 기자분이 저에게 묻더라고요. 당연히 저는 자신 있게 어떤 의혹도 없을 거라고, 아마 사람들의 호기심과 상상력이란 게 참 이런저런 이야기를 풍부하게 만드는 것 같다, 그렇게 말했고요."

오영고 기자는 은호가 우려했던 대로였다.

"그래서 선생님들께서 신경을 좀 써주셨으면 좋겠어요. 그런 이야기가 들려온다면 확실히 정정을 해주셨으면 좋겠고, 우리 기자님께서도 아이들이 혹시나 그런 이상한 얘기를 한다면 알아서 걸러 들어주시면 참 감사할 것 같네요."

식사 자리는 허술한 귀신 얘기가 목적이 아니었다. 은호에게 더이상 파고들지 말라는 무언의 경고를 날리기 위해서 마련된 자리였다. 의도를 알아차린 은호는 불쾌했지만 티를 내지 않으려 애를 썼다.

"작품이 〈지젤〉이다 보니까 흉흉한 소문도 도나 보다 하고 우리 좋게 생각하자고요. 왜, 음반 녹음할 때 귀신이 나오면 대박난다는 소리도 있잖아요? 어쩌면 이 공연으로 인해 좋은 일이 생길지, 또 누가 알겠어요?"

선생들은 예, 하며 의무적인 어투로 대답했다. 교감은 그런 형편없는 대답에도 만족한 것인지, 다시 식사를 하며 흡족한 표정을 지었다.

"〈지젤〉이라, 전 이 작품이 마음에 안 듭니다."

수인이 말을 꺼냈다.

"아니, 추 선생, 왜 그렇게 생각하죠?"

"낭만적인 분위기와 고결한 사랑, 너무 좋죠. 그런데 가만 보면 힐라리온이 불쌍해서요. 힐라리온은 도대체 왜 죽어야 합니까. 참 이상하죠? 힐라리온은 오히려 추악한 진실을 알려준 사람인데 말입니다."

"그렇네요……. 그건 억울하긴 하네요."

교감이 맞장구를 쳐줬다.

"지젤을 위해서 한 행동이 아니니까 그런 거 아닐까요?"

류 선생이 조용히 끼어들었다.

"지젤을 위해서 알려준 게 아니라 그렇게 하면 본인이 알브레히트를 제치고 지젤의 연인이 될 수 있을 거라고 착각하면서, 자기 이기심 때문에 조용히 알려주지 않고 굳이 마을 사람들이 다 모인 곳에서 그런 소동을 벌인 거니까요. 그래야 마음이 망가진 지젤이 자신한테 오게 될 거라고 착각한 거예요. 그렇지 않을까요?"

은호는 류 선생이 말을 내뱉은 순간 분위기가 잠시 싸해지는 것을 느꼈다. 수인은 한 방 먹었다고 생각했는지 꿔다 놓은 보릿자루처럼 입을 다물었다. 은호는 이상하게도 마음이 한결 편해졌다.

불편했던 점심 식사가 끝나고 연습을 보기 위해 학교로 들어왔지만 역시나 무리였던 듯 몸도 정신도 점점 무거워지고 있었다. 은호는 집에 가려고 서둘러 복도를 걸어가고 있었다. 그때 은호의 귀에 뭔가를 나무로 꽝꽝 두드리는 것 같은 소리가 들렸다. 소연습실 쪽이었다. 빨리 집에 가서 눕고 싶은 마음이 한가득인데도 은호의 발걸음은 자연스럽게 소연습실로 향하고 있었다. 다시 꽝꽝 하는 소리가 들리더니 이어서 낮은 여자아이들의 목소리가 들렸다. 은호는 살짝 열린 소연습실의 문을 통해 안을 빼꼼 들여다보았다. 여자아이 둘이 마주 보고 앉아 있었다. 별거 아니겠거니 하고 뒤돌아서려는 순간, 몸이 중심을 잃어 휘청하며 문을 활짝 열어버리고 말았다. 뒤를 돌아본 여자아이들과 눈이 마주친 은호는 잠시 어색하게 침묵을 지켰다.

"아니, 무슨 소리가 들려서……."

은호는 궁색하게 변명을 했다. 아이들은 키득키득 웃었다.

"이거요?"

둘 중 더 또렷하고 큰 목소리로 말하는 아이가 손에 들고 있던 슈즈를 바닥에 여러 번 내리쳤다. 그러자 좀 전의 꽝꽝 하는 소리가 났다.

"어, 그거. 토슈즈가 그렇게나 시끄러웠나?"

"기자 아저씨 머리에 한번 쳐보실래요?"

"아니, 그러면 아플 것 같은데?"

여자아이들은 또다시 키득키득 웃었다. 은호가 기억하기로는 이 아이들도 윌리들이었다. 은호는 이왕 이렇게 된 거 얘기를 하고 가자 싶었다.

"혹시 지금 인터뷰할 수 있을까? 순서가 아니라서 안 되려나?"

"다음 순서가 누군데요?"

"H."

"제가 H예요."

또렷한 목소리가 말했다.

"저는 I예요."

귀여운 목소리가 말했다.

"지금 할 수 있을 것 같아요. 라연이가 잠깐 뭐 사러 가서 저희 봐주는 게 좀 늦어질 것 같거든요."

타이밍이 좋았다. 조금 피곤하기는 하지만 길어봐야 고작 십 분, 이십 분이니 해치워버리자 싶었다.

"뭐 하고 있었어?"

그러자 H가 대답 대신 방금 바닥에 내리쳤던 토슈즈를 보여줬다. 새 토슈즈였다.

"길들이려고요."

잘 생각해보니 은지도 토슈즈를 길들여야 한다고 말했었다. 꽝꽝 대신 꾹꾹 하고 누르는 소리가 났던 것 같은데, 정확히 기억은 나지 않았다.

"토슈즈 새로 사서 오늘 아침에 받았어요. 배송비 때문에 둘이 같이 인터넷으로 주문했거든요."

"직접 가는 건 좀 귀찮아서."

H는 들고 있던 토슈즈를 I 앞에 쓱 내밀었다. I는 자신 옆에 있던 새 토슈즈를 들어 두 켤레의 토슈즈를 가지런히 정리하더니 가방을 열어 큰 살구색 실뭉치를 하나 꺼냈다. 그런데 그때 I

의 가방 안에 들어 있는 물건들이 은호의 눈길을 끌었다. 두껍고 큰 커터 칼, 펜치, 강력 본드, 라이터……. 분명 E의 가방에도 이런 것들이 잔뜩 있었다.

"가방 안에, 왜 그런 걸 가지고 다녀?"

H와 I는 은호의 시선을 따라가 가방 안을 보더니 알겠다는 표정을 지었다.

"이게 있어야 길들이니까요."

"꺾고 두드리기만 하면 되는 거 아니야?"

"그걸로 끝나면 이 고생 안 해도 되게요? 발에 딱 맞추려면 아치 위치에서 바닥 꺾어주고, 펜치로 안에 고정되어 있는 못도 뽑고, 다시 본드로 붙이고, 밴드도 꿰매고 앞코도 꿰매주고…… 리본도 예쁘게 달아줘야 하구요. 잘못 꿰매면 고정도 안 되고 실밥이 발을 찔러서 자꾸 신경 쓰이고요."

H가 열심히 설명하는 동안 I는 부지런히 손을 움직이며 토슈즈를 만졌다.

"이런 도구 가지고 다니는 애 많아?"

"엄청요."

E를 수상하게 봤던 것도 쓸데없는 의심이었나 싶어 조금 기운이 빠졌다.

"발레하는 애들 가방에 들어 있을 것 같지 않죠? 가방만 보면 이게 발레리나 지망생인지 살인자 지망생인지."

H가 그렇게 말하자 I는 옆에서 쿡쿡 작게 웃었다.

"왜 다듬는 거야?"

"각자 발 모양이 다르니까요. 자기 발 모양에 맞춰야 춤추기 편하거든요. 브랜드에 따라서 슈즈도 모양이 다르긴 한데요, 아무래도 내 발에 딱 맞아야 하니까 직접 길들이는 거예요."

"토슈즈를 오래 신다 보면 그 유명한 발레리나의 발 사진처럼 발이 변해?"

"아, 아니요."

H가 약간 귀찮다는 듯이 대답하자 I가 거들었다.

"그거 다들 진짜 많이 물어보던데. 애초에 연습량 단위 자체가 달라요. 요즘은 토싱도 잘 나오구요."

"토싱?"

"이렇게 토슈즈랑 발 사이에 넣어서 충격을 흡수해주는 거예요. 이건 실리콘으로 만들어진 거구요."

H는 손수 토슈즈를 신는 시범을 보여주며 말했다.

"그래도 너네도 연습 많이 하는 거 아니야?"

"그렇긴 한데, 아파도 참고 하는 것도 한계가 있지 그렇게 막 혹사시키는 애는 거의 없을걸요?"

"발에 약간 변형 오거나 발톱 빠지거나 심하면 뼈가 튀어나오기도 하긴 하는데, 그 사진처럼은 안 변해요. 슈즈 잘 맞는 애들은 생각보다도 더 괜찮아요. 그래도 대부분은 발에 물집 잡히고 하는데, 그런 것 정도야 당연하고요. 익숙해져요."

"연습이 힘들겠구나."

"힘든 거야 맨날 그러니까 그러려니 하죠."

"특히 윌리들은 리더가 조금 타이트하게 연습 진행하는 것 같고."

I는 뿌듯한 표정을 짓는 반면 H는 불만스러운 표정을 지었다.

"그래도 어쩔 수 없죠."

"선생님이 있는데도 그렇게 하는 게 일반적인 일이야? 불만이면 얘기해도 되잖아."

"일반적인 일은 아니고, 불만도 있지만…… 걔가 선생님들보다 나은 면이 있으니까요."

"예를 들면?"

H는 가볍게 한숨을 쉬더니 설명했다.

"예를 들자면, 힐라리온의 죽음 씬을 보통 선생님들은 이렇게 설명해요. 원한에 가득 찬 윌리들이 숲에 들어온 힐라리온을 보고 자신들을 배반했던 사람을 떠올린다. 춤을 추며 에워싸고 고통스럽게 죽이는 장면이다. 그렇게 설명하고 나서는 그냥 씬 구성이나 안무에 집중하죠. 윌리 할 때는 보통 때보다 손목을 꺾어서 나뭇가지처럼 떨어뜨려라, 그런 거. 뭐, 그게 선생님들이 해야 할 진짜 일이니까 이해는 하지만 뭔가 조금 부족한 느낌이 들 때가 있는데…… 걔는 그걸 채워주거든요.

유라연은 윌리들을 모아두고 이렇게 설명해요. 밤마다 우리는 장례식을 치른다. 그 장례식은 우리 스스로의 죽음, 그리고 비슷하게 죽어 윌리가 된 서로를 위한 애도의 시간이다. 하지만 한편으로 축제이기도 하다."

"축제?"

"네. 자신들의 원한을 갚아주는 시간이니까 한을 승화시킬 수 있는 시간이라나 뭐라나."

확실히, 라연에게는 장면을 입체적으로 구성하는 능력이 있어 보였다. 류 선생이 그 능력을 키워주려고 하던 것도 이해가 됐다. 라연의 미래에 오지랖 부릴 생각은 없었지만 만약 라연의 이모가 운영한다는 발레단이 라연의 손에 들어온다면 어떤 모습일지 조금은 기대할 만했다.

"그렇다고 스킬 수준이 떨어지냐, 그것도 아니거든요. 못하면 욕이라도 실컷 할 텐데, 재수 없게."

H는 입을 삐죽였다.

"그렇게 싫은데 왜 라연이가 지도하는 거나 다름없는 윌리를 하기로 한 거야? 아무리 뛰어나도 동갑이고 자존심이 상할 텐데."

"솔직히, 윌리도 그 일 없었으면 안 했어요."

"어떤 일?"

"아…… 말하기 쪽팔린데."

H는 망설였으나 I는 H를 초롱초롱한 눈빛으로 바라보았다. 꼭 내용을 다 알고 있는 동화책을 또 읽어주기를 기대하는 어린 아이의 표정 같았다.

"작년이었는데, 지금 3학년이라 검은 레오타드 입지만 2학년 때는 하늘색 레오타드 입거든요. 근데 갑자기……."

H는 잠깐 멈췄다가 다시 입을 열었다.

"이상한 느낌이 들어서 보니까 생리가 터진 거예요. 하필 많이 터져서 조금씩 보이는 거예요. 하……. 하필이면 그것도 추수인 클래스여서."

"추수인 선생님?"

"애들이 인터뷰할 때 아무도 얘기 안 했어요? 개변탠데."

H가 말하자 I가 고개를 격하게 끄덕였다.

"평소에 끈적끈적하게 보는 것도 진짜 소름인데 생리 터진 거 알면 무슨 말 할지……. 서 있을 때는 안 보인다고 해도 동작할 때는 보일 거 아니에요. 그 생각하니까 식은땀까지 막 흐르더라니까요. 하……. 근데 그때 유라연이 갑자기 손 들고 아프다고 양호실 가겠다는 거예요. 다른 애였으면 뭐라 했을 텐데 유라연이니까 뭐라 못 하죠."

"라연이는 집안 빵빵하기로 유명하거든요. 괜히 그 집안 건드려서 살 길 막히고 싶은 거 아니라면 가만히 있어야죠. 지가 뭐라고."

I가 자랑스러운 기색으로 거들었다.

"그런데 유라연이 절 가리키더니 자기를 부축할 사람이 필요하다면서 절 데려가는 거예요. 이유가 뭐든 전 거기를 벗어나고 싶었으니까 잘됐다 싶어서 따라갔죠. 웬수 같은 애 도움이긴 하지만 일단은 급하니까. 근데 걔, 아픈 게 아니었더라구요. 그냥 절 도와주기 위해서 그런 행동을 한 거예요."

"사이 나빠지기 전에는 친한 사이였어?"

"아니요! 그래서 저도 이해가 잘 안 됐다니까요. 왜? 내가 매일 짜증 섞인 눈초리로 쳐다보고 있는 걸 잘 알고 있을 텐데? 뜻밖의 호의를 받으니까 바보처럼 어리둥절해지더라구요. 심지어 지 레오타드 하나를 빌려주더라니까요? 비싼 건데 친하지도 않은 나한테. 뭐, 걔한테는 아무렇지 않게 살 수 있는 물건일 수도 있지만요."

I는 무슨 대답이라도 하듯 고개를 가로저었다.

"고맙다고 하니까 나중에 갚으면 된다고 가볍게 말하더라구요. 진짜 대수롭지 않은 일이라는 듯 되게 담백하게요. 내가 알던 유라연하고는 너무 다른 행동이었죠."

은호가 인식하고 있는 라연과도 다른 모습이었다. 물론 은호는 연습실에서의 모습을 단편적으로 본 것에 불과했지만, 그래도 윌리들 그리고 반 전체를 호령하는 이미지에서는 상상이 잘 안 되는 모습이었다.

"다시 들어가기 싫어서 양호실에 같이 나란히 앉아서 아이스크림 먹고……. 그러고 몇 마디 좀 했어요. 소문이 다 진짜는 아니었더라구요. 그렇다고 그런 걸로 단짝 친구가 되거나 그러진 않았지만 좀……."

H는 쑥스러운 표정을 감추려고 고개를 숙이며 말했다.

"팬심 같은 게 생겼는데……. 아, 이게 더 말하기 쪽팔리네."

"팬심? 우정이 아니라? 특이하네."

"누군가의 곤경을 무시하기가 더 쉬운데 유라연은 그러지 않았어요. 그 자체로 높이 살 만한 거 아닌가요? 그래서 걔가 싫긴 하지만 제가 먼저 윌리에 넣어달라고 찾아갔어요."

"왜?"

"전 걔한테 지고 싶지 않았거든요."

이게 선의의 라이벌이라는 건가. 은호는 알 듯 말 듯한 기분에 애매하게 고개를 끄덕였다.

"그럼 넌 결과적으로는 선생님들보다는 라연이를 신뢰하게 됐다, 이건가?"

"신뢰? 글쎄요. 그거는 또 다른 문제 아닌가?"

"선생님들 중에는 누가 네가 원하는 대로 잘 가르쳐주는 편이야?"

"강 선생님요."

"저는 류 선생님요."

I가 조용히 끼어들었다.

"강 선생님은 고3 학생들 입시 때문에 바쁘시대서 못 만나봤는데 어떤 분이셔?"

"그냥…… 선생님답게 잘 가르쳐주시는 분요."

"선생님답게? 학교 다닌 지 오래돼서 어떤 건지 감이 잘 안 잡히는데."

"정말 말 그대로 선생님다운 거죠. 제자들 가르치는 거에 집중해서 부족한 면 채워주고 좋은 길로 이끌어주는 그런 거요."

"선생님답지 않은 선생님도 있어?"

"나머지 거의 다요?"

"왜 그렇게 느끼는지 말해줄 수 있을까?"

은호의 질문에 H와 I는 잠시 서로를 마주 보고는, 어깨를 으쓱 올렸다가 내렸다.

"제자들 등골 빼먹으려고 하니까요."

"혹시 구회영 선생님한테 가르침받은 적도 있어?"

"그럼요."

"그분은 어떤 선생님이었어?"

"선생님답지 않은 선생님요."

H는 은호의 말이 끝나자마자 망설임도 없이 바로 대답했다.

"돈 너무 좋아하셨죠."

"그 얘기까지 하는 거?"

"그거 모르는 사람 있냐? 선생들끼리도 소문 다 돌 텐데."

I가 조심스럽게 말했지만 H는 대수로운 일도 아니라는 표정을 지었다.

"돈을 좋아한다는 건 혹시 따로 금품을 요구한다는 이야기야?"

"네. 근데 금품으로 요구하지는 않고요. 작품비를 많이 받는 식으로 하거나."

"작품비는 원래 내는 거라며?"

"그렇죠. 그렇긴 한데, 말하자면 그건 선생님들이 안무 창작해주는 거에 대한 수고비로 주는 거잖아요. 물론 안무 안 짜고 있던 걸로 해도 관례적으로 주긴 하지만, 뭐, 안 받는 선생님이 어디 있겠어요. 그것도 창작 활동인데. 창작하는 것도 고생하는 일이니까 당연 줘야죠. 뭐, 진짜 창작해주는 건지 기존 안무를 그대로 시키는 건지는 선생님들 양심에 맡기는 거지만. 상관없는데, 받아도 적당히 받아야죠. 작품비만 몇백이나 천 단위를 달라고 하면 이건 말이 작품비지 솔직히 뇌물 달라는 거 아니에요?"

"그럼 다들 그 많은 돈을 주고 하는 거야?"

"아니요. 순진한 애들은 그것 때문에 고민할 수도 있겠지만 보통 친한 언니나 누가 알려주고 그러죠. 게다가 내려고 해도 콩쿠르가 한 개도 아니고 그런 돈 몇 번이나 내는 건 무리니까 못 내는데, 그럼 또 엄청 차별하거든요."

만약 구회영의 죽음이 사고가 아니라면, 이런 일들로 원한을 샀다고 볼 수도 있을 법했다.

"많이들 안 좋아했겠네?"

"당연하죠."

문득 어떤 생각이 은호의 머릿속에 지나갔다. 같은 유서.

"너네 1학년 때 죽은 현지라는 애 있다며."

은호가 현지 이름을 꺼내자 H와 I는 잠시 생각하더니 기억이 난 듯 고개를 끄덕였다.

"그런 애 있었죠."

"혹시 구회영 선생님이랑도 무슨 관계가 있을까? 같은 유서를 남겼다고 들었는데."

"그건 잘 모르겠어요. 걔에 대해서 잘 몰라서. 근데…… 만약 있다고 하면 뻔하지 않아요? 돈 달라고 해서 못 주니까 차별하거나 망신 주거나 불이익 준다고 협박했거나 그런 거 아닐까요?"

"설마 그래서 자살했나?"

I가 또 조용히 혼잣말하듯 끼어들었다.

"학교에 별 난리 안 난 거 보면 현지 걔는 집안도 그렇게 안 받쳐주는 거 같은데. 문제 됐으면 교감이 또 빨빨거리고 엄청 돌아다녔을걸요?"

"혹시 지율이도 구회영 선생님이 가르쳤어?"

"그것까진 잘 모르는데…… 그건 아닐 거예요. 구회영 선생은 1학년 안 맡고 싶어 해요. 콩쿠르로 돈 뜯어내기 힘들잖아요. 1학년이라 아직 기회도 많다고 생각해서 그렇게 큰 금액은 2학년이나 3학년 들어가서 급해지면 생각해보자 그런 식일 테니까요. 그래서 우리 1학년 때 우리 담당 되고 뜻대로 안 된 건지 신경질 엄청 내고 다녔어요."

"최악 최악."

I가 고개를 절레절레 저으며 끼어들었다.

"그럼 혹시 지율이한테 원한 가질 사람이 있어? 되게 착했다고 들었는데."

"아저씨, 이건 좀 너무 간 질문 아닌가요? 발레랑 상관없는 질문이잖아요."

I는 왠지 초조해하며 항의했지만 H는 고개를 끄덕이며 말했다.

"한 사람 있죠, 유라연."

"야아."

I가 깜짝 놀라며 난처한 표정을 짓더니 양손으로 H의 한쪽 팔을 잡고 말리기 시작했다.

"걔가 왜? 방금 전까지 칭찬하더니? 왜 그렇게 생각하는데?"

"저에게 잘해줬다고 해서 그런 것까지 감싸줄 이유는 없죠.

참고로 질투심 같은 거 때문에 이런 얘기 하는 건 아니에요. 다 근거가 있어요."

"그만해……."

하지만 H는 I의 말을 들은 체도 하지 않았다.

"지율이가 걔 이복동생이니까요."

H가 입을 열자 I는 어쩔 줄 몰라 하며 H와 은호를 번갈아 봤다.

이복동생? 은호는 되물을 생각도 못하고 속으로 외쳤다. 너무나 뜬금없는 단어였다.

"아저씨, 마른 애들이 다들 똑같은 색 레오타드 입고 머리 하나로 올려서 비슷비슷하게 보일 수도 있겠지만요……. 한지율 사진이랑 유라연 사진 옆에 붙여놓고 본 적 있으세요? 그 둘 은근히 되게 닮았거든요."

"성씨가 다른 건 아버지가 다르기 때문이야?"

"아니요. 지율이는 사생아니까요. 사생아가 그거 맞죠? 그……."

"혼외 자식?"

H가 고개를 끄덕였다. 이제 I는 거의 울상을 짓고 있었다. 하지만 H는 아랑곳하지 않고 말을 이어갔다.

"아저씨는 진짜 지율이가 자살했다고 생각하세요?"

H는 의미심장한 표정으로 은호를 뚫어져라 바라봤다. 은호

의 머릿속에서는 여럿으로 흩어져 있던 생각들이 드디어 조금씩 이어지려 하고 있었다.

"이복동생인 한지율을, 모든 것을 독차지하면서 살아온 유라연이 과연 좋아했을까요?"

은호가 속으로 생각하고 있던 말을, H가 내뱉었다.

"그걸 뒷받침해줄 만한 다른 증거는 있고?"

"우리 학교에는 CCTV도 교문 근처 밖에는 없는데, 제가 카메라를 설치한 것도 아니고 어떻게 경찰도 못 가진 증거를 가지고 있겠어요? 저는 그냥 그럴 수도 있다, 고 힌트를 드리는 거예요."

"그럼 한 가지 묻자."

H는 준비되어 있다는 표시처럼 고개를 끄덕였다.

"이 학교에서 다른 사람에 의해 죽은 사람이 있다면, 질투 때문일 수 있다는 거야?"

H는 이번에는 고개를 가로저었다.

"증오 때문이겠죠. 누군가를 증오하는 마음은, 어떤 가치를 증오하는 마음은 정말 강력한 거예요. 상대가 사라져야만 그 감정도 사라질 테니까요."

Ⅱ

IDOLIZED

구회영은 학생들에게 필요 이상의 돈을 착취했다. 은호의 눈에는 적어도 류 선생만큼은 아이들에게 진심인 것처럼 보였지만 아이들을 공공연하게 차별하는 선생들도 있었다. 기준은 물질이었다. 아이들은 실력도 없는데 집안의 힘으로 주역을 맡게 된 오단비를 싫어하고 있었다. 양지후는 학생인 한지율과 비밀 아닌 비밀 연애를 했다. 한지율은 사생아였고 억울하게 죽었다. 재력가 집안의 딸인 유라연은 지율의 이복언니였다. 교감 및 선생들은 일이 커질까 봐 쉬쉬하며 일을 감췄고 때문에 일련의 죽음들은 학교의 저주라는 이름으로 감추어져버렸다. 죽음들은 무시되었다. 하지만 이 사실들이 유기성 있게 연결되는 느낌은 아니었다.

게다가 은지가 저렇게 정신을 놓게 한 일이 이 사실들과 대체 무슨 연관이 있는지, 그것이 가장 파악하기 어려운 지점이었다. 지금으로서는 구회영과 친하게 지냈기에 보복을 당했다고밖에 볼 수 없었다.

하지만 어떻게? 오렌지 향과 하얀 가루는 무엇을 의미하는 것일까. 도대체 왜? 죽일 정도의 악의를 품고 있었던 걸까.

복잡한 수학 방정식처럼 답을 알 길이 없는 문제를 끌어안고 TV 채널이나 돌리고 있는데, 문자가 도착했다.

—아저씨, 어제 일 말인데요…… 드릴 말씀이 있어서요.

누구지, 생각하던 은호의 머릿속에 I의 모습이 떠올랐다.

—학교에서는 얘기하기 힘들겠지?

—네, 조금 조심스러워서요.

역시 어제 생각했던 대로 I는 H에게 꼼짝 못하나 보네. 은호는 재빨리 답장을 보냈다.

—시간 괜찮으면 오후에 카페에서 보자. 혹시 얘기할 만한 카페 아는 곳 있어?

—네, 제가 가끔 가는 곳 있는데 조용해요. 주소는 문자로 보내드릴게요.

뒹굴거리다가 은지 병원에나 다녀오려고 했던 계획이 틀어졌지만 생각지도 못했던 정보를 얻을 수 있을 기회일지도 몰랐다. 은호는 기지개를 쭉 펴고 자리에서 일어났다.

은호가 커피와 주스, 아이스크림 와플을 담은 접시를 들고 I가 앉아 있는 테이블 가까이 다가가자 I는 박수를 치며 환호했다.

"신난다! 진짜 사주시다니. 고맙습니다."

"별말씀을. 황금 같은 주말에 시간 내준 건데 이 정도는 해야지. 그렇게 좋아?"

"네. 애들이랑 올 때는 체중 조절하는 사람 꼭 한 명씩 있어서 못 먹거든요."

"많이 먹어."

"네, 잘 먹겠습니다."

I는 와플 위에 있는 아이스크림을 맛있게 음미하며 탄성까지 냈다.

"힘들겠다, 이런 것도 마음대로 못 먹고."

"진짜 말도 마세요. 완전 힘들어요. 편의점에 신상 나와도 못 먹고."

"그렇게 먹는 거 자제하면서 발레까지 하면 진이 다 빠질 것 같은데. 경쟁도 경쟁이고 어제처럼 준비할 것도 많고. 그런데도 꼭 발레를 하는 이유가 있어?"

I는 와플을 가득 욱여넣어 빵빵해진 볼을 하고 은호를 올려다보았다.

"음…… 성취감?"

"콩쿠르에서 상을 타거나 했을 때?"

"아니요. 그냥……. 잘 안 되던 동작을 연습 끝에 해냈을 때. 아, 드디어 해냈다. 이런 거? 물론 콩쿠르 우승하면 성취감이 당연히 그것보다 크겠죠? 근데 그건 너무 먼 성취감이라서 일단은 이 정도로도 괜찮아요."

I는 눈웃음을 지으며 작은 나이프로 와플을 열심히 썰었다.

"좋은 자세네. 서로 비교할 수밖에 없는 환경에서 그렇게 생각하기 쉽지 않을 텐데. 멋지다고 생각해. 진심이야."

"그래요? 고맙습니다."

"이렇게 말을 잘하는데, 어제는 약간 망설이는 것같이 보였어. 낯을 가리는 건가? 아니면…… 옆에 같이 있던 친구가 불편했다든지?"

"불편하진 않죠. 맨날 같이 다니는데."

"동등한 친구 관계 맞지?"

I는 목을 가다듬으며 대답을 피하고 먹기만 했다.

"윌리들은 긴장의 연속이겠어. 여왕이 너무 엄격해서 말이야."

I는 갑자기 미소를 지었다.

"아저씨, 우리 연습실에서 티아라 본 적 있죠? 바 뒤에 있는

장에 놓여 있는 거."

"티아라? 왕관 말하는 거지?"

"네. 원래도 발레는 자세를 제대로 잡으면 머리가 흔들거릴 리 없지만, 티아라를 쓰면 더 신경 써야 해요. 그걸 떨어뜨리지 않으려면 어깨를 내리고 목을 꼿꼿이 세우고 고개는 적당히 위로 든 상태로 동작을 해야 하거든요."

"신경 쓰이겠네."

"어렵겠죠? 그게 바로 여왕이 감당해야 할 몫이에요. 그리고 라연이는 훌륭하게 여왕이 되었죠. 자랑스러우면서도 애처로운 이유죠."

I는 꼭 친구 얘기를 하는 것이 아니라 좋아하는 연예인 이야기를 하는 것처럼 우러러보듯 이야기를 하고 있었다.

"미안한 이야기지만 너의 그 자랑스러운 친구를 볼 때 나는 마음에 걸리는 게 많더라고."

"왜요? 도대체 왜요?"

I는 이해할 수 없다는 표정으로 거듭 물었다.

"마치 진짜 여왕이라도 된 것처럼 권위를 누리는 것도 그렇고, 인터뷰를 하면서 의심스러운 점들도 발견됐고. 그리고 어제 H에게 이복동생 이야기까지 들으니……. 솔직히 라연이라는 애가 무슨 일을 꾸미고 있는 거 아닌가 하는 생각이 들어."

"그래요. 그 얘기를 하려고 한 거예요."

I는 포크를 테이블 위에 올려놓았다. 어느새 그릇이 깨끗이 비워져 있었다.

"아저씨, 미르타가 처음부터 유령들의 여왕이었다고 생각하세요?"

"등극하는 과정이라도 있었다는 말인가?"

"설마 아직도 엄마가 처음부터 엄마로 태어났을 거라고 생각하는 건 아니죠?"

일리가 있었다.

"전 중학교 때부터 라연이를 알았어요. 라연이랑은 같은 예중에 다녔고 같은 발레 학원을 다녔거든요."

"라연이를 잘 알겠구나."

"그럼요. H의 말은 너무 신경 쓰지 않으셔도 돼요."

I는 자신감 있는 표정을 하고 고개를 끄덕였다.

"라연이를 다들 뭐라고 불렀는지 아세요? 다들 천사라고 불렀어요. 우리 천사, 이렇게요. 안 믿기시죠? 닭살 돋고. 근데 진짜예요.

집안이 좋아서 거들먹거릴 줄 알았더니 그야말로 천사처럼 모든 사람들한테 웃어주면서 다녔어요. 그 미소가 얼마나 좋던지……. 특히 저 같은 쫄보한테는요. 버쩍 얼어 있던 마음이 스르르 녹는 기분이 들었어요."

"믿을 수 없는데. 그런 표정을 본 적이 없으니까."

"보셨어야 하는데."

I는 방금 전에 아이스크림을 음미하던 표정보다 더 황홀감에 빠진 표정을 지으며 말했다.

"조용히 사람들도 잘 챙겨주고요. 그래서 라연이는 제 동경의 대상이었어요. 저한테는 친구이자 또 연예인이에요. 솔직히 영화나 드라마에 나오는 연예인들보다 라연이가 더 멋진 것 같아요. 키는 모델처럼 그렇게는 안 커도 보통 키라서 적당하고 발레하기에 딱 좋은 비율이죠, 거기다가 얼굴은 또 얼마나 예뻐요! 지금도 라연일 생각하면 너무 기분이 좋아요. 그게 막 사랑처럼 가슴이 콩닥콩닥하고 그런 건 아니지만요. 어떤 건지 아세요?"

I의 찬양은 멈출 줄을 몰랐다. 은호는 자신이 누군가를, 그것도 친구를 저런 식으로 동경한 적이 있나 생각해보았지만 떠오르지 않았다. 대입해보려고 하자 그것만으로도 낯 뜨겁게 느껴졌다. 그 탓인지 누군가가 창밖에서 I와 자신을 보고 있는 듯한 느낌을 받았다. 하지만 I는 그런 시선이 있는지 없는지 아랑곳하지 않고 계속 라연에 대해서 열정적으로 떠들었다.

"동작도 하나하나 어쩜 그렇게 예쁜지, 라연이가 지젤 솔로 추기라도 하는 날이면 정말…… 박수를 아끼고 싶어도 아낄 수가 없다니까요."

"그렇게 좋아?"

"사실 제가 발레 시작한 이유도 라연이가 발레한다고 그래서……도 있어요. 어렸을 때 잠깐 하고 말아야지 했다가 라연이를 보고 다시 시작한 거예요. 동작 같은 게 삐걱거렸을 때도 라연이가 이것저것 팁을 많이 알려줬어요. 정말 착하죠?"

I가 별안간 시무룩해지더니 한숨을 푹 쉬었다.

"그런데 라연이는 바뀌었어요. 다른 사람처럼요."

"언제부터?"

"지율이가 죽고 나서부터요."

그때부터 정체를 드러낸 것이 아닐까? 그런 생각이 들었지만 뭔가 맥락에 맞지 않았다. 이복동생이 얄미워서, 그 존재가 싫어서 죽음으로 몰아넣었고, 그 결과 성공했다면 오히려 더 마음이 후해지는 것이 맞지 않을까? 아니다, 걸릴까 봐 조마조마해서 신경이 날카로워질 수도 있겠구나. 생각이 갈팡질팡하기만 하고 길을 찾지 못하니 추측할 게 아니라 힌트를 얻어봐야 했다.

"수상하다고 생각하지 않았어?"

"뭐가요?"

"라연이의 행동이. 라연이가. 왜 그 사건을 기점으로 변했을까."

I는 은호를 가만히 노려보았다.

"감정적으로만 생각하지 말고, 한번 제삼자의 눈으로 바라보려고 해봐. 한 발자국 떨어져서 생각을 해봐."

"그렇게 생각할 것까지도 없어요. 아저씨야말로 너무 편견에

사로잡혀 있는 거 아니에요? 어떻게 그런 의심을 할 수가 있어요?"

I는 화가 나 숨까지 씩씩거리고 있었다. 전날 H가 비슷한 이야기를 했을 때에는 안절부절못하며 아무 말도 하지 못했던 것과는 상당히 다른 반응이었다.

"지율이 부검 신청을 한 게 라연이예요!"

은호는 미간을 찌푸렸다.

"지율이 어머니가 아니고?"

"지율이 어머니는 하실 수가 없었어요. 그럼 라연이 어머니께서 가만히 있겠어요? 제가 볼 때는 지율이가 우리 학교 다녔던 것도 라연이 어머니가 눈감아주신 것 같은 느낌이 들어요. 지율이는 아무 잘못 없지만, 그 아주머니 입장에서는 꼴도 보기 싫었을 테고, 힘이 있으니까 어지간하면 뭐든지 가능했겠죠. 라연이 딴에는 아주머니 몰래 지율이를 만났겠지만 이미 짐작은 하셨을 거고. 그런데 부검이나 잡음 이는 것까지는 용인할 수가 없었겠죠. 혹시라도 집안 사정 드러나면 어쩌나 싶을 수도 있고요. 그 집안 사업체가 한두 개여야죠.

그리고 다들 부검을 할 필요까지는 못 느꼈으니까요. 알아보셨으니까 잘 아실 거 아니에요. 지율이 심장이 원래 약했다는 이야기가 죽고 나서 파다하게 퍼졌으니까 모르는 애들도 다 알게 됐고."

"그래, 그렇게 들었어. 진짜 사인은 뭔데?"

"진짜 사인도 심장 때문이라고 했어요. 심장 근육이 어쩌구저쩌구했는데 전 그것까진 기억 안 나구요. 그 이야기를 하던 라연이 얼굴만 기억나요. 그 허무한 이야기 들으려고, 라연이가 얼마나 애를 썼는지 아저씨는 아세요? 아시고 그런 말씀을 하시는 거예요?"

I는 점차 흥분하더니 크게 소리쳤다. 카페 안의 사람들이 은호와 I 쪽을 힐끔힐끔 돌아보았다.

"그래, 사과할게. 미안해. 뭘 모르고 막 떠들었어. 미안하다, 진정해."

I는 손도 대지 않던 주스를 벌컥벌컥 들이켰다.

"수사해달라고 찾아가도 이미 조용히 처리하기로 라연이 어머니랑 이야기가 다 되어 있다는데 라연이가 어쩔 수 없잖아요. 사실 조용히 처리한다는 것도 반쯤은 이해가 되죠. 자살같이 보이는 걸 굳이 수사할 이유가 없으니까. 그런데 라연이가 보기에는 아니었던 거예요. 잘 생각해보면 좀 이상한 점은 있잖아요. 안 그래요? 찾아가도 소용없으니까, 결국……."

I는 말을 이어가기를 망설였다.

"사람을 샀니? 돈으로 말이야."

I는 경멸하는 표정으로 헛웃음을 터뜨렸다.

"그러니까 말을 들어주더라구요. 돈이라면 아주머니가 더 많이 가지고 있으니까, 라연이는 어쩔 수 없이 협박도 했다고 들었어요. 십 년 후부터 집안 것이 전부 자기 것이 되니까, 니 자식 신세 망치고 싶지 않으면 좋은 말 할 때 들으라구요."

"이 얘기는 어떻게…… 누구한테 들었지?"

"라연이 베프요. 누군지는 말 안 할래요."

은호는 학교에 왔던 첫날 라연과 눈빛을 주고받던 한 윌리를 떠올렸다. 연습을 몇 번 보면서 이름을 들은 기억에 의하면 그 아이는 Y였다.

완전히 흥분을 가라앉힌 I는 곧 시무룩하게 축 처졌다.

"라연이 입에서 나올 것 같은 말은 아니라서 조금 충격받았어요. 그런데 저보다 라연이가 더 충격받았을 거예요. 모르긴 몰라도 그런 말은 태어나서 처음 해보지 않았을까요?

라연이가 바뀌긴 했지만 저는 지금의 라연이의 모습도 좋아해요. 카리스마 있지 않아요? 엄청 멋있잖아요. 그런 분위기 낼 수 있는 사람이 얼마나 있겠어요? 하지만…… 천사 같던 라연이가 그렇게 강단 있게 바뀌기까지 얼마나 아팠을까 생각하면 눈물이 나고 화가 나요."

I는 눈물을 글썽거렸다.

"네 얘기는, 라연이가 결백하다는 거구나. 어제의 이야기가 흘러간 건 그런 방향이 아니라서, 그래서 날 만나고 싶어 한 거니?"

은호가 묻자 I는 한숨을 푹 쉬었다.

"저는 라연이를 위해서라면 뭐든 할 거예요. 제가 동경하는 사람이잖아요. 라연이가 조금이라도 아픔을 떨치고 멋진 사람으로 우뚝 설 수 있다면, 뭐라도요."

I는 빠르게 고개를 가로젓더니 고쳐 말했다.

"아니, 아니요. 그렇게 되지 않고 설령 라연이가 발레를 갑자기 그만둔다고 해도 괜찮아요. 저는 라연이를 언제나 응원하니까요."

힘겹게 말을 마친 I는 소리 내어 서럽게 울었다. 은호는 그만 할 말을 잃고 말았다. 첫 번째로는 난감했기 때문이다. 주변 사람들이 대체 자신들을 어떤 눈으로 바라보고 있을까, 자칫 오해를 받을까 두려운 그림이었다. 두 번째로는 맹목적인 애정에 질리는 느낌도 들었지만 그 감정에 아주 공감하지 못하는 건 아니었기 때문이다.

은호는 집에 들어와 카디건도 벗지 않고 그대로 소파에 몸을 던졌다. 여러 생각으로 피곤했다. 어느 쪽을 믿어야 할까 판단이 서지 않았다. 라연의 악한 면을 엿보았던 H의 말, 그리고 라연의 선한 면을 더욱 높이 샀던 I의 말 중 어느 것이 진실에 가까울까 혼란스럽기만 했다. 과연 이복동생을 질투했기에 그녀를 교묘하게 죽음으로 밀어 넣고 그 사실을 감추기 위해 사건을 벌이고 있는 것일까 아니면 사랑했기에 그 죽음에 대한 복수를 하려는 것일까. 도통 답이 나오지 않았다.

문득 I가 했던 말이 생각났다.

천사.

은호는 컴퓨터를 켜서 '유라연', '콩쿠르'라는 두 개의 키워드로 영상을 검색했다. 짧은 영상으로, 그것도 연기가 곁들여진 춤을 추는 영상으로 I의 말이 사실인지 여부를 확인할 수는 없겠지만 적어도 무형의 말들보다는 참고가 될 수 있을 것이었다. 이미 조사차 보았던 라연의 콩쿠르 영상들이 화면을 가득 채웠다. 고민하던 은호는 '중등부'라는 단어를 추가하여 검색했다. 그러자 보지 못했던 영상들이 검색에 걸렸다. 그중 한 영상의 섬네일이 눈에 띄었다. 콩쿠르 대회장이 아니라 연습실에서 찍은 것 같은 영상이었다. 은호는 그 영상을 클릭했다.

카메라는 서툴게 초점을 잡느라고 줌인했다가 줌아웃했다가를 반복하다가, 쭉 줌인을 하면서 라연의 얼굴을 화면 가득 잡았다.

"우리 천사, 오늘도 예쁘네."

"라연아, 얘가 너 얼굴만 찍어주려고 하나 봐!"

옆에서 다른 목소리가 말했다.

"아, 잠깐만 있어봐. 이거 새로 산 거라서 시간이 필요하다니까."

"할멈……. 벌써 팔십 년이 지났어요……."

"너, 죽어!"

아이들은 까르르 웃으며 떠들어댔다. 라연은 가만히 듣고 있다가 빙긋 웃었다. 은호는 멍한 표정으로 가만히 영상을 들여다보았다. 아이들의 말을 듣고 크게 웃는 모습, 고개를 갸우뚱하며 입을 동그랗게 모으고 어리둥절해하는 모습, 얼굴 밑에 손을 받치고 꽃받침을 만들어 보이며 애교 있게 눈을 깜빡이는 모습까지―화면 속의 라연은 지금과는 너무 달라서 라연과 닮은 다른 사람이라고 해도 믿었을지 모르겠다는 생각이 들었다. 아무리 시간이 지났다고 해도 성장한 탓이라고 치기에는 분위기 자체가 너무나 달랐다.

카메라가 정상적으로 줌아웃되고, 음악이 흐르기 시작하자 라연은 빠르게 준비 자세를 잡고 춤을 추기 시작했다. 환한 미소를 띠며 하늘하늘 춤을 추는 모습은 천사 같다는 말이 저절로 나올 만했다. 춤이 끝나자 라연은 화면을 보며 손을 흔들었다. 수줍게 웃는 얼굴을 마지막으로 화면이 어두워졌다.

은호는 I의 손을 들어줄 수밖에 없었다. 하지만 I의 말은 라연을 변호해주지 못했다. 오히려 그 반대였다. 라연이 이 사건들의 범인이라는 확신이 더욱 강하게 들었다.

은호는 욱신욱신하는 두통을 느꼈다. 은호를 덮친 또 다른 의문 때문이었다. 대체 이 맑은 소녀는 어디로 사라진 걸까. 왜, 어쩌다가 이렇게나 다른 모습으로 변하게 되었을까, 도대체 무엇 때문일까.

J

JINX

|

이야기의 전개 방향에는 두 가지의 가능성이 있었다.

하나는 이런 내용이다. 어렸을 때부터 집안의 사랑을 독차지하고 자란 외동딸 라연은 아버지의 외도를 알고 충격받는다. 심지어 그 집안에는 자신과 한 살밖에 차이 나지 않는 아버지의 사생아, 그것도 자신과 똑같은 성별을 가진 동생이 있다. 자신이 태어난 지 일 년도 되지 않아 세상에 태어난 아이, 아버지는 몰래 자주 그 딸을 보러 갔다. 지율을 보며 라연은 생애 처음으로 무언가를 빼앗긴 감정을 느낀다. 자신의 존재는 아버지에게 대체 무엇이었을까, 어머니는 왜 슬픔을 겪어야 하나 생각한다. 그 분노는 고스란히 지율에게로 향한다. 좀처럼 기회가 없었지만, 공교롭게도 지율은 라연처럼 발레를 전공하고 싶어 했고 같은 예술고등학교에 입학하게 된다. 라연은 자신이 1학년일 때 자살한 현지를 떠올렸고, 지율을 자살로 위장하여 죽이기로 결심한다. 그리고 그녀를 옥상으로 밀어붙여 어쩔 수 없이 뛰어내리게 한 다음 자살로 위장한다. 이 이야기대로라면 구회영의 죽음은 지율의 사건에 대해 뭔가를 알고 있는 그 선생마저 사고로 위장하여 죽인 사건, 그것도 열아홉의 여자아이가 연속으로 살인을 벌였다고 하는 무서운 사건이 된다. 은지의 사건 역시도 그렇게밖에는 이어지지 않았다. 하지만 억지로 연결한 듯한 기분이 들어 석연치 않았다.

또 다른 이야기는 이런 식으로 상상해볼 수 있었다. 라연은 지율과 이복자매 사이이긴 하지만, 같이 발레를 전공할 정도로 각별하게 지냈다. 지율이 차고 있던 까르띠에 팔찌, 고가의 물건들과 최상급의 발레용품들은 양지후가 아닌 라연이 선물해준 것이다. 그런데 어느 날 지율이 누군가에게 쫓겨서 혹은 협박을 당해서 자살한다. 아마 구회영은 범인에 대해서 알고 있으면서 묵인했거나 지율에게 돈을 갈취하고자 했을 것이고 그걸 알게 된 라연은 복수를 한 것이다. 그렇게 된다면 은지 역시도 관련이 있다는 찜찜한 이야기로 귀결이 되지만, 이 이야기가 전자보다는 흩어져 있던 단서들을 하나로 잘 연결시켜줄 수 있었다.

그럼에도 불구하고 여전히 의문들은 존재했다. 가정은 가정일 뿐이고, 이유가 저것뿐이라고 하기에는 동기가 충분하지 않은 느낌이 들었다. 게다가 어떻게 사고로 위장할 수 있었는지에 대해서 도무지 감이 오지 않았다. 은호는 이 생각으로 일요일을 꼬박 보내야 했다.

다음 날 복도에서 류 선생을 마주친 은호는 꾸벅 묵례를 하며 뒤를 따라붙었다.

"금요일에는 감사했습니다. 불편한 식사 자리를 그래도 유쾌하게 만들어주시더군요."

류 선생은 미소를 지었다.

"컨디션이 별로 안 좋아 보이시던데 주말 동안 잘 쉬셨나요?"

"와, 그걸 알아차리셨네요."

"학생들 상대하다 보면 컨디션 관리도 해줘야 하니까요."

"그 자리에 다 선생님 아니었나요? 학생들이 그러건 말건 잘 못 알아보시거나 다들 저한테 관심이 아예 없으셨나 봐요. 그렇게 안 좋은 몸으로 갔더니 귀신 얘기나 하고……."

은호의 농담에 류 선생이 웃음을 터뜨렸다.

"그러게요. 안되셨네요."

"학생들은 그렇다 쳐도 선생님들까지 괴담에 심취해 있을 줄은 몰랐습니다."

류 선생은 이번에는 웃지 않았다.

"실제로 이상한 일들이 있기는 하죠."

"예를 들면요?"

"멀쩡하던 조명등 유리가 갑자기 와장창 깨진다든지."

"과열된 것 아닌가요?"

"아주 없는 일은 아니겠지만 LED가 유리를 과열시킬 확률이 그렇게 높을까요?"

은호는 순간 오싹한 기분을 느꼈지만 무시하려고 했다.

"데크가 저절로 켜져서 밤에 음악이 흐른다든지 하는 일은 정말 자주 있고요. 오작동이라고 쳐도 소름은 끼치죠. 학교 전체에 핏물 같은 빨간 물이 흘러서 배수관 청소를 하려고 열어봤는데 녹이 슬거나 오래돼서 나온 물도 아니라고 한다든지. 확실히 이상하긴 해요."

"사실이든 아니든 으스스하긴 하겠네요."

"하지만 그 외 대부분은 만들어지고 부풀려진 소문이에요."

"학교 괴담이란 게 보통 그렇죠. 학생들은 상상력이 풍부하니까 말이에요. 학교가 싫은 공간이라는 것도 있겠고……."

"학생들은 상상이나 재미로 그런 얘기들을 떠들고 재생산할 수 있겠지만 선생님들이 그런다면 단순히 재미 목적이 아닐 수도 있죠."

의미심장한 말에 은호는 걸음을 멈추고 류 선생을 봤다.

"무슨 의미죠?"

"선생님들이 부풀린 측면이 있다는 거예요."

"예를 들면요?"

"새를 잡아서 날개를 찢고 건물 안에 날려 보낸다든지……."

"네?"

은호는 잘못 들었나 해서 되물었다. 류 선생은 한숨을 쉬었다.

"믿기지 않으시죠? 그런데 진짜예요."

"너무 잔인하고 음침한데요……."

"하루 이틀은 아니죠."

"도대체 왜 그렇게까지 하신 거죠, 그 선생님들은?"

"학생들의 죽음, 학교에 떠도는 이런저런 소문을 잠재우기 위해서 미신이나 귀신 소동이라는 이름을 이용하는 거죠."

류 선생은 순간 경멸하는 표정을 감추지 못했다.

"그건 너무나도 나쁜 방책인데요."

"그렇게 다른 이름으로 덮어씌우는 게 편하니까요."

"도대체 덮어씌울 이유가 뭐가 있나요?"

"켕기는 게 있으니까 그렇겠죠."

은호는 자세한 이야기를 듣기 위해 숨을 죽였다.

"학교가 구설수에 올라서 뭐가 좋겠어요. 더군다나 그 죽음을 두고 말이 돌 텐데. 죽은 선생도 솔직히 원한 살 만한 일들을 하긴 했으니. 교활한 사람들."

류 선생은 그 이상의 이야기는 하지 않았다. 종이 울렸다. 은호도 오늘은 더 물어볼 생각이 없었다. 많이 가까워진 것 같기는 하지만 섣불리 관계가 좁아졌다고 생각해 과감한 질문을 던졌다가는 아무것도 얻지 못할 수도 있었다. 일단은 미끼만 던져 두는 것으로 마무리하기로 했다.

"인터뷰는 얼마나 하셨나요?"

"반? 아니네요. 3분의 1밖에 못 했네요."

"공연에 맞춰서 기사 내시려면 서두르셔야겠어요. 공연일까지 열흘 정도밖에 안 남았으니까요."

류 선생과 은호는 묵례를 나누고 각자 갈 길을 재촉했다. 걸어가는 은호의 머리에 자꾸만 류 선생의 말이 맴돌았다.

—죽은 선생도 솔직히 원한 살 만한 일들을 하긴 했으니. 교활한 사람들.

은호는 차마 은지도 그 안에 있냐고 물어보지는 못했다. 그리고 뒤돌아 걸어가면서 굳이 그럴 필요는 없었다며, 잘했다며 자신을 타일렀다.

J는 검지와 중지를 교차시키고 은호 앞에 나타났다. 양손을 그렇게 하고 있으니 자연히 눈이 그쪽으로 향했다.

"그 손, 그 모양이지? 행운을 비는 모양. 미국 사람들이 자주

하는 거."

"맞아요."

"행운을 빌어야 할 만큼 어려운 질문을 던지려는 건 아닌데. 그냥 발레 얘기 하려는 거야."

"그래두요. 구설수에 오를 수 있으니까요."

그럴 일이 있을까, 은호는 머리를 긁적였다. 그사이 J는 숨을 고르더니 가방에서 작은 통을 꺼냈다. 은지가 가끔 토슈즈에 문질렀던 송진 가루인가 해서 봤는데 그것보다는 조금 더 새하얗고 고운 입자의 가루였다.

"그거…… 설마 소금이야?"

"네."

J는 통을 공중에 대고 살살 흔들어댔다. 은호의 눈에 바닥에 내려앉은 소금 가루들이 보였다.

"소금을 가지고 다녀?"

엉뚱함에 은호가 참지 못하고 웃음을 터뜨리자 J는 뾰로통한 표정을 지어 보였다.

"부정 타는 거 막아주는 거란 말이에요."

그러고 보니 은호가 C의 인터뷰를 하기 전 1학년들을 복도에서 마주쳤을 때 J가 인상적인 행동을 했던 것이 기억났다.

"아, 나 기억나는 거 하나 있는데."

"뭐요?"

"저번에 잠깐 얘기할 때 자꾸 어깨를 털길래 신경 쓰였거든."

"제가요? 아마 귀신 얘기 했나 보죠."

"그것도 부정 타는 거 막아주는 거야?"

은호는 약간 놀리듯 물었다.

"귀신 얘기하면 귀신이 와서 어깨에 앉으니까 그거 털어내는 거예요."

J가 진지하게 답했다.

"너도 귀신이 보여?"

"아니요."

"그럼 귀신이 앉은 건 어떻게 아는데?"

"약간 무거워져요."

J는 또다시 손으로 어깨를 털었다. 은호는 또 웃음을 터뜨렸다.

"뭐예요! 남은 심각한데 비웃으세요?"

"미안, 미안. 비웃는 게 아니라 귀여워서 그래."

J는 볼에 바람을 넣어 부풀린 후 말했다.

"발레하고 토슈즈 신으면서 한 번도 안 넘어지는 사람은 없다잖아요. 당연히 넘어지기 마련인데 한번 잘못 부상 입으면 정말 치명적이에요. 다신 발레를 할 수 없을지도 모르잖아요? 지금까지 십 년 넘게 한 건데……. 그래서 항상 부상 입지 않기를 엄청 바라다 보니까…… 좀 많이 생겼네요."

"예를 들면? 빨간색으로는 사람 이름 쓰면 안 되고?"

"그건 기본 아니에요?"

은호는 웃음이 터지려는 것을 꾹 참았다.

"난 예전에 그런 거 했어. 비행기를 보면 양손 엄지랑 검지로 네모 만들어서 사진 찍는 거."

"어! 그것도 가끔 해요. 하늘 볼 일이 별로 없긴 하지만."

"그리고 또?"

"아침에 거미는 안 죽이고 손톱은 밤에 안 깎고 휘파람도 밤에는 안 불고. 거울 같은 거 깨지면 그날은 바로 집에 가요."

"피곤하지 않아?"

"딱히…… 지키기만 하면 되는 거니까요. 나쁜 일이 생기는 것보다는 백배 낫지 않을까요? 항상 조심해야죠. 별자리 운세 같은 거 보면……."

J는 가방에서 스마트폰을 꺼내 화면을 열어 은호에게 보여줬다. 달력에 별표, 하트, 엑스 표 같은 것들이 메모되어 있었다.

"항상 적어놔요."

"아……. 이 표시들이 좋은 날 나쁜 날 그런 거야?"

"네! 맞아요."

"그럼 사주 같은 거 좋아해? 나도 사주는 가끔 보는데. 아닌가? 신점인가?"

"으음."

J는 뭔가를 떠올렸는지 박수를 딱 치고는 고개를 끄덕였다.

"사주는 반쯤 믿어요. 원래는 진짜로 안 믿었거든요? 근데 S네 언니 사주 한번 넣어보고는 제 친구들도 다들 사주가 조금은 믿을 만한 것 같다고 막 그랬거든요."

"왜?"

"S 언니 죽은 사람이라고 말을 안 했는데 그걸 맞히더라니까요!"

"정말?"

"네. 그랬어요."

열렬하게 이야기보따리를 풀 기세였던 J는 갑자기 뭐가 아차 싶었는지 이야기를 황급히 마무리했다.

"암튼 그리고 행운의 색도 꼭 챙겨야 돼요. 아침마다 오늘의 운세에서 행운의 색이 씌어 있으면 그 색으로 머리 묶어요."

J가 동그랗게 말려 있는 머리를 풀자 긴 머리가 흘러내렸다. J는 머리를 묶고 있던 리본을 흔들었다.

"이렇게까지?"

"무슨 말씀이세요. 이게 제일 중요한 건데."

J는 다시 머리를 묶어 둘둘 말고 망으로 감싼 후 여기저기에 핀을 꽂아 고정시켰다.

"그렇게 하면 그날은 추수인이 지목 안 하거든요."

"오늘은 누가 먼저 시범 보여봐, 이런 거?"

"그런 거면 차라리 감사하죠."

J는 잠시 망설이다가 말을 이었다.

"추수인은 애들 순서를 정해서 대열 맞춰서 동작하라고 하거든요."

"열 흐트러지면 싫어하고 그런 성격인가? 결벽증 같은 거."

"아니요. 줄 세우는 건 그런 이유가 아니에요. 감상하려고 하는 거죠."

"에이, 설마."

"딱 봐도 알 수 있어요. 그냥 섞어놓으면 몰라도 줄을 쭉 세워서 보면 보이거든요. 그게 가슴 크기 순서라는 걸."

은호는 불쾌한 이야기에 미간을 잔뜩 찌푸렸다.

"그래놓고선 이상한 미소 지으면서 애들 훑어보고, 자세 잡아준다고 허리 삐뚤어졌다고 허리에 손대고……."

J는 혐오스럽다는 표정을 지으며 말을 계속 이어갔다.

"막 따질 수도 없는 게 정말 자세를 잡아야 하기는 하니까요. 선생님이 틀렸다고 하면 틀린 거니까. 리프팅 같은 것도 입시에선 할 일이 없지만 우리 입장에선 그런 것도 배워보고 싶잖아요? 다른 선생님한테 배우거나 물어보고 남자애들이랑 쉬는 시간에 장난으로 듀엣 흉내 내고 연습하고 그러기라도 하면 어디서 보고 있었는지 나타나서…… 막…… 막 허벅지 같은 거 잡고 그러는데…… 느낌이 달라요. 남자애들은 정말 잡아 올리고 받쳐주다가 실수로 터치하기도 하지만 대체로 자기 자세 잡는 거부터 먼저 신경 쓰는데 추수인이 그럴 때는…… 막 끈적한 거, 그런 거 있잖아요, 아저씨."

은호의 미간은 어느새 잔뜩 찌푸려져 있었다. 은호의 생각 이상이었다. 수업 시간에 어린 학생들에게 버젓이 성희롱을 한다니 은호의 상식으로는 도저히 있을 수 없는 일이었다.

"다른 여자 선생님들한테 말해보지."

"해본 사람도 있을걸요. 근데 그거 알죠? 계란으로 바위 치기. 우리만 이상한 사람 되고. 그나마 3학년은 좀 낫대요. 3학년이라 입시에 지장 갈까 봐 그런지. 진짜 짜증 나요."

"여기 잘사는 애나 힘 있는 애가 없는 것도 아니잖아."

"잘 모르지만 그렇겠죠? 여기 워낙 잘사는 사람 많아서."

"그런데 왜 그 선생을 못 자르는 거야?"

"추수인 선생은 집안은 어떤지 몰라도 발레 쪽 인맥이 좋으니까요. 이게 언젠지 모르겠는데, 2학년 선밴지 3학년 선밴지. 아무튼—선배 중에 누가 이걸 여자 선생님 중 한 명한테 말했었나 봐요. 그랬더니 그 여자 선생님이 참으라고 말하면서 그랬대요. 너 발레 그만두고 싶니."

은호는 더는 화난 표정을 감출 수가 없었다.

"뭐 그딴 놈들이 다 있어?"

"아, 근데 아저씨. 이거는 기사로 쓰면 안 돼요. 아셨죠?"

"왜? 이거야말로 알려져야 하는 문젠데?"

J는 한숨을 쉬었다.

"그럼 이 이야기가 누구한테서 나왔느냐부터 시작하겠죠? 곧 제가 소환될 거고, 진짜 하기도 싫은 추수인 얘기, 수업 시간에 한 더러운 짓들, 소문들 다 얘기하고 나서 이야기가 결론이 안 나면요? 그럼 나만 미친 애 되고, 그 더러운 얘기들이 입을 건너 건너서 내 이야기로 둔갑할 수도 있잖아요. 발레 쪽에서 아무도 안 써줄 수도 있고. 그러니까 그냥 아저씨만 살짝 아세요."

은호는 자신도 모르게 주먹으로 책상을 쾅 내리쳤다. 해결해 달라는 것도 아니고 숨겨달라고 부탁해야 한다니. 이런 말을 내뱉기까지 얼마나, 어떤 고통을 겪어야 했던 걸까.

"그래서 제가 아침마다 행운의 색 확인해서 그 색 리본으로 머리 묶는 거예요."

J가 분위기를 전환시키려는 듯 애써 밝게 말했다. 은호도 일단은 흥분을 가라앉히기로 했다.

"이렇게 미신을 신봉하면서 윌리에 들어갈 결심을 잘도 했네. 귀신은 별로 안 무서워하나 봐."

"아니요. 개무서운데."

J가 또다시 어깨를 털었다.

"그럼 왜 윌리를 하기로 한 거야?"

"글쎄요……."

J는 잠시 고민하더니 말했다.

"오늘의 운세에 그 방향에서 나타난 귀인을 따르라고 되어 있어서요?"

은호는 조금 전까지 화가 났던 것도 잊고 웃음을 터뜨렸다. 정작 J는 자신이 엉뚱하다는 것을 잘 모르는지 멀뚱멀뚱 은호를 바라보았다.

K

KILLING

은호가 대연습실 옆 소연습실 한쪽 구석에서 K를 기다리는 동안, 몇몇 윌리들이 다른 한쪽에서 수다를 떨고 있었다. 아이들은 포즈를 잡으며 함께 옹기종기 모여 셀카를 열심히 찍고 있었다. 몇십 장 찍은 후 다 같이 머리를 맞대고 모여 잘 나온 사진을 고르기 시작했다.

은지에게 인스타그램 친구를 허용해달라고 말해봤지만 사생활이라며 거부했다. 별것도 없으니 페이스북 친구로 만족해달라고 보기 좋게 거절당했던 것이, 아이들이 사진을 찍고 있는 걸 보고 있으니 갑자기 난데없이 떠올랐다. 솔직히, 약간은 서운하기도 했다.

"아니, 그래서 그때 걔가 고백한 거 아니냐고."

"아니라니깐. 싫어. 갠 내 타입 아니야."

사진을 다 골랐는지 갑자기 대화 주제가 남자로 바뀐 듯했다.

"넌 어떤 남자가 좋아?"

N이 물었다.

"나? 나는 내 남친 같은 남자."

D가 말하자 아이들이 야유했다.

"너는?"

"나는 남자 안 좋아해."

T가 말하자 잠시 분위기가 엄숙해졌다.

"N, 너는?"

T가 N에게 묻자 N은 손을 휘저었다.

"나는 그냥 소개받을래. 나 남자 보는 눈 최악이야."

"응. 그래, 맞아."

모두들 공감하는 듯 고개를 끄덕였다.

"야, 너무 솔직한 그런 반응도 좀 상처다? Q, 너는 어때?"

N이 Q를 향해 물었지만 Q는 고개를 갸웃거리며 뭔가를 혼자 중얼거리고 있었다.

"응? Q 너는 어떤 남자가 좋냐구."

"남자?"

D는 답답해하며 말했다.

"지금까지 계속 남자 얘기 하고 있었잖아. 너 우리 얘기 듣고 있는 거 맞아?"

"아……. 응. 맞아, 미안."

어쩐지 Q는 아이들 이야기에 집중을 못 하고 다른 생각을 하는 것 같았다. 그때 W가 가로채며 대답했다.

"나는 루이 군 같은 남자."

"야, 아이돌이잖아."

아이들은 야유를 보냈다.

"아이돌이 뭐! 이상형으로 둘 수 있는 거 아니야?"

"정말 너무 이상형이잖아. 만날 수 없는."

"환상 속의 존재 그 자체."

W는 씩씩댔고 아이들은 그 모습을 보면서 깔깔 웃으며 놀렸다. 은호는 천진난만한 아이들의 시시껄렁한 대화에 피식 웃음이 났다. 그 소리를 들은 N이 은호를 쳐다봤다.

"아저씨, 우리 얘기 재미있어요?"

"그럭저럭?"

"아저씨, 왜 우리 얘기 엿듣고 있어요?"

D가 장난기 어린 말투로 말했다. 그러자 W가 그 말을 받아 덧붙였다.

"아저씨, 혹시 변태 같은 건 아니죠?"

"아, 아니야. 나는 K 인터뷰하려고 기다리는 중인데……."

은호가 당황해하자 아이들은 까르르 웃었다.

"아저씨, 은근 귀엽네요!"

"맞아, 맞아."

"아저씨를 이상형으로 추가해둘까?"

은호는 진땀을 흘리며 빨리 이들이 대연습실로 가기를 바랐다. 아이들은 지치지도 않고 이번엔 편의점 신상과 맛있는 음식에 대해 떠들기 시작했다.

"아저씨, 아저씨는 우리 학교에서 일어난 일들에 대해서 어떻게 생각하세요?"

K는 들어오자마자 은호에게 먼저 질문을 던졌다.

"기자면 그런 거 많이 보시겠네요. 사건 현장 같은 거."

"아, 예전엔 그랬는데 지금은 관련 부서가 아니야."

"아……. 아쉽다."

K는 진심으로 안타까워했다.

"제가 그런 거 좋아하거든요. 사건 현장 이런 거……."

"특이하네."

"그래요? 막 흥미진진하지 않아요?"

"보통은 무섭다고 하지 않나?"

"그런가……."

K는 한 손으로 턱을 괴는 시늉을 하며 고개를 끄덕였다.

"왜 좋아해?"

"방금 말했는데. 흥미진진하니까? 그래서 범죄수사물 엄청 챙겨 봐요. 물론 거기엔 비현실적인 내용도 섞여 있지만, 그걸 찾아내는 게 또 묘미 중의 하나거든요."

"짓궂은 질문 하나. 발레보다 더 좋아해?"

"아아……."

K는 양손으로 볼을 감싸 쥐었다.

"일단은 발레가 더 좋아요."

"다행이네. 안도했어."

"왜요? 사건을 더 좋아하면 범행 저지르고 다니는 사람 될까 봐요?"

"가능성이 아예 없는 건 아니니까."

"너무해요!"

K는 말은 그렇게 하고 있었지만 딱히 충격은 받지 않은 듯 장난스러운 표정이었다.

"난 솔직히 너네 학교에서 일어난 일이 평범한 일처럼 보이진 않아. 우연치고는 너무 많은 우연이 겹쳤고 만든 상황으로 보기에는 또 너무 뜬금없고, 그래. 넌 어쩌면 나보다 더 많은 걸 알고 있겠지? 다른 아이들보다 아는 것도 많을 거고 말이야."

은호의 예상대로 K는 자신 있게 고개를 끄덕였다.

"그럼요. 저도 아저씨랑 비슷하게 생각해요. 우선 지율이 죽음부터 이상하죠. 왜 애가 하필 난간 끝에서 심장마비를 일으켰을까요? 장소가 진짜로 이상하죠. 혹시 누군가한테 쫓기던 건 아닐까? 그런 생각이 들죠. 귀신이든 사람이든 환상을 봤든 뭐든 간에…….

그리고 회영 쌤. 작품 짜다가 계단에서 굴러떨어졌죠? 그런데 선생님은 유서를 남기고 죽었어요. 계단에서 굴러떨어지는 자살은 들어본 적이 없어요. 그러니까 실족사 처리된 거겠죠? 혹시 선생님의 유서는 다른 사람이 남긴 게 아닐까요? 그런데 또 이상한 건 그렇다고 선생님이 누가 밀거나 해서 굴러떨어진 게 아닌 것 같다는 거예요. 그랬다면 경찰 아저씨들이 먼저 알았겠죠."

"그게 무슨 말이야?"

"그게 누군지는 밝힐 수 없지만 누가 문자를 받았대요. 그 선생님이 체한 것 같다고 다음 날 체한 데 좋은 약 사가지고 오라고 그랬다고."

"학생한테?"

"네. 원래 그런 거 잘 시키거든요."

가지가지 했네. 은호는 속으로 생각했다.

"근데 그 체한 증상이 뭔지 아세요? 심근경색이나 심장마비의 전조라는 거예요! 단순히 체한 걸지도 모르지만 그 약국 딸도……. 아, 말해버렸네……. 방금 이건 잊어주세요. 암튼 공진단을 가지고 와라, 뭘 달라, 그런 소릴 많이 했지만 체한 약을 달라는 건 처음이었대요. 그런 걸 생각하면 회영 쌤이 심장마비를 일으켜서 계단에서 떨어진 거고 그래서 다른 부분으로 지탱을 못 하고 머리를 쿵쿵, 이렇게 된 걸 수도 있죠. 그렇게 생각하면 지율이와 똑같은데……. 정말 뭐라고 설명할 수 없어서 이상하지 않아요? 과연 이건 귀신의 저주일까요, 누군가가 꾸민 일일까요? 꾸민 일이라면 그 유서의 의미는 뭘까요?"

K는 은호와 거의 똑같은 추측을 펼치고 있었다.

한 가지, 현지의 존재는 아직 모르는 듯한 이야기 구성이었다.

"그다음 은지 쌤. 은지 쌤도 쓰러질 때 가슴을 부여잡았잖아요. 남의 심장을 컨트롤할 수 있는 것도 아닌데 다들 똑같이 심장에 문제가 생긴다구요? 이건 우연일 리 없는데 그렇다고 귀신 짓으로 보기에는……. 범죄 미드 마니아인 저의 가슴이 용납하질 않네요. 혹시 은지 쌤한테 뭐 더 들은 건 없어요?"

"응. 없어."

은호는 거짓말을 했다.

"거짓말."

K는 씩 웃었다.

"그럴 리가 없잖아요. 다른 사람한테는 발레하는 학생들 취재라고 하고 있지만, 전 알아요. 아저씨, 동생이 왜 그런 일에 휘말리게 됐나 궁금해서 조사차 온 거잖아요. 깐깐하고 수상한 교감 눈을 피하려면 이 수밖에는 없었구요. 안 그래요?"

은호는 조금만 사실대로 말해주기로 했다.

"확실히 너 이런 걸 보는 눈이 있구나?"

"그럼요, 그럼요."

"은지는 자꾸 지젤 얘기를 하더라고."

"그것뿐?"

"응. 그것뿐. 그래서 나도 영문을 알아보러 온 거야."

K는 약간 의심하는 눈초리로 바라봤지만 은호가 태연한 눈빛으로 자신을 바라보고 있자 믿기로 한 듯했다.

"진짜 미스터리해요. 지젤이라……."

"무슨 생각이 들어?"

"원한요."

"원한?"

"네. 귀신이든 사람이든 이건 원한 사서 벌어진 일들이고 원한에 대한 복수를 하는 거라고 생각해요. 그 원한이 뭔지 모른다는 게 좀 답답하죠."

은호가 난관을 겪고 있는 부분도, 알아내려고 하려는 부분도 그것이었다. 두 사람은 동시에 "흠……" 하는 소리를 내다가 웃음을 터뜨렸다.

"무슨 생각을 했어?"

"공포 때문에 죽을 수 있을까 생각했어요."

"그럴 수 있기 때문에 롤러코스터 같은 데 씌어 있는 거 아닐까? 심약자 및 임산부는 탑승을 삼가주세요."

"아하!"

K는 딱 하고 손가락을 울렸다.

"자기가 곧 죽을 거라고 생각하면 극한의 공포를 느끼지 않을까, 그런 생각을 했어요."

"아무래도 그렇겠지?"

"대신 죽는다는 사실이 확실해야겠죠."

"만약 현지와 관련이 있었다면, 그 문구가 공포를 줄 수도 있겠지."

"현지? 현지가 누구예요?"

역시 모르는구나. 은호는 일부러 딴청을 피웠다.

"글쎄."

"네? 누구예요?"

K가 안달이 나서 물었다.

"글쎄. 너라면 금방 알아낼 수 있지 않을까?"

"아, 그러지 말고 빨리요. 어차피 금방 알아낼 거 아저씨가 가르쳐주면 되잖아요."

"내 질문에 대답하면 알려줄게. 만약 너라면, 어떤 걸 봤을 때 '아, 죽겠구나' 하면서 극한의 공포를 느낄 것 같아?"

"음……."

K는 다시 턱을 괴고 고민을 했다.

"눈을 떴는데, 중세로 간 거예요."

"뭐?"

"아이, 들어봐요. 왜 하필 중세냐, 그때는 정말 끔찍한 고문 방법이 많기 때문이에요.

놋쇠로 만든 황소가 있는데 거기에 사람을 들어가게 시킨 다음에 막 달궜다는데, 그 황소가 눈앞에 떡 서 있으면 기절하지 않을까요? 머리 위에 놓고 두개골을 으깨서 갈아버리는 고문 기계를 본 순간부터 두 다리로 서 있을 수 있을까요, 과연? 그런데 지금 말한 게 되게 온화한 기구인 편이잖아요? 그리고……."

현실적인 여건상 그런 마니악한 방법들로 공포를 줄 수는 없었다. 더군다나 특별하게 고안된 기구가 필요한 고문들이었다. 그런 방법을 썼다면 모든 증거가 포착되기 더 쉬웠을 것이다.

"현재로 돌아와. 우린 중세에서 탐구하고 있는 게 아니니까."

"귀신이 쫓아다닌다? 나를 쫓아다녀요. 여긴 없겠지? 그랬더니 워! 하고 나타나요."

은호는 고개를 좌우로 저었다.

"왜요? 이렇게 사람 심리적으로 압박하는 것도 엄청난 고문이에요. 범죄 심리 같은 거 연구할 때도 꼭 고려해봐야 하는 건데."

더이상 허무맹랑한 귀신 이야기는 하고 싶지 않았다. 은호는 왠지 J처럼 손으로 어깨를 털어내고 싶은 충동을 느꼈다.

"현재에서, 현실에서 최대한 찾아봐. 네 상상력에 현실성을 더하면 우리가 힌트를 얻는 것도 불가능해 보이진 않는데."

K는 그 말에 자극을 받았는지 눈을 가늘게 뜨고 고민하다가 번쩍, 눈을 크게 뜨고 말했다.

"내가 통제할 수 있는 상황이라 믿었는데 잘 보니까 아닌 거."

"예를 들면?"

"예를 들면…… 이것도 또 약간 시대 역행인데."

"괜찮으니까."

"좋아요. 내가 사형수가 되어서 사형대 앞에 섰다고 쳐봐요. 근데 이상해요. 의자가 있어요. 내 키나 몸무게를 체크하지도 않아요. 발판이나 스위치 같은 것도 안 보여요. 큰일 난 거죠."

"자세히 설명해봐. 못 따라가겠어."

"그러니까, 옛날 드라마 같은 데 보면, 스위치를 누르면 아래에 있는 발판이 꺼지면서 밑으로 몸이 훅 떨어져서 긴 밧줄에 대롱대롱 매달리는 게 있고, 올라서 있는 의자를 발로 차서 죽이는 게 있잖아요. 그 발판 꺼지는 건 훅 떨어지는 순간 몸무게 때문에 목뼈가 부러지면서 빨리 죽는 거예요, 단번에."

"의자가 있는 건 반대고?"

"반대라기보단, 이건 동맥 쪽을 차단해서 죽이는 거예요. 만약 밧줄이 굵거나 매듭이 내 앞으로 되어 있으면 전 그 순간 무서워서 심장마비로 죽을 수도 있어요. 그게 차라리 다행인가?"

"왜?"

K는 하나하나 설명해줘야 하는 게 귀찮다는 듯 한숨을 쉬었다.

"밧줄이 굵으면 목이 졸리는 시간이 얇은 거에 비해서 어떨까요?"

"오래 걸리겠지?"

"그거예요. 그만큼 고통을 받아야 하니까요. 저 둘은 고통을 더 주는 방법이라고 알고 있어요."

"너 고문 방법을 상당히 많이 아는구나?"

"미드에 많이 나와요. 칭찬 들었는데 왜 이렇게 안 기쁘지? 알아봐야 별 소용 없잖아요. 내가 그런 직업을 가질 것도 아니고……."

"그건 그렇네."

두 사람의 웃음소리 위로 갑자기 길고 날카로운 비명 소리가 들렸다. 은호와 K의 시선이 날카롭게 마주쳤다. 두 사람은 누가 먼저라 할 것 없이 자리를 박차고 복도로 달려 나갔다.

어디서 일이 일어났는지는 아이들이 우르르 몰려 있는 모양으로 금방 알 수 있었다. 컴퓨터실이었다. 은호는 모여 있는 아이들을 헤치며 앞으로 나아갔고 K가 뒤를 따랐다.

"다들 아무것도 만지지 마!"

K는 수사관이라도 되는 것처럼 진지한 어조로 외쳤다. 그러자

컴퓨터 가까이에 있던 아이 몇몇이 뒤로 물러났다.

단비는 쓰러진 채 경련을 일으키고 있었다. 은호가 아무리 이름을 불러도 단비는 의식을 차리지 못했다. 아이들은 발만 동동 구르며 바라보고만 있었다. 발레 파트의 아이들은 K 말고는 아무도 보이지 않았다.

그때 지후가 달려왔다. 누군가가 발레 파트 선생인 지후를 데려온 모양이었다.

"선생님, 병원에 연락해주세요. 여자 친구들은 발레 슈즈 좀 벗기고 팔다리 주무르는 거 도와줄래?"

단비를 보고 놀라는 것도 잠시, 은호의 말을 들은 지후는 당장 전화기를 꺼내 들고 어딘가로 황급히 달려갔다.

은호는 주변을 둘러봤다. 불이 다 꺼진 어두운 컴퓨터실에 단비는 왜 들어왔을까? 아니면 들어온 뒤 어두워진 걸까? 왜 혼자 온 걸까? 누가 불러낸 걸까?

은호는 다짜고짜 K를 향해 물었다.

"지금 발레 파트에서 연습실 밖에 있는 사람이 누가 있을까."

"아마 저 빼고는 다 있지 않을까요? 가서 물어봐요."

대답하던 K는 헛 하고 숨을 들이켜며 은호를 쳐다보았다.

"설마 절 의심하는 건 아니죠? 전 아저씨랑 같이 있었잖아요."

K는 울상을 지었다.

L

LOYALTY

정신을 차린 단비는 계속 같은 말을 반복할 뿐이었다.

"오지 마, 가까이 오지 마!"

그런 뒤 조금 차분해지자 방금 전까지의 일이 기억나지 않는다는 말만 반복했다.

그러나 마침 컴퓨터실 근처를 지나고 있던 다른 아이는 이런 소리를 들었다고 했다.

—미안해! 잘못했어, 잘못했어!

구급대원은 단비의 상태를 보고 대화를 해보더니 괜찮다며 지병이 있는지를 묻고 정밀 검사를 원하면 같이 병원에 가도 되지만 지금은 집에 가서 쉬는 정도로도 괜찮을 거라고 말했다. 놀란 탓인지 혈압이 좀 높다며 증상이 계속되면 병원에 가보라고 덧붙였다. 그는 단비 근처에 떨어져 있던 에너지 드링크 캔을 손으로 가리키며 카페인을 너무 많이 섭취하지 말라고 당부하며 자리를 떴다. 나이 차가 조금 나 보이는 두 경찰은 아이들한테 몇몇 질문도 했지만 소득 없이 발을 돌려야 했다.

은호는 학교 건물 밖으로 나와 주차장 쪽에서 고개를 젖히고 하늘을 보며 놀란 마음을 진정시켜보려고 애썼다. 비명 소리를 들었을 때 왠지 은지가 떠올라 마음이 덜컹 내려앉는 듯해 동요하고 말았다. 그때, 경찰들이 은호의 근처에 주차되어 있던 경찰차로 향하며 말했다.

"에이, 이놈의 학교. 도대체 몇 번짼지 몰라."

"굿이라도 해야 하는 거 아니야?"

그 말을 들은 은호는 다짜고짜 빠른 걸음으로 쫓아가 그들의 앞을 가로막았다.

"이봐요, 지금 학생이 다칠 뻔했는데 그런 말이 나옵니까?"

"담당 선생님 되십니까?"

"아니요."

"그런데 왜 학교 안에 계십니까?"

둘 중 젊은 쪽이 의심스러운 눈길을 보내며 말했다.

"기자입니다. 발레 전공 학생들 취재 때문에 출입하고 있습니다. 의심스러우면 교감 선생님께 여쭤보시죠."

경찰 둘은 조용히 시선만 교환했다.

"앞뒤 사정을 알아보실 생각을 해야지, 그런 말로 그냥 넘어가려고 하면 됩니까? 너무 무책임한 거 아닙니까?"

"저기요, 뭘 모르면 가만히 계세요. 학교 내부 사람도 아니면서 무슨……."

은호의 말에 젊은 경찰이 욱하며 말을 쏟아내려는데, 나이 많은 쪽이 가로막으며 허허 너털웃음을 터뜨렸다.

"선생님, 물론 이해합니다. 기자 선생님께서도 학생이 다칠 뻔해서 놀라셨고, 이런 말 들어서 화도 나셨겠지요. 그런데 우리 심정도 조금 헤아려주신다면 아주 고마울 겁니다. 이런 괴이한 소동으로 이 학교를 도대체 몇 번이나 들락날락하는 건지, 원. 그래서 정말로 무슨 일이 있는 거 아닌가 하고 알아봐도 그렇지도 않더라, 이 말입니다. 환장하겠는 거지요.

방금 일도, 저 학생이 겪은 일이 진짜라고 믿을 수는 있지만, 과연 그게 다른 사람이 저 학생을 해치려고 했다고 볼 수 있냐, 이 말입니다. 단정할 수 있는 근거도 없고 사건성이 없어 보여요. 학생 본인도 그런 얘기는 없었잖아요."

"쇼크가 오면 환각을 볼 수도 있어요. 극대화된 공포 때문에요. 지금 학생도 안정됐고 병원에 갈 필요는 없습니다."

구급차로 돌아가던 구급대원도 지나가며 거들었다.

"귀신이라도 들린 게지. 저 학생 말이 거짓말이 아니라면 그렇게밖에는 설명이 안 되죠."

반박할 말이 없는 은호는 의구심에 답답해 한숨만 쉬었다. 그

동안 경찰과 구급대원은 혀를 쯧쯧 차며 차에 올라탔다.

다음 날, 단비는 학교에 오지 않았다. 전날 그런 일이 있었으니 충격을 받아서 하루 이틀 정도 쉬는 것은 충분히 이해가 됐다. 하지만 기억이 안 난다는 말이 거짓임을 알아차리게 하는 행동이었다.

게다가 지금은 특수한 상황이었다. 프로도 아닌 고등학생이 제대로 꾸며진 무대에서 전막을 연기하는 기회는 흔치 않다고 학생들도 선생들도 몇 번이나 말했다. 공연이 며칠 남지 않은 지금, 하루 '정도'를 빠지는 것은 주역에서 밀려날 수 있는 엄청난 위기였다. 그래서 은호는 인스타그램으로 단비에게 편한 카페 같은 곳에서 만나 대화를 하고 싶다고 메시지를 보냈다. 그렇게 과감한 행동을 한 이유는, 아마 은지라면 저렇게 힘들어하며 후유증을 겪으면서도 주역을 하기 위해 악착같이 학교를 갔을 거라는 생각이 들었기 때문이었다. 아마 지금 선생이 아니라 학생이라서 본인이 주역을 맡았더라면, 은지는 미쳐도 일단 학교를 가고 봤을 것이라는 확신이 있었다. 그 때문에 은호는 단비가 아예 이 공연을 포기할 생각이라는 것을 꿰뚫어 보았다. 그리고 이내 답장이 왔다. 단비는 집 근처 카페 주소를 보내며 오려면 지금 당장 오고 아니려면 말라는 건방진 말투로 답장을 했다.

단비는 은호에게 꾸깃꾸깃 접힌 쪽지 하나를 건넸다.

"이게 뭐야?"

"이런 게 있었으니까……."

은호는 쪽지를 펴보았다.

죽을 때까지 춤을 추어라. 영원의 밤을 걸어야 할 것이다.

같은 유서.

"어제 경찰이 왔을 때는 이걸 왜 안 보여줬어? 구회영 선생님 때도 유서가 이랬잖아. 이걸로 누가 장난치는 건지 찾아내줄 수도 있는데."

단비는 말없이 고개를 저었다.

"이건 내가 직접 쓴 거구요."

"아……. 그래……."

은호는 실망을 감추지 못했다. 이걸 왜 굳이 옮겨 쓴 건지 어이가 없기도 했다.

"컴퓨터 화면에 이 말이 떠 있었어요. 컴퓨터 전체에……."

"경찰서 가서 말하자. 혼자 가기 힘들겠으면 같이 가줄게."

"안 돼요."

"왜?"

"그럼 나도 죽는 거 아니에요?"

"뭐? 그 반대지."

"죽는 거죠. 밝혀내지 못할 테니까요. 화를 자초하는 거예요. 누가 컴퓨터실 컴퓨터 전체에 그 말을 띄워놨건 간에 그건 내가 죽을 뻔한 거랑은 별개의 일이니까."

컴퓨터실에 띄워놓은 말이 단비를 향한 것이 아닐 가능성도 아주 없는 것은 아니었다. 그저 단비의 몸 상태가 좋지 않았을 수도 있다. 하지만 그렇다면 단비가 등교를 회피할 이유는 더더욱 없었다. 은호는 왜 단비가 그 둘이 별개의 일이라고 생각하는지 차근차근 물어보기로 했다.

"그날 왜 갑자기 컴퓨터실에 갔어?"

"그게……."

은호는 대답을 기다렸다.

"〈지젤〉 동영상을 좀 보려구요!"

동영상을 참고로 하는 것이 부끄러운 일도 아닌데 단비는 화를 내며 대답했다.

"누가 너한테 그때 컴퓨터실로 가서 동영상 찾아보라고 했어?"

"아니요. 스마트폰도 있는데. 내가 컴퓨터실을 언제 쓸 수 있냐고 물어보기는 했죠. 크, 크게 보려고……."

"그걸 누구한테 얘기했어?"

"그걸 어떻게 기억해요?"

그럼 네가 기억하지 누가 기억해? 라는 말이 혀끝까지 튀어나오는 것을 꾹 참았다. 은호는 되뇌었다. 단비는 어제 충격을 많이 받아서 마음이 은지처럼 허약해진 상태다, 참아야 한다…….

"그냥 애들 다 있는 데서 물어봤어요."

"그리고?"

"그리고……."

단비는 천천히 말을 시작했다.

"컴퓨터실에 갔는데…… 깜깜했어요. 스위치를 눌렀는데, 불이 안 켜졌어요. 그런데 모니터에 불은 들어와 있으니까…… 차단기가 내려갔나, 차단기가 대체 어디에 있지, 그러고 있는데……. 컴퓨터 화면이 갑자기 꺼졌어요. 깜짝 놀라서 소리를 질렀는데…… 그게 끝이 아니라…… 화면 위에 그, 그, 글자가…… 떴어요. 난 너무 무서웠어요. 그런데 그때…… 유령 같은 걸…… 봤어요……."

단비는 말을 끝내며 파르르 입술을 떨었다.

"유령?"

"유령이 다가와서…… 심장을 움켜쥐었어요……."

은지가 말한 것과 비슷한 내용의 환상. 은호는 곰곰이 생각에 빠졌다. 환각도 똑같은 내용일 수가 있나? 〈지젤〉의 내용 때문에 무의식에 비슷한 형상들이 존재하는 걸까?

"심장이 조이는 느낌……."

단비는 손을 가슴에 올리며 말했다. 은지도 똑같이 심장에 통증을 느꼈다는 말을 했었다.

"다른 건 없어?"

단비는 고개를 저었다.

"내가 막 소리를 질렀고 그때부터 기억이 안 나요."

"애들은 네가 미안하다고 잘못했다고 사과하는 소리를 들었대."

"아니요. 그런 기억은 없어요. 오지 말라고는 한 것 같아요."

"혹시 거기서 하얀 가루 같은 걸 봤어?"

단비는 고개를 절레절레 흔들었다.

"그럼 오렌지 향이 나진 않았어?"

"그게 뭔데 지금 그런 게 중요해요?"

단비는 신경질을 냈다.

"중요해. 잘 기억해봐."

"혹시 누가 그런 건지 알아낸 거예요?"

단비는 숨을 잔뜩 들이마시며 흥분을 감추지 못했다. 은호는 고개를 가로저었다.

"그건 아니지만 중요한 단서가 될 수도 있어. 잘 생각해봐."

"아니에요. 그런 향 같은 거 나지도 않았어요."

단비는 발을 동동 굴렀다.

"알았어. 잘했어. 무리시켜서 미안해. 그만하자."

은호가 타이르자 단비는 음료를 들이켜고 창밖을 내다봤다.

한동안 그렇게 말없이 있다가, 은호는 다시 조용히 말을 걸었다.

"차분히 생각해봐."

"뭐를요?"

"네 말에 의하면 귀신 짓인데, 귀신이 귀신밖에 더 돼? 학교에 돌아가지 않으면 지젤을 할 수 없잖아."

"내가 지금 지젤 하려고 목숨까지 걸어야 한다는 말이에요?"

단비는 신경질적으로 말하며 은호를 노려봤다. 아무래도 이렇게 괴로워하는 사람을 미끼로 범인을 낚아내는 짓은 할 수가 없었다.

분명 I에게 라연과 이야기하고 싶다고 전해달라고 문자를 했는데, 다른 아이가 문을 통해 들어왔다. 짜증이 솟구쳤다.

"시간 내줘서 고마워. 그런데 난 유라연하고 얘기하고 싶다고 분명히 전달했는데 어떻게 된 건지 알 수 있을까?"

"라연이가 오늘은 치료받아야 된대서요."

핑계였다. 라연은 파워 게임에서 절대로 지지 않겠다는 의사를 표현한 것이나 마찬가지였다. 은호는 잠시 심호흡을 했다. 상황이 이미 이렇게 된 것을 어쩔 수는 없고 L과의 인터뷰에 집중해야만 했다.

"라연이……. 그렇게 부르는 거 보니 동갑인 건가?"

"네. 입학은 같이 했거든요. 일 년간 쉬어서 후배들이랑 같은 학년이 됐어요."

"그랬구나. 발레는 어떻게 하게 됐어?"

"어쩌다 보니까요. 그런 애들 많지 않았어요?"

"응. 그렇더라."

"그런데 발레가 영 안 맞는 건 아니지만 전 발레리나 재목은 아닌 것 같아서요. 그리고 제가 아이들을 좋아해서 유아교육 쪽으로 가서 유아 발레 교육을 하려고 생각중이에요. 다른 애들보다는 공부를 해야 하는 쪽이지만 고생해서 콩쿠르에 나갈 필요도 없고, 그래서 공연할 여유가 있어요. 저한테는 잘된 일이죠. 마지막일지 어떨지는 알 수 없지만 무대에 설 기회가 생긴 거니까요."

"학교는 왜 일 년씩이나 쉬게 됐어? 어디가 아팠어?"

은호는 짐짓 조심스럽게 물었다.

"현지는 제 베프였어요. 처음에는 라이벌이었는데."

드디어 김현지와 가까웠던 사람의 이야기를 들을 수 있는 기회가 온 것이다.

"라이벌?"

"네. 다른 학교에 있는 남자애를 같이 좋아했거든요."

L은 희미하게 미소 지었다. 아마도 그 시절을 떠올리고 있는 듯했다. 은호는 갑자기 시작된 라이벌 이야기에 어리둥절했지만 뭔가 하고 싶은 이야기가 있겠지 싶어 가만히 들었다.

"무용과도 그렇고 다른 과도 그렇고, 아무래도 성공하기 힘든 예체능이라 그런지 애들이 욕심도 많고 치열하게 경쟁할 수밖에 없으니까 신경전도 있기는 하지만……. 그렇게 서로를 라이벌로 삼는 동안 알 수 없는 우정이 생겨나는 것 같아요."

"동질감 같은 건가?"

"네. 제 중학교 친구들은 예고, 특히 무용과를 생각하면 내 라이벌이니까 저것만 없으면 하고 항상 적의에 시달릴 거 같다고 하는데 그렇진 않더라구요. 저도 들어오기 전까지는 그럴까봐 걱정하기도 하고, 사실 그런 애들도 있기는 있어요. 근데 막상 지내다 보니까 그 얄미운 경쟁자가 오랜 친구보다도 더 내 처지를 이해해주는 사람이기도 하더라구요. 같은 목표를 가지고 비슷한 어려움을 겪고 있으니까요. 날카롭게 관찰하다 보면 배울 점도 있고, 나한테 부족한 점도 보이고……. 미운 정이 쌓이기가 쉬운 것 같아요. 현지랑도 그랬던 것 같구요. 특히 남자 취향이 같으니까 할 애기가 얼마나 많았겠어요?"

L은 희미하게 미소 지었다가 옅은 한숨을 쉬었다.

"그러다가 약간 소원해졌어요. 무슨 일이 있어서 그런 게 아니라 각자 바쁘니까요. 저는 학원에 가야 했고 현지는 아르바이트를 하고……. 그래도 전 가끔 집에 가는 길에 같이 떠들기도 하고 주말에는 쇼핑하고 놀면서 지내고 싶었는데 현지한테는 발레가 전부인 것 같아서 서운한 것도 있었고……. 그래서 그랬던 건데……. 어느 날 갑자기 자살했어요."

"혹시 이유를 알아?"

L은 가만히 한동안 허공을 쳐다보았다.

"유서를 남겼죠.

'나의 불행을 불러일으킨 사람들이여, 내가 이 학교에 남아 당신들의 불행을 지켜볼 것이다. 죽을 때까지 춤을 추어라. 영원의 밤을 걸어야 할 것이다.'

사실은 유서 이외에도 일기가 있었어요. 현지는 제 사물함에 그걸 넣어놨어요. 제 비밀번호를 알고 있었거든요."

"혹시 일기 내용에 대해서 말해줄 수 있을까?"

"말해드리는 건 어렵지 않아요. 하지만 아저씨, 그 사실을 알고 감당할 수는 있으세요?"

L은 은호를 배려하려는 건지 아니면 기자로서의 능력을 낮잡

아 보는 것인지 모를 질문을 던졌다.

“내가 딱히 감당할 수 없는 사실이 있을 것 같진 않은데. 충격은 받을 수도 있겠지만, 나는 너처럼 친구를 잃은 건 아니잖아.”

L은 이상하게도 묘한 미소를 지었다.

“그럼 감당해보세요. 그 뒤에 아저씨의 행동을 지켜볼게요.”

은호가 더욱 내용을 궁금해하는 사이 L은 심호흡을 한 번 하고 말을 시작했다.

“일기에는 유서에 썼던 현지의 불행을 불러일으킨 사람들에 대한 내용이 적혀 있었어요. 기사 내용은 일부분 맞아요. 현지는 집이 어려웠어요. 아까 말했죠, 아르바이트하느라 바빴다고. 전 되도록이면 현지랑 밥을 같이 먹으려고 했어요. 그래야 현지 밥값 아끼죠. 슈즈도 일부러 사이즈 잘못 왔다고 현지 주고 레오타드도 현지한테 어울리는 디자인 사서 한 번 입고 안 예쁘다고 현지한테 버렸어요. 그래야 입었거든요. 도움받기 미안해서 어떻게든 자기가 사려고 해서 제가 화도 내고 제발 친구 호의는 받아달라고 그래서 그나마 받은 거예요.

현지는 동생이 있었거든요. 여동생인데……. 그 애는 미술 유학을 가고 싶어 했어요. 제가 볼 때도 그림도 엄청 잘 그리고 독특해서 재능이 있다고 생각했어요. 그 동생 유학비에 조금이라도 더 보태보려고 자기 먹는 거 신는 거 입는 거 아끼고……. 얼마나 마음이 예뻐요. 아무리 동생이라도 자기보다 남을 그렇게 생각하다니……. 그래서 전 더 도와주고 싶었구요.

그런데 도대체 누가 불행을 불러일으킨 거라고 생각하세요? 돈이 없다고 애들이 따돌려서? 아니요, 애들은 현지 따돌림 비슷한 거 한 적도 없고 할 일도 없었어요. 돈 많은 애들이 하고 있는 걸 옆에서 보자니 자신의 처지가 비참해서? 아니요. 제가 현지의 마음까지 들여다볼 수는 없지만 현지는 그런 것에 관심도 별로 없었고 그냥 우리랑 발레하고 떠드는 자체를 너무 즐거워했어요. 솔직히 말하자면 라연이가 넘사로 대단한 집안 애이기는 하고 온몸을 명품으로 범벅을 하고 다녔지만 걘 그런 걸로 남 무시하는 애가 있으면 가끔 조용히 뭐라고 했거든요. 너 나보다 잘살아? 그거 아니면 너네 솔직히 다 도토리 키 재기 수준이니까 우리 돈 얘기 하지 말자, 돈 때문에 친구 우습게 만들고 그런 유치한 짓 하지 말자, 그렇게요. 막 친한 단짝 사이도 아니었는데 그렇게 해주더라구요. 그 말 듣는 친구에게는 조금 잔인하긴 하지만 현지나 비슷한 처지의 애들에게는 확실히 도움이 됐죠.

그럼 선생님들일까요? 네. 아주 명확히 그래요.

현지를 거의 스토킹했던 사람이 하나 있어요. 처음에는 되게 미묘한 수준으로요. 신고할 수 없을 정도로 딱 선을 지켜가면서요. 사람 미치게 하는 거죠. 현지는 신경 쓰지 않으려고 했어요. 저에게 매번 말하지 않았다 뿐이지 이상한 문자가 계속 도착했죠. 입에 담기도 싫은 저질스러운 말을 현지한테 보내고 만나자고 애원하고……. 처음에는 그 문자를 보내는 게 누군지 말하지 않으려던 현지는 결국 털어놓았어요. 추수인이라고.

저도 처음에는 의심했어요. 왜냐구요? 지금은 되게 노골적인 선생이지만 저희가 1학년 때는 라연이가 있어서 그렇게까지는 못 했으니까요. 그러니까 그때는 조금 이상하다 느낌만 있었지 이렇게 변태라는 이미지는 없어서 설마 선생이 뭐 얻을 게 있다고 그렇게까지 할까 싶은 마음도 있었죠. 하지만 문자를 보고 나서 실제로 그런 미친놈이 있구나, 뭐 이런 놈이 다 있어? 그렇게 생각했고 친구들한테도 조심하라고 말해주고 싶었지만 말하고 나면 현지가 어떤 취급을 받을지 걱정이 되어서 일단은 조심하자고만 서로 말했죠. 지금 같으면 모르겠지만 1학년 애기 때 발레가 세상의 거의 전부인 우리가 뭘 알아서 그 무서운 발레 인맥을 거느리고 있는 사람에게 대항할 수 있다고 생각했겠어요?

제가 아는 건 여기까지였어요. 일기에는 그 이후의 이야기가 적혀 있었어요.

어느 날 혼자 연습하고 있는데 그 미친 새끼가 현지를…… 현지를 어떻게 하려고 했대요. 간신히 뿌리치고 나왔지만 이미 그 새끼가 심하게 추행한 건 사실이고 현지는 거기에 큰 충격과 스트레스를 받았대요. 학교였고, 옷을 추스르면서 교무실로 가야겠다고 무작정 생각했대요. 거기에 류 쌤이나 잰 쌤이 있었으면 얼마나 좋았을까요. 그날 당직은 구회영 그년이었던 거예요.

현지는 선생님들의 행동에는 항상 어떤 의도가 있을 거라고 생각하며 스트레스를 받지 않으려 하는 타입이었어요. 차별을 당해도 자기가 부족하니까, 선생님 입장에선 아무리 가르쳐도 늘지 않는 학생 때문에 속상해서 매몰차게 대하는 걸 거라고 생각했어요. 우리도 분명 뭐가 이상한 구석이 있는 것 같다고 얘기했지만 그 당시에는 지금처럼은 잘 몰랐어요. 왜냐면 가을 예무제 때가 되어서야 발레 파트 언니들이랑 겨우 얘기 나누기 시작한 거라 언니들이 우리 중에 혹시나 어떤 이상한 애가 있을 줄 모르니까 그런 걸 조심하라고 얘기해주기에는 아직 껄끄럽기도 했고, 말씀드렸지만 라연이가 있다는 사실 자체로 우리 학년은 다른 학년들보다 덜 겪었을 거예요. 그래서 순수한 현지는 방금 전 있었던 일을 구회영한테 털어놨어요. 구회영은 그 자리에서는 굉장히 잘 들어줬대요. 그래서 현지는 어떤 조치가 취해질 거라고 순진하게 믿었던 거예요. 그래도 집에 가서도 공포스러웠대요. 그 기억이 자기를 너무 괴롭혔대요. 많이 울었대요. 그래도 괜찮다고, 이제 그것 때문에 추수인은 학교를 잘릴 거고 사랑하는 친구들한테는 그런 짓을 할 수 없을 거라고 생각하며 자기를 위안하려고 했다네요.

하지만 아저씨도 아시다시피 추수인은 지금도 학교에 잘만 다니고 있죠. 구회영은 추수인을 신고하거나 경고를 준다거나 그런 일을 하지 않았어요. 대신 그날 일을 가지고 현지를 협박하기 시작했대요. 그 일에 대한 소문이 퍼지는 것이 싫으면 자신한테 레슨을 받아라, 그러니까 돈을 내라는 거죠. 그런 식으로요. 한 번 정도는 현지도 응했지만 그 액수도 자기가 생각한 것의 몇 배였다고 해요.

그러니까 아르바이트에만 더 목을 매달고 저와 소원해지기 시작한 때가 바로 그때였던 거예요. 현지는 추행당한 충격과 스트레스 때문에 미칠 지경인데, 그걸 누군가 폭로하겠다고 하고 없는 돈을 가져오라고 하니 얼마나 미칠 지경이었겠어요? 현지는 자신이 죽는 것만이 답이라고 생각했대요. 하지만 현지가 일기를 남긴 이유는 대신 복수해달라, 그런 게 아니었어요.

사실 저는 현지가 저에게 아무것도 상의하지 않고 갑자기 죽어버려서, 죽은 것도 슬프지만 내가 그렇게 의지가 안 되는 친구였나, 저를 탓하고 미안해하고 가끔은 현지를 원망도 했어요. 이럴 거면 친하게 지내주지나 말지…….

그런데 알고 보니 현지는 그 정신없는 와중에도, 극한으로 내몰린 상황에서도 저를 걱정하고 있었어요. 그 상황에서도 저와 자기 동생 시아를 가장 걱정하고, 친구들을 걱정했던 거예요. 자신이 뭘 폭로해봤자 계란으로 바위 치기라는 걸 알고 있었어요. 류 쌤이나 잰 쌤이 들었다면 어떤 조치를 취해줬을지도 모르죠. 하지만 이미 선생님한테 큰 실망과 공포를 겪은 현지로서는 거기에 기대를 걸기도 힘들었기에 그냥 입을 다물었고, 일기도 공개하지 말아달라고 했어요. 제가 어떤 생각을 할지 너무 잘 알아서, 의지가 안 된다거나 그런 게 절대 아니고 제가 너무 좋은 친구였다고 하면서 제가 정말 하찮은 도움 준 것들까지 다 기억해서 써놓았더라구요. 그리고 염치없는 부탁이지만 자기 동생을 잘 부탁한다고, 이 사실을 밝히지 않는 또 한 가지의 이유는 가족들이 자기 인생을 잃을까 봐 무서워서 그렇다고 했어요. 현지는 시아가 유학을 가서 행복한 인생, 넓은 세상을 즐길 수 있으면 좋겠다고 자신의 죽음을 경쟁이 너무 힘들어서라는 식으로 말해달라고 부탁했어요. 그래서 가족을 빼고 가장 믿을 수 있는 사람인 저에게 일기를 남긴다고 했어요.

현지의 일기를 읽고 나서, 저는 다음 해에 학교를 다닐 수가 없었어요. 학교가 너무 무섭게 느껴지고 너무 화가 났으니까요. 정신적인 스트레스 때문에 결국 공황장애가 와서…… 약을 먹어야 했어요. 많이 나아졌지만 지금도 먹어요. 그런데 올해 초에 라연이가 찾아와서, 우리 큰 공연 할 거라고 올해는 학교를 다녀보는 게 어떻겠냐고, 현지와 지율이가 참여할 수 있게 투윌리 두 자리를 비우고 함께 공연하자고 말해줘서 저는 학교에 다니기로 결심했어요. 그것 때문에 학교에 돌아온 거예요, 저는. 마지막으로 우리 현지랑 공연이라도 해보고 싶어서. 아저씨에게는 바보같이 느껴질지도 모르지만, 저는 그렇게라도 현지와 함께 해보고 싶어서요."

"아니야, 바보 같지 않아. 이제 보니 라연이가 자리를 비워준 게 아주 의미 있는 일이었구나 싶어."

은호는 고개를 연신 흔들었다.

은호는 충격을 받은 나머지 한참 말을 잇지 못했다. 어떻게 이렇게나 악랄한 일이 학교 안에서 벌어질 수 있을까. 은호는 속에서 이는 분노를 누르려고 애쓰다가 자신도 모르게 윗니로 아랫입술을 꽉 깨물었다.

L이 감당할 수 있겠느냐는 말을 왜 했는지 알 것 같았다. 이제 은호는 추수인과 한 치 앞이 보이지 않는 싸움을 해야 할 것이다. 그러나 현실적으로 수인의 추행 증거가 남아 있지 않았기 때문에 처벌이 어렵고, 만일 법적인 처벌을 받는다고 해도 솜방망이 수준이라는 것을 잘 알고 있었다. 그렇다고 수인의 일거수일투족을 감시할 수도 없었고 발레 쪽에 있는 그의 인맥을 끊을 만한 능력도 은호에게는 없었다. 그렇다고 해서 하는 수 없이 이 사실을 뒤로하고 살아간다면 아마 두고두고 마음에 걸릴 것이 자명했다. 진퇴양난이라는 말이 딱이었다. 그래도 자신이 할 수 있는 일이 생긴다면 꼭 하겠다고 다짐했다. 그것밖에는 할 수 있는 일이 딱히 없어 보였다.

"지율이 그 아이가 죽었다는 이야기를 전해 들었을 때, 잘 모르는 아이지만 마음이 너무 아팠어요. 현지를 생각했어요. 꼭 현지가 또 한 번 죽은 것같이 느껴져서요."

L은 허탈하게 미소 지었다.

"우리는 진짜 친구였어요. 살면서 그런 친구를 또 만날 수 있을까요. 설령 그런 친구를 또 만날 수 있다 해도 현지를 다시 볼 수 있는 건 아니니까요."

L은 더는 말을 잇지 못하고 흐느껴 울었다. 그 모습에 은호의 속이 메스꺼워졌다.

윌리의 절반 정도를 인터뷰하며 은호는 아이들의 괴로움을 엿봐야 했다. 특히나 이처럼 누군가를 잃은 사람의 슬픔을 엿보는 것은 과거 부모님을 잃어야만 했던 슬픔과 그후 겪어야 했던 부조리한 일들에 대한 분노와 겹쳐지며 은호의 마음을 아프게 하고 있었다. 그동안 아이들이 이야기한 것이 모두 진실인지는 알 수 없었지만 전부 누적되며 은호에게 스트레스를 주었다. 게다가 아름다워 보이는 세계가 그 이면에는 이런 추악한 것들을 감추고 있었다는 실망과 절망은 은호를 무력하게 만들었다.

2
막

"상식과 선의에 기반해서
행동하고 살아가는 사람들을 배신한 주제에,
왜, 어떻게 그들이 여전히
상식적이고 선하기를 바라는 거지?
이해가 안 돼요, 도무지."

M

MALICE

|

은호는 오 년 정도 끊었던 담배에 다시 손을 댔다. L의 인터뷰 이후 머릿속에 통증이 일어 두통약을 먹어도 소용이 없었는데 담배를 피우니 그나마 조금은 나아지는 기분이 들었다. 그후 은호는 양치까지 하고 나서 대연습실로 향했다. 연습을 시작했어야 하는 시간인데 이상하게도 연습실 근처가 조용했다.

문을 열어보니 교감과 라연이 마주 보고 서서 뭔가를 심각하게 이야기하고 있었다. 옆에는 하얀 레오타드를 입은 1학년생이 죄인처럼 고개를 숙이고 서 있고, 다른 아이들은 벽에 붙어서 가만히 앉아 눈치만 보고 있었다. 은호도 조용히 들어가 구석 의자에 앉았다.

"1학년이면 어때요? 얘 잘하잖아요. 제가 미르타라는 게 안 쪽팔리게 해줄 수 있을 애 같은데?"

"그래도…… 1학년은 군무를 배워야 하는 시기니까……."

교감은 난감한 표정을 지었다.

"선생님도 보셨잖아요. 얘가 제일 잘해요. 예외라는 건 항상 있는 거잖아요."

"무대 위에서는 달라."

교감이 이제까지 중 가장 단호한 표정을 지으며 말했다. 하지만 라연은 뜻을 굽힐 생각이 없어 보였다.

"지금 이 많은 애들 중에 쟤만큼 체력 되는 사람 있어요? 전막 뛸 수 있는 사람요. 아니면 1막 2막 지젤을 두 명이 나눠서 해야 할 텐데 백번 양보해서 〈백조의 호수〉는 그렇게 할 수 있다고 해도 〈지젤〉은 그렇게 하면 전막 공연하는 의미가 뭐죠?"

"그래도 선생님 생각은 달라."

"선생님, 이번만큼은 절 믿어보세요. 분명 후회하지 않으실 거예요. 오단비도 실력도 멘탈도 약해서 걱정된다고 제가 말렸는데 쓰셨다가 내심 후회하셨잖아요. 결국 이렇게 됐고요."

자신 있는 라연의 태도에 교감은 할 말을 잃고 한숨을 푹 쉬더니, 이내 고개를 끄덕였다.

"그래, 그럼 하루 이틀 보고 결정하자."

일시적인 허락처럼 들리는 그 말이 은호에게는 자존심을 세우기 위한 교감의 마지막 몸부림처럼 느껴졌다. 아마 라연도 그렇게 생각하고 있을 터였다.

"감사합니다."

"자, 다들 새 지젤이 들어왔으니 마음 흐트러지지 말고 열심히 하세요. 류 선생 수고해요."

교감은 관용의 아이콘 같은 태도로 활기차게 이야기했지만 뒤돌아 문을 나서는 어깨가 축 처져 있었다. 아이들은 조용히 웅성거렸다. 1학년생은 아직도 쭈뼛쭈뼛 서서 눈치를 보았다. 라연은 1학년생 쪽으로 휙 돌았다.

"너, 내가 이만큼 얘기해줬으면 얼마나 잘해내야 되는지 스스로 잘 알 거야. 기회는 왔을 때 잡아야 의미가 있는 거야. 알겠어?"

"네."

새로운 지젤은 바짝 긴장한 자세로 대답했다.

"2막은 특히 나랑 윌리들이랑 호흡을 잘 맞춰야 할 거야."

"네!"

자세히 보니 새 지젤은 긴장 때문에 바짝 얼어 있는 것이 아니었다. 고마움과 기대로 가득 찬 눈빛은 의욕으로 불타오르고 있었다.

"선생님, 기다려주셔서 감사합니다."

라연은 류 선생을 향해 꾸벅 묵례를 했다. 류 선생은 고개를 끄덕였다.

"새 지젤이 왔으니 한번 쭉 가면서 잡아볼까? 우선 1막부터

갈게. 십 분 후에 시작하자."

류 선생이 말하자 아이들은 각자 떠들거나 스트레칭을 하거나 연습용 튜튜를 챙겨 입으며 분주해졌다.

라연이 성큼성큼 은호에게로 다가왔다.

"1막 도는 동안 시간이 빌 것 같은데, 오늘 제가 인터뷰하겠습니다. 소극장에서 뵐게요."

라연은 묵례를 하고 돌아섰다. 거의 일방적인 통보였다. 은호는 거부하면서 중심을 자신 쪽으로 끌어오고 싶었지만 선택의 여지가 없었다. 이미 주도권은 라연에게 넘어가 있었고 이 게임을 거부한다면 은호에게는 기회 자체가 주어지지 않을지도 모르는 일이었다. 때문에 은호는 응해야만 했다. 아까 돌아서던 교감의 기분을 알 것 같았다.

소극장 무대 중앙에는 거의 완성된 무대막이 펼쳐져 있었다. 게다가 지젤의 무덤, 백합꽃 같은 소품들까지 여기저기에 널려 있어서 그런지 을씨년스러운 분위기가 흘렀다. 은호는 구석에 있던 의자를 두 개 가져와 마주 보게 한 다음, 자리에 앉았다. 그러고는 다시 가만히 극장을 둘러보았다.

학교에서 아이들과 인터뷰를 하고 연습을 보고 은지를 보러 병원에 다녀오고…… 매일이 반복되는 것 같은 기분에 시간이 흐르긴 하나 싶었는데 이렇게 무대장치들이 완성되어가는 광경을 보고 있자니 공연이 다가오고 있다는 것이 실감이 났다. 더불어 이제까지처럼 마냥 여유를 부려서는 안 되겠다는 경각심이 들었다. 얼른 모든 진상을 파악해서 은지 문제를 해결하고 다시 있던 자리로 되돌아가려면 더욱 서둘러야 했다.

그때 극장의 문이 열리고 라연의 모습이 나타났다. 라연은 은호에게 까딱 고개를 숙였다. 마치 머리 위에 왕관이라도 얹고 있는 것 같은 움직임이었다.

"드디어 얘기할 수 있게 됐네, 윌리들의 여왕. 정말 만나기 힘든 존재군."

은호가 부러 활기차게 외쳐보았지만 라연은 억지로 입꼬리만 살짝 들어 올렸다가 내렸다. 그러고는 마련된 자리로 다가와 앉았다.

"다른 사람들도 물론 그렇겠지만, 네가 특히 이 공연에 애착이 각별한 것 같던데?"

"애들한테 저에 대해서 물어보셨나요?"

라연은 대답 대신 목을 꼿꼿하게 세우면서 역으로 물었다.

"음, 첫날 강한 인상을 받아서 조금?"

"애들이 뭐라고 해요? 절 잘 알게 되셨나 봐요?"

은호는 미간을 찌푸렸다.

"글쎄……."

"아니면 그냥 깔보시는 건가?"

"아니, 전혀 그런 건 아닌데."

"그래요? 다행이네. 이렇게 일대일로 얘기하는 건 처음인데 대뜸 반말을 하셔서 그런 줄만 알았죠."

생각도 못 한 곳을 찔린 은호는 움찔했다. 라연은 은호를 향해 의미심장한 미소를 지어 보였다. 역시, 만만하게 봐서는 안 될 상대다. 하지만 한 수 접어줄 생각 또한 없었다.

"리더십이 굉장하다고 들었어. 실제로 연습실에서 리드하는 걸 봤을 때도 감탄했고."

"그렇게 봐주셨다면 감사합니다."

"알파벳을 붙인 것도 네 아이디어였다지?"

"네. 윌리를 할 동안만 그렇게 부르기로 했어요. 조금 몰개성한 것 같기는 하지만 군무는 어느 정도 그럴 필요도 있어서요."

"알파벳 붙인 순서가 학년순도 이름순도 아니던데 각각 알파벳을 붙인 이유가 있나?"

"아니요. 자기들이 좋아하는 글자로 고르겠다고 해서 그러라고 했어요."

고개를 끄덕인 은호는 슬슬 시동을 걸며 가벼운 질문부터 생각하려고 애썼다. 그러나 라연이 먼저 입을 열어 질문했다.

"뭐가 궁금하시죠?"

"발레를 어떻게 하게 됐는지부터 물어볼까?"

"예쁜 발레 튜튜를 입은 인형들을 보고 하고 싶다고 생각했어요. 주변에서 저를 예뻐하니까 무대에 서면 좋겠다고 생각했어요. 발레 학원은 세 살쯤부터 다니고 있었고, 그러던 중에 부모님이랑 프랑스 여행 갔을 때 파리 오페라 발레단 무대를 보게 됐는데, 본격적으로 열심히 하고 싶은 마음이 들었어요."

"그게 몇 살쯤이었는지 물어봐도 될까?"

"여덟 살 때쯤요."

"그렇구나. 그러면……."

"저한테 진짜 궁금한 게 뭐예요?"

"어떤 계기로 애들을 지도할 만큼 발레를 열심으로 하게 됐는지, 그런 거."

"이런 관심도 없는 질문 말고, 저랑 얘기하고 싶은 진짜 이유가 있을 것 같은데."

오히려 라연 쪽에서 단도직입적으로 묻는 바람에 순간 은호는 당황한 기색을 감추지 못했다. 그러나 시시한 질문이나 하면서 에너지 낭비하지 않아도 되니 잘된 일일지 모른다고 생각하며, 직구를 던져보기로 했다.

"불쾌할지도 모르는 질문인데 마음의 준비가 되어 있어?"

"네, 하세요."

"한지율이라는 아이에 관한 거야."

라연은 이름을 듣고도 안색이 변하거나 하지는 않았다.

"지율이가 네 이복동생이라는 소문이 있던데 사실이야?"

"네, 맞아요."

라연은 망설이지도 않고 명쾌하게 대답했다.

"사이가 어땠는지 물어도 될까?"

"좋았어요."

"솔직히 그 말이 사실이라는 생각이 안 드네. 이복동생이면 미묘한 사이니까."

라연은 질문이 마음에 들었는지 고개를 끄덕였다.

"솔직하게 물어봐주시니 편하네요. 정말로 좋았어요. 어머니가 싫어하시니까 언젠가부터는 싸워서 소원해진 척해야 해서 그렇게 보였을 수는 있어요. 어머니 입장에서는 당연히 눈엣가시일 텐데, 하나뿐인 딸이 아내 몰래 남편이 사랑하는 사람과 낳은 자식이랑 노는 게 싫을 테니까요. 저도 그 애도 나름 조심을 했죠."

"그걸 알면서도 같이 놀 만큼 좋았던 이유는 뭐야?"

"뭐야, 라고 물어도 뭐라고 한마디로 답하기가 쉽지는 않은데."

라연은 잠시 허공을 멍하니 보더니 말을 이어가기 시작했다.

"일단은 같은 아버지를 뒀으니 외모도 성격도 조금 닮았고, 그러면서도 조금 달랐어요. 그게 왠지 좋더라고요. 이상하게 애틋하고. 그래서 친하게 지냈어요. 꼭 그것 때문만은 아니지만…… 애들이 좋은 의도였든 나쁜 의도였든 저희 집안에 대해서 얘기했겠죠?"

은호는 고개를 끄덕였다.

"전 크게 바라는 거 없이 살았어요. 가지고 싶은 장난감이건 옷이건 제 손에 쉽게 들어왔으니까 애초에 바랄 필요가 없었죠. 생일 파티를 열어도 근처에서는 최고로 화려한 파티였고 공부를 해도 운동을 해도 노래를 해도 제일 잘했어요. 제가 뭐든 빨리 익히긴 하지만 선생님들 수준도 높았으니까요. 그래서 욕심부릴 일도 딱히 없었고 행복하게 지냈어요."

"부럽다. 나는 딱 반대 상황이었거든."

"맞아요, 부러워할 만한 상황이죠. 운이 좋았어요. 그런데 꼭 부러워하지 않으셔도 될 거예요."

"글쎄, 지금까지 들어보면 너는 다 가진 것 같은데?"

은호가 장난스럽게 말하자 라연이 살짝 미소 지었다. 덕분에 둘 사이에 흐르던 긴장이 조금 깨졌다.

"전 외동이잖아요. 기자님은 조은지 선생님 같은 여동생이 있고요."

"외동이라서 외로웠어?"

"그래서였는지 아닌지는 잘 모르겠는데…… 모두가 절 칭찬해줬지만 가끔은 그게 마음에서 우러난 건지 아니면 절 두려워하는 건지 모르겠다는 생각이 들었어요. 생일 파티에 온 아이들이 나를 보고 있는 건지 아니면 내가 입은 드레스를 보고 있는 건지 가방을 보고 있는 건지 알 수 없었어요. 부모님은 항상 바빴고 큰소리를 낸 적은 없었지만 둘 사이에 냉랭한 기운이 감돌고 있었다는 건 알 수 있었죠. 다들 나한테 관심을 가지고 있으면서 정작 내가 관심 가져줬으면 하는 것에는 관심이 없었어요. 누군가 이 사실을 알아줬으면 좋겠다고 생각했죠.

하지만 이런 불평불만을 누가 들어주겠어요? 기자님 같으면 듣고 재수 없다고 생각하지 않겠어요? 모든 걸 가진 것 같은 애가 딱 하나 가지지 못한 것을 갖고 싶어서 안달 난 것처럼, 단순히 욕심 부리는 것처럼 보이지 않겠어요? 그래서 아무한테도 말하지 않았죠."

은호는 라연의 말에 고개를 끄덕이며, 자연히 어릴 적 라연의 모습을 상상했다. 태연한 척하는 조숙한 어린아이의 모습과 그렇지 못한 여린 마음에 대해 상상하자 왠지 마음 한 켠이 싸하게 아려왔다.

"그런데…… 그 애가 나타난 거예요. 아니, 정확히 말하면 제가 찾아낸 거죠."

"어떻게?"

"어느 날 아버지 차를 타고 학교에 가는데 제가 못 보던 예쁜 머리핀이 한쪽 구석에 떨어져 있었어요. 그리고 다음 날 머리핀은 사라져 있었고요. 기사 아저씨가 청소하면서 보셨으면 제 거냐고 물어보면서 가져다주셨을 건데 물어보시질 않더라고요. 아주 사소한 일이지만 이상하다고 생각했죠. 그리고 어느 날에는 예쁜 메모지 같은 게 떨어져 있더라고요. 거기에 낙서가 있었는데, 그걸 보자마자 감이 왔어요. 제 추측이 사실인지 아닌지 알고 싶었고, 호기심도 좀처럼 참을 수 없었구요.

저는 그걸 들고 아버지에게 이 아이의 집으로 가자고, 그 집으로 데려가지 않으면 어머니한테 말하겠다고 아버지를 협박했어요. 물론 말할 생각은 전혀 없었지만요. 그러니까 아버지는 어느 낡은 빌라 앞으로 절 데려가셨어요. '가난'이라는 단어가 건물이 된 것 같은 집이었어요. 반지하에 있었어요."

"어떤 집일지 상상이 되는데. 내가 살았던 집은 '가난'보다는 '불우 이웃'이 생각나는 집이었지만 말이야."

"곰팡이 냄새 나고요?"

"곰팡이 냄새만 나게? 널어놓은 걸레 냄새 같은 것도 나지."

은호는 어느새 라연과 편하게 대화를 즐기고 있었다. 라연이 또래보다 성숙한 탓인지 이야기의 소재 때문인지는 아직 분간할 수 없었다.

"눈이 크고 예쁜 여자아이가 아버지를 보고 반가워하다가 뒤에 있는 저를 보고 굳었어요. 아버지는 저를 소개했고 제 이름을 들은 지율이는 깜짝 놀란 눈치였어요. 제가 누군지 들은 적이 있는 것처럼요. 그때가 초등학교 3학년 정도였는데 왜 그런 걸 말해줬을까요? 그 애 엄마가 말해준 건지 아버지가 그런 건지는 잘 모르겠어요."

"그러게. 이해하기는 조금 힘든 나이지. 아니, 솔직히 나이를 더 먹는다고 해서 이해해줄 수 있는 사정인가?"

"그러니까 말이에요. 그런데 뒤로 물러났던 지율이는 그후 줄곧 저에게서 눈을 떼지 못했어요. 저는 지율이가 흘린 메모지를 돌려줬어요. 그 애의 엄마는 죄인처럼 제 앞에 무릎 꿇고 앉았고, 지율인 초롱초롱한 눈빛으로 저를 계속 쳐다봤죠. 그 애 엄마와 아버지는 해명을 했어요. 결혼 전부터 사랑하던 사이인데 제 어머니랑 결혼하면서 헤어지게 되었지만 못 잊어서 이렇게 됐다고 하면서 울더라고요. 전 큰 감흥이 없었어요. 조금 충격받긴 했지만 아버지가 저한테 못한 것도 아니고 애초에 어머니 아버지 사이에 사랑은 그다지 없어 보였으니까요. 다만 어머니가 불쌍한 생각이 들어서 절대 눈치채게 하지 말라고, 얼마나 상처받겠냐고 하고 자리를 뜨려고 했어요. 호기심도 충족했으니 더는 머물 필요가 없다고 생각한 거죠. 그런데 제가 현관문 앞에 섰을 때 지율이가 울음을 터뜨렸어요."

"미안해서?"

"그런 것도 없지 않았겠죠? 그런데……."

무엇을 떠올렸는지 라연의 입가에 옅은 미소가 떠올랐다. 은호는 처음으로 라연의 인상이 달라 보인다고 생각했다. 동영상에서 보았던 상냥한 인상의 라연이 얼핏 보였다.

"저에게 다가와서 손을 잡고 자길 미워할 거냐고 말했어요. 자기는 '언니'를 계속 만나고 싶었고 좋아하는데 다신 못 보는 거냐면서, 자기가 뭘 하면 용서해줄 거냐고 말하면서요. 그 애는 알았을까요? 그 순간부터 저는 그 애를 절대 미워할 수 없게 될 거라는 걸요."

라연은 아득히 먼 곳을 바라보는 것 같았다.

"그 애는 저를 사랑해줬어요. 언니라는 이유 하나로. 제가 좋아하는 건 뭐든 따라 하려고 했어요. 그렇지만 절대 빼앗으려고 하지는 않았죠. 지율이는 점점 활기차고 자신감이 있는 아이가 되어갔어요. 뿌듯했죠. 내가 만들어낸 변화니까요. 그런데 알고 보니 오히려 변화를 만들어내고 있던 건 지율이였어요. 잘 몰랐는데 어느 순간, 사람들이 나에게 사랑을 주고 있더라고요. 저는 지율일 만나서 사랑받을 줄 아는 인간이 된 거예요. 우리는 서로 닮아간 거예요. 서로를 사랑하니까 가능한 일이었을 거예요."

은호는 고개를 연신 끄덕였다. 은호도 만약 은지라는 존재가 없었더라면 혼자 세상과 싸워야 했을 것이다. 부모님에 대한 사랑을 그리워하며 어느 순간에는 사랑받는 법도 사랑을 하는 법도 잊어버렸을지도 모른다. 그런 생각을 해본 적이 있기에 은호는 라연의 말에 깊이 공감했다.

“그럼 고가의 발레용품이나 명품 브랜드 물건도 네가 준 거겠네?”

“네, 제가 준 거예요. 지율이 학원비도 제 용돈이면 문제없었고, 제 말 몇 마디면 해결되는 문제도 있었고요. 그 이상의 도움은 힘들었지만요.”

“양지후 선생님이 줬다고 말하는 애들도 있더라.”

이내 원래의 표정으로 돌아오기는 했지만, 라연은 일순 못마땅한 표정을 잠시 얼굴에 비쳤다. 은호는 모른 척했다.

“지율이가 양지후 선생님이랑 사귀는 건 알고 있었겠지?”

“네, 우리는 감추는 게 없는 사이였으니까요. 전 마음에 들지 않았지만 지율이가 몇 번이나 절 설득하려고 했죠, 좋은 사람이라고. 하지만 전 그렇게 생각하진 않았어요. 딱 알브레히트 같은 모자란 놈이라고 생각했죠.”

“네가 들으면 화가 날지도 모르지만 솔직히 나도 얘기 나눠보고 괜찮은 사람이구나 하는 생각을 했어.”

라연은 어깨를 으쓱 들어 올렸다가 내렸다.

“학생이 미성년자를 벗어나기도 전에 사귀는 것부터가 별로 아닌가요? 그렇지만 방법이 없으니까 피임이나 잘하라고 했어요. 덜컥 임신이라도 하면 안 되니까요.”

은호는 순간 사레가 들릴 뻔한 것을 간신히 참아냈다.

"그 애에게는 나보다 더 유망한 발레리나가 될 수 있는 가능성이 있었어요. 지율이 사진 본 적 있죠? 신체 비율도 완벽하고, 발레를 얼굴로 하는 건 아니지만 저보다도 훨씬 아름답죠. 오만한 소리처럼 들리겠지만 저도 어디 가서 예쁘다는 소리는 곧잘 듣는 얼굴인데, 지율이만 못하죠. 실력도 그랬다고 보시면 돼요.

저는 사람들에게 동경을 받았지만 지율이는 사랑을 받았어요. 저는 이 공연을 안 하고 국제 콩쿠르에 참가했다면 입상해서 장학생 입학쯤은 했을지도 모르지만 만약 지율이를 세계에 내놨다면 콩쿠르 우승도 유명해지는 것도 시간문제였을 거예요.

질투해보려고도 했죠. 안 되던데요. 그런 존재 앞에서는 질투도 마음대로 안 돼요."

"그래. 나도 지율이 콩쿠르 영상을 찾아봤는데, 정말 천사 같더라."

"네."

라연은 자랑스럽다는 듯 눈을 빛냈다. 은호에게는 오히려 그 모습이 우는 모습보다도 더욱 안타깝게 느껴졌다.

"그런데 지율이의 학원비 같은 걸 왜 네가 감당해야 했던 거야? 아버지가 해줄 수는 없었던 거야?"

"이건 너무 세세한 가정 사정이라 대충만 말씀드리면…… 예를 들자면, 몰락한 귀족이 자기 집안의 체면을 차리기 위해서 더 잘사는 집안이랑 정략결혼을 했다, 그렇게 생각하시면 이해가 쉬울 거예요."

"허울이라 마음대로 손에 쥐고 흔들기는 힘들다?"

라연은 고개를 끄덕였다.

"역시 이해가 빠르시네요. 아버지가 번듯한 회사 사장으로 있기는 했지만 그것도 어머니 쪽 친척의 회사예요. 나도 사장이다 어쩔래, 하면서 따로 융통하면 되잖아 그런 생각도 하시겠지만 가진 사람들한테는 걸려 있는 게 많아서요. 그런데 이런 부분까지 쓰실 건 아니죠?"

"당연하지."

애초에 그런 신변잡기적인 기사를 내기 위해 이곳에 온 것이 아니다.

"조심은 했는데, 그렇게 오래는 못 갔어요. 걸렸죠."

"네가 얘기한 건 아니지?"

"그럴 리가 있나요. 기사 아저씨가 거짓말하는 게 티가 났는지, 아니면 사람을 붙인 건지 어머니가 아셨어요. 지율이의 존재에 대해서도 알게 되셨고……. 당연히 저한테도 화가 많이 나셨죠. 이해해요. 저도 지율이만 좋아한 거지 그 애의 어머니나 아버지에 대해서는 가끔 울컥하는 기분도 있었거든요. 어머니가 느끼는 건 그 이상이었겠죠. 그래서 다시는 왕래하지 않겠다는 약속을 하게 됐어요. 아버지는 그 이후로 왕래를 못 하게 되었지만 저는 몰래 지율이랑 잘 지냈어요. 아버지가 돌아가시지 않았으면 지율이는 우리 학교에도 입학 못 했을 거예요."

"믿기 조금 힘든 이야기를 들었는데……. 지율이 죽었을 때 어머니가 하신 대처에 대해서 말이야. 단순한 소문이야, 아니면 사실이야?"

라연은 작게 한숨을 쉬었다.

"그래도 뭘 어쩌겠어요? 제 어머닌데. 저로서는 소심한 반항, 그런 걸로밖에는 복수할 방법이 없죠."

"그래서 콩쿠르에 출전하는 대신 이 공연을 성대하게 하기로 했다?"

"그것도 올해 초에 든 생각이구요. 작년까지는 콩쿠르도 발레도 하고 싶지 않았어요. 지 동생도 지킬 수 없었던 주제에 발레는 무슨."

라연의 얼굴에서 미소가 사라졌다. 하지만 평소의 냉랭한 표정이라기보다는 슬픔을 억누르고 있는 것처럼 보였다.

"네 힘으로는 어쩔 수 없는 사고였잖아."

"차라리 제가 죽고 지율이가 살아서 발레를 계속했어야 하는데, 이런 생각만 들었죠. 그러다가 문득 학교를 졸업하기 전에 공연을 해야겠다, 그럼 지율이도 공연에 참가할 수 있지 않을까, 그런 생각이 들어서 하겠다고 했어요."

L의 이야기를 들으면서도 라연이 귀신 자리라며 윌리 자리를 비워놓은 것은 아이들을 공포에 몰아넣고 지배하기 위한 수단

이 아닐까 의심했다. 하지만 정말 애도와 그리움에서 시작되었다는 것을 이제는 온전하게 받아들일 수 있었다.

"우리는 같이 발레리나가 되어서 한 무대에서 공연하자고 약속했어요. 〈돈키호테〉 2인무부터 시작하게 되지 않을까, 아니면 〈잠자는 숲속의 미녀〉의 쌍둥이 요정으로 출연하게 될까 그런 말 하면서……. 차근차근 해나가면서 〈해적〉도 하고 〈라 바야데르〉도 하자, 우리가 두 주인공이 되는 거야……. 그렇게 우리는 매일 음악을 들으면서 연습하고 상상했어요. 그 순간만큼은 우리는 벌써 꿈을 이룬 사람이 되어 있었어요."

"행복했겠구나."

"행복했죠."

이미 이야기의 결말을 알고 있는 은호는 마음이 편치 않았다.

"개가 죽으니까 행복도 같이 죽어버리더라고요. 기자님도 애틋한 동생이 있으니까, 상상이 가지 않나요? 경험자의 입장에서 한 가지 말씀드리자면, 상상하던 것보다 훨씬 끔찍하더라구요."

은호는 천천히 눈을 꾹 감았다. 상상조차 하기 싫었다. 그 아픔이 라연을 다른 사람으로 변모하게 했을 것이라는 짐작이 되었다. 충분히 그럴 만한 사연이었다. 만약 자신이었다면 어땠을까. 하지만 그 문장을 마음에 담아보는 것조차 무서웠다. 혹시나 싶어 두려웠다. 그 정도로 아끼는 존재를 잃는다는 것은 어떠한 것인가. 차라리 모르고 싶고, 짐작도 하기 싫었다.

"……그래서 죽인 거니?"

라연은 은호를 빤히 쳐다봤다.

"제가 했다는 증거는 가지고 계시고요?"

"이건 솔직히 얘기할 수가 없어. 가지고 있어도, 가지고 있지 않아도."

"그런가요?"

라연은 코웃음을 치더니, 원래의 냉랭한 표정으로 다시 돌아왔다.

"솔직히, 죽어 마땅한 인간들 아닌가요?"

"나쁜 사람들이긴 하지만 죽어 마땅한 인간은 없어."

"정말 그렇게 생각하세요? 그런 인간들이 아니라 왜 제 동생이 죽어야 했던 걸까요? 그 이유가 뭐라고 생각하세요?"

"쓰레기 같은 인간들이긴 해도, 그 인간들이 지율이를 죽인 건 아니야. 그리고 조은지 선생님, 내 동생은 무슨 잘못이 있어서 그런 일을 겪어야 했지? 지율이의 죽음을 막을 수 없었던 어른 중 하나였기 때문에?"

"말투를 보니까 뭔가를 나름 생각하고 계신 것 같네요. 하지만 과연 그 추리들이 맞을지…… 전 잘 모르겠네요."

라연은 무슨 생각을 곱씹어보는 것인지 고개를 끄덕였다. 표정에는 여유가 담겨 있었다.

"계속 저라고 생각하고 조사하셔도 돼요. 그래도 별로 불쾌하진 않을 거예요. 제가 했다는 증거는 없지만 동기는 충분하니까, 그렇게 생각하실 수 있죠."

"만약 네가 죽였다면……."

"만약, 제가 죽였다면, 이라는 가정하에 말씀드릴게요."

라연은 당당하게 또박또박 말했다.

"세상이 미쳐버린다면 제정신을 차리고 사는 것도 그 세상과 똑같이 미쳐버리는 것도 아무 의미가 없지 않겠어요? 그렇게 된다면 저만의 길을 가는 수밖에 없어요. 무시당한 가치 대신에 새로운 가치를 세울 거예요. 그게 옳지 않은 것이라고 하더라도요. 이걸로 원하던 답을 거의 얻으셨을 것 같네요."

은호는 시원찮게 고개를 끄덕였다. 라연은 자리에서 일어나 문 쪽으로 걸어가다가, 뒤를 돌아 은호를 쳐다보며 알 수 없는 미소를 지었다.

"뭐 한 가지만 물어봐도 될까요? 운전 직접 하시나요?"

"응."

"큰 트럭이 무리하게 차선을 바꿨어요. 그 바람에 옆 차선에서 달리고 있던 소형차가 피하려다가 전복이 됐어요. 그리고 뒤에서 이걸 지켜보고 있던 중형차는 신고도 하지 않고 그냥 지나가버렸어요. 이 사고가 소형차 혼자만의 책임이라고 생각하세요?"

"그렇게 볼 순 없지."

"역시 그렇겠죠? 좋은 힌트가 되었기를 바랄게요."

할 말을 마친 라연은 묵례를 하고 사라졌다.

도대체 무슨 뜻이지? 지율이의 죽음이 단순한 사고사가 아니라는 이야기인가? 저건 억측일까 진짜 근거가 있는 사실일까? 은호는 한동안 가만히 앉아서 생각했다.

라연과 인터뷰를 마치면 명쾌한 결론을 내릴 수 있을 거라 생각했는데 오히려 더욱 알쏭달쏭해졌다. 심지어 은호는 이제까지의 가정을 다 뒤집어봐야 하나 하는 고민을 시작했다. 물론, 여전히 가장 의심스러운 사람은 라연이었다. 동기가 충분했고 악의도 충분했다.

하지만 모든 사건이 하나로 묶이지 않는다는 점이 문제였다. 아직 드러나지 않은 사실이 있을 수도 있지만 심증뿐이었다. 심지어 라연은 다른 아이들보다 당당하게, 과장하지도 않고 진솔하게 모든 것을 털어놓았다. 이번 대화로 오히려 은호는 라연에게 인간적인 호감을 느끼게 되었다. 너무 라연을 중심에 놓고 거기에 맞춰서 생각해온 건 아닌가 하는 후회도 들었다. 이대로라면 사건의 본질, 은지를 해치려고 한 사람의 정체에 대해서 알아내기 힘들 것 같았다. 은호는 라연을 용의선상에는 그대로 두되, 너무 집중하지 않는 것이 좋겠다는 결론을 내렸다. 라연의 인터뷰에서 얻은 것은 아쉽게도 그것뿐이었다.

점심시간 종이 울리자, 아이들이 교실에서 복도로 우르르 쏟아져 나와 급식실을 향해 뛰었다. 무용과는 예외일까 싶었는데 무용과에서도 뛰어나오는 아이들이 여럿 있었다.

"아, 여러분! 지금 당장 달려갑니다! 오늘 급식! 메뉴 쩔어요! 다이어트고 뭐고 모르겠어요. 먹고 빼죠, 뭐!"

심지어 인터넷 방송을 하는지 핸드폰을 들고 뛰며 말하는 발레 파트 학생도 있었다. 은호의 기억으로는 윌리, U였다. 은호는 학생들의 천진한 모습에 피식 웃음을 터뜨렸다. 천천히 가도 다 똑같이 받을 수 있는 급식인데 뭘 위해 그렇게 열심히 뛰어가는지 모르겠다는 생각과 함께, 저게 또 학창 시절의 재미겠지 생각하며 미소 지었다.

그러는 사이, 어느새 무용과 교실에 도착했다. 열린 뒷문으로 들여다보자 혼자 책상에 앉아서 스마트폰을 가로로 놓고 양손으로 열심히 화면을 터치하고 있는 M의 뒷모습이 보였다. 띠롱띠롱 하는 동전 소리와 뿅뿅 하는 소리가 M의 손가락이 움직일 때마다 교실에 울려 퍼졌다.

"교실로 부르더니 게임 삼매경이네? 네가 M 맞지?"

"네, 맞아요."

M은 아주 잠깐 은호 쪽으로 시선을 옮겨 고개를 끄덕이고는

다시 화면을 열심히 쳐다보았다.

"점심 먹으러 안 가?"

"저는 점심 안 먹고 저녁 먹어요. 점심에 먹으면 속이 더부룩해서요. 연습할 때 불편하거든요."

"아……. 그럼 다들 점심을 안 먹어?"

"아니요. 각자 달라요. 아예 안 먹어서 어떻게 버티나 싶은 애들도 있는데 어떤 애들은 세끼 다 먹고 간식까지 먹어요. 다 달라요."

M은 은호의 말에 대답하면서도 손에서 폰을 놓지 않았다.

"무슨 게임을 그렇게 재미있게 해?"

"아, 지금 하는 거는 재미 때문은 아니고 의무감으로 해요."

"게임을 의무감으로 한다고?"

"네, 이 게임은요. 파밍 게임이라 습관적으로."

은호는 M이 인터뷰 내내 무슨 말을 하는 건지 알아듣기 힘들 것 같다는 불길한 예감에 휩싸였다.

"경험치가 많이 쌓이고 그런 거야?"

"네, 이 게임은요."

"많이 쌓이면 뭐가 좋은 거야? 레벨 업 하나?"

"그냥 많이 쌓이는 게 좋은 거죠."

약간 주워들은 걸로 게임에 대해 아는 척을 하며 거리를 좁혀 보려 했으나 보기 좋게 실패하고 말았다.

"인터뷰하기 싫구나?"

"아니요? 전 인터뷰 좋은데? 뭐 물어보실 건데요?"

M은 여전히 게임 화면에서 눈을 떼지 않고 대답했다.

"그냥, 너희 입장에서 시시할 수도 있는 거. 발레 어떻게 시작했고 그런 거."

"글쎄요……. 기억이 잘 안 나요."

"너도 어렸을 때부터 발레를 한 거야?"

"네. 초등학교 2학년 땐가? 했는데 어떻게 하다 하다 보니까 전공을 하게 되더라구요. 아저씨가 이해하기 쉬우시라고 비유를 들면, 게임을 어쩌다가 앱 스토어에서 깔아서 몇 번 해보다가 자꾸만 하게 되서 결국 탑 티어 안에는 못 들어도 이벤트 보상 받을 정도 레벨은 되어야겠다 그런 생각으로 열심히 하는데, 그게 도대체 언제부터였는지 잘 기억을 못 하는 것처럼요."

은호는 M이 어떤 비유를 드는 건지 전혀 감을 잡을 수 없었다.

"게임이 그렇게 좋으면 차라리 프로게이머가 되거나 게임 관련 일을 하는 게 낫지 않아?"

"저는 두 가지를 하는 게 좋던데요. 발레만 하자니 스트레스 해소할 곳이 없을 것 같고 그렇다고 게임만 하자니 너무 축축 처지고 왜 게임을 하고 있나 그런 생각이 들어서요."

게임을 잘하지 않는 은호로서는 이해하기 힘든 이야기였다.

"게임 좋아하는 거랑 발레 좋아하는 거랑은 별개라는 말이지? 좋아하는 두 개가 어떤 식으로 다른지 알려줄 수 있어?"

M은 처음으로 게임 화면에서 눈을 떼고 잠시 생각에 잠겼다. 그러더니 은호를 보고 답했다.

"딱히 다를 건 없는 것 같아요. 발레뿐만이 아니라 사는 것도 그렇잖아요. 다 하나의 게임이 아닐까요?"

화면에서는 여전히 핑핑핑 하는 효과음이 요란하게 흘러나오고 있었다. 은호는 공감대가 생기지 않는 이 대화를 다른 식으로 이끌어가려고 애썼다.

"게임은 왜 하는 거라고 생각해?"

"게임 종류에 따라 다르겠죠. 퍼즐이나 숫자 게임은 아무 생각 안 하고 싶을 때 하고, 마을을 꾸민다든지 가상 속의 인물이 되어서 스토리 진행하는 게임은 현실도피하고 싶어서 할 때도 있는 것 같아요. 물론 그냥 레벨 업 하고 파티 이루는 재미에 하는 게임도 있지만 제 성격이랑 그렇게 맞는 거 같진 않아서요. 파괴하고 싶은 충동을 느낄 땐 주로 타격감 있는 게임을 하게 되는 거죠. 다다다 연타로 가다가 마지막에 막타 때려서 탁!"

스마트폰에서는 와 하는 환호성 소리가 터져 나왔다.

"KO시키는 거죠."

M은 뿌듯한 표정을 지었다.

"뭘 파괴하고 싶어? 예를 들면."

"아, 잠깐. 잠깐만요."

M은 화면을 클릭하더니 처음으로 스마트폰을 뒤집어놓고 은호의 눈을 보았다.

"광고 틀어놓으려구요."

"광고?"

"네. 포인트 얻으려구요. 게임 이것저것 많이 돌리는 중인데 다 현질할 수는 없으니까요."

"전부 결제를 할 수 없으니까 광고를 보고 포인트를 얻어서 활용하는 거구나?"

"네네. 맞아요."

"솔직히 난 네 말 절반 이상이 무슨 말인지 잘 모르겠어."

"아저씨는 게임 안 하시나 봐요?"

은호가 고개를 끄덕이는 걸 보고 M도 고개를 끄덕였다.

"게임은 언제부터 한 거야? 원래 어렸을 때부터 좋아했어?"

"아니요. 작년 방학쯤부터?"

M은 2학년이니 학교를 입학하고 한 학기를 보낸 후 시작한 것이라 볼 수 있었다. 짧은 기간에 저렇게나 흠뻑 빠지다니. 게임을 별로 좋아하지 않는 은호로서는 도저히 이해가 가지 않았다.

"왜? 스트레스를 많이 받았어?"

"네, 좀……."

"아, 그러고 보니……."

질문하다가 만 것이 있었다.

"뭘 파괴하고 싶은 거냐는 질문에 아직 대답 안 해줬지? 혹시 그게 스트레스의 원인하고도 관련이 있을까?"

M은 씁쓸하게 입을 다시며 고개를 끄덕였다. 은호는 대답을 기다렸다.

"영화도 그렇고 아이돌 뮤비도 그렇고 게임도 그렇고 예고하는 티저 영상이 있잖아요?"

"응."

"그 티저를 보고 갔는데, 완전히 내용이 다르거나 장르가 다르면 정말 화나지 않아요?"

"그렇지. 당연히 짧은 예고가 긴 버전의 내용물을 간추려 담은 거라고 생각하고 보는 거니까."

"이 학교도 마찬가지였어요. 아무리 제가 발레하면서 얄미운 애들 많이 만나고 그랬어도 좋은 애들이 더 많았고, 발레는 힘들어도 아름다운 거였거든요."

"이 학교는 아니었고?"

"백조가 유유히 아름답게 물 위에 떠 있는 걸 보고 물에 뛰어들었더니 수면 아래에서는 백조들이 미친 듯이 발을 허둥대고 있고 그 밑에 별의별 지저분한 것들이 떠다니는 걸 보는 기분이었어요."

"왜 그런 기분이 들었을까?"

"여기선 나쁜 것도 좋은 것으로 포장이 가능하니까요. 항상 그런 식이죠. 돈은 정성이라는 말로 포장할 수 있고 성추행은 가르침으로 둔갑할 수 있고 질투로 남을 깎아내리고 일을 꾸미는 행동은…… 감정을 느끼는 사람이기 때문이라는 이유를 붙이면 없었던 일이 되어버리니까요."

"그 이야기는 학생들 간의 이야기라고 봐야 할까, 선생님들의 이야기라고 생각해야 할까?"

은호가 묻자 M은 씩 웃었다.

"이미 답을 알고 계신 것 같은데요."

은지 일의 전말을 알아내기 위해 아이들을 취재하며 이런 이야기를 많이 들은 탓에 은호에게 일순 자신이 학교의 숨겨진 어두운 면을 취재하러 온 사람 같다는 착각이 들었다.

"그런 것들을 보다 보니 나도 모르게 악의를 가지게 됐고…… 해소하려고 게임을 시작했죠. 아까 말한 것처럼 스트레스도 풀리지만 전략 세우는 것에도 은근 도움이 되더라고요."

"어떻게 남을 이기는가?"

"네. 맞아요. 저는 지는 걸 싫어하거든요. 이 게임에서라도 이겨서 나 나름의 쾌감을 얻어야겠다. 그렇게 시작하게 됐어요."

띠링 하는 소리가 엎어놓은 스마트폰에서 들려왔다. M은 화면을 보더니 은호를 향해 흔들었다.

"게임 알림. 마을 개발한 거 수확할 시간이에요."

M은 다시 스마트폰을 가로로 잡고 게임에 몰두하기 시작했다. 그리고 은호에게 말했다.

"몹이 나랑 레벨이 맞으면 좋지만 몹이 훨씬 더 강하면 꼼수를 써야 된단 말이에요. 댐 받고 마비 걸렸을 때 틈타서 대미지를 계속 주든지 정말 아이템 좋은 거 주는 버그 일어나게 하는 방법을 어떻게든 파악하든지 아니면 진짜 매크로라도 쓰든지."

전부 알아들은 것은 아니지만 맥락은 파악할 수 있었다.

"그런데 가끔 지형이 있는 맵 같은 데서 낙사시킬 수 있는 게임도 있거든요. 때리려고 무기 휘둘렀는데 맞지도 않고서 혼자 떨어져 죽어서 개이득 볼 때가 있어요. 이거 제가 죽인 거 인정이잖아요?"

"그렇지? 네가 궁지로 몰아붙인 거니까."

"네. 그러니까 그 뒤에 나오는 템도 제가 먹을 수 있고요. 그런데 현실에서는 안 그런가 보더라고요. 그래서 게임이 좋은 거죠."

되새김질해보니 왠지 라연이 마지막으로 한 말과 비슷했다.

"너, 혹시 지율이 죽음에 대해서 뭔가 알고 있는 거야?"

M은 은호의 물음에 대답하지 않은 채 계속 화면을 터치하며 게임에 몰두했다.

"아니면 현지?"

"현지? 현지가 누구지. 이름은 들어봤는데."

"잘 기억해봐."

"모르겠어요."

"무슨 얘기를 하고 싶은 거야?"

M의 손이 점점 더 빨라지더니 마침내 멈췄다.

"아! 아저씨 때문에 죽었잖아요."

"네가 못하고 날 탓하면 어떡해?"

"아저씨가 계속 압박했잖아요. 그거 아니었으면 안 죽었어요. 아, 곧 신기록이었는데. 보세요."

화면에는 "GAME OVER"라는 말이 떠 있었다. M은 두 손으로 머리끼지 부여잡으며 아쉬워하고 있었다.

라연과 M은 은호에게 힌트를 주려 하고 있었다. 두 사람 다 직접 말해주기는 힘든 모양이었다. 하지만 은호는 확신했다.

지율은 혼자서 옥상에 간 것이 아니다.

그날 누군가가 그 자리에 함께 있었다.

N

NEGLECTED

너무 긴 하루였다. 여러 일들로 인해 여러 생각이 머릿속을 들어갔다 나왔다 하는 바람에 은호는 진이 다 빠졌다. 마음 같아서는 바로 소파에 몸을 던지고 싶었지만 은지가 혼자 있는 것을 생각하면 몸이 편해도 마음이 불편할 것이었기에 병원으로 향했다.

그런데 병실 문을 열자 의외의 손님이 찾아와 있었다.

"은호 씨, 또 뵙네요."

지후는 특유의 다정한 목소리로 꾸벅 인사를 했다. 은호도 당황했으나 꾸벅 인사를 했다. 아무래도 지후는 오늘 학교에서 있었던 일 때문에 은지가 생각났거나 걱정돼서 찾아온 것 같았다.

"오빠, 지후 씨가 이거 사 왔어. 너무 예쁘지 않아?"

은지는 옆에 놓여 있던 꽃다발을 안아 들고 행복해하는 표정을 지었다. 은호는 은지의 표정이 무엇을 의미하는지 단번에 알아차렸다.

"어쩌죠? 저는 이만 가봐야 될 것 같아요."

"조금 더 있다가 가셔도 되는데……."

"지금 지후 씨 막 나가려고 하던 참이었어. 잘 가요."

"네. 빨리 나아요."

지후는 다정하면서도 다소 어색한 표정으로 웃어 보이고 또다시 은호에게 묵례를 하고 병실을 나갔다.

"나한테 그런 얘기 없었잖아."

은호는 지후가 있던 자리에 앉으며 말했다.

"뭐가?"

"남자친구 있다고."

"아이, 남자친구 아니야."

"어디서 거짓말을 해?"

은호는 은지에게 간지럼을 태웠다.

"아직은. 아직은 아니란 말이야, 아직은."

은지는 배시시 웃어 보였다.

"어떤 점이 좋은 건데?"

"오빠도 얘기해봤으면 알잖아? 정말 자상해."

학생이랑 사귀었던 사람이 은지의 남자친구가 될 것이라고 생각하니 아무래도 찝찝하고 탐탁지 않았지만 사람이 악해 보이지도 않았고 은지도 이렇게 좋아하니 괜찮지 않을까 싶었다. 무엇보다 자신이 한국에 없어도 점차 상태가 나아지고 있는 은지가 한동안은 계속 좋은 상태를 유지할 수 있도록 의지할 수 있는 상대가 한 명은 있는 것 같아 조금은 마음이 놓였다.

다음 날, N에게 연습실이나 연습실 옆 탈의실에서 인터뷰를 하고자 했으나 N은 2층 여자 화장실로 은호를 불렀다. 아이들 말로는 아무도 이용하지 않는다지만 장소가 장소인지라 들어가기 뭐하여 문 앞에서 얼쩡대고 있으니 N이 나타났다.

"안 들어가고 뭐 하세요?"

"여자 화장실이니까……."

"정말 아무도 안 쓴다니까요. 들어오세요."

N은 화장실 문을 열고 여전히 망설이는 은호를 보고 말했다.

"지금 애들 안 볼 때 들어오시라구요. 이상한 소문 나고 싶은 거 아니면."

은호는 재빨리 안으로 들어갔다.

안은 딱히 을씨년스러운 분위기는 아니었고, 그저 평범한 화장실처럼 보였다. 다만 조금 휑한 느낌은 있었다.

"왜 여기서 인터뷰를 하자고 한 거야? 밖에선 하기 힘든 얘기라도 있어?"

"정답. 그런 얘기가 나올지도 모르니까. 그거 맞아요, 애들이 들으면 안 되는 얘기거든요. 그 말은 아저씨도 애들한테 제 얘기 하시면 안 된다는 말이구요."

"당연하지. 남의 개인적인 일을 쓸데없이 털어놓진 않아."

"놀랄 준비 하세요. 이건 한지율 양지후보다 센세이션한 일이니까."

"너도 선생이랑 사귄 거야?"

"와, 역시. 딱 하면 척 하고 알아들으시네요. 맞아요. 발레 파트 남자 선생님 중에 남은 사람 누구죠?"

은호는 수인을 떠올리고 자신도 모르게 미간을 잔뜩 찌푸렸다. N는 깔깔 웃었다.

"알아요. 심하죠? 그래서 제가 여기서 얘기하자고 한 거예요. 진짜, 내가 그땐 눈이 도대체 어떻게 된 거지? 그런 개변태 새끼랑 사귀다니. 근데 있잖아요, 아무것도 모를 때는 멋있어 보일 때가 있었어요. 우웩."

수인에게 싸한 느낌을 받을 때가 많았지만 딱히 추남도 아니었고 발레를 한 사람답게 체형도 좋으니 그럴 수도 있다고 생각했다.

"너랑 사귀는 건 아무도 몰랐어?"

"네. 비밀 연애라 스릴 있다고 생각했거든요."

이번에는 N이 미간을 잔뜩 찌푸리며 말했다.

"그래서 잘 몰랐죠. 그 인간이 애들한테 어떤 문자를 보내는지, 어떻게 추근댔는지……. 그러다 어느 날 알게 된 거예요. 나한테 보냈던 야한 문자들, 샤워를 하다가 네가 생각났다, 야한 영화를 보다가 네가 생각났다, 그게 저한테만 보낸 게 아니라는 거. 전 바보같이 그게 불쾌한 일이라는 것도 모르고 걸려든 거예요!"

"아니야, 자신을 탓하지 마. 아직 판단력도 미숙하고 경험이 없는 학생을 어떤 식으로 대하고 깎아내리고 추켜세우고를 반복했을지 상상이 가. 네 잘못은 없어."

"그렇게 말해주시니까 고맙네요, 왠지……."

N은 처음으로 침울한 표정을 지었다.

"어느 날부터, 저를 무시하더라구요. 우리 사이에 아무 일도 없었던 것처럼. 내가 진심을 다했던 사람에게 무시당하는 기분이 어떤지 아세요? 당연히 아저씨가 상상하시는 것처럼 미성년자와 성인이 함께해서는 안 될 일도 우리 사이에 있었어요. 몇 번이 뭐예요. 저는 그 인간 집 구조도 외우고 있어요. 바보 같지만 진심이니까 끌려갔죠. 게다가 그 인간은 발레계에 아는 선생님들이 정말 많다는 소문이 있단 말이에요. 엄청난 사람들이 모이는 사모임에도 언젠가 절 데려가준다니까 신났죠. 그 말들이 진짜인 줄만 알았어요. 누군가를 믿는다는 게 이렇게 멍청한 일인지 이번에 처음으로 알게 됐어요.

그런 거 모르다가, 어느 날 알게 된 거죠. 평소에 했던 말들…… 아이들 자세를 봐준다며 몸을 더듬는 손길…… 그것들이 뭘 의미하는지 그 문자들을 보고 나서야 알겠더라구요. 수업 시간에 아이들 자세를 잡아주는 게 정말 아이들을 위해서 어쩔 수 없이 손대는 게 아니라는 걸. 지후 쌤 수업 들으면서 관찰해보니까 더 명확해지더라구요.

그냥 욕정 때문에 한 짓이라도 손모가지 자르고 싶을 정도인데, 저는 그 아이들 이름을 쭉 늘어놓다가 알게 됐어요. 대부분 힘도 돈도 없는 아이들이라는 거. 변태인 것도 모자라서, 너무나 비겁한 사람이었던 거예요. 할 수 있다면 손모가지가 아니라 거기를 잘라버리고 싶어요."

N은 검지와 중지를 맞붙이며 가위질하는 시늉을 했다.

"이런 말 하는 건 그렇지만, 그 정도로 악의를 품었으면 폭로하는 방법도 있었잖아? 문자도 증거로 남기고."

"그게 쉽지가 않았어요. 항상 세컨폰으로 연락했으니까. 제가 그 문자들 보고 화가 나 살짝 스토커 기질이 돋아서 알아봤을 때, 그 폰도 자기 명의로 개설한 게 아니었구요."

나름 허술한 듯 철저한 놈이구나. 그 점이 더욱 괘씸하게 느껴졌다.

"제 체면도 자존심도 이 사실을 공개하고 없어진 거나 마찬가지예요……. 더 훼손하지 않기 위해 자세한 말씀은 못 드리겠지만 진짜 엄청난 변태예요. 아이들이랑 재미로 야한 얘기를 하면서 알게 됐어요. 아, 나랑 같이 했던 게 일반적인 건 아니구나. 그런 걸 가학적인 거라고 하는구나……."

"괜찮아. 더 얘기 안 해도. 충분히 알아들었으니까 힘들게 얘기할 거 없어."

N은 은호의 말에 반한 듯한 표정을 지었다.

"어른을 만날 거면 아저씨나 지후 쌤을 만났어야 하는데. 진짜 최악이야."

N은 또다시 낙담하는 표정을 지으며 말했다.

"제가 여기 사람들 절대 안 온다는 거 어떻게 알게 된 줄 아세요? 추수인이랑 여기서 그런 짓을 했기 때문이에요."

은호는 자신도 모르게 입을 일그러뜨렸다. 귀신 소문이 먼저일까 아니면…… 더 상상하고 싶지 않았다.

"물론 이젠 안 오죠. 제가 여긴 다시 오지 말라고 경고했거든요. 그러면 거길 잘라버리겠다고. 사실 다른 애들을 여기 불러서 추행할까 봐 그것도 너무 무서웠어요. 여긴 아무도 안 와서 도움 요청하기도 힘들 거잖아요. 근데 제 말이 잘 안 먹히길래 항상 주방 가위 들고 다니면서 시도 때도 없이 보여줬더니 그제야 안 오더라구요."

은호는 피식 웃음을 터뜨리고는 자신도 놀라 괜히 헛기침을 했다.

"아, 미안. 웃으면 안 되는데 웃음이 나네."

"아니요. 맘껏 웃으세요! 진짜 형편없는 인간이죠?"

"어."

"휴. 고생 좀 했어요. 그 사람이 스토커가 된다고 해도 벌금 몇만 원이면 끝이니까 더 끈질기게 굴까 봐 걱정했거든요. 그런데 그렇게 해결되니까 좀 나아졌어요."

"몇만 원? 그것밖에 안 돼?"

"네, 확실해요. 아저씨, 설마 몰랐어요?"

들은 것도 같고 처음 들어보는 것도 같았다. 그것에 분노했던 것 같은 어렴풋한 기억도 있었지만 그랬으면서 기억을 못하는 것도 아이러니했다. 아무래도 자신의 일이 아니라서 기억하지 못하는 것이 큰 것 같았다. 사실 이런 이야기를 들어도 잘못되었다고 느끼지만 크게 신변에 위기감을 느끼지는 않아서일까. 은호는 자신에게 실망한 마음을 감추기 위해 입술을 꾹 다물었다.

"경찰 오빠가 그렇게 말하던데요. 그 오빠 좀 내 타입이었는데. 아무튼, 법이 그렇게 되어 있어서 뭘 할 수가 없대요. 도와주고 싶어도요."

"추수인 선생님이 널 쫓아다녔어? 그래서 알아본 거야?"

"뭐, 조금……. 제가 지 타입인지 뭐 때문인지 몰라도 그랬어요. 지금도 만나준다고 하면 침 흘리면서 따라올걸요? 아마도……. 안 만나주면 계속 연락하고 막 예상도 못 한 데서 기다리고 있고 이상한 소문 퍼뜨린다고도 하고……. 그렇게 집착할 때마다 핑계 대기가 힘들어서 결국 경찰서 가서 알아봤는데, 그러더라구요. 그래서 내가 알아서 피해 다니다가 도저히 안 되겠어서 가위까지 나온 거예요. 웃기죠? 당하는 사람이 피하는 수밖에 없다는 거. 그러다가 맞닥뜨리면? 나한테 무슨 일이 생기면? 운이 없었네. 슬프네. 그렇게 말하는 게 전부겠죠? 진짜 토나와. 아무튼 그런 사람이에요. 그걸 아저씨한테 알려주고 싶었어요."

"왜? 왜 나한테?"

"꿈과 희망의 나라에 꿈과 희망의 개수보다 끔찍한 괴물이 더 많이 산다는 걸 알려줄 필요가 있다고 생각했다고 할까? 아저씨도 이번 인터뷰 때는 그런 내용 싣기 쉽지 않으시겠지만 다음번에 어디선가 이런 일들을 은유적으로라도 표현해주면, 그러면 이쪽에 들어오는 애들이 나처럼 안 되고 조금은 조심할 수 있지 않을까……."

N은 또다시 침울해했다.

"혹시 단비도 추수인 선생님의……."

"아니에요. 아닌 걸로 알고 있고, 만약 그랬으면 걘 다 말하고 다녔을 거예요. 입이 싸서 지가 잘못한 일도 다 떠벌리고 다니는 앤데요, 뭘."

N이 툴툴거렸다. 그렇다면 단비는 왜 표적이 된 것일까. 분명 무슨 관계가 있을 것인데, 그걸 찾아내지 못하니 은호는 답답하기만 했다.

"혹시 은지는 추수인 선생님이랑 무슨 관계가 있을까? 그래서 애들이 싫어한다거나……."

"은지 쌤! 아니요, 은지 쌤은 좋죠!"

N이 활기차게 반색하며 말했다.

"왜?"

"왜는요. 귀여운 면이 있으니까 그렇죠."

"학생이 선생을 귀엽게 여길 거리가 있어?"

"그럼요. 은지 쌤은 표정에 다 드러나요. 싫은 게 있을 때 막 아닌 척 감추고 싶어 하는데 그 감추려고 하는 것까지 다요."

"과연 그게 좋은 걸까……."

"왜요? 가면 쓰고 가식 떠는 것보단 훨씬 낫죠."

"그렇게 봐주니 고맙다."

"그래서 놀려먹기 좋아요."

N은 배시시 웃었다.

ORGANIZATION

은호는 중연습실로 향했다. 예상대로 중연습실에서는 1학년 수업이 진행되고 있었다. 얼마 지나지 않아 수업 시간 끝을 알리는 종이 울렸다. 1학년들은 재빨리 연습실에서 빠져나오려고 하고 있었다. 아이들은 윌리들이 있는 대연습실이나 다른 수업에서는 몸을 풀거나 안 되는 동작을 더 해보고 나가는 것과는 다르게 무언가를 피하기라도 하려는 듯 썰물처럼 재빠르게 교실을 빠져나갔다. 평소에 은호를 보면 아는 척을 하던 1학년 윌리들과 패전트 몇몇도 재빨리 눈인사만 하고 은호를 스쳐 지나갔다. 은호는 이유를 짐작할 수 있었다. 은호는 연습실로 들어섰다.

"누구?"

수인은 뒤돌아보다가 은호를 보고 입을 비틀며 웃었다.

"아니, 이게 누구십니까. 조은호 기자님이 여기는 어쩐 일로?"

"둘러보다 보니 왔습니다."

"그러십니까. 아쉽습니다. 수업하는 걸 보여드렸으면 참 좋았을걸."

"안 그래도 다음번에 참관을 하려 해요. 괜찮겠죠?"

그 말에 수인은 허허 웃으며 대답은 하지 않았다. 왜? 수업하다가 부적절한 행동들이 들킬까 봐? 그래도 본인이 해서는 안 될 일들을 하고 있다는 걸 알고는 있나 보네? 아니, 그런 걸 더 악랄하다고 하지. 은호는 속으로 잔뜩 욕을 하고 있었다.

"1학년 아이들은 어떤가요? 수업을 잘 따라가는 편인가요?"

"1학년인데 못하는 아이도 있고 그렇습니다마는, 대체적으로 이 학교에 입학했다면 어느 정도의 기본기는 가지고 있기 때문에 별문제는 없습니다."

"수업 방식은 학년마다 많이 차이가 나나요?"

"아닙니다. 대체로 비슷하다고 보셔야 되고 오히려 선생마다 수업 방식이 다르다고 보는 것이 더 맞을 것 같습니다만."

"그럼 선생님의 교육 방식은 어떤 식인가요?"

"저의 경우에는 기초 자세들을 바로잡아주는 쪽으로 가고 있습니다. 아무래도 자세 하나하나가 중요한 법이니까요."

기초를 바로 세우는 것이 중요하다는 것은 맞는 말이겠지만 수인이 말하니 의뭉스러운 말로밖에 들리지 않았다. 그런 것을 핑계로 학생들을 추행하고 있다는 사실을 알고 있는 이상 좋게 들릴 리가 없었다.

"학생들과는 친하게 지내시나요?"

"그럼요."

수인은 사람 좋은 미소를 지어 보였다. 하지만 여러 가지 이유를 들어서인지 아니면 직감이 말해주고 있는 탓인지 몰라도 은호에게는 그 미소조차 진실하게 느껴지지 않았다.

"갑자기 그건 왜 물어보시는지?"

잘못한 일이 많은 만큼 경계를 잘하는 모양이었다. 가소로웠다.

"학생들에게 발레를 어떻게 시작했는지, 힘든지 어떤지, 기억에 남는 일화들은 있는지 여러모로 물어봤을 때 다른 선생님들에 대한 이야기들은 나오는데 추 선생님의 일화는 나오지 않더라고요. 그래서 저에게는 참 미스터리한 이미지로 남아 계시네요, 선생님은."

은호는 여유롭게 거짓말로 수인을 비꼬며 농락했다. 수인도 그 의도를 영 읽지 못한 것은 아닌 것으로 보였다.

"인터뷰하시는 동안 조심하셔야 될 겁니다."

"건장한 성인인 제가 조심해야 할 게 뭐가 있을까요."

은호는 신경을 곤두세우고 대답했다.

"전 신체적인 걸 말하지 않았습니다. 거짓말을 조심하라는 겁니다."

"아이들이 왜 저에게 거짓말을 하죠."

"여러 가지 이유로요. 그야말로 정말 여러 가지 이유……."

수인은 보기 싫게 거드름을 피웠다.

"사춘기 아이들은 곧잘 거짓말을 하거든요."

은호의 사춘기 시절을 돌아보면 수인의 말도 아주 틀리다고만은 할 수 없었다. 그러나 지금은 아이들의 이야기를 덮어버리기 위한 역겨운 말로만 여겨졌다. 은호는 인사를 하고 연습실을 빠져나왔다. 어차피 그 추악한 입으로 진실을 털어놓을 인물도 아니니 더 물어봤자 지난번처럼 긁어 부스럼만 되지 않을까 싶은 마음 때문이기도 했지만, 불쾌한 사람과 함께 있으면서 시간 낭비를 하고 싶지 않은 이유가 더 컸다.

O가 발레를 시작한 이유는 조금 특이했다.

"우리 이모가 듣지를 못해요. 그래서 같이 즐길 수 있는 게 많이 없는데, 발레는 유독 좋아하는 거예요. 특히 마임이 들어가 있는 〈지젤〉이나 〈백조의 호수〉를 많이 좋아해요. 그래서 같이 보다 보니까 저도 발레를 좋아하게 됐어요. 지금 제가 발레하는 걸 제일 기뻐해주는 사람이 우리 이모예요."

"그렇구나. 그런데 3학년인데 공연에 참여하게 된 이유가 있을까? 콩쿠르로 바쁘지 않아?"

"전 콩쿠르에 주력하고 있는 건 아니니까요. 나가기는 하는데 공연 못 할 정도는 아니라서."

"발레리나가 될 생각이 없는 거야?"

"아예 없는 건 아니에요. 어떤 쪽이든 잘 풀리는 쪽으로 가야죠. 그런데 반드시 꼭 발레리나가 되어야 된다, 이건 아니니까. 일단 춤을 춘 다음에 경험도 쌓고 보는 눈도 쌓으면서 안무가 쪽으로 가고 싶어요."

"오, 안무가가 꿈이구나. 그쪽에 더 관심을 갖게 된 이유라도 있어?"

"원래는 저도 발레리나를 꿈꿨었는데 발레 마임도 배우고 여러 작품을 보다 보니까 말로만 뭔가를 전달할 수 있는 건 아니구나, 소통에는 여러 방식이 있구나 하는 걸 느꼈어요. 그런 생각을 하니까 안무로 전하고 싶은 메시지를 만들어서 표현한다는 게 너무 매혹적인 거 있죠."

"그렇구나……. 그런데 난 알아보기가 조금 힘들더라. 발레 지식이 없어 그런지."

"아, 그럼 간단한 마임 알려드릴까요? 〈지젤〉에 나오는 거 몇 개. 되게 재미있어요."

"그래."

O는 신이 나서 설명을 시작했다.

"이건 그냥 봐도 아시겠죠."

O는 허리 높이쯤에서 양팔을 교차시켜 엑스 자를 만들었다.

"아니거나 안 되거나, 싫다는 뜻이겠지."

"맞아요. 그렇게 어렵지 않다니까요. 나, 너, 이런 건 그냥 봐도 아실 테고……. 그리고 이렇게 심장이 있는 쪽에 두 손을 모으면 '사랑'이에요. 한 손을 가슴에 대고 검지랑 중지만 펴서 하늘에 찍는 동작은 '맹세'라는 거예요."

O는 사랑과 맹세를 의미하는 마임을 보여주었다. 이어서 오른손으로 왼쪽 네 번째 손가락을 가리키며 말했다.

"나는 사랑을 맹세합니다. 결혼해주세요."

"그래, 이 동작 1막 연습에서 여러 번 본 것 같다."

"네, 맞아요! 순서를 바꾸면 또 다르게 해석할 수도 있어요. '결혼해주세요'가 '결혼을 맹세했어요'로 변할 수도 있어요. 참 재미있죠? 양손을 좌우로 펴면 왜? 라는 의미가 된다는 거나 두 손 모아서 비는 자세가 부탁한다는 것 같은 정도는 보기만 해도 바로 아실 거고……. 1막은 대강 이 정도만 알아도 돼요. 그리고 2막에선 가장 유명한 이것만 알면 돼요."

O는 한 손으로 은호를 가리키더니, 양손을 머리 위로 올려 빙글 돌렸다. 그리고 그 손을 엑스 자로 교차시킨 채 그대로 허리까지 내렸다. 은호는 이 의미를 알고 있었다.

"당신, 춤을 추다가 죽게 되리라."

O는 박수까지 치며 기뻐했다.

"마임 신동이네요, 신동!"

"이 나이에 신동은 좀……."

"그렇네요. 아무튼 이렇게 마임뿐 아니라 몸으로도 다채로운 표현을 할 수 있으니까, 정말 재미있는 일이라고 느껴서 하고 싶어졌어요. 안무가가 되면 나만의 표현, 이런 것도 만들 수 있을 테고요."

"그래, 덕분에 나도 이제 한층 더 재미있게 볼 수 있겠어."

"다행이에요."

O는 즐거워하며 웃었다.

"인터뷰하면서 느끼는 건데, 너희도 참 재미있는 생각들을 많이 하고 여러 고민을 껴안고 살아가는 것 같아. 어떨 땐 나보다 더 깊은 생각도 하고 말이야. 시각도 다채로워 보여."

O는 눈을 동그랗게 떴다.

"그렇게 봐주실 줄은 몰랐는데……. 기뻐요. 어른들은 우리가 되게 미숙하다고만 생각하는 것 같아서요."

O는 불만 가득한 목소리로 말했다.

"물론 맞아요. 미숙한 점이 많고 경험도 적죠. 하지만 그렇다고 해서 우리가 반발심을 가지는 것이 무조건 반항심이나 치기 때문만은 아니에요. 어른들이 하는 것 중에도 정말 옳지 않은 것들도 있잖아요? 그런데도 우리가 얘기하면 그건 다 어리기 때문이래요."

"맞아. 어른들이라고 모두 성숙한 건 아니고, 누구나 미숙한 면을 갖추고 있기도 하고."

"네. 그거예요. 말이 좀 통하니까 좋네요."

O는 은호의 대답에 만족한 듯했다.

"요즘 애들은 왜 이렇게 잔인한 거야? 요즘 애들은 왜 그런대? 어른들이 뉴스 보면서 이런 말 하는 거 많이 들었어요. 그런데 있잖아요, 그게 우리가 다른 세대 사람들보다 유달리 난폭한 본능을 타고 나서 그런 걸까요? 저는 아니라고 생각하거든요. 학교든 어디든……. 우리가 하는 행동들을 어른들이 똑같이 사회에서 하고 있는 거 아니에요? 이렇게 하면 안 된다, 그래놓고 자기네들은 회사 같은 데서 똑같이 하면서 이게 사회생활이다, 그러잖아요. 이상하지 않아요? 이중 잣대잖아요, 그야말로."

은호도 그 의견에는 동감이었다.

"예전에 발레 파트 말고 연기과에서 엄청 큰 일이 있었거든요. 애들이 어떤 애 하나를 따돌리고 때리기까지 했어요. 걔가 증거를 차곡차곡 모아서 엄청 큰 일로 번졌거든요."

"그래서 어떻게 됐어?"

"사실 거기에 참여했던 애들은 강전 가야 맞는 건데……."

"강전이 뭐야?"

"강제 전학요."

별걸 다 줄이는구나.

"아무튼 그래야 되는데 집안이 빵빵한 애가 있어서……. 거의 없던 일처럼 넘어갔어요."

"진짜야?"

"네."

"요즘도 그런 일이 일어나는구나. 어처구니없네."

"그러니까 말이에요. 생각해보세요. 처음에 잘못을 한 건 애들이었죠. 그런데 그 뒤에 어른들이 처리하는 방법을 보세요. 이상하잖아요. 그리고 애들은 당연히 이번 일이 잘 처리됐으니까 다음에 같은 일이 생기면 또 같은 방식으로 해결하려고 하겠죠. 예전에 해결이 됐으니까. 나한테 가르침을 줘야 할 사람들이 그렇게 했으니까. 그래놓고 이쪽 탓만 하는 게 어디 있어요? 아마 처음에 갈등이 일어났을 때 애들이 대처한 방식도, 어른들이 하는 방식을 보고 배웠던 산물일 거예요. 그 아이들 주위의 어른들은 그게 영리한 거다, 그렇게 알려줬을 거고요."

"그러게……."

잘 생각해보면 은호가 경험한 바로도 그러했다. 학교는 사회의 축소판이다. 배움과 가르침의 장이어야 할 학교에서 정치를 하듯 서로를 견제하는 모양새를 볼 수 있었으며, 가끔 회사에서도 이게 중고등학생들의 유치한 장난인지 사회생활인지 알 수 없는 순간들이 존재했다.

"저는 새로운 방향이 있는 조직을 원해요. 그래서 선생님들이 주도하는 것보다 라연이가 지휘하는 윌리에 큰 흥미를 느낀 거예요. 어쩔 수 없이 어른들의 사회도 어느 정도 반영되었겠지만, 우리만의 규칙을 만들어 나아가고 있어요. 그리고 놀랍게도 굉장히 훌륭하게 이끌어가고 있는 편이죠. 선생님들처럼 어디에 가입해 있네 아니네 파를 나눠서 싸우지도 않고, 라연이가 독재하는 것처럼 보이지만 그렇지도 않아요. 만약 라연이가 그런 애라면 동갑내기들이 몇 명이나 여기 들어왔겠어요? 오히려 라연이가 힘이 있으니까 우리 대신 어른들이랑 싸워주고 막아주고. 좋고 편해요."

"H는 딱히 좋아해서 들어온 것 같진 않던데."

"무슨 소리예요. H랑 라연이 완전 친한데."

은호는 고개를 갸웃했다.

"H가 자기는 라연이 싫다던데."

O가 미소를 지으며 말했다.

"그랬었죠. 엄청 싫어했었는데, 이제는 엄청 친해요. 오해하지 마세요. 아니면 걔가 아무리 라연이 좋은 면을 봤어도 들어왔겠어요? 엄청 자존심 센 앤데."

O는 선의로 이야기했지만 방금의 이야기는 H의 의도에 의혹을 심어주기에 충분했다. 왜 H는 라연을 싫어하지도 않는데 라연이 의심받도록 지율이 이복동생이라는 사실을 폭로한 걸까?

라연이 가진 것들 때문에 라연 앞에서는 거짓 우정을 유지하고 있는 걸까?

O는 자신들의 조직성이 좋다고 이야기하고 있었지만, 은호는 그 말을 의심할 수밖에 없었다.

P

PAIN

|

오후 연습을 보기 위해 연습 시간보다 조금 일찍 대연습실에 도착했는데, 공교롭게도 류 선생은 없고 아이들만 준비를 하고 있었다. 조용히 공기처럼 숨죽이고 있으려던 은호의 의도와는 달리, 이제 얼굴이 익숙해진 탓인지 아이들이 여기저기서 먼저 인사를 했다. 은호는 멋쩍게 인사를 하고 구석 의자로 가서 앉았다.

이렇게 연습실에 매번 올 필요는 없었다. 연습을 보는 것은 그래도 수업을 보는 것보단 재미있을 거라고 생각했는데 은호의 생각과는 달리 스토리 라인 순서대로 진행하는 것이 아니라 같은 씬의 안무를 다듬고 음악에 맞춰 쭉 동작해보고 또 수정하고 다시 움직이고……. 이 과정의 반복이라 지루했다. 그럼에도 불구하고 은호가 오는 이유는 아이들의 무의식에서 나오는 행동들을 관찰하고 싶었기 때문이다.

처음에는 눈에 띄는 행동들이 조금은 보인다고 생각했는데 이제는 아이들에게서 수상한 점을 발견하지 못하고 있는 은호였다. 은호의 존재에 익숙해지면 아차 하는 순간 실수를 드러내어 아이들 간의 구도를 볼 수 있을 거라고 생각했는데 생각만큼 쉽지 않았다. 오히려 아이들과 인터뷰를 하면 할수록 헷갈리기만 했다. 가끔 수상한 발언이 몇 개 있었지만, 누구도 인터뷰에서 없는 사실을 거짓으로 꾸며 이야기하고 있는 것처럼 보이지는 않았다.

은호가 아이들에게 많은 관심을 기울이고 있는 것과 달리 아이들은 각자 몸을 푸느라 정신이 없었다. 오늘은 수업 시간에 뭘 했는지 스트레칭보다는 몸을 스스로 주무르고 있는 아이들이 유난히 많았다. 몇몇 아이들의 손에는 얼음주머니와 아이스 팩이 들려 있었다. 아이들은 그걸 종아리나, 토슈즈에 눌려 빨갛게 된 발에 대고 있었다. 어떤 아이들은 살구색 테이프를 쭉 풀어서 종아리와 팔에 길게 붙여댔다. 작은 공을 발의 아치 밑에 대고 열심히 굴려대는 아이도 있었다. 은호는 드러난 아이들의 발 모양을 보며 아름다운 동시에 기형적이라고 생각했다.

라연이 흘깃 은호를 보더니 자리에서 일어났다. 라연은 맨발에 아이스 팩을 대고 있는 어떤 윌리에게로 가서 뭐라고 속닥였다. 라연의 말을 들은 P는 고개를 끄덕이더니 자리에서 일어나 은호에게로 걸어왔다.

"저, 지금 인터뷰하래요. 필요 없다고."

그러더니 P는 은호의 대답도 듣지 않고 자기가 앞장서서 연습실을 나섰다. 은호는 잠시 멍하게 있다가 허둥지둥 따라 나갈 수밖에 없었다.

은호는 P를 따라 계단을 오르고 또 올랐다. 막다른 문에 다다른 P가 머리에서 뽑은 실핀을 구부려 열쇠 구멍 안으로 넣었다. 몇 번 달그락거리지도 않았는데 잠금장치가 풀리는 소리가 나더니, 문이 열렸다. 한두 번 해본 솜씨가 아니었다. P가 문을 열자 옥상이 펼쳐졌다.

"제 아지트예요."

잘 보니 옥상 구석에 귀여운 피크닉 매트가 펼쳐져 있었다. 매트 근처에는 작은 화분들이 몇 개 있었고 책 대여섯 개로 쌓은 탑도 보였다. 인형 모양의 쿠션도 두 개나 있었다. P는 매트로 가더니 쿠션 하나를 은호 쪽에 놓아주고는 대자로 누워버렸다.

"손님용이니까 쓰세요."

"고마워. 근데 이렇게 들어와도 돼?"

"안 되는데 일단 되는 걸로 해두고 있어요."

"누가 밖에서 자물쇠를 잠그기라도 해서 갇히면 어쩌려고?"

"그런 일은 없어요. 여긴 다들 안 와요. 갇히면 애들한테 전화하거나 신고하면 되죠."

"아, 그렇네."

P는 여유롭게 공기를 한껏 들이마셨다가 후 하고 내쉬었다. 은호는 피크닉 매트 구석에 앉아 P가 건넨 쿠션을 무릎에 올리고 중얼거렸다.

"아무래도 여기는 잘 안 오겠지."

"네, 무섭대요. 저기."

P는 손가락으로 한쪽을 가리켰다. 그곳에는 하얀 분필로 원을 그린 자국이 남아 있었다.

"제가 그린 게 아니라 그려져 있었어요. 아마 저기서 떨어졌겠죠, 지율이."

계단을 오르고 올라 무언가에게서 도망치며 굳이 여기로 온 지율은 심장이 멈추는 마지막 순간 무슨 생각을 했을까. 현지는 이 긴 계단을 오르는 사이에 마음을 바꿀 수 없을 정도로 힘들었던 것일까? 은호는 잠시 생각에 빠졌다.

"여기, 사색에 빠지게 되죠."

P가 자세를 바꿔 엎드리며 말했다.

"그렇네."

"아주 감상적인 공간이죠, 옥상은."

P는 쌓여 있는 책 중 가장 위의 것을 집어 들었다.

"아저씨, 여기서 인터뷰하는 척하고 좀 놀면 안 돼요?"

"왜? 연습실 들어가기 싫어서?"

"그렇네요, 지겹고."

"그럼 노는 겸 인터뷰하면 되지."

P는 싫증 난 표정을 하며 말했다.

"짧게 해주세요. 책 읽고 싶으니까."

"여긴 어떻게 오게 된 거야? 혼자 와?"

"네. 가끔 손님 올 때도 있지만요."

"애들이랑 사이가 안 좋아?"

"아니요. 시끄러운 건 피곤하니까요. 조용히 책도 읽고 생각할 시간도 필요한데 학교는 온통 시끄러우니까요."

"그래서 여기서 식물을 키우고 책을 읽는다?"

"네. 너무 평화로운 공간이죠."

은호는 화분들을 들여다보았다. 흙은 촉촉해 보였고 하늘로 뻗은 잎들은 싱싱했다.

"이것들은 뭐야?"

"왼쪽부터 헬리오트로프, 수국, 스테비아……."

P는 은호 쪽은 쳐다보지도 않고 열댓 개의 화분 이름을 쭉 말했다.

"아주 잘 가꿔주는가 봐. 싱싱하게 잘 자라고 있네."

“식물은 심은 대로 자라나요. 내가 나팔꽃을 심었는데 아예 자라나지 않는 일은 있어도 거기서 해바라기꽃이 피는 일은 절대 없어요. 그러니까 내가 거기서 다른 예쁜 꽃이 피기를 바라는 건 정말 어리석은 짓을 넘어서서 미친 짓이죠. 그렇게 생각하시죠?”

“그래. 근데 이거 졸업하고는 어떡할 거야?”

“몇 개만 가져가고 다른 친구한테 물려줘야죠.”

“나눠주는 거야?”

“아니요. 물려준다고요. 나눠주는 게 아니라. 딱 한 사람을 뽑을 거예요.”

“딱히 가져갈 거 아니면 나눠줘도 되긴 하잖아? 누가 이걸 가꾸고 싶어 할까?”

“가꿔줄 사람이 있을 거예요.”

“학생들보다 선생님들한테 맡기는 게 좋지 않을까?”

“고양이한테 생선을 맡기죠.”

P 역시도 선생들에 대한 신뢰가 별로 없는 모양이다. 은호는 인터뷰 기간 내내 선생과 아이들의 조각난 관계를 보는 것이 영 서글펐다.

“좋아하는 책이나 좋아하는 문장 있어?”

“있죠, 여러 개. 그래도 아직 최고의 말, 최고의 책은 정해놓지 않고 있어요. 다음번에 만날 책이 최고의 책이 될 가능성을 열어두고 싶으니까요."

"멋지다. 나도 소설 같은 거 많이 읽어서 그런 멋있는 말 할 줄 알았다면 좋았을 텐데."

"아저씨도 책 많이 읽었을 거잖아요, 기자니까."

"그랬지만 읽는 분야는 상당히 달랐을 거야."

"네."

P는 갑자기 책을 펼친 그대로 엎어놓고 하늘을 향해 돌아누웠다.

"다 봤어?"

"아니요. 그려보는 거예요. 지금 가슴 아픈 장면이 나왔거든요. 그걸 되새겨보는 거예요, 꼭 짝사랑하는 것처럼."

P는 잠시 감상에 빠져 있다가 다시 빠져나와서는 하, 하고 만족스러운 숨을 내뱉었다.

"책을 읽는 건 언제나 짝사랑이죠."

"어째서?"

"누군가가 만들어놓은 세계를 관찰하는 것뿐이잖아요. 그걸 내 것인 것처럼 여기고, 좋아하고, 아파하고. 그래서 책을 잠깐 놓을 때도 있어요. 읽으면 뭐 하나, 어차피 이 멋진 세계는 내 세계가 아닌데. 이 기가 막히고 흥미진진한 일들은 내 인생에 일어나지 않을 텐데. 그런 생각에."

"그래도 그런 행위를 통해 그 세계의 일부가 되는 것 아닐까?"

"아저씨야말로 멋진 생각을 하시네요. 전 최근에야 다시 책을 읽기 시작했죠. 짝사랑은 행복한 거예요. 배신의 아픔은 짝사랑의 아픔에 비하면 아무것도 아니더군요."

"무슨 일이 있었어?"

"내내 질투만 하던 그 애의 인생을 책으로, 문장으로 치환해서 읽어봤어요. 그건…… 정말 가슴이 찢어지는 책이었어요."

P는 잠시 책에서 빠져나와 감상에 젖었을 때처럼 또다시 어느 세계로 빠져들었다. P는 눈을 감고 이야기했다.

"그 애는 꼭 책 속의 인물이 바깥으로 나온 것 같은 예쁘고 착한 아이였어요. 지젤 그 자체였죠. 『작은 아씨들』의 베스가 춤을 추면 저런 모습일 거야, 싶었고 그 애가 자라면 샤를로테가 되어 지나가던 베르테르의 마음을 흔들어놓을 수도 있지 않을까. 그런 생각을 하면서…… 모두가 그 애를 사랑하는 것을 보고…… 내가 좋아하는 남자는 나에게는 보여주지 않는 표정을 그 애에게만은 보여주는구나……. 나는 어떻게 한들 상상 속에서도 그 애가 될 순 없고 그래서는 안 되는 건데……. 그렇게 부러워하고 질투하고……. 하지만 그 애는 언젠가 행복해질 거예요. 제가 그 애를 위한 책을 쓰고 있거든요."

"책? 왜 너의 책이 아니라 다른 사람의 책을 쓰고 싶어 한 거야?"

"식물이 필요로 하는 것이 햇빛일 땐 햇빛을 줘야 하고 물일 땐 물을 줘야죠. 아픈 사람은 그에 맞는 치료를 해야 하구요. 이건 나를 위한 거예요. 아픈 마음을 조금이나마 회복시키기 위해서죠. 그 책을 쓰면서 나는 그 애가 될 수 있었어요. 이해할 수 있었죠. 아, 내가 너의 아프지 않은 면만 보아서 그런 마음들로 널 생각한 거구나. 눈물을 흘리고 오열을 하고 난 후에⋯⋯ 그 애가 행복하면 좋겠다, 그런 마음으로 책을 쓰기 시작한 거죠. 그 애는 아직 모르겠지만."

P는 그야말로 감수성 예민한 문학소녀였다. 그 애가 누군지 무슨 사정이 있었는지 아리송했지만 아마도 삼각관계였던 것 같았다. 굳이 그런 개인사까지 파헤치지는 않아도 괜찮겠다는 생각이 들었다. 이미 충분히 아무 도움이 되지 않는 인터뷰였기 때문이었다.

그걸로도 모자랐는지 P는 다시 자기만의 세계를 펼치기 시작했다.

"2막에 지젤이 무덤에서 일어나잖아요. 여왕의 지시에 따라서 오다가, 깨어나요. 빙글빙글 돌아요. 그때 갑자기 기억들이 막 몰려오는 것 때문일 거예요. 이제까지 있었던 일들이 창밖의 풍경이 지나가듯이 한 장 한 장 지나가며 마음을 때리겠죠. 자신이 죽은 이유가, 아픈 기억이 떠오르는 그때, 사랑했던 기억마저도 아프게 변하는 거예요. 지젤의 처량한 춤을 볼 때마다 나는⋯⋯ 나는 그 애를 생각해요. 나는 내 첫사랑의 묘비를 세우면 그만이었지만 그 애는 자신의 묘비를 세우게 된 거예요. 아……."

은호는 P가 말하는 장면을 가만히 상상해봤지만, 뭐라 대꾸하기는 힘들었다. P는 원하는 반응을 얻어내지 못했던 것인지 아니면 할 말을 다 했다고 생각해서인지 다시 책에 고개를 묻었다.

"그건 알고 계시죠? 양지후랑 아저씨 동생이랑 사귀는 거."

병문안 왔을 때 그런 분위기를 느끼기는 했다. 하지만 사귄다고 하기에는 약간 서먹해 보이는 분위기 때문에 은호는 아직 사귀는 것은 아니구나 생각했다. 은지도 그렇게 말했다. 그런 점들을 제쳐두고 P의 말을 곧이곧대로 믿기는 힘들었다.

"그건 아닐걸."

"그럼 엔조인가?"

은호는 자기도 모르게 딸꾹질을 했다.

"둘이 껴안고 뽀뽀하는 거 누가 봤다던데."

"그렇진 않을 거야."

"몰라요. 제가 좋아한 남자가 헤픈 놈일지 누가 알겠어요. 사귄 사람도 그 남자를 제대로 몰랐는데 짝사랑한 제가 무슨 수로 알겠어요? 학교에서나 보는데."

은호는 어린 고등학생이랑 나누기에 너무 부적절한 대화라는 생각에 식은땀이 다 났다. 그리고 P가 말한 '그 애'가 지율이었음을 깨달았다.

"은지 쌤에게도 아마 짝사랑이었을 때가 행복했다고 느끼게 될 날이 올 거예요."

"왜? 양지후 선생님 뭐 있어?"

"딱히 그런 건 아니지만. 짝사랑이 사랑으로 발전한다고 해도 두 사람 사이에 해소할 수 없는 문제가 있다면 그 사랑은 불행하게 변하겠죠."

아직 지후가 지율을 잊지 못한 것인가. 은호는 그렇게 받아들였다. 은호는 분위기 전환을 위해 다른 질문을 던졌다.

"아까 연습실에서 보니까 애들이 테이프로 막 손목이랑 다리를 감던데 그렇게 하면 아픈 게 나아져?"

"완전히는 아니고 조금요. 근육을 고정시켜주긴 할걸요, 아마."

P는 여전히 책의 문장들에 시선을 두며 시큰둥하게 대답했다.

"발레는 왜 하게 된 거야? 발레 나오는 책을 읽었어?"

"아니요. 그냥 학원 다니다가 하게 된 건데."

"그래……."

"여기에 있는 모두가 한 가지 꿈을 위해서 달려온 건 아니에요. 대부분은 미래에도 발레를 하고 싶어서 온 아이들이고 직업으로 삼고 싶어서 오는 애들이겠지만……. 그냥 이렇게 저렇게 흘러서 온 사람도 있고 난 공부는 안 되겠다 해서 온 애들도 있고……. 그래도 상관없는 거잖아요. 인생에 꼭 거창한 목표가 있어야 하는 건 아니잖아요."

"그렇지."

은호는 잠시 후 덧붙였다.

"하지만 간절한 꿈이 아닌데도 고통을 겪으면서 해야 하잖아."

"그건 그렇죠. 나중에 그만두면 돼요. 어렵게 생각할 필요 없이."

P는 페이지를 넘겼다.

"이제 슬슬 가주셔도 될 것 같아요. 전 책을 더 읽고 싶거든요."

끝을 정하는 쪽은 은호 같아 보여도 사실은 언제나 인터뷰이의 몫이었다. 원래 인터뷰는 이런 법이었다. 이것이야말로 짝사랑의 하나가 아닐까 하고 은호는 생각했다. 그리고 상대가 더이상 교류를 원하지 않는다면 떠나주는 것도 짝사랑의 예의이기도 하다.

"알았어. 좋은 시간 보내고."

은호는 문득 인터뷰 순서를 바꿔봐야겠다는 생각이 들었다. 그럼 다음 사람이든 라연이든 누구든 당황해서 틈을 보여주지 않을까 싶었다. 그 계획은 이렇게 다른 아이들보다 무기력해 보이는 아이를 통해 실행하는 것이 제격이라는 생각이 들었다.

"아, 혹시 R를 좀 불러줄래?"

"R요?"

"응. Q는 아까 따로 봤어."

"네……. 알았어요."

"고맙다."

P는 대답이 없었다.

은호는 독서 삼매경인 P를 위해 자리를 비켜주기로 했다. 옥상 문을 닫고 계단을 내려가기 전 다시 한번 하늘을 올려다보았다. 하늘이 유난히도 맑은 탓인지, 은지의 일부터 오늘의 인터뷰까지 모두 아득한 먼 일처럼 느껴졌다.

P를 위해서 조금 늦게 돌아간 대연습실에서는 1막 축제 씬이 한창이었다. 윌리들은 윌리들대로 뒤에서 다음 순서를 기다리고 있었다. 그사이 P는 무사히 연습실로 돌아와 있었다.

새 지젤이 춤을 추는 모습이 은호의 시선에 들어왔다. 새로운 주역은 예전 주역이었던 단비와는 달리 음악에 딱딱 맞춰서 동작을 잘해냈다. 음악이 끝나자 류 선생과 연습실에 있던 아이들 대부분이 새 지젤을 향해 박수를 쳐주었다. 지젤은 쑥스러워하며 사방을 향해 꾸벅꾸벅 인사를 하고 자리로 들어갔다. 라연도 나름 만족한 듯한 표정을 지어 보였다. 하지만 은호는 라연이 자신과 똑같은 생각을 하고 있을 거라고 예상할 수 있었다. 새로운 지젤도 춤을 잘 추기는 했지만, 영상에서 본 지율의 나긋나긋한 느낌을 반도 따라가지 못했기 때문이다.

"너무 잘했다. 이대로만 해줘. 그다음 오 분 쉬었다가 윌리들 준비해줘."

은호는 류 선생이 쉬는 시간 동안 으레 그랬듯 윌리들이나 지젤에게 코멘트를 할 것이라고 생각했지만, 류 선생은 은호를 바라보았다.

"조 기자님, 저 잠시만……."

류 선생은 은호를 문 앞으로 불러냈다. 영문을 모르는 은호는 아리송한 표정으로 류 선생에게 다가갔다.

"저……. 인터뷰 순서를 바꾸셨다면서요?"

은호는 변명을 하려 했지만 류 선생이 더 빨랐다.

"처음에도 말씀드렸지만 아이들 스케줄이 있고, 이례적으로 정말 제대로 된 공연을 하는 거라 애들이 좋아는 해도 한편으로는 심적으로 부담이 있어요. 그렇게 하시면 곤란해요."

류 선생은 단호하게 말했다. 살갑지는 않지만 아이들의 미래에 대해서 진지하게 생각하는 류 선생에게는 혹시 먼저 시간이 되는 아이가 있나 물어본 것뿐이라는 은호의 변명은 통하지 않을 것이 뻔했다. 아이들 스케줄보다 자신의 편의를 먼저 위했다는 탓만 들을 것이 눈에 선했다.

"네, 죄송합니다. 저도 모르게 그만……."

"부탁드릴게요."

"네, 걱정 마세요."

류 선생은 묵례를 하고 복도로 나갔다. 은호도 따라나서려다가 시선이 느껴져 뒤를 돌아보았다. P와 라연이 나란히 서서 은호를 보고 있었다. P는 은호의 시선을 피했고 라연은 은호에게 시선을 고정시키며 경고하듯 고개를 좌우로 흔들었다. 은호는 부아가 치밀었지만 얌전히 연습실을 뜨는 것밖에는 다른 수가 없었다.

그 뒤에 이어진 Q와의 인터뷰도 은호의 화를 돋웠다. Q는 무슨 생각을 하는지 발레 이야기를 하다가도 자꾸 다른 이야기로 금세 넘어가버리고 집중을 못 하며 산만한 모습을 보였다. 게다가 스마트폰 알람이 울리면 Q가 끄고, 다시 울리면 끄기를 몇 번이나 반복하며 은호의 신경을 거슬렀다. 그게 네 번이나 반복되자 참다 못한 은호는 질문을 멈추고 Q에게 정색하며 말했다.

"미안한데 중요한 거 아니면 알람 꺼줄 수 있을까?"

"아……. 네……."

Q는 곤란한 표정을 짓고는 망설이더니 스마트폰의 전원을 껐다.

"전원을 끄라는 얘기는 아니었는데……."

"알람 울리게 재설정하는 거 까먹을까 봐요."

알람을 계속 설정해놓은 특별한 이유가 있는 것처럼 보였다.

"왜 몇 번씩이나 맞춰놓는 거야?"

"아, 약 먹어야 되는 시간이라서요."

그 말을 듣자 갑자기 미안한 마음이 들며 분노 밑에 깔려 있던 이성이 자리를 되찾았다.

"진작 말을 하지. 얼른 먹어."

"그래도 돼요?"

"응, 그래야지."

Q는 흐물흐물한 큰 파우치에서 물과 약을 꺼내 먹었다.

"역시 그 애가 있을 때랑은 달라. 달라……."

Q는 중얼거리더니 갑자기 침울한 표정을 지었다.

"그 애?"

"네……. 천사 같은 애가 하나 있었죠. 제가 산만한 짓을 해도 이해해주고 오히려 병원까지 같이 가줘서 약을 먹고 나아지게 해준 아이가 하나 있었어요."

"혹시 ADHD야?"

"네. 그게 바보라는 의미가 아닌 건 아시죠?"

"무슨 소리야, 당연히 알지. 주의력이 결핍된 것뿐이잖아."

"맞아요. 하지만 그런 걸 알고 있거나 이해해주는 사람은 드물어요. 집중도 못 하고 화도 잘 내고 이런 걸 보고 애들도 선생님들도 걘 문제가 있어, 이렇게만 생각해요. 그런데 걔는 절 가만히 보다가 제가 이상한 게 아니라고 하고는 치료받으면 나을 수 있다고 해줬어요. 저는 눈물을 흘렸어요. 왜냐면 저도 빨리 낫고 싶었거든요. 뭐 하나 시작해도 끝내는 법도 모르고 자꾸만 다른 일 하고, 얘기하다가 다른 거 생각나서 그걸 얘기하다가 전에 얘기 까먹고, 혼나고…….

그런데 약을 먹으니까 점점 나아졌어요! 거짓말 같죠? 뭐, 다 나아진 건 아니지만 정말 좋아졌어요. 뭐에 집중할 수 있게 됐어요. 가끔 이유 없이 화내게 될 때도 있지만 그럴 때는 또 어떻게 사과하면 된다는 것도 지율이가 알려주고."

또 지율이의 이름이 나왔다. 은호는 알지도 못하는 지율이의 죽음에 대해 정말 애석하다고 느꼈다. 아이들을 두고 누가 선한가 아닌가를 판가름하며 비교하는 것은 확실히 바람직한 일은 아니지만 여러 사람에게 들은 이야기로 미루어보아, 지율이는 보기 드문 천사 같은 아이가 맞는 것 같았다.

"약 먹는 것도 지율이가 아이들에게 얘기해줬어요. 이상한 약 먹는 게 아니고 어디가 이상한 것도 아니니까 하루에 몇 번 시간이 되면 약을 먹게 알려주고 조금 이상하게 굴어도 악의가 있는 게 아니니까 너무 상처받지 말고 이상한 점은 곱게 말해주자. 그랬더니 애들이 받아들였어요. 정말 신기했죠.

있죠, 아저씨, 저 중학교 때 얼마나 학교가 싫었는지 아세요? 발레가 너무 하고 싶어서 예중에 갔는데 애들은 따돌리고……

아니, 그것도 조금 이해는 되지만 섭섭하긴 해요. 선생님들도 넌 발레 말고 다른 거 해보는 게 어떠냐고 매일 그러고. 제가 생각해도 여기는 운 좋아서 붙었어요. 막상 붙었어도 걱정됐거든요, 사실.

근데 예상하고 다르게 여기는 천국이었어요. 지율이가 한번 웃으면 마법 부리는 것처럼 느껴졌어요. 학교생활이 이렇게 재미있는 건지 처음 알았고……. 예전 만화책에서나 보던 그런 학교생활이 진짜로 있다니. 몸 풀면서 수다 떨고 발레용품 같이 쇼핑하고 맛있는 거 먹으러 가고 죽어라 다이어트하고……. 그런 천국이었는데……."

Q는 다시 우울한 표정을 지었다.

"걔가 떠나니까 여긴 더이상 천국이 아니에요. 애들하고는 여전히 사이좋지만 지율이 빈자리가 너무 커요. 그런 거 생각했어요. 천사 옆에 있으면 빛이 나서 그 옆에 있는 사람도 빛나는데 천사가 없으니까 다들 평범한 사람이 되고 여기도 평범한 세계가 된 거예요. 그렇죠. 그런 거예요. 제 평화로운 세상은 흔들리고 무너져버렸어요. 너무 슬프네요. 우리 인터뷰 계속해야 하나요?"

"못 하겠어?"

"네, 그러네요. 눈물은 안 나서 안 믿을지도 모르지만 슬퍼서 자꾸 다른 생각이 나고 아저씨한테 화를 내고 싶어져요."

"알았어. 한두 가지만 물어볼게. 화가 나면 화를 내도 좋으니까 그후에 나가."

"좋아요. 나쁘지 않네요."

"약을 안 먹으면 어떻게 돼?"

"어떻게 되지는 않아요. 효과가 떨어져서 자제력도 떨어지고 집중력이 지금 같지 않아요. 그래서 알람 맞춰놓는 거고 애들이 챙겨주는데도 빼먹을 때가 있어요. 아니면 약이 어디 있는지 모르면 그냥……. 그런 거죠, 뭐."

"약이 어디 있는지도 기억이 안 날 때가 있어?"

"그럴 때도 있는데……. 그런 게 아니라 가끔 없어져요. 누가 가져가나 보죠."

"누가?"

"글쎄요, 제가 그걸 못 봤으니 모르죠."

"혹시 괴롭힘 같은 거 당하는 거야?"

"아니요, 그런 건 아닌데……."

Q는 손가락으로 머리를 긁적였다.

"애들이 공부 잘하는 약이라고 가끔 훔쳐가는 것 같거든요. 처방전 받으면 쉽게 탈 순 있지만 나중에 꼬리뼈…… 아니, 꼬리표 붙을까 봐 그것도 싫고 그냥 한두 번만 먹어보고 싶은 애들이 있다고 들었으니까요. 그런 애들이겠죠, 뭐."

"화 안 나?"

"짜증은 나는데 뭐……. 이제 화내는 것도 귀찮아요. 대체로 슬프거든요. 지율이가 죽은 후로는 좋았던 때가 생각이 나서……."

Q는 점점 한계가 다가오는 듯 하, 하는 소리를 길게 내며 한숨을 내뱉었다. 은호는 신경 쓰지 않으려고 노력했다.

"윌리들한테는 라연이 말이 절대적이야?"

"꼭 그렇진 않을걸요? 갑자기 왜요?"

"인터뷰 순서를 바꾸는 게 그렇게 대단한 것도 아닌데, 그걸 라연이한테 그리고 선생님한테 꼭 일러바칠 필요가 있나 해서. 아니면 혹시 나한테 적대감을 가지고 있나?"

"그런 건 아닐 거예요. 우리는 우리 사이에서 문제 생기는 걸 싫어하거든요. 아저씨가 이해하세요."

Q가 타이르듯 말했다.

"알아. 너희가 인터뷰를 해주는 게 호의라는 거. 꼭 응하지 않아도 되는데 스케줄까지 조정하면서 인터뷰해줘서 고마워하고 있어. 하지만 그걸 힘처럼 휘두르게 되면 내가 약간 기운 빠져서 소심하게 항의해본 거야."

눈에 힘을 빼고 이곳저곳을 둘러보고 있던 Q가 눈을 동그랗게 뜨고 물었다.

"힘이 있으면 다 해도 되는 거 아닌가요?"

"뭐?"

"어른들은 그런 식으로 처리하길래, 우리도 그러면 되는 줄 알았죠."

"아니야, 그렇지 않아. 그건 잘못된 가르침이야."

"그렇군요……. 이것도 슬프네요. 저 이제 정말 가볼게요. 더 생각하기 싫어요."

"그래, 수고했어. 고맙다."

Q는 터덜터덜 나가다가 갑자기 혼잣말로 욕을 하고는 머리를 감싸 쥐고는 하더니, 이내 심호흡을 한 번 하고 걸어 나갔다.

그 모습을 보던 은호의 머릿속에 갑자기 뭔가가 떠올랐다. 단비가 쓰러졌던 날, Q는 아이들과의 대화에 집중하지 못하는 모습이었다. 오늘 같은 모습이 아니라 평정을 잃은 듯한 모습이었다. 마치 약을 먹지 않은 것 같은 모습…….

은호는 스마트폰으로 검색해보았다. 하얀 약, 주의력결핍과잉행동장애…….

콘서타, 리탈린이라는 약물이 검색되었다. 은호는 아는 의사에게 이 약을 많이 먹으면 죽을 수도 있느냐고 문자를 보냈다. 그럴 수는 없다는 답장이 왔다. 하지만 뒤이어 답장이 또 하나 왔다. 향정신성약물이기 때문에 심각하게 남용하거나 투약 방식을 바꾸면 경우에 따라 위험할 수도 있다는 답변이었다. 특히 흡수량을 늘리겠다고 과다한 용량을 카페인과 함께 투여하거나 가루로 부수어 코로 흡입하는 행위는 위험하다고 했다.

Q의 증세는 무용과 전체가 알고 있었다. 누군가가 Q의 약을

훔쳐서 이용했다면? 하얀 가루의 정체가 그것이라면? 은호는 당장 단비에게 문자를 보냈다.

—당장 만나자. 이야기할 것이 있어.

|

은호의 문자에 단비는 금방 예전에 봤던 그 카페에서 보자고 답했다. 카페 앞에서 만난 단비의 얼굴은 새파랗게 질려 있었다.

"왜요. 무슨 일인데요?"

"그날 이상한 거 없었어?"

"그날이라니요? 왜요? 학교에 뭐 이상한 일 있었어요?"

단비는 안절부절못하며 은호에게 물었다.

"아니, 별일 없어. 진정해. 난 그냥 뭘 좀 물어보려고 한 거야."

"아, 뭐예요. 깜짝 놀랐잖아요! 그럼 그렇다고 말을 하지."

단비는 확 신경질을 냈다. 원래 제멋대로인 성격이라고 생각은 했지만 그 탓이 아닌 것 같았다. 은호는 은지의 모습을 떠올렸다. 그래서 더욱 조심스럽게 말을 건네려고 노력했다.

"에너지 드링크 말이야. 며칠 전에 그 일이 일어났을 때도 먹었어?"

단비는 잠깐 생각하더니 말했다.

"…… 평소보다 더 잘 듣는다, 그런 느낌은 있었어요. 그게 중요해요?"

"솔직히 말해줘야 돼."

"뭘요?"

"콩쿠르 준비할 때 약 먹어?"

단비는 입을 꾹 다물더니 이내 초조한 기색으로 윗니로 아랫입술을 깨물기 시작했다.

"중요해. 꼭 말해줘야 돼. 콘서타나 리탈린 처방받아서 먹어?"

"그…… 그게 뭔데요."

"모르는 척하는 거야 모르는 거야? 집중 잘되는 약 말이야."

"……그게 무슨 상관이에요."

"에너지 드링크에는 카페인이 굉장히 많이 들어 있어, 알지?"

"네, 알아요. 그걸 누가 몰라요?"

"간단하게만 얘기하자면 내가 말한 약들도 카페인하고 비슷한 작용을 한다고 해. 만일 누군가가 네 음료에 그걸 탔는데 네가 마셨다면, 안 그래도 물처럼 에너지 드링크를 마시는 너에게는 정말 과복용이 되겠지. 드물긴 하지만 심장에 무리가 갈 수도 있고 그 상태에서 운동을 했다면 더 좋지 않겠지."

"설마 지금 시험 약 말하는 거예요? 애들이 먹는 거? 전 그거 안 먹어요!"

단비는 붉으락푸르락하는 기색을 감추지 못했다.

"누가요? 대체 누가 그런 거 같은데요?"

"너한테 적의를 품고 있는 누군가가."

은호는 그렇게 얘기하면서도 과연 단비가 많은 아이들이 자신에게 적의를 품고 있는 것을 알기나 할까 하는 의문을 품었다.

"자, 이제 학교에 다시 가야 할 것 같지? 네 자리를 되찾으려면 말이야."

그러나 은호의 예상과는 달리 단비는 씩씩거리던 것을 멈추고 고개를 떨궜다.

"그건 나중에 알아보거나 할게요."

"그때 알아본다고 알아낼 수 있을 것 같아? 이 일에 관련된 너의 기억도 희미해질 거고 그동안 조금이나마 있던 증거들도 사라질 텐데."

"그래도 별로 상관없어요! 어차피 아니니까!"

단비는 또다시 신경질을 냈다. 은호는 그 모습에서 잠시 은지를 떠올렸다. 얄미워 보였던 단비가 조금 측은해진 까닭에, 부드럽게 타이르며 말을 건넸다.

"왜? 왜 그렇게 생각하는 거야. 내가 널 도와줄 수 있어."

단비는 코웃음을 쳤다. 그 바람에 은호의 측은지심이 단숨에 사라져버렸다.

"못 도와준다니까요."

"일단 말이라도 해봐."

"그날…… 그때…… 난 봤어요."

"뭘?"

단비는 잠시 망설이더니 어렵게 입을 뗐다.

"귀신들요."

은호는 이제까지의 태도가 전부 이 짓궂은 농담을 위한 연기였나 싶어 멍하게 단비를 봤다. 그러나 단비는 농담을 하고 있는 것이 아니었다. 단비의 몸이 미세하게 떨리고 있었다. 은호는 최대한 다정하게 말했다.

"귀신이란 건 없어. 네가 너무 힘든 상황에 처해서 착각한 거야. 다시 잘 생각해봐. 혹시 누구한테 원한 살 만한 일 있었어? 그런 애들이 널 골려주려고 위험한 장난을 친 걸 수도 있잖아."

"그냥……. 그냥…… 오래전 일이에요."

단비는 고개를 흔들었다.

"남들 비밀 몇 번 얘기한 거, 그게 다예요. 이런 거 안 해본 애가 어디 있어요!"

단비는 무슨 영문인지 엉엉 울기 시작했다.

"괜찮아. 차분하게 마음을 가라앉히고……."

"틀렸어요. 그 일 때문이라면…… 내가 무사히 학교를 다닐 수 있을 리가 없어요. 가능할 리가 없다구요."

"그 일이 무슨 일인데?"

단비는 비틀거리면서 자리에서 일어났다.

"전…… 학교 다시 못 가겠어요. 혼자 다음 콩쿠르 준비할래요……."

은호가 뭐라고 다시 말을 걸기도 전에 단비는 비틀거리는 다리로 뛰어서 카페를 나갔다. 단비가 폭로했다는 비밀이란 게 대단한 것은 아닐 테지만 이 일과 연결되어 있지 않을까 하는 생각이 들었다.

하지만 여전히 얻은 것도 해결된 것도 아무것도 없었다. 게다가 은지처럼 괴로워하는 이가 또 한 사람 늘어난 것을 목격하게 되었다. 은호의 안에서 분노가 일었다.

R는 왠지 속 시원한 표정을 짓고 있었다.

"기분이 좋아 보이네?"

"네. 오단비 학교 안 오잖아요."

"에이, 그래도 그러면 쓰나……."

"무슨 큰일 난 것도 아니었던데요, 뭐. 완전 쫄보 중 쫄보 아니에요? 누가 그런 장난쳤는지 모르겠지만 그거에 쓰러지고 거품 물고."

"친구가 아픈 거 놀리면 안 되지."

"걘 친구 아니라 전공이 같은 것뿐인데요?"

은호가 안 되겠다는 듯 고개를 젓자 R가 웃었다.

"알았어요. 그냥 의아해서 그래요. 진짜로 그거 때문에 쓰러진단 말이야?"

"단비랑 별로 사이가 안 좋은가 봐."

"아저씨, 오단비랑 같은 학년 해봐요. 입 털고 다니는 거 보면 진짜 빡이 쳐요."

"그래, 알아."

"애들한테 많이 들었나 보네요."

R는 깔깔 웃었다.

"웃을 일이 아니야, 정말 큰일 날 뻔했어."

"전 잘 모르겠어요. 지율이가 죽은 이후로 그런 감각이 무뎌진 것 같아요. 아, 그런 착한 사람도 죽는구나. 천사 같으면 뭐하나, 다 소용없구나……."

R는 코끝을 찡그리더니 말을 이었다.

"누가 울새를 죽였나? 나, 참새가 말했다. 내 활과 화살로 내가 죽였지."

"갑자기?"

"어제 영어 시간에 배웠어요. 그게 뭔지는 아시죠?"

"응, 알아."

"내용 이상해서 듣다가 웃었어요. 울새가 죽었고 누가 죽였는지도 아는데, 모두가 참새를 향해 아무 말도 안 하고 장례식 준비만 해요. 이상한 노래죠?"

"원래 운율을 위해서 만든 노래니까."

"그래요. 노래일 때는 다행이죠. 실제로 그런 일이 있으니까 문제지……."

R는 또다시 숨을 들이켜며 고개를 절레절레 저었다.

"아저씨, 이건 처음 들을걸요. 지율이 마지막 문자 받은 사람, 그거 저예요."

"지율이가 죽기 직전에 문자를 보냈단 말이야?"

"네. 같이 과제할 게 있어서 어디야? 물었어요. 그냥 평소처럼, 생각 없이. 근데 이상한 답이 왔어요."

"뭐라고?"

"말이 아니라…… 디귿, 히읗, 아, 지 이렇게요."

R는 스마트폰을 꺼내 메시지 창을 한참 내리더니 은호에게 내밀었다.

ㄷㅎ아지. R가 말한 대로 그렇게 씌어 있었다. 뭔가의 오타 같았다. 무슨 뜻인지 명확히는 알 수 없지만 급한 상황이라는 것만큼은 전달되기에 충분했다.

"무슨 일이 생겼구나 싶어서 전화를 했는데…… 그것도 안 받는 거예요."

"이거 왜 아무도 모르는 거지?"

"왜 아무도 모르냐, 그걸 말씀드리려고요."

R는 눈을 감고 숨을 크게 들이마셨다. 감정을 컨트롤하려고 노력하고 있다는 것이 보여, 은호는 무슨 이야기일지 조금 긴장이 되었다.

"저는 추수인을 항상 의심했어요. 근거는 없지만, 항상요. 그 날 학교엔 아시다시피 조은지 선생님이 있었어요. 그런데 조은지 선생님은 교무실에서 잠이 들었고 다음 날 일어났다고 했죠. 저는 생각했어요. 조은지 선생님이 동시에 두 자리에 있을 수 있는 게 아니라면 학교에 조은지 선생님, 지율이 그리고 한 사람이 더 있지 않았을까.

여러 가지 경우의 수를 생각해봤죠. 일단 여학생일 경우. 그런데 제가 아는 한 학교에 남아서 연습하는 애는 없었어요. 다 학원을 가거나 레슨을 받았죠. 남학생일 경우도 있겠죠. 그런데 그 날은 남자애들이고 선배들이고 〈스파르타쿠스〉를 예무제 때 하는 게 어떻냐고 들떠서 남자들끼리 단합하러 갔었다고 했어요. 아무래도 여자에 비해 숫자도 적어서 빠진 사람이 잘 보였을 건데, 빠진 사람은 아무도 없었다고 했고요.

그래서 선생님들 쪽으로 넘어갔죠. 류 선생님? 잰 선생님? 그 선생님들이라고 완벽하진 않겠지만 지율이를 해치거나 협박할 이유가 전혀 없는 사람들로 보였어요. 게다가 그 두 사람은 그날

카페에서 교감 욕하다가 애들한테 걸렸기 때문에 동시에 학교에 있을 수가 없었어요.

그럼 둘이 남죠. 추수인과 양지후. 양지후……. 하긴 지후 쌤도 지율일 해칠 이유가 있긴 했죠."

"왜?"

"지가 잘못한 게 있으니까요. 둘이 싸웠거든요. 그런데 지율이가 사귀었던 걸 폭로한다고 했으면 몰라도 굳이 싸웠다고 죽일 필요는 없어요, 따지고 보면. 그리고 지율이가 그런 말 할 앤가요?"

은호는 지율이를 모르면서도 그럴 애가 아니라는 생각이 들어 고개를 끄떡였다.

"그럼 추수인 하나 남죠. 그리고 그 사람은? 그러고도 남을 사람이죠. 게다가 그날 아무 알리바이도 없고 학교에 들어갔다가 나온 적이 없는 사람은 그 사람뿐이었어요."

"교문에 CCTV 있잖아."

"애들이 한꺼번에 나오면 아무리 경찰이라도 그 구린 화면으로 식별할 수 있겠어요? CSI 드라마도 아니고. 화면을 엄청 확대해서 복원하는 것도 한계가 있다고 K가 말해주더군요."

"그럼 어떻게 된 거 같은데?"

"문이 하나라도, 학교에 개구멍 하나쯤 없겠어요? 아마 추수인은 자기가 지율이를 그렇게 몰아놓고 개구멍으로 빠져나가 다음 날 멀쩡하게 출근하는 척했겠죠. 출근하는 모습이 찍혀서 문제없다고 생각했을 거구요. 저는 이 사실을 경찰에 말하러 갔어요. 하지만 경찰 아저씨들이 알아보겠다고 하고 하나도 안 알아보더라구요. 이상하다고 생각했죠. 하지만 곧 알게 됐어요. 교감 그리고 홍 여사님이 전부 못 하게 했다는 걸. 어떻게 알았는지는 묻지 마세요. 설명하려면 너무나 길어요."

"홍 여사님?"

"홍유설 단장의 언니, 그러니까 라연 언니 엄마요. 그게 뭘 의미하는지 아시겠죠? 참새가 뭐를 했든 안 했든 그 일은 덮고 장례식만 준비하겠다, 그거예요. 게다가 의혹이 있는 죽음처럼 보이지도 않았고 참새도 자백을 하지 않아서 그 정도 일을 덮는 건 식은 죽 먹기였겠죠."

한숨이 절로 나왔다. 은호는 제발 이 모든 것이 아이들의 억측이었으면 좋겠다는 생각을 했다.

"결국 있잖아요, 팩트는 중요하지 않은 거예요. 도덕 책 같은 데서는 그렇게 안 가르치면서, 무슨 일이 생기면 다들 세상을 살아가기 위해서는 하찮은 규율들보다 더 중요한 것이 있다고 말하는 것 좀 보세요. 그럴 거면 교과서는 대체 왜 그렇게 만들었대요? 그냥 말을 아 다르고 어 다르게만 하면 사실은 바뀌고 진실도 바뀔 수 있다고 해놓지. 나는 왜 도덕이나 규율이 중요하다고 생각하면서 살아가야 하는데요? 웃기지 않아요?"

"그러게."

은호와 R는 각자 말없이 고개를 끄덕였다.

"지율이……. 죽기 며칠 전에 라연 언니랑 싸웠어요. 그러지만 않았으면 그때 도움도 안 되는 제가 아니라 라연 언니한테 연락해서 살 수 있었을지도 모르는데……. 아마 마지막 순간에는 엄마나 라연 언니를 생각했겠지만, 곧바로 올 수 없는 상황인 것을 알고 있어서 연락을 안 했던 거 같아요. 아니면 연락처를 찾을 여유가 없어서 그 타이밍에 문자를 보낸 저에게 겨우겨우 답을 보낸 거거나……. 제 생각은 그래요."

"심하게 싸웠대?"

"네. 그렇게 싸운 건 처음이라고 지율이가 그랬어요."

"왜?"

"유학 가는 것 때문에요. 언니는 지율이 유학 보내고 싶어 했거든요. 근데 지율이는 가고 싶지 않아 했구요. 그전까지는 워낙 사이가 좋고 잘 통해서 의견이 다른 일이 있어도 약간 차이 나는 정도였는데 그 일에 관해서는 두 사람이 많이 충돌했던 것 같아요. 그러다가 가을이 되니까 아마 언니는 마음이 급해졌던 거겠죠. 지율이한테 이제 준비해서 시험 보고 가야 한다고 이곳저곳 알아보고 다녔던 거예요."

"자기는 유학 안 가고?"

"언니는 가려면 갈 수 있었잖아요. 굳이 안 가도 뭐…… 아시잖아요. 발레단 하나가 미래에는 언니 걸로 정해져 있다는 사실을요. 아무튼 언니는 지율이가 발레리나로 더 잘될 수 있다고 생각했고 한시가 급하다고, 돈은 어떻게든 마련해줄 수 있으니까 얼른 준비하자고 매번 그랬대요.

그러다가 지율이가 완강하게 안 간다고 나오니까, 화를 내면서 그깟 형편없는 남자 하나 때문에 미래 망치고 싶냐고, 네가 안 가려는 게 한때의 감정 때문 아니냐고 정신 차리라고 막 화를 냈대요. 그러니까 지율이도 못 참고 화를 냈던 거예요."

"지율이가 양지후 선생님을 많이 의지했나 보구나?"

R는 고개를 가로저었다.

"아니요……. 사실은 지후 쌤 때문이 아니었어요."

"그래, 유학 가버리면 어머니도 혼자 계셔야 하고……."

"언니 때문이었어요."

R는 한숨을 푹 쉬었다.

"사실은 지율이도 유학을 가고 싶어 했어요. 사람들한테 말하고 다니는 성격이 아니라 잘들 몰랐겠지만 꿈이 컸던 애니까요."

"그럼 왜……."

"생각해보세요. 라연 언니가 아무리 용돈을 많이 받고, 집도 가지고 있다, 건물도 가지고 있다, 소문이 많지만, 지율이 유학비를 융통하려면 결국 누구 돈을 써야 했겠어요?"

라연은 어머니의 돈을 쓰려고 했을 것이었고, 지율은 그것을 좋아하지 않았던 것이다.

“지율이는 만약 그렇게까지 자신을 도와줬다는 사실을 라연 언니 엄마가 알게 되면 모녀 사이가 완전히 파탄 나고, 그래서 안정적이다 못해 창창한 언니의 미래까지 변하게 될까 봐 걱정했어요. 어디다 얘기한 적은 없지만, 라연 언니랑 언니 엄마 사이에 조금씩 갈등이 커지고 있는 것 같다며 지율이가 걱정을 털어놓은 적이 있어요. 지율이는 언니가 그렇게까지 하길 바라지 않았어요.

게다가 언니는 지율이에게 물건을 사주는 정도는 가능했지만 아직 우리랑 똑같은 미성년자고, 직접 돈 버는 건 아니잖아요. 블랙카드는 가지고 다녔지만 개인 레슨을 붙일 돈을 현금으로 지출하고 그런 건 쉽지 않았거든요. 그래서 지율이한테 직접 레슨을 해줄 때가 꽤 있었어요. 지율이는 언니랑 보내는 시간이 재미있었지만 언니 시간을 뺏어서 지장이 갈까 봐, 많이, 진짜 많이 걱정했어요.”

다른 사람에게 라연의 노력과 두 사람의 우애에 대해 들으니 지율에 대한 라연의 발언이 진심인지를 의심했던 것이 조금 미안해졌다.

“그래서…… 그래서 밤에 학교에 있을 수밖에 없었던 거예요.”

R는 빨개진 눈으로 말을 이어갔다.

"지율이는 밤마다 혼자 연습을 해서라도 장학생으로 유학을 가려고 했어요. 그래서 언니한테도 거짓말을 하고 혼자 연습을 했던 거예요. 워낙 귀신 나온다 어쩐다 소문이 안 좋은 학교라 밤에 경비 아저씨도 자주 돌아다니지는 않거든요. 우리 학교는 입구가 하나니까 주로 거기만 지키고 계시지만 아주 가끔 순찰 돌긴 하니까 그거 피해서 학교에 몰래 숨어들기도 하고 구석에서 숙제를 하면서 아무도 없을 때까지 기다리기도 하고……. 지금 같으면 모르겠지만 지율이 죽기 전까지는 감시도 널널해서 충분히 가능했거든요."

R는 어이가 없다는 웃음을 터뜨리며 덧붙였다.

"아무도 없는 학교 연습실에 혼자 불이 켜진다구요? 지율이가 거기서 연습하니까요. 지율이는 그 소문을 이용했어요. 한 시간은 여기서 연습하고 한 시간은 저기서 연습하고, 스트레칭은 불을 끄고 하고……. 지율이는 사람들이 그걸 귀신이라고 얘기할 때마다 무서워하는 척하면서 듣다가 저한테 와서 깔깔 웃으면서 너무 재미있어했어요. 그렇게 힘든 상황을 긍정적으로 착하게 넘길 줄 아는 애였는데……."

은호는 허탈한 마음에 아무 대답도 하지 못했다.

"왜 지율이가 그렇게 억울하게 죽어야 했죠? 너무 화가 나요."

R는 거칠게 숨을 몰아쉬며 말했다.

"요즘도 가끔 아무도 없는 연습실에 불이 켜졌다는 이야기가 들리면…… 그게 진짜인지 가짜로 지어낸 이야기인지 애들한테 굳이 안 물어봐요. 그냥…… 그 얘기 들으면 지율이가 아직도 학교에서 연습하고 있는 것처럼 느껴지니까요."

정말로 이 학교에 귀신이 있다면 그 귀신의 정체는 아이들 사이에서 해결되지 못한 슬픔이 만들어낸 형상이 아닐까. 은호는 그런 생각을 했다.

"혹시 지율이랑 단비가 싸운 적 있어?"

"아니요. 오단비는 입만 나불거렸지 싸운 적은 없어요. 그건 걔 일상이어서 우리는 무시하는 편이고요. 분명 그 컴퓨터 메시지도 누군가가 빡쳐서 그런 거겠죠. 뚫린 입이라고 아무 말이나 막 털고 다녔으니까."

"혹시 구회영 선생님이나 은지랑은?"

R는 고개를 흔들었다.

"만약 지율이를 뒤로 불러서 뭐라고 했다면 모르겠지만 공개적으로는 절대 그렇게 할 수 없어요. 걔가 힘도 없고 빽도 없는 애는 맞지만, 정말 좋은 애라 돈 많은 집 애들 한둘은 난리 치면서 집에 가서 얘기했을 법하거든요. 근데 그런 난리 난 적은 없었으니까. 그리고 라연 언니는 엄마 때문에 직접적으로 지율이 일에 힘을 못 쓴다고 해도……. 그건 아시죠? 라연 언니가 발레만 잘하는 게 아니라 공부로도 전교 1등인 거. 발레 파트 1등이 아니라요."

"아니, 처음 들어."

"머리 좋다고 공부 잘하는 거 아니고 공부 잘한다고 머리 좋은 거 아니지만, 언니는 머리 좋은 거 확실해요. 그렇게 아끼는 지율이를 괴롭히는데 언니가 가만히 있었을까요? 각종 아이디어로 선생님을 괴롭혔겠죠. 우리가 상상할 수 없는 방법으로요."

"그럼 소중한 사람을 잃은 원한으로……."

R가 말을 끊었다.

"라연 언니를 별로 안 좋아하시나 봐요."

"좋아하고 아니고의 문제가 아니야. 오히려 인터뷰를 하면서 라연이랑 가장 잘 통했다고 생각해. 하지만 지금 네가 한 이야기도 그렇고 단비를 노린 사람은 라연이일 가능성이 가장 높아. 구회영 선생님도……."

"동생을 잃은 원한 때문에?"

R는 고개를 가로저었다.

"다음 순서가 S니까 직접 물어보세요."

"갑자기 왜 S의 이야기를 하는 거지? 다음 순서라서 넘기려고 하는 건가?"

그렇게 말하자 R가 약간 발끈하며 대꾸했다.

"아니요. 제가 1학년 꼬맹이한테 뭘 넘겨줘요. 원한 얘기를 하면서 라연 언니를 몰아가니까 하는 말이에요. 원한이라는 단어는 S와 관련이 있는 말이니까요."

"그렇다 해도 네가 말해주는 게 더 좋을 것 같은데. 원래 사람들은 자기에 대해 직접 말할 때는 거짓말을 보태서 얘기하니까."

"아, 그런 걸 거짓말 섞어서 얘기할 인성 같진 않던데."

은호는 R의 말에 고개를 갸웃했다.

"S의 언니가 어떻게 죽었는지 물어보세요. 미술 유학 가고 싶어 했던 친구가 왜 갑자기 유학을 포기하고 전공을 바꿨는지도 물어보시고요. 그건 거짓말하지 않을 거예요."

미술 유학을 가고 싶어 했던 아이……. 분명 어디선가 들어본 적이 있는 이야기였다.

S

SISTER

|

은호는 사고로 부모님 두 분을 모두 잃었을 때의 감정을 아직도 기억하고 있었다. 아니, 그것은 결코 기억의 한 부분이 될 수 없었다. 그때 울렸던 전화벨 소리, 병원 냄새, 부모님의 처참한 모습, 화장터의 후끈한 공기……. 모든 것은 감각으로 남아 그 기억을 떠올릴 때마다 매번 생생하게 재현되는, 현재였다.

분명 S 역시도 현지를 잃은 후 살아 있는 악몽과 함께 지내야만 했을 것이다. 때문에 은호는 최대한 공감하는 입장에서 대화를 풀어보겠다고, 만약 일을 저지른 사람이 S라면 잘 타일러서 그게 옳지 않다는 것과 죗값을 치러야 한다는 것을 설득시켜보겠다고 다짐했다.

은호는 S를 매점으로 불러냈다. 원하는 음료수를 사주며 편의점 떡볶이를 전자레인지에 돌려 대령했다. S는 반색했다.

"떡볶이 좋아해?"

"네, 좋아해요. 엄청요."

S는 쾌활하게 대답했다.

"다행이다. 많이 먹어."

"떡볶이가 탄수화물 덩어리에 칼로리 높다고 먹지 말라고 하거든요? 저는 그래도, 끼니를 굶는 한이 있어도 떡볶이 한 끼를 먹고 싶어요."

"그렇게 좋아하는 이유가 있어?"

"좋아하는 데 이유가 있나요."

"그럴 수도 있지. 추억이 있다든지."

S는 떡볶이를 콕콕 찍어 먹으며 만족스러운 듯 소리를 냈다.

"그냥 좋아요."

떡볶이를 더는 못 먹겠다고 울었다는 증언과는 다르게 S는 아주 맛있게 잘 먹었다. 이제는 트라우마에서 벗어난 건가? 트라우마에서 벗어나게 된 것은 복수에 성공했기 때문일까? 은호는 곰곰이 생각했다.

"체중 조절이 잘돼?"

"아니요, 힘들죠. 그래도 콩쿠르 같은 거 있을 땐 다 같이 다이어트하면서 힘든 거 얘기하면서 버티고 그러는 거죠."

"혹시 2층 화장실에 가끔 가니?"

"아니요. 제가 거길 왜 가요?"

"라연이는 거길 가끔 간다고 들었거든."

"왜 간대요?"

"혹시라도 지율이를 만날 수 있을까 해서."

"아……."

걸려들었다. 1학년인 S가 지율이의 이야기를 알 수는 있겠지만 라연의 이복동생이라는 이야기까지 알고 있는 이유가 있을 것이다. 은호는 이제까지 인터뷰를 해오며 이런 반응이 무의식적으로 튀어나오기를 기다리고 있었기에, 그 짧은 실수를 놓치지 않고 반응했다.

"너도 언니를 만나러 거기 가나 싶어서."

S는 한동안 말없이 은호를 바라보다 단념한 듯 입을 열었다.

"언니가 죽기 전 저에게 편지를 한 장 남겼는데, 거기에는 이런 말들이 써어 있었어요. 열심히 해서 꼭 원하는 곳으로 유학을 가길 바랄게. 혹시라도 멋있다는 생각이 든다고, 아니면 내가 했다고 해서 발레를 하지는 마. 아름다운 무대 뒤에 추악한 면을 견뎌낼 수 있는 사람과 아닌 사람이 있어. 너와 나는 그걸 견뎌낼 만큼 독특하거나 무감각하지 못해. 그걸 막아줄 방패를 가진 사람들도 아니야. 부디 너라도 마음이 무너지지 않는 사람으로 살아가줘. 사랑해."

S는 유서를 통째로 외우고 있는 듯 술술 읊어냈다.

"그래. 언니는 네가 미술을 계속하길 바란 것 같은데, 이렇게 발레를 하고 있어도 되겠어?"

S는 고개를 가로저었다.

"저, 미술을 그만둔 게 아니에요. 미술과 애들한테 물어보면 알겠지만, 그 애들이랑 놀기도 하고 같이 그림도 그려요. 발레로 학교를 졸업하고 나면, 대학은 미술 전공으로 해외로 갈 거예요."

"그럼 굳이 발레를 전공으로 택해서 예술고등학교에 입학한 이유는 뭐야?"

"선생님들 면상이 궁금해서요. 어떻게 생겨먹은 인간이길래 언니한테 그런 짓을 했지?"

잠시 정적이 흘렀다.

"언니는 저한테 감췄지만, 전 알아냈어요. L 언니는 절 속이려고 했지만 이상하다고 생각했거든요. L 언니한테 미안하지만 정말 미친 사람처럼 굴어서 결국 다 알아냈어요. 그거 처음 알았을 때 기분은요, 말로 다 할 수 없고 그림으로도 다 표현할 수 없을 것 같아요. 정말 하늘이 핑핑 돌고 세상이 흔들리더라구요."

"네 언니는, 현지는 시아 네가 그런 복수심에 사로잡힐까 봐 현명한 대처를 한 거야."

"아니에요. 언니의 의도는 알겠지만 저도 감정이 있고 주관이 있는 사람인데 어떻게 행동하느냐는 제 마음이죠."

S는 마치 은호를 나무라듯 답했다.

"오히려 이 선택이 저에게 도움을 준 걸지도 몰라요. 작년에 지율 언니가 죽었다는 얘기 듣고 혹시 우리 언니랑 관련이 있나 하는 마음에 주변을 미친 사람처럼 샅샅이 캐고 다녔어요. 그러다가 학교가 아니라 의외의 장소에서 알게 됐죠. 라연 언니가 지율 언니의 이복언니라는 얘기를요."

S는 그 장면을 회상해보는 듯 시선이 멀어진 채, 한참 동안 말을 하지 않고 가만히 있었다. 은호는 숨을 죽이고 뒷말을 기다렸다.

"다짜고짜 라연 언니를 찾아가서 지율 언니랑 자매라는 사실을 다 안다고 얘기하고 우리 언니가 어떻게 죽었는지 나한테 어떤 사람이었는지도 다 얘기했어요. 웬 미친 애야 싶을 법도 한데 라연 언니는 저를 아주 잘 챙겨줬어요. 저한테 발레용품도 몇 개 챙겨주고…… 우리 언니는 입어본 적도 없는 좋은 브랜드로요."

천사. 은호는 I가 했던 말과 동영상에서 라연의 친구들이 라연을 천사로 부르던 것을 떠올렸다. 과연 그녀는 천사의 탈을 쓴 악마일까, 아니면 악마의 탈을 쓴 천사일까.

"자기도 동생을 잃어봐서 어떤지 안다면서 저에게 많은 이야기를 해줬죠. 정신과도 소개시켜줘서 비보험으로 진료받게 도와주고. 경제적 도움만 해도 정말 저는 절을 해야 할 판인데…….

가을에 우리 언니랑 지율 언니 자리를 비우고 공연을 하자는 이야기를 하면서 저는 다시 삶의 의욕을 되찾았어요.

그게 전부라면 우리 언니가 하늘에서 슬퍼하겠지만, 라연 언니는 이 공연을 한 후에 미술 유학도 준비해서 가라고 했어요. 미술 레슨 선생님은 유능한 사람으로 소개시켜주고 추천서를 써줄 사람도 준비해줄 테니 발레 레슨비를 그쪽으로 돌리고 포트폴리오를 만드는 데 집중하라구요. 모자라는 부분은 자기한테 지도받으면 된다면서. 너무 고마운 얘기죠? 제가 바득바득 열심히 해도 될지 안 될지 몰랐던 가능성 희박했던 일이 현실로 다가오고 있는 거예요. 정말…… 라연 언니에게는 어떤 식으로든 은혜를 갚아야죠."

한참을 혼자 말하던 S는 말을 마친 듯 입을 닫고 똘망똘망한 눈으로 은호를 쳐다보았다.

"그게 전부야?"

"네."

"네가 학교에 들어온 이유. 선생들 얼굴이나 한번 보자고 들어온 거냐고."

"아……. 아니죠, 당연히."

S는 깔깔 웃었다.

"선생님들의 애물단지 역할을 좀 했죠. 진학에 관심이 있어야 협박도 먹히죠. 돈 내라 그래도 잘 안 내, 수업도 지 마음대로 듣다 말다 해, 수업 듣다가 추수인이나 구회영한테는 소리 질러, 그 선생들 아마 저 같은 안하무인은 처음이지 않았을까요? 부모님 모셔 오래도 안 모셔 오고 집에 전화하면 부모님이 선생님들 알아서 하시라고 되레 화를 내……. 그렇다고 이슈될까 봐 퇴학도 못 시켜. 골머리 좀 썩였겠죠? 그리고……."

이제까지 말한 행동이 선생들을 골려주기 위한 행동의 전부였다면 차라리 다행이었다.

"나만의 비밀 친구 구회영한테는 비밀 쪽지를 가끔 보냈죠. 울 언니 유서에 씌어 있던 말 있잖아요? 그걸 아주 가끔 보내줬죠."

S는 코를 찡긋하며 웃었다.

"미술과 애들한테는 우리 언니라는 사실은 말 안 하고 현지 귀신 있는 거 같다고. 저주 있다고 얘기하고 다녔죠. 걔네도 유서에 대해서는 이미 알고 있었지만 제 얘길 들은 이후로는 현지 귀신, 현지 귀신 하면서 떠들어댔죠. 언니를 귀신 만들어서 미안하지만 그런 식으로라도 언니의 존재감을 알려야 다들 자기 죄 무서운지 알지 않겠나 하는 마음에서요."

S가 재미있다는 듯 장난스럽게 씩 웃었다. 하지만 남에게는 천진하게만 보일 그 표정이 은호에게는 인간성을 잃은 듯 냉랭하기 그지없는 표정으로만 보였다.

"지금 한 말들이 어떤 의미인지, 나에게는 어떻게 받아들여지는지 알아?"

"어떤데요?"

"만일 이 모든 사실을 잘 엮어서 다시 경찰에 재수사를 의뢰해서 그게 받아들여진다면, 네가 가장 유력한 용의자가 된다는 이야기야. 넌 구회영에게는 현지의 유서가 담긴 쪽지를 보냈고 오단비도 쓰러지기 전 그 메시지를 봤어. 귀신 얘기를 퍼뜨린 건 네가 한 일들을 덮기 위해서 퍼뜨린 것으로 볼 수도 있을 것 같네."

그 말에 당황할 거라는 은호의 예상과는 달리 S는 후후 하며 수줍은 듯 웃었다. 그러더니 은호를 똑바로 응시하고 말했다.

"상관없어요."

S의 눈빛에 은호는 잠시 움찔했다.

"어차피 언니를 위해서, 직접 죽일 생각이었으니까."

T

TORCHY

S가 너무도 단호하게 적의를 드러냈기 때문에 은호는 당황했다. 더불어 적의가 있다면 사건을 일으킨 당사자일 가능성도 높아지는 것이니 구회영이나 은지의 일이 있던 날의 알리바이에 대해 더 추궁도 해봤지만 S는 그 질문에는 응할 생각이 없는 듯 빤히 은호를 쳐다보기만 하고 입을 다물었다. 그러던 중 T에게 문자가 왔다. 인터뷰가 끝났다고 들었다며 지금 인터뷰할 시간이 되니 무용과 교실로 와달라는 내용이었다. S는 은호가 문자를 읽자마자 꾸벅 인사를 하고 자리에서 일어나 사라졌다. 은호는 S의 행동에 어이가 없어 입을 딱 벌렸지만, 어차피 더 붙잡고 질문을 해봐도 의미가 없을 거라 생각하던 터라 하릴없이 T에게로 향했다.

T는 교실 창가에 서서 가만히 운동장을 내려다보고 있었다.

선뜻 말을 걸기 어려운 분위기 때문에 은호는 잠시간 가만히 바라보다가 헛기침으로 기척을 알렸다.

"알아요. 문 열 때부터 소리 들었어요."

T는 나지막하게 말했다. 무슨 사연인지 알 수 없지만 여전히 감회에 젖어 있는 듯한 목소리였다.

"그냥 여기에서 말씀드려도 될까요? 별로 길 것 같지도 않고 여기가 편해서요."

"그래, 그렇게 해."

은호는 창가 근처 책상 의자 하나를 빼서 앉았다. 창밖의 선선한 바람이 교실로 들어와 T와 은호의 머리칼을 스쳐 지나갔다.

"방해 안 되도록 짧게 할게."

"편하게 하세요. 생각 말고 딱히 하고 있는 건 없으니까요."

은호는 연습실에서 이 정도로 무력하게 춤추는 윌리는 본 기억이 없어 의아했다. T는 그 생각을 읽기라도 한 것처럼 말을 이어갔다.

"발레 동작할 때 빼고는 항상 이런 식이거든요. 무기력해요."

"그렇구나……."

T는 처음으로 은호 쪽을 돌아봤다. 은호에게 고개를 끄덕이고는 다시 창밖을 봤다.

"발레를 어떻게 시작하게 됐어?"

"어떻게 시작하게 됐더라……. 잘 기억이 안 나요."

T가 여전히 멀리 응시하며 말했다. A가 어딘가를 뚫어져라 쳐다보던 것과는 약간 다르게, 초점 없는 눈으로 어딘가를 보고 있었다.

"사실 발레 별로 하고 싶지 않아요."

"그럼 왜 그만두지 않았어?"

"이제 와서 제가 공부로 좋은 학교에 진학할 수가 있겠어요? 그리고 부모님도 있고, 죽지 못해서 하는 거죠."

T는 힘없이 말했다.

"왜 그렇게 힘들어하는지 물어도 돼? 연습하는 게 힘들어?"

"아니요."

"경쟁해야 하는 거?"

"아니요."

T는 잠시 입을 다물었다가 대답했다.

"그 애 때문이에요. 발레를 하면 자꾸 그 애를 떠올리게 되거든요."

"그 애라니?"

T는 조용히 대답했다.

"창문으로 햇빛이 내리쬐면 그 애가 빛났어요. 같은 태양이 비추는 걸 텐데도 다른 애에게 닿는 햇빛과 그 애에게 닿는 햇빛은 참 달랐어요. 햇빛에 빛나는 그 애의 새하얀 피부는, 정말 내 피부랑 같은 걸까 하는 생각이 들 만큼 아름다웠어요. 내 피부랑 같은 물질로 이루어져 있다고는 믿을 수가 없었어요. 지나치게 밝은 날에는 그 애 얼굴의 솜털까지도 보였어요. 사랑스러웠죠.

그 애는 눈까지도 신비했어요. 아저씨도 보셨다면 내 말을 이해할 수 있을 텐데. 갈색 호수였어요. 밝은 갈색 호수 한가운데에 깊고 어두운 심연이 있어서 이상한 중력으로 사람을 끌어당기는 거예요. 정말 그런 황홀한 호수는 세상에 있을 수 없어요.

그거 아세요? 눈동자 주위에 무늬가 있다는 거. 그런데 그렇게 아름다운 걸 보면서도 슬퍼질 때가 있었어요. 그 애가 나를 사랑하지 않는 건 별로 상관없었어요. 어차피 보답을 바란 적은 없으니까요. 그저 웃는 얼굴 한번 볼 수 있다면, 작고 예쁜 체리 같은 입술로 고맙다는 말 한마디만 들을 수 있다면 그걸로 충분했어요. 그러니까 짝사랑 때문에 슬픈 건 아니었단 얘기예요. 그냥…… 내가 아는 세상과는 너무 다른 이질적인 아름다움이라 사라져버릴 것 같은 불안감이 들었거든요. 그 애는 빛과 같은 존재니까 빛에 녹아들어서 사라져버릴 것 같아서……."

T가 짝사랑하는 상대는 묘사하는 것으로 봐서 여자라는 느낌이 들었다.

"고백하면 되지 않을까?"

"고백? 못 해요. 할 생각도 없었지만, 이젠 하지도 못해요."

“어째서?”

은호는 질문을 내뱉는 동시에 그 이유를 깨달았다.

“그 애는 죽었으니까요.”

한지율.

“그 애가 죽었으니, 이제 이 이승이 아니라 저승에 빛이 쏟아지기 시작할 거예요.”

T는 멍하니 되뇌었다.

“혹시 지율이랑 구회영 선생님 관계가 별로 안 좋았어?”

“잘 몰라요.”

“너네 일 년 선배 중에 현지라는 애는 혹시 알아?”

T는 천천히 고개를 가로저었다.

“그럼 은지랑은…….”

“죄송한데 전 남들한테 그렇게 관심이 없어서 잘 몰라요.”

아무래도 T의 관심은 지율이에게만 쏠려 있던 모양이었다. 은호는 지율이 이외의 정보를 얻는 것을 포기하기로 했다.

“내가 조금 이상한 이야기를 들었는데 말이야.”

“뭔데요?”

T가 심드렁하게 물었다.

“지율이가 죽은 게 자살이 아닐 수도 있다는 이야기.”

“그게 뭐가 중요하죠?”

은호의 예상과는 다르게 여전히 심드렁한 반응이었다.

"이미 그 애는 이 세상에 없다는 거. 그건 변하지 않잖아요."

"자살과 타살은 완전히 다른 이야기잖아."

"그렇죠. 아주 많이 다르죠. 지율이의 죽음이 자살이 아니라면 저에게 할 일이 생기는 거겠죠. 이 목숨을 굳이 부지하고 있는 이유가 생기는 거니까요. 죽을 때 죽더라도, 그 인간에게 고통을 남겨주고 가야 하지 않겠어요?"

T가 어딘가를 노려보며 말했다.

"누군지는 알아내셨나요?"

"아니, 그건 아니야."

"그렇군요."

T는 한숨을 쉬더니 은호를 바라보고 섰다.

"언젠가 지율이가 누군가 쫓아오는 느낌이 든다고 말한 적이 있어요."

"언제쯤인지 기억해?"

"아마도 2학기 시작될 때쯤부터……."

지율이 죽은 것이 초겨울이었으니 관련이 있는 이야기일 가능성이 있었다.

"슬쩍 보니까 협박 문자 같았어요."

"협박 문자? 무슨 내용이었는데?"

"그게……."

T는 잠시 말하기를 망설였다.

"지율이 사생활에 대해서 폭로하겠다구요."

T는 에둘러 말했다.

"사생활이라면 어떤 걸 말하는 거야?"

"말 그대로 사생활요."

"양지후 선생님이랑 연애하는 거 말이야?"

T의 눈이 커졌다.

"그걸 아저씨가 어떻게 아셨어요?"

"애들이 말해주던데? 양지후 선생님도 사실대로 말해줬고 말이야."

"사생활을 제삼자한테 말하다니, 왜 그렇게 입들이 싼지."

T는 고개를 절레절레 저었다. 지율에 관한 이야기를 남들이 조심스럽게 다루고 있지 않다는 것에 불만을 갖는 듯했다.

"협박 문자는 지율이랑 선생님이 연애한다는 사실을 폭로하겠다는 문자였겠네?"

"네. 알려지는 게 싫으면 자기 말을 순순히 듣는 게 좋을 거라는 문자였는데……."

"누가 보낸 건지 알아?"

"그냥 번호였어요. 연락처에 저장 안 하면 번호로 뜨잖아요? 그렇게……."

은호는 둘 중 하나라고 생각했다. 모르는 사람이 보냈거나, 누군지는 알고 있지만 혹시나 다른 사람에게 보이기 싫어서 저장해놓지 않았거나. 은호는 그 사람이 누구인지 알 것 같았다.

"그 일 이후로 지율이가 혼자 집에 갈 일이 생기면 일을 만들어서 데려다줬어요. 뭐 먹고 싶다고 하거나 상담할 것이 있다는 핑계를 만들어서요. 지후 쌤이나 다른 애들이랑 다 같이 갈 땐 괜찮은데 혼자는 위험할까 봐."

T는 한숨을 푹 쉬었다.

"제가 지율이 애인도 아니고 일정을 일일이 알아내서 쫓아다니는 것도 좀 스토커 같잖아요? 부담스러워할 것 같아서 최대한 불편하지 않은 쪽으로 하려다 보니까 못 데려다준 적이 몇 번 있어요. 그리고 그날은 제가 일이 있어서 연습 끝날 때까지 못 기다리고 먼저 집에 갔는데……."

T는 죄인처럼 고개를 푹 숙였다.

"제가 조금만 더 신경 썼다면 그런 일은 없었을 거예요."

"너는 할 수 있는 만큼 한 거야. 지율이도 이제 알고 고마워하고 있지 않겠어?"

은호가 위로를 건네자 T는 슬며시 고개를 들어 은호를 봤다.

"그러니까 내가 지금부터 질문하는 걸 널 탓하는 거라고 생각하면 안 돼, 알았지?"

T는 고개를 끄덕였다.

"다른 사람에게 그 상황에 대해서 도움을 요청해보진 않았어?"

은호는 T가 힘들어하며 그러지 못했다고 대답할 것으로 예상했다. 하지만 T의 표정은 분노와 슬픔으로 일그러지기 시작했다.

"한번은 경찰에 전화했어요. 경찰서는 아니고…… 경찰서 민원실 번호가 있대서 거기 전화했어요. 경찰서에 전화하기는 좀…… 무서웠거든요. 근데 거기선 문자 정도 온 걸로는 어떻게 할 수 없다고 말했어요. 문자 정도라니…….

너무 걱정이 되서 어느 날은 정말 스토커가 따라올지도 모르니 지후 쌤이나 엄마한테 데리러 와달라고 부탁하라고 지율이한테 말했는데, 지율이가 지후 쌤이랑 집까지 갔다가 연애한다는 걸 엄마한테 들킬까 봐 무섭고 엄마는 저한테는 말할 수 없는 이유로 학교 근처에는 오실 수 없다고 말했어요. 전 너무 걱정되니까……. 지율이한테 무슨 일이라도 생길까 봐…… 이것저것 찾아보면서 안 건데, 직접 위협을 가하지 않으면 무슨 수가 없다면서요? 그래서 결국 이렇게 됐잖아요."

데자뷔가 일었다. 생각해보니 L에게서도 비슷한 이야기를 들었다.

"그래서 경찰에는 이 얘기를 안 한 거구나?"

T는 고개를 끄덕였다.

"사실은 얘기할까 생각했어요. 늦은 일이지만 그래도 혹시 모르니까. 아마 협박 문자도 지율이 폰에 남아 있을 거고 지율이가 지나다녔던 길거리 CCTV를 뒤지면 뭔가 나올지도 모른다고 생각했으니까……. 그런데 부검 결과를 듣고 포기했어요. 죽은 원인은 심장에 문제가 생겨서니까 스토킹 같은 건 관계없는 이야기라고 할 거고. 그리고 무슨 이득이 있어요? 산 사람 스토킹한다는 것도 미지근하게 대처하는데 이미 죽은 사람을 스토킹했다는 건 아무렇지 않게 생각하지 않겠어요?"

"진실은 밝힐 수 있잖아."

"진실……. 진실은 허무한 거예요."

그야말로 허무한 표정으로 T가 말했다.

"오히려 진실이 지율이에게 피해를 입히겠죠. 스토킹을 당했대, 그렇게 가십거리나 되고 그것도 모자라다고 여긴 사람들에게는 지율이가 뭔가 그럴 만한 일을 해서 스토킹을 당했다는 식으로 어이없게 입에 오르내리게 될 수도 있겠죠. 그런 아무짝에도 도움이 안 되는 진실이 뭐가 중요하죠?"

은호는 아무런 대답도 할 수 없었다.

"지율인 그런 대접을 받을 아이가 아닌데."

T는 연신 고개를 가로저으며 슬픈 표정을 지었다.

"많이 힘들어 보이는데 누구한테 털어놓거나 상담 같은 걸 받아보는 것도 좋지 않을까? 지나간 일을 해결할 수는 없겠지만 지금보다 마음은 나아질 수도 있잖아."

하지만 T에게는 은호의 말이 들리지 않는 듯했다.

"2층 화장실에 혼자 갔었어요. 거긴 귀신이 찾아올 수 있는 장소라는 이야기가 떠돌았거든요. 거기에 혼자 갔다가 귀신 우는 소리를 들었다는 애들도 있었고. 그래서 혼자 갔어요. 혹시나, 혹시나 지율이가 찾아올까 봐."

"무섭지 않았어?"

"뭐가 무서워요? 지율이를 만날지도 모르는데……. 그 생각만, 딱 그 생각만 한 거예요. 그런데…… 정말 지율이를 만났어요."

"뭐?"

"화장실에 들어갔는데, 누가 서 있었어요. 뒤를 돌아보는데, 지율이였어요. 그런데 자세히 보니까…… 아니었어요. 라연 언니였죠. 거기서 뭘 하고 있었는지는 모르겠지만, 절 보더니 왜 왔냐고 물었어요. 그때가 언니랑 처음 단둘이 얘기해본 거였어요. 그런데 웃긴 건 목소리를 듣기 전까지는 지율이라고 생각했던 것 있죠. 너무 지율이 생각에 사로잡혀 있었던 것 같아요."

T는 지율이 라연의 동생이라는 것까지는 모르는 눈치였다.

"그날 많이 울었어요. 지율이가 이 세상에 없다는 걸 실감했거든요. 연애 때문에 바빠서 못 만나는 것도 아니고 유학을 간 것도 아니라는 걸. 그리고……."

"그리고?"

"괴로움은 이제부터 시작이라는 걸 알았거든요. 세상의 모든 것이 지율이와 연결되어 있고 모든 사람에게서 지율이가 보일 거라는 걸요. 그건 기쁜 일이지만…… 슬픈 일이기도 하잖아요. 진짜 지율이는 이제 없으니까. 무슨 말인지 이해하시죠?"

"그래."

T는 발레에 대한 것에는 관심도, 얘기할 생각도 별로 없는 듯했다. T는 다시 몸을 돌려 창밖으로 시선을 던졌다. 더이상 인터뷰를 해봤자 시간 낭비라고 생각한 은호는 슬슬 마무리 짓고자 마지막 질문을 던졌다.

"혹시 발레에 관한 것이든 아니든 앞으로의 계획 같은 게 있을까?"

T는 미래를 묻는 질문에 과거형으로 답했다.

"저는 그 애를 정말 사랑했어요."

T의 눈에서 하염없이 눈물이 흘러내렸다.

U

UNDERSTAND

T의 인터뷰가 끝나고도 S의 인터뷰가 잊히지 않았다. 자신이 의심받아도 상관없다고 말할 정도로 복수심에 마음이 망가져 있는 것이 마음에 걸렸다. 그리고 S와 비슷한 태도로 말했던 사람이 하나 더 떠올랐다. 라연이었다. 비슷한 두 사람을 동시에 생각하고 있자니 은호의 머릿속에 지나가는 생각들이 있었다. 은호는 그것을 잡아 펼쳐보았다. 두 사람이 함께 일을 꾸미는 일도 가능하지 않을까. 한 사람이라면 힘든 일을 두 사람이 나눠서 하고 있는 것이 아닐까. 그런 생각이었다.

다시 모든 일을 처음부터 따져봐야겠다고 생각하며 복도를 지나가는데, 누가 거의 소리 지르듯 말했다.

"비켜!"

중연습실에서 흘러나온 소리였다. 은호는 약간 열려 있는 문

사이로 중연습실 안을 재빨리 들여다보았다. 하얀색 레오타드를 입은 1학년 아이들이 차례로 연속 동작을 하고 있었는데, 턴을 돌다가 부딪힐 뻔한 듯했다. 한 아이는 옆의 아이를 째려보다가 휙휙 거침없이 돌았고 한 아이는 쭈뼛대면서 구석으로 물러나 엉성하게 돌기 시작했다. 예민한 아이인가 보구나 하고 은호는 다시 눈을 떼고 복도를 걸어 U가 있을 곳으로 향했다.

그러고 보니 저번에 윌리들의 연습을 볼 때도 은호가 본 것과 비슷한 장면이 있었다. 바를 잡고 동작할 때, 앞쪽에 서서 동작을 제대로 못 하는 아이의 발을 뒤에 서 있던 아이가 짜증을 내며 발로 툭툭 치던 것이 생각났다. 뒤에 있던 아이는 자리를 바꾸자는 신호를 했고 앞에 있던 아이는 시무룩하게 뒤로 물러났고, 그 장면을 본 은호는 굉장히 긴장감이 넘치는 걸로 보아 둘 사이에 무슨 일이 있을 것 같다고 생각했었다.

그것에 대해 묻자 U는 당연하다는 듯 눈을 감고 고개를 연신 끄덕였다가 눈을 떴다.

"별일 아닐 거예요. 그런 일은 많이 있거든요."

"그래? 그런데 싸움이 안 나?"

"안 나요. 그런데 아저씨, 저 동영상 좀 찍어도 돼요?"

"뭘?"

"저 인터뷰하는 거요. 아, 물론 아저씨 얼굴 안 나오고 목소리도 자를 거예요. 다 편집해서 나갈 거라서요."

"어디에 올리고 싶어서?"

"네. 저 인터넷 방송하거든요. 아, 아저씨도 구독이랑 좋아요 눌러주세요!"

"알았어. 끝나고 어딘지 알려줘."

"기억하기 쉬워요. 영어로 '하트 유'라고 치시면 바로 나와요."

"왜 하트 유야?"

"하트는 말 그대로 하트고 언더스탠드의 유에요. 저는 남의 아픔을 이해하기 때문에 이 일을 시작했어요. 그래서 제 얘기도 많이 하지만 가끔은 생방이나 라디오 방송 진행하면서 여러 사연 듣고 고민 같이 얘기하고 그래요. 이해와 소통이 가장 중요하잖아요."

"혹시 많이 유명해?"

"아니요. 팬은 그렇게 많지 않고, 한 천 명 정도 돼요. 그래도 취미로 재미있게 하고 있어요. 실시간 방송하면 실시간 시청자는 백 명 정도 되는데 저는 아직 학생이고 연예인 할 것도 아니라 그 정도면 아주 충분하다고 생각해요."

"그럼 라디오 말고는 뭘 위주로 올려?"

"예술고등학교 발레 파트 학생의 일상 같은 거요. 몸 푸는 법이나 레오타드나 슈즈 사서 언박싱하거나 그런 거요. 촬영 오케이?"

"나도 인터뷰하는 건데 네가 못 찍을 건 없지. 내 목소리만 잘

편집해줘."

"고맙습니다!"

U는 미니 삼각대를 꺼내서 스마트폰에 연결시킨 후 책상에 놓고 카메라의 각도를 조절했다.

"이번 영상의 제목은 '발레 전공생의 인터뷰' 같은 걸로 하려고 하는데 아직 고민중이에요. 그런데 우리 무슨 얘기 하고 있었죠?"

"뭐였지? ……그래, 애들이 예민하게 구는 게 이해가 된다는 얘기였어."

"아, 맞네요."

동영상 녹화 시작을 알리는 알림음 소리가 들렸다.

"못되게 구는 게 당연하다는 얘기는 아니지만 완전 이해는 가죠."

"어떤 맥락에서?"

"거슬리잖아요."

"거슬린다고 그렇게 해도 되는 건 아니지."

"다른 일이면 그렇겠지만 발레잖아요. 다른 사람은 어떻게 생각하는지 모르겠네. 근데 전 이해가 돼요. 발레를 할 때 감각은 정말 중요하니까요."

은호는 일단 U의 말을 끝까지 들어보기로 했다.

"발레에서 감각을 잃으면 안 돼요. 오늘은 잘되는 날인지, 몸 상태는 어떤지, 내가 지금 이 근육을 쓰고 있는지 아닌지 파악을 해야 부상을 안 입고 오래 잘할 수 있으니까요. 턴을 돌 때는 어느 정도 힘으로, 어느 자세로 해야 잘되는지, 음악의 어느 타이밍에 맞춰야 잘되는지……. 감각을 꾸준히 개발하고 체크해야 하는 작업이에요. 그래서 감각에 예민해질 수밖에 없어요. 정서적으로도 빨리 민감하게 받아들여야 하니까 성격도 약간 예민해지죠. 경쟁 때문에 그렇기도 하구요.

근데 앞에서 누가 자꾸 알짱대면서 박자 틀리고 동작도 틀린다? 그러면 내가 눈을 감지 않는 이상 자꾸 거슬려요. 차라리 따로 하면 신경도 안 쓸 텐데, 내가 몸을 움직이는 동안 같은 박자 같은 동작으로 앞에서 그러고 있으면 짜증이 나요. 내 감각이랑 일치하지가 않고 충돌하는 거예요. 자연스럽게 짜증이 나는 거죠. 이게 옳든 옳지 않든요. 발레를 하다 보면 어쩔 수 없는 것 같아요."

"다른 예술 하는 사람들도 보통 그럴까?"

은호가 묻자 U는 고개를 끄덕였다.

"잘은 모르겠지만 그렇지 않을까요? 기악 파트 애들이 그러는데 합주할 때 그런 식으로 누구 악기 소리가 튀거나 박자가 미묘하게 밀리면 너무 짜증 나고 미칠 것 같대요. 성악하는 애들은 선생님한테 혼날 때 너 때문에 내 소리가 망가지는 것 같다는 소리도 가끔 듣는대요."

"너무한데……."

"노래 연습 못 하는 날이 생기면 잘하는 사람 노래를 듣기라도 하라는 선생님들이 꽤 많은 걸로 봐서는 없는 말을 하는 건 아니지 않을까요? 결국 가르치는 것도 자기가 했던 길을 남한테 알려주는 거잖아요. 못하는 학생 영향을 받아서 잘하던 선생의 스킬이 갑자기 구려질 리는 없으니까 감각에 영향을 받아서 잠깐 혼동이 온다는 얘기겠지만, 어쨌든 일시적으로든 뭐든 예술을 구현하는 감각에 영향을 미친다는 거 아닐까요?"

은호는 그런 건 경험해보지 못해서 그저 음, 하는 소리만 내며 고민했다. 그러자 U는 카메라 정면을 바라보고 말했다.

"혹시 발레나 기악이나 성악 전공하신 분, 아니면 비슷한 경험 있으신 분 계시면 댓글로 달아주세요."

U는 씩 웃으며 은호를 봤다.

"이런 식으로 해서 댓글 달리면 거기 답글 달거나 뭔가 사람들이 공감 많이 하고 그런 게 있으면 그걸로 영상도 찍어보고 그러고 있어요."

"그렇구나."

"아무튼. 제 생각에는 그래서 잘하는 애들이 앞에서 동작하고 앞으로 나오고 그런 것 같아요. 뒤에 있는 애들은 걔네 잘하는 거 보면서 감각 좀 키우고 선생님들이 잘 잡아주셔야죠. 모든 선생님이 그렇게 할지는 잘 모르겠지만……. 여튼 그걸 반대로 하면 전체적으로 못하게 될걸요? 하향 평준화, 그런 거?"

은호는 고개를 끄덕였다. 잘하는 아이들은 타의 모범이 된다. 하지만 교사들이 나머지를 챙기지 않으면 불공평한 구도가 만들어지기 십상이다. 특히나 이 학교는 더 그런 영향을 받을 여지가 있어 보였다. 어느 쪽 하나를 편들 수 없는 상황이라 참 어렵고 그래서 더욱더 중심을 잡아줄 어른이 있어야 하는데, 이 학교에는 그런 어른의 비율보다 그렇지 않은 어른의 비율이 더 높아 보였다. 유감스러운 부분이었다.

"애들은 다른 이유로 구회영 선생이 싫었다지만, 전 뭐니 뭐니 해도 수업 시간 때가 제일 싫었어요."

"왜? 차별하는 게 눈에 보여서?"

"아니요. 진짜 감각 없어서요."

U는 푹 한숨을 쉬더니 갑자기 화난 듯이 말했다.

"아니, 왈츠 동작을 하는데 4분의4박자 음악 주는 사람이 어디에 있냐고요. 하, 나 진짜 동작을 맞춰서 할 수가 있어야지. 하루는 박자에 맞춰서 음악을 잘 가져왔나 했더니 또 뭔가 미묘하게 엇박인 걸 가져와서 거기에 맞춰서 추래. 장난하나?"

"그래. 그건 짜증 나겠다."

"아, 걱정 마세요. 이름은 삐 소리 입혀서 처리할 거예요."

U는 괜찮다는 뜻으로 윙크를 해 보였다.

"그러고 보면 은지 쌤은 음악 감각이 좋아요. 애들한테 시범 보이면서 동작할 때도 몸 쓰는 거 보면 감각이 좋고 발달한 사람이란 생각이 들어요."

은호는 다음으로 신랄한 비판이 따라올 줄도 모르고 동생 칭찬에 흐뭇해했다.

"그런데 공감 능력은 영 꽝인 것 같아요."

"응?"

U는 한심하다는 표정으로 고개를 절레절레 저었다.

"무슨 뜻이야?"

"말 그대로지 무슨 뜻이겠어요? 사람들의 마음에 공감하는 걸 힘들어하는 것 같다구요."

"내가 볼 땐 그렇진 않은데."

"아, 백퍼예요, 백퍼. 그냥 쓱 볼 때는 배려심 있는 사람처럼 보이죠. 사람들하고도 잘 어울리니까 더 그래 보이고. 그런데 알고 보면 아닌 척하면서 얄밉게 자기만 안다니까요?"

"근거가 있는 이야기였으면 좋겠는데. 내가 친오빠니까 말이야. 네가 은지에게 욕설을 한 건 아니지만 충분히 모욕하는 발언이잖아, 그렇지?"

U는 자신 있게 고개를 끄덕여 보였다.

"제가 생각할 때는 여러 가지가 있지만 애들도 다 아는 일이 한 가지 있었는데 그걸 얘기해볼게요."

"그래."

어디 한번 얘기해봐, 은호는 그런 표정으로 쳐다봤지만 U는 신경도 쓰지 않는 듯했다.

"발레 파트 애 중에……. 아, 지금 패전트 하고 있는 애예요. 걔가 평소에는 정말 건강한데 생리통이 진짜, 진짜 심하거든요. 약을 먹으면 되는 정도가 아니라 누워서 데굴데굴 구르는 정도예요. 진짜 좋다는 거 다 먹어보고 산부인과도 몇 번이나 가서 진찰도 받아봤다는데 아무 이상 없다고 그랬대요. 가끔 응급실도 가요."

"응급실을? 심하네."

"심하죠? 그렇게까지 심한 경우는 많이 없지만 생리통이 심한 애들은 꽤 있잖아요. 전 다행히 별로 심한 편은 아니지만요.

어느 날 걔가 학교에서 구르더니 결국 응급실 가더라구요. 그래서 은지 쌤 수업에 못 들어갔죠. 은지 쌤이 쭉 보다가 걔는 왜 없냐고 묻더라구요. 그래서 생리 때문에 아파서 응급실 갔다고 했어요. 그랬더니 선생님이 뭐라고 했는지 아세요?

'엄살도 정말. 그건 다 정신력이 약해서 그런 거야.'

그건 아니잖아요. 정신력으로 다 해결되면 세상에 정복 안 되는 병이 없겠네요? 저는 선생님한테 말했어요. 생리통은 안 아픈 사람도 있지만 정말 많이 아픈 사람도 있는 것 같다고. 그랬더니 선생님이 코로 웃었어요. 비웃는 거 있잖아요.

'나도 아파본 적 없는 사람 아니야. 다 버틸 수 있어. 조금 아

픈 김에 수업 빠지고 싶어서 그런 거잖아? 나 같으면 악착같이 버텨보겠어.'

전 더 설명하기를 포기했어요. 다른 애들도 그런 것 같았어요. 저한테 그만하라는 눈빛을 보냈거든요. 이게 공감 능력이 떨어지는 게 아니면 뭐겠어요?"

"그래……. 그건 은지가 잘못한 면이 없다고 할 수 없네. 정말 유쾌한 경험은 아니었겠어. 하지만 그건 공감 능력보다는 무지에 가깝지 않을까?"

"정말 그렇게 생각하세요? 아픔에 대한 이야기가 공감의 영역이 아니라 지식의 영역이라고요? 저는 동의할 수가 없는데요."

U는 미간을 잔뜩 찌푸렸다.

"얼마나 아픈지에 대한 상대적인 데이터가 없다면 그렇지 않을까?"

"그럼 세상에 이런저런 사건 사고를 보면서 사람들이 안타까워하는 이유는 뭘까요? 내가 그 일을 겪지 않고 싶어서? 그런 일이 일어나면 나도 동정을 받고 싶어서? 그런 것보단 자신이 겪은 아픔을 토대로 남의 아픔을 이렇게 저렇게 헤아리려고 노력한 결과로 공감하게 되는 거 아닐까요?"

은지를 너무 철부지 혹은 냉혈한으로 여기는 것 같은 U의 발언에 은호는 울컥하는 기분이 들었다.

"은지도 어려운 일이라면 많이 겪었어. 초등학교 때 갑작스러운 사고로 부모님이 두 분 다 돌아가시는 바람에 마음이 많이 다쳤고 경제적으로 어려워져서 발레도 하기 쉽지 않았어. 가난하니까 또 마음 다치는 일이 생기더라. 돈 때문에 무시도 당했고 결혼 얘기가 나왔던 남자네 집안에서 부모 없고 가난하다고 반대해서 아픔을 겪었던 일도 있어. 은지는 부상으로 발레도 중간부터 못 하게 돼서 학교 선생을 하게 된 거야. 내가 얘기한 게 전부는 아니야. 하지만 이 정도로도 충분히 겪었다고 생각하지 않아?"

"……그건 그렇네요."

"사람은 한 가지 면을 가지고 사는 것만은 아니야. 네가 모든 면을 본 건 아니라는 말이야. 은지가 네 마음에 들지 않을 수 있어. 하지만 선생으로서 아이들과 적당히 거리를 두는 것이 적절해 보여서 내린 판단일 수도, 너희들을 일부러 자극해서 열심히 하려는 나쁜 말을 한 걸 수도 있지. 하나의 사례를 다른 면에도 전부 적용하는 건 문제가 있지 않을까?"

"그럼 선택적으로 공감하는 건가?"

U는 손가락으로 볼을 톡톡톡 치며 생각하다가 고개를 저었다.

"그렇다면 더 이해가 안 되네요. 자신도 그렇게 아팠었으면서 남의 아픔을 외면한다구요? 하나의 사례를 모든 면에 적용 못 하는 건 맞는 말이죠. 근의 공식을 아무 데나 대입할 수 없는 거랑 비슷한 거잖아요? 그런데 이건 완전 다른 분야라는 생각은 안 들어요. 오히려 더 용서가 안 되는 거 아닌가요? 자신은 그 아픔을 겪었으니 남의 아픔은 아무것도 아니다? 아저씨 얘기로 은지 쌤은 자신의 아픔만 헤아릴 줄 아는 사람이라는 것만 증명된 것 같은데요."

"이만 인터뷰 끝낼게."

은호는 U를 내버려두고 자리에서 일어나서 나가버렸다. 은호가 먼저 자리를 뜬 것은 처음 있는 일이었다.

학생들과 더는 인터뷰를 하고 싶지 않았다. 피로감이 너무나 컸다. 오늘은 마지막으로 V의 인터뷰가 예정되어 있었지만 해야 하나 말아야 하나 고민스러웠다.

왜일까, 사람은 한 가지 면만 가지고 사는 것은 아니라고 내뱉었던 것이 전에 없이 아픈 말로 변해 부메랑처럼 은호에게 되돌아왔다.

V

VOW

|

은호는 마음을 다시 가라앉히려 노력했다. U와의 대화와 은지의 이야기는 잠깐 제쳐두는 편이 좋겠다고 생각했다.

S, 시아는 분명 이전에 일어난 사건들과 관계가 있었다. 은호는 오히려 라연보다 시아가 이 소동을 일으킨 주역일 가능성이 높을 것 같다는 생각이 들었다. 복수를 준비할 시간을 라연보다도 일 년이나 더 가질 수 있었다. 그리고 대화를 나눴을 때, 라연에게서 볼 수 없었던 이글이글 끓는 분노가 S에게서는 느껴졌다. 라연은 자신의 집안 사정까지 진솔하게 털어놓는 등, 무언가를 감추는 태도를 보인 적이 없었으나 S는 인터뷰를 하기 전까지 자신의 마음속에 있는 감정들을 숨기고 캐릭터를 연기해왔다. S는 언니를 추행하던 추수인에게도 악감정이 있었지만 우선은 그 일을 이용해서 돈을 뜯어내려던 구회영의 추악한 행동에

경악하여 구회영을 죽였다. 그렇게 볼 수 있었다. 단비와의 연결 고리는 알 수 없지만 S를 분노하게 했을 포인트가 따로 있을지도 모르는 일이다.

하지만 라연이 결백하다고 확신할 수는 없었다. 또래답지 않은 통솔력과 독보적인 카리스마, 명석한 두뇌 그리고 어지간한 문제들은 단번에 덮어줄 수 있는 능력과 재력이 있는 집안 배경까지 모두 갖춘 인물이었다. 라연이 사건을 일으키고자 한다면 일도 아닐 거라는 생각이 들었다.

하지만 구회영의 죽음에 타살로 볼 수 있는 근거가 있었다면 경찰은 수사를 했을 것이다. 경찰이 바보도 아니고 그런 걸 놓치지 않았을 것인데, 흔적을 남기지 않고 사고사로 보이도록 사람을 죽일 수 있으려면 라연 정도는 되어야 하지 않을까 하는 생각이 들었다. 이쪽도 단비와의 연결 고리가 약한 것이 흠이었다.

마지막으로 의심스러운 인물은 추수인이다. 지율을 죽음으로 몰아넣고 그 뒤로는 입막음하기 위해 관련된 사람들을 죽였거나 최악의 상황으로는 극단적인 가학증이 있어 살인을 하고 있다고 볼 수도 있었다. 게다가 그는 교감의 귀신 소동에 적극적으로 동조하고 있는 인물이 아닌가. 귀신 소동을 이용하여 자신의 범행을 덮을 수 있는 인물로 보였다. 구회영은 추수인의 추행 사실을 알고 있기 때문에, 은지는 자신이 저지른 추악한 짓들에 관해 구회영에게 들었을까 봐 만일을 위해, 단비는 자꾸

이 말 저 말 옮기는 성격이라 차후 방해가 될까 봐 죽이려 했을 가능성도 있었다.

하지만 세 사람 중 누가 한 일이든 결정적인 증거가 없다는 것이 문제였다. 오렌지 향기, 하얀 가루, 쿵 하는 소리, 춤을 추다 죽어버리라는 저주의 유서, 그리고 심장을 움켜쥐는 하얀 윌리의 손.

대강이라도 엮어봐야 했다. E의 말처럼 산은 무언가를 녹일 수 있다. 하지만 강력한 산은 '하얀 가루'가 원래의 가루 상태로 남아 있는 걸 방해할 여지가 있었다. 무언가가 가루를 담고 있어야 한다면, 그 용기가 파열되면서도 파편을 남기지 않아야 한다면? 오렌지 향. 고민 끝에 어디선가 지나가듯 들은 이야기를 떠올릴 수 있었다. 오렌지나 레몬 같은 시트러스 계열 과일의 껍질에 있는 성분이 풍선을 녹일 수 있다는 말. 그렇다면, 희석하지 않은 오렌지 에센셜 오일이라면 어떨까. Q의 약을 훔쳐서 풍선 안에 가루를 넣고 오일로 녹여 공중에 분사해 코로 들이마시게 하여 흥분 상태를 유도하고, 유서로 죄책감이나 공포감을 높여 극도로 흥분하게 만든 후 사고를 위장할 수 있지 않을까. 구회영은 그 상태로 계단에서 굴렀기 때문에 외부 충격에 의해 죽었고 은지 같은 경우에는 다행히 죽지는 않았다. 단비 역시도 등교 거부를 할 정도로 놀라긴 했지만 몸에 큰 문제는 없었다.

그런 생각을 하다 보니 과연 범인이 추수인일까 하는 생각도 들었다. 세 건 중에 두 건이 실패로 돌아갔다. 처음부터 실패를 목적으로 했다면 모르지만 실패를 목적으로 하기에는 너무 위험했고, 구회영이 죽은 이후로 같은 짓을 계속하는 것은 분명히 악의를 가지고 있다는 메시지를 던지기 위함이었다. 게다가 추수인은 힘이 충분히 센 성인 남성이다. 이런 복잡한 방법을 사용할 필요도 없었고 그 뻔뻔한 성격에 맞지도 않았다.

만약 S와 라연 둘이 함께 일을 꾸몄다면? 그렇다면 어느 정도 납득이 되는 부분이 있었다. 지배적인 성격의 라연이 일을 계획하지만 본인은 윌리도 통솔해야 하는 등 바빠서 실행할 수 없으므로 실행은 S가 한다. 라연은 가는 곳 어디든 주목받겠지만 S는 딱히 그렇지 않기 때문에 쪽지를 넣어둔다든지 컴퓨터실의 컴퓨터를 조작하는 일이 가능하다. 둘은 소중한 자매를 잃었다는 공통점으로 똘똘 뭉쳐 이 일을 하게 되었을 수 있다. 둘이 어떻게 알게 되었는지 등 중간중간 비어 있는 부분을 채우지는 못했지만, 결정적인 증거나 증언 딱 하나만 잡는다면 그래도 진상을 밝힐 수 있는 희망은 있었다.

누가 이런 일들을 벌였는지 드러나고 그에 따른 조치가 이루어지면 은지는 안심하고 회복하여 다시 학교로 복귀해 계속 일을 할 수 있을 것이다. 은호는 떨어진 의욕을 북돋기 위해 은지 생각을 하다가 다시 U와의 인터뷰를 생각하고 마음이 무거워졌다. 하지만 멈춰 있을 수만은 없었다. 은호는 무거운 발걸음을 끌고 교직원 휴게실로 향했다.

V는 교직원 휴게실 문을 열어젖히고는 다짜고짜 은호에게 질문을 던졌다.

"들었어요. 아저씨가 U한테 구회영이 차별해서 싫었냐고 물어봤다면서요? 진짜예요?"

V는 흥미로워하는 표정을 하며 눈을 빛내고 있었다.

"맞아."

"아, 그럼 이미 아시는 거니까 신나게 욕해도 되겠네."

V는 은호 앞의 의자에 털썩 편하게 앉았다.

"아우, 그 선생 진짜 돈 졸라 밝히고 진짜. 어느 정도는 이해한다구요. 선생님들도 돈 엄청 들이고 밤새워서 작품 짜고 애들 가르치고 힘든 거 안다구요. 근데 적당히를 모르니까. 돈 받았으면 티나 내지 말지. 애들 차별 겁나게 하고. 그건 솔직히 진짜 너무 선생으로서 도의에 어긋나는 거 아니에요?"

은호는 고개를 끄덕이며 공감한다는 표정으로 듣고 있었지만 V가 은지를 저격하는 말을 꺼낼까 봐 내심 초조해하고 있었다. 다행히 V는 금방 다른 이야기로 넘어갔다.

"예전에 할머니가 그런 말 하는 거 들었는데. 아유, 그런 인간들 귀신이 안 잡아가고 뭐 하나 몰라, 그런 말. 진짜 다 윌리가 잡아가야 돼요, 그런 사람들은."

"그래도 지젤이라는 윌리는 사랑하는 마음으로 감싸줬잖아. 살아남은 후에 그 남자가 변하지 않았을까 하는 생각도 들던데."

은호가 장난스럽게 말하자 V는 입꼬리를 쭉 내려 불만을 표시했다.

"그건 다 가짜예요. 알브레히트가 생각해낸 가짜라구요."

"가짜라고?"

"그럼 아저씨 눈에는 그 내용이 진짜 같으세요?"

"전설을 토대로 창작된 이야기라는 이야기를 하는 거라면 나도 알아."

V가 답답하다는 듯이 입을 앙다물고 코로 한숨을 내보냈다.

"아니요, 그게 아니라 스토리 자체가 알브레히트의 환상이라구요."

"그래? 왜 그런 생각을 했지?"

"당연하잖아요. 왜 지젤이 언제까지나 참아줄 거라고 생각하는 거죠? 용서받을 일이 아닌데 용서받고 싶으니까 자기 편할 대로 풀어낸 거라구요. 그게 뭐지? 정신 치료중에 연기하고 그런 거 있잖아요. 무슨 역할 같은 거 정해서."

"사이코드라마?"

V는 손가락을 튕기며 반색했다.

"네! 그거. 사이코드라마처럼요."

"흥미로운 견해네. 인터뷰하면서 〈지젤〉에 대해 들었던 것 중에 제일 흥미로운 내용인데. 얘기 계속해줄래?"

일부러 칭찬 섞은 말을 건네자 V는 신이 나서 떠들기 시작했다.

"애초에 알브레히트는 지젤을 진심으로 사랑했기 때문에 약혼녀가 있는 것도 이름도 속일 수밖에 없었지만 용서받는 스토리잖아요? 그런데 그 사실을 알려준 힐라리온은 윌리들이 가차없이 처단하고. 그건 알브레히트 시점에서 '너만 아니었다면 지젤은 이 사실을 몰랐을 거고 나는 이중생활을 이어나갈 수도 있었어!'라는 원망하는 마음에서 비롯되었다고 볼 수 있지 않을까요?"

"그래. 나도 그 부분이 이해가 잘 안 되더라고. 연습 때 힐라리온에게 칼을 겨누던데 왜 저러지, 애초에 문제는 알브레히트 때문에 생겼던 것 같은데, 하고."

"그러니까 자기 위안이나 정신적 치료로밖에는 안 보이는 거예요. 중요한 덕목을 자기가 어기고는 나는 그럴 수밖에 없었어, 그렇게 설명하려고 하는 거잖아요. 용서가 안 돼. 상식과 선의에 기반해서 행동하고 살아가는 사람들을 배신한 주제에, 왜, 어떻게 그들이 여전히 상식적이고 선하기를 바라는 거지? 이해가 안 돼요, 도무지."

V는 고개를 좌우로 격하게 흔들었다.

"그럼 사이코드라마가 아닌 실제로 구성해보면 어떤 식으로 전개될 거라고 생각하는데?"

"그렇다면…… 앞부분은 똑같다 해도 분명 알브레히트가 수상하다고 느끼는 사람이 힐라리온뿐만은 아니었을 거예요. 마을 사람들 사이에 그가 평범한 사람이 아닌 것 같다는 이야기가 돌았겠죠. 지젤은 믿지 않았지만 눈앞에서 그 거짓된 실체를 확인하고 죽었을 거고, 격분한 힐라리온은 결투를 신청했다가 귀족인 알브레히트한테 이길 수 없어서 결투 과정에서 죽었을 거예요. 마을 사람들 중 귀족인 알브레히트에게 돌을 던지고 욕을 하는 용기 있는 사람도 몇 있었겠죠. 그리고 지젤은 천국에서 행복하게 살거나 아니면 윌리가 되었겠죠. 아무래도 원한이 크다 보니까 윌리가 되었겠지만."

은호는 계속해보라며 고개를 끄덕였다.

"제가 지젤이라면 알브레히트를 하루 정도는 살려줄 수 있을 것 같아요. 하지만 다음 날이 되면…… 그러긴 힘들 것 같은데요."

"그럼 어떻게 할 것 같은데."

"저는 숲을 벗어나서라도 찾아가서 죽여버릴 거예요."

V는 그 얘기를 하고 하하하 크게 웃었다. 마른 몸 어디에서

그런 힘이 나올까 싶은 호탕한 웃음이었다.

"아니, 하루는 내가 사랑한 사람이라서 살려줬는데 다음 날 잘 생각해보니까 빡치는 거야. 아아, 맞다. 이 새끼가 날 속여서 내가 이렇게 됐지? 약혼녀가 있는데 나를 꼬셔?"

은호는 V의 시원시원한 표현에 피식 웃었다.

"아저씨도 이해되죠?"

"그렇네. 그러고 보니 결말이 환상에 젖어 있네. 결국 결혼할 것도 아니면서 바람을 피우고는 사랑의 맹세를 한다느니 그런 거잖아?"

"그러니까요. 근데 또 생각하니까 또 하나 빡치는 포인트는 뭔지 알아요?"

"뭔데?"

"아저씨, 그 약혼녀가 마을 축제 구경하러 와서 대접받고 잠시 사라졌다가 1막 마지막 즈음에 힐라리온 때문에 다시 나타나는 거 아시죠? 알브레히트가 귀족인 거 밝혀질 때 말이에요. 그때, 마을 사람들하고 지젤이 다 보고 있는데 알브레히트가 지젤을 모른 척하고 약혼녀 손에 입 맞추잖아요? 그거 진짜 실제로 겪으면, 와…… 난 못 참을 것 같은데? 참을 수 있어요, 아저씬? 내 앞에서 그 짓거리 하는데?"

"참기 힘들지. 어, 왜 생각하는데 열받지?"

은호가 맞장구를 쳐주자 V가 또 한 번 하하 웃었다.

"아저씨도 못 참을 것 같죠? 지젤이 왜 미치는지 완전 이해되죠? 마음 아픈 것도 마음 아픈 거지만 내 자존심은 뭐가 되냐구요. 그동안 주고받았던 진심은요?"

"바보 되는 거지."

"맞아요. 그래서 맹세를 깨는 게 좋지 않다는 거예요. 내가 바쳤던 그 마음들, 그 진심들 그리고 같이했던 시간들까지 다 쓰레기처럼 거짓이 되어버리잖아요. 쓰레기만도 못하지. 재활용도 하려야 할 수 없으니까."

V는 꼭 맹세에 관해 무슨 사연이 있는 사람처럼 열변을 토했다.

"맹세는 꼭 지켜야 해요."

물어보지 않을 수 없었다.

"그렇지만 맹세를 지킬 수 없을 때가 생길 수도 있잖아."

V는 고개를 가로저었다.

"그럴 때 명심하라고 맹세가 있는 거니까요."

은호가 공감해주지 않자 V는 답답하다는 표정을 짓고 말을 이어나갔다.

"히포크라테스 선서나 나이팅게일 선서를 지키는 사람은 바보라서 지키는 게 아니잖아요? 오히려 그 반대잖아요. 그걸 지켜야 바람직한 의사, 바람직한 간호사의 길을 걸어갈 수 있으니까 지키는, 똑똑한 행위잖아요. 만약 자신이 똑똑하다고 자신하면서 선서 내용을 안 지킨다면 어떻게 되겠어요?"

"큰일이지."

"왜 큰일이라고 생각하시는데요?"

"그러면 안 되니까."

"그러면 안 된다고, 개념적으로만 생각하고 계신 건 아니고요? 아저씨는 사회문제에 대해 저보다 더 잘 아실 테니까 금방 답이 나올 거예요. 지금 답이 바로 나오지 않는 건, 생각을 안 해보신 거예요. 그냥 그러면 안 되는 거니까 하고 여과 없이 받아들이신 거잖아요, 맞죠?"

은호는 잠시 생각했다. V의 말대로였다.

"인정할게. 구체적으로 어떤 부분이 안 되는지는 생각해본 적 없어. 생각해봐야겠네."

"환자 비밀을 맘대로 누설할 뿐만 아니라 의학적인 지식을 생명을 위해서 쓰는 게 아니라 다른 목적으로 남용하는 것이 어느 순간 괜찮다고 여겨지겠죠. 점점 도덕적인 선이 낮아지고 세상일이 원래 그런 법이라는 말과 함께 점점 아무 생각 없이 받아들여지겠죠."

"그런 걸 막기 위해서 맹세가 꼭 필요하다는 거지?"

"지켜야 한다는 거예요. 약속, 맹세, 그런 것들을요."

"그렇지. 나도 동감해. 하지만 피치 못할 때가 있을 수 있잖아."

"목숨이 걸린 일 말고 피치 못한 일이 있나요?"

V는 반항적으로 눈을 뜨고 은호를 보았다.

"요즘 결혼식에는 잘 안 하는 거 같지만 유튜브에서 예전 드라마 보면 꼭 결혼식 때는 검은 머리가 파뿌리 되도록 어쩌구 하면서 연설하더라구요."

"주례?"

"맞다, 연설 아니고 주례. 아무튼 그런 말을 왜 하겠어요? 그게 엄청 힘드니까 두 사람이 열심히 노력해야 한다, 이거 아니에요?"

"그렇지."

"마음이 움직이는 거 모르는 사람 있어요? 언젠간 사랑의 유효기간이 끝나는 때가 온다는 거 모르는 사람 있냐구요. 초딩이나 중딩이면 모를까. 물론, 막상 결혼을 했는데 마음이 식어버릴 수도 있고 결혼 상대가 내 운명인 줄 알았더니 그게 아니라 운명처럼 잘 맞는 진짜 내 짝이 나타나는 일도 있을 수도 있겠죠. 충분히요. 이혼을 할 수도 있지만 그럴 때도 상대방을 제대로 배려해줘야 할 테고요.

개인적으로 결혼은 사랑이라는 감정 자체보다 함께했던 맹세를 중요하게 여기고 그 맹세를 기반으로 생활을 꾸려나가는 거라고 생각해요. 그 안에서 신뢰를 바탕으로 사랑이나 다른 가치들을 쌓아가는 거라고요. 그러니까 그걸 어기는 건 사소해 보이지만 결코 사소한 게 아니에요. 거기서부터 사회는 무너지기 시작하는 거예요. 그 작은 균열에서부터요."

사회까지 무너지기야 할까. 사회는 이미 그런 사람들로 가득 차 있는데. 하지만 은호는 차마 그 말을 입 밖으로 꺼내지 못했다. 두 가지 이유에서였다. 하나는 V가 감정이 격앙된 상태라서, 다른 하나는 벌써부터 사회에 대한 실망을 얘기해주기가 미안해서였다.

"연인 관계에서도 그래서 잘 헤어져야 하는 거구요. 결혼해도 잘 헤어지면 누가 뭐래요. 다만 맹세를 지키지 못한 것에 대한 보상이나 배려를 해줘야 하는 거라구요."

V는 상당히 못마땅해하고 있었다. 그 이유를 은호는 꿰뚫어 보았다.

"혹시 그런 것 때문에 상처를 받은 일이 있었는지 물어봐도 되나?"

"아저씨, 혹시 기자 말고 무당 그런 거 아니죠?"

은호는 미소를 지으며 고개를 저어 보였다. V는 한숨을 쉬더니 털어놓기 시작했다.

"한때는 깨소금 쏟아지는 부부라는 거, 우리 엄마랑 그 남자 얘기였어요."

"그 남자?"

"한때 아빠라고 불렀던 사람?"

"지금도 아빠잖아."

V는 입을 쭉 내밀며 양 어깨를 들어 올렸다.

"그 여자랑 바람이 나서 우리 가정을 버리고 엄마한테 이혼해 달라고 했을 때부터 저한테 아빠는 없어요. 세상에, 그 조교가 나랑 몇 살 차이 나는 사람인지 아세요? 삼십 대도 안 됐다고 하던데? 그리고 애가 생겨요? 그 얘기 들었을 때 생각했어요. 미쳤다. 이 사람 진짜 미쳤다. 내가 알던, 엄마를 사랑하고 나한테 다정다감하던 그 사람은 죽었어. 죽어버렸어."

V는 하, 하고 기가 막힌 듯 숨을 내뱉었다.

"양육비? 그런 거 주겠다고 했는데 그딴 거 필요 없다고 했어요. 그런 걸로 죄책감 덜고 용서받고 싶은가 본데, 꺼지시라고. 엄마도 교수니까 적지 않게 벌고 애초에 돈 때문에 전전긍긍하는 집안 아닌 거 아빠도 나도 알지 않느냐고. 그딴 더러운 돈 쓰기 싫으니까 그 불쌍한 애한테나 쓰시라고. 그 말 듣고는 눈물을 흘리더라고요. 그런 걸 악어의 눈물이라고 하지 않나요?"

은호는 V의 말을 그저 듣고만 있었다.

"내 앞에 나타나면 그 애한테 네가 어떻게 태어난 앤지 똑똑히 알려줄 테니까 다신 연락도 하지 말라고. ……그랬어요. 그게 끝이에요."

V의 이야기를 들으면서 은호는 라연과 지율을 떠올렸다. 어쩌면 V에게도 자신의 이복동생을 세상 그 누구보다 사랑할 날이

올까. 하지만 V의 표정을 보아 하니 그런 일은 일어나지 않을 것 같았다. 아마 V가 아닌 누구에게라도 쉬운 일은 아닐 것이다.

"그래도 내 생각엔 말이야. 너무 오지랖 부린다고 생각할지 몰라도……."

"괜찮아요, 말해보세요. 궁금하니까."

"너희 아버지가 불륜을 저지른 건 정말 잘못한 일이지만 그게 꼭 너를 소홀하게 생각했기 때문은 아닐 수도 있을 것 같다는 생각이 들어."

"그럴 수가 없는 이야기인데요."

V는 미간을 잔뜩 찌푸리며 고개를 뒤로 뺐다.

"무책임하신 건 맞지."

"네, 엄청요. 그럼 가정을 만들질 말든가."

"너를 소홀하게 생각했다기보다는 자기의 삶을 살아가기로 결정한 것 아닐까. 가족이 소중한 건 맞지만 내 삶을 누가 살아줄 순 없는 거니까. 네가 모르는 엄마 아빠의 사정이 있을 수도 있고. 다시 한번 말하는데, 옹호하자는 건 아니다?"

"내가 모르는 게 있다고 해도 뭐가 변해요? 함께하자는 맹세를 깨고 우리 두 사람 버리고 자기 행복 찾아서 떠난 건 변하지 않잖아요."

"언젠간 완전히는 아니더라도 용서하고 다시 한번 생각해보는 것도 나쁘지 않을 것 같아. 지금 당장 말고 언젠가 네가 아주 나이가 들고 나서 말이야."

하지만 V의 태도는 단호했다.

"맹세를 깨뜨리는 사람은 절대 용서할 수 없어요."

"알았어, 미안. 강요하려는 건 아니야."

"괜찮아요. 아, 이렇게 막 뒤땅 좀 까니까 시원하네."

은호는 조용히 미소를 지어 보였다.

"그런 의미에서 양지후도 졸라 싫어요."

"양지후 선생님?"

의외의 말에 은호는 되물었다. 욕을 해도 수인을 욕하는 말이 나올 줄 알았는데.

"배신자."

V는 또다시 양쪽 입꼬리를 쭉 내렸다.

"엄청 촉이 돋아서 잡아내는 게 아닌 이상 무슨 계기가 있기 마련이잖아요. 누군가가 나를 배신했다는 사실을 어느 날 자다 일어나서 갑자기 깨닫지는 않잖아요."

"그렇지?"

왠지 불길한 기분이 들었다.

"그 남자가 바람피운 걸 알게 된 건 우리 동네 아줌마 때문이었어요. 진짜 안 친한 뜬금없는 부동산 아줌마. 슈퍼에서 엄마랑 장 보는데 와서 얘기하더라구요. 근데 미안한 듯이 얘기하는 게 아니라……."

"신나게 얘기했어?"

"네. 사실 그 표정이 아직까지도 상처로 남아 있어요."

"그랬겠네……. 그런데 양지후 선생님은 왜 배신자라는 거야?"

"아. 조은지랑 그거 했거든요, 학교에서."

"뭐?"

은호는 잠시 후 무슨 말인지 완전히 알아듣고는 헛웃음을 터뜨렸다.

"아무리 학교라도 그런 소문은 좀 너무한데."

"소문 아닌데. 그거 직접 본 사람이 있거든요, 한지율이라고."

은호는 V의 말을 곱씹었다. 지율? 한지율이 직접?

"조은지, 그러니까 선생님 동생요, 진짜 우리 고모나 할머니 같은 어른들이 하는 말투를 빌리자면 깜찍한 짓을 했죠. 일부러 지율일 불러내서 두 사람 사이를 끝장낼 생각을 한 거예요."

"설마…… 만약에 그런…… 그런 일이 진짜 있었다고 해도 지율이가 보게 된 건 우연 아닐까……."

은호의 말이 채 끝나기도 전에 V가 은호의 말을 채갔다.

"우연일까요? 아니죠. 작품 의상 얘기를 해야 한다면서 부른 거예요."

은호는 숨을 죽이고 V의 다음 말을 기다렸다.

"어떻게 불렀을까요? 왜 하필 그 타이밍에 지율이는 교직원 휴게실로 간 걸까요? 누가 부르러 왔거든요. 오단비라는 애가요."

은호의 머리에서 흩어져 있던 퍼즐들이 하나씩 맞춰지기 시작했다.

"지율이는 오단비의 말대로 조은지를 만나러 갔어요. 근데 지율이를 보내고 나서 오단비가 이상한 표정을 짓고 있더라구요. 그 표정, 어디선가 본 적이 있는 표정이었어요. 소름이 돋았죠. 얼마나 입이 찢어져라 웃고 있던지……. 그 순간 생각했죠. 혹시 오단비가 그 부동산 아줌마 딸은 아니겠지? 뭐, 그럴 리 없다는 건 잘 알지만 그냥 그랬다구요. 그다음 순간에는…… 와, 나는 걔, 〈배트맨〉에 나오는 조커 알죠? 순간 그건 줄 알았잖아요. 그런데 걔는 거기서 끝나지 않고 터진 입이라고 씨……."

V는 욕을 내뱉으려다가 그만두고 말을 이어갔다.

"재미있는 일이 벌어질 것 같다고, 그딴 말을 하더라구요. 그 입, 토슈즈 대신에 그걸 꿰매버려야 되는데. 걔는 그 이후로도 계속 떠들고 다녔어요. 그래서 지금 지젤 못 하게 된 거 정말 너무너무 너무너무 고소해요. 이게 그야말로 어른들이 말하는 깨소금 맛인가 봐요?"

은호는 숨죽이며 V가 풀어놓는 이야기를 기다렸다. 내용은 대충 예상이 되었다.

"지율이가 울면서 돌아왔어요. 말도 못 하고 충격받은 표정으로 한참을 울었어요. 너무 걱정이 됐어요. 한참 뒤에 말하더라구요. 둘이 옷을 반쯤 벗고 껴안고 키스하고. 그러고 있더라고……."

V는 마치 자신이 지율이인 것처럼 속상해하며 울먹였다.

"지율일 발견하고 양지후는 옷 챙겨 입으면서 이름만 부르고 따라 나오지도 않았대요. 변명할 말도 없었겠죠. 조은지는…… 아주 천천히 블라우스 단추 잠그면서 지율이를 보면서 한쪽 입꼬리를 올려 웃었다고 하더라구요."

은호는 마치 자신이 죄를 저지른 것처럼 미안한 마음에 눈물을 글썽였다. 하지만 V에게 그 광경은 아무 감흥을 주지 못하는 듯했다.

"선생으로서의 도의도 연인으로서의 도의도 어른으로서의 도의도 못 지킨 뭐 같은 놈들이!"

V는 흥분을 참지 못하고 자리에서 박차고 일어나 외쳤다. 씩씩거리던 V는 후 하고 길게 숨을 내뱉으며 평정을 찾으려 노력은 했다.

"아저씨, 그 장면을 봤을 때 지율이가 얼마나 충격받았을지 공감하셨죠, 아까? 아저씨가 그런 동생을 둬서 유감이네요."

V는 홱 뒤돌아 성큼성큼 문을 나서서 은호의 시야에서 사라졌다.

은호는 그대로 그 자리에 굳어 있었다. 그런 은지는 자신이 아는 은지가 아니었다. 그것도 은지의 모습 중 하나라는 것을 믿기 힘들었다. 은지가 억울하게 끔찍한 장난에 휘말렸을 거라는 이제까지의 믿음이 우르르 무너져 내리며, 은호의 마음 또한 무너져 내렸다.

W

WITNESS

은지가 언제까지나 순수하기만 한 어린 여동생일 것이라고 생각한 적은 없었다. 사람이 한 가지 인격을 가지고, 일관된 태도로 모든 사람을 대하는 것이 아니라는 것도 당연히 알고 있었다. 하지만 V의 말이 사실이라면, 어쩌면 은호가 잘 모를 뿐 은지에게도 끔찍한 면이 있을지도 모른다는 그야말로 끔찍한 생각이 들었다. 아이들과 인터뷰하는 것도 이제는 두려웠다. 혹시나 자신이 모르는 은지의 모습이 또 나오면 어떡하지 싶은 생각이 들었기 때문이다.

하지만 은호는 이내 마음을 다잡았다. 어쩌면 은호를 함정에 빠뜨리기 위해, 무언가를 감추기 위해 혹은 맹세를 어기는 것을 경멸하여 그 경멸의 대상이 필요하기 때문에 과장해서 지어낸 이야기일 수도 있다고 생각하면서.

W는 허겁지겁 자리로 들어와 앉았다. 양손에 들고 있는 큰 쇼핑백들을 자리에 내려놓으며 급하게 얘기했다.

"안녕하세요, 아저씨. 혹시 저 삼십 분 안으로 끝내주실 수 있으신가요?"

"왜? 무슨 일 있어?"

"아……. 저 안 된 줄 알았는데 팬 사인회 당첨이 돼서……. 그걸 어제 알아서 막 선물도 급하게 사고……."

쇼핑백 안에는 인형, 전자 기기 등 각종 물건이 가득 들어 있었다.

"학교에서는 허락했고?"

"안 된다고 할 거니까 말 안 하고 튈 거예요. 라연 언니가 월리 하기 한 시간 전에만 돌아오면 된다고 했어요. 제가 사고 나지 않는 한 백퍼 가능해요. 어차피 팬싸 한 시간이면 끝나거든요."

선생에게는 허락을 안 받고 라연에게는 허락을 받았다는 사실이 굉장히 아이러니했지만 월리들이 대체로 그러니 그냥 듣고 흘리는 은호였다.

"아이돌?"

"네."

"이름이 뭐야? 내가 아는 유명한 아이돌인가 해서."

"데뷔한 지 삼 년도 안 돼서 잘 모르실 수 있어요. 이름은 루이 20세예요."

"루이 20세?"

"가요계의 절대왕정, 우리들의 새로운 왕국을 시작한다……. 너무 멋지지 않아요?"

W는 두 손으로 볼을 감싸고 황홀해하며 말했다. 은호는 그 말을 들으며 온갖 사치를 누리다가 팬클럽에게 내쳐지는 일이 없어야 할 텐데, 하고 생각했다.

"혹시 메고 있는 가방, 카메라 가방이야?"

"네! 오……. 역시 기자 아저씨라 그런지 한 번에 알아보시네요."

W는 가방에서 전문가용 카메라와 긴 망원렌즈를 꺼냈다.

"좋은 렌즈 갖고 있네."

"생일 선물로 받았어요."

생일 선물로 이렇게 고가의 물건을 받다니. 은호는 그런 삶은 어떤 삶일까 부러워하면서도 어떤 것일지 짐작이 잘 안 됐다.

"사인회 가는데 이렇게 좋은 렌즈 가져갈 필요 있어? 전문 기자도 아니고 새 관측도 아니고."

"새 관측이래."

W는 은호의 말이 재미있었는지 깔깔 웃어댔다.

"예쁜 사진 찍어주려구요. 렌즈가 좋아야 멀리 있어도 잘 찍히잖아요?"

"굳이 찍을 필요가 있어? 기사 사진도 있고 소속사에서 찍어줄 거 아니야."

"내가 직접 찍는 건 다르죠. 내가 얼마나 예쁘게 보고 있느냐가 사진에 그대로 담겨서 보이고. 보정도 내 식으로 하니까 내 마음에 쏙 들고. 이런 식으로 팬들이 찍은 사진 때문에 입덕하는 사람도 얼마나 많은데요. 아, 입덕은 루이 군을 좋아하게 된다는 거예요."

W는 루이 20세를 루이 군이라는 애칭으로 부르는 듯했다.

"수업까지 빠질 정도로 좋은 거야? 그 루이 20세가."

"수업 빠지는 건 정말 오랜만이에요. 원래는 훨씬 많이 빠졌는데, 네, 그 정도로 좋아했죠."

W가 헤헤 웃으며 대답했다.

"발레보다 더 좋았어?"

"네. 말하기 조금 민망하지만 사실 제가 공부는 못하는데 그나마 발레는 좀 하니까 계속 하게 된 거고. 어렸을 때부터 학원을 다녔으니까요. 그런데 루이 20세는 그게 아니라 정말 어느 날 사고처럼! 운명처럼 좋아하게 된 거예요. 좋아하는 마음의 크기가 다를 수밖에 없었죠. 일단 노래를 너무 잘하고. 그리고 너무 다정하거든요! 정말…… 날 향해서 하는 건 아니지만 보고 있으면 마음이 너무 행복하거든요."

"나도 예전에 방 여기저기에 좋아하는 배우 사진 붙여놓고 그랬던 적은 있어서 좋아하는 마음은 이해가 가. 그런데 수업은 빠진 적이 없었거든."

W가 설교는 됐다는 얼굴로 두 손을 들어 은호를 만류하는 포즈를 취했다.

"알아요. 수업 빠지는 게 잘못된 거. 그래도 어쩔 수 없단 말이에요. 방송 사전 녹화를 새벽에서 아침까지 하는 거 보고 나면 너무 피곤해도 학교는 올 수 있고 양호실 같은 데서 잘 수라도 있지만 만약에 아침에 녹화하거나 무슨 일정이 있으면 거기 가야 되니까 학교를 못 온단 말이에요."

"학교 오는 건 학생의 본분인데."

"행사를 챙겨서 가는 게 팬의 본분이죠."

은호는 하하 웃었다.

"부모님은 뭐라고 안 하셨어?"

"우리 부모님은 너무 바쁘셔서 내가 뭐 하는지 잘 모르세요. 시험만 적당히 잘 보고 콩쿠르 준비만 잘하고 그러면 돼요."

은호는 어쩌면 W가 루이 20세를 보며 외로운 마음을 달래기 시작해서 그렇게나 좋아하게 된 건 아닐까 하는 생각을 잠시 했다.

"그리고…… 지금은 말하기 좀 부끄럽지만 우리 루이 군이 어떻게 지내는지 궁금해서 공식 일정이 아닌 것도 따라다녔거든요. 택시 타고 루이 군 차 따라다닌다거나 해킹하거나 개인 정보 사서 뭘 하는 그런 건 아니었지만……. 잘못이긴 하죠. 루이 군의 사생활을 보고 싶어서 쫓아다닌 거니까."

"왜 그런 게 궁금했어?"

"그냥……. 좋아하는 사람의 모든 것을 보고 싶고, 그 사람의 목격자가 되고 싶었어요."

"잘 그만뒀네. 갑자기 마음이 바뀐 거야? 아니면 무슨 계기가 있었어?"

"네. 계기가 있었죠."

W는 후회하는 표정으로 고개를 끄덕였다.

"어느 날은 루이 군을 정말 우연히! 이건 정말 우연이었어요. 웃기죠? 그렇게 쫓아다녔는데 진짜 우연히라도 가까운 거리에서 본 건…… 사인회 말고는 없었거든요. 카페에서 노트북으로 루이 군 사진을 편집하고 있었는데…… 거기에 루이 군이 나타난 거예요! 모자랑 마스크를 쓰고 있었지만 저는 알아볼 수 있었어요.

그런데 모자를 잠깐 벗었다가 다시 쓰는 사이에 봤는데 표정이 어둡더라구요. 루이 군은 어떤 여자 앞에 앉았어요. 거기서 약간 화가 났거든요? 그래도……. 그래도 뭐 루이 군이 우리를 사랑하지만 연애를 하면 안 된다 그런 건 아니니까. 따지고 보면 나는 뭐라고 할 자격도 없고, 둘이 무슨 얘기 하나 들어보고 싶었어요. 그리고 재미있는 장면 나오면 찍어서 간직해야지. 그런 생각 하면서 지켜봤죠.

여자가 헤어지자고 하더라구요. 그런데 그 말을 내뱉는 동시에 어떤 사생이 와서…… 아, 사생은 이렇게 사생활 쫓아다니고 그런 애들 말하는 거예요. 걘 관종으로 유명한 사생인데 하여튼 걔가 와서 얼음이 담긴 음료수를 여자한테 확 끼얹고 욕을 하더니 카페 밖으로 나가더라고요. 순식간이었어요. 진짜 저도 완전 깜짝 놀랐어요. 그래서 자리에 굳어서 다른 손님들이랑 다 같이 거기 쳐다보고 있고. 점원이 와서 괜찮냐고 수건 쓰라고 가져다주고 그러니까 또 놀랐던 게 여자가 되게 차분하게 괜찮다고 하는 거예요. 되게 익숙한 것처럼. 그래서 사람들도 그렇고 다시 자기 할 일 하고 그랬는데…….

루이 군이 자기 차에서 담요를 가져다주면서 옷은 새로 사주겠다고 말했는데 여자가 필요 없다는 거예요! 속으로 루이 군, 팬들 앞에서 카리스마 있게 군림하는 모습과는 다르게 연애할 때는 완전 호구구나 그렇게 생각했어요. 여자가 말하더라구요. 어제는 자기 집 우체통에 죽으라고 저주하는 편지랑 칼날이랑 머리카락이 잔뜩 들어 있는 편지가 몇 개나 들어 있었다고, 전화는 하루에 수백 통씩 와서 동생 명의로 핸드폰 새로 개통했다고. 자기도 루이 잘못이 아닌 거 잘 아니까 그리고 사랑하니까 어떻게든 이겨내려고 했는데 잘 안 되더라고. 그 일 이후로 만약 또 이런 일이 생기면 혹은 더 나쁜 일이 생기면 어떻게 대처해야 하지? 그 생각을 계속하게 되니까 신경이 곤두서 있었다고, 그래서 다른 일이 손에 잘 안 잡히고 그때 느꼈던 위기감이 사라지질 않는다구요. 그런데다가 루이 군은 바빠서 연락도 잘 안 되고 외롭고 힘들다고 그만 헤어지고 싶다고……. 루이 군은 고개를 푹 숙이고 미안해, 미안하다고만 엄청 얘기하는 거예요. 여자가 목걸이랑 반지 돌려주려고 한다고 그러니까 루이 군이 그냥 선물로 가져달라고 부탁하더라구요. 그렇게 실랑이하다가 여자가 휙 돌아서서 나가서 사라지더라구요.

그런데…… 루이 군이 어깨를 들썩이는 것 같았어요. 자세히 보니까 바닥에 눈물이 떨어지는 거예요. 루이 군이 거기 앉아서 삼십 분이나 울더라구요. 저도 눈물이 났는데 들키면 안 되니까 조용히 티슈로 눈물 닦았어요.

그 이후로는 못 하겠더라구요. 저는 그렇게 물 뿌리거나 갑자기 나타나서 안아버리고 그런 사람은 아니었지만 어쨌든 루이 군이 원치 않는데 쫓아다닌 거긴 하잖아요. 그런 것 때문에 루이 군이 겪어야 할 힘든 일들이 엄청 많을 거고……. 알고 있던 사실이지만 그전까지는 내 생각만 하느라 루이 군의 마음까지는 헤아리지 못했는데, 직접 보니까 너무 마음이 아프더라구요. 그리고 그 여친 말 듣고 나니까, 와, 스토킹당하거나 위협을 당하는 일이라는 게 내가 생각한 것보다도 훨씬 고통스럽고 큰일이구나 싶었어요. 처음 알았어요. 생활에도 엄청 지장을 주고 사람을 병들게 할 수도 있겠구나 하고……. 정말 아프게 반성한다는 게 무슨 말인지 그때 알았어요. 너무 충격받았어요. 루이 군이, 그리고 루이 군의 소중한 사람이 괴로워하는 모습…… 그걸 봤는데 제가 어떻게…… 그걸 못 본 척할 수 있겠어요.

정신이 번쩍 들었죠. 제가 루이 군을 괴롭게 하는 사람 중의 하나가 되고 싶진 않았어요. 그래서 그날 이후로 그 짓을 그만하게 됐어요. 저는 루이 군이 행복할 수 있는 팬질만 하기로 했어요.

그 이후로 처음 팬 사인회 가는 거니까 정말 오랜만에 보는 거예요. 거의 일 년 만인가? 아, 정말 오랜만이라 너무 떨려요!"

W는 가슴에 두 손을 얹고 설레는 표정을 지었다.

"루이 20세…… 라는 가수는 일 년 동안 휴식기였던 거야?"

"아니요. 제가 못 갔어요. 공식 행사만 챙겨서 가려고 했는데, 어느 날 학교 유령의 정체를 알게 되면서부터 발레를 정말 열심히 하기로 했거든요."

"유령의 정체?"

W는 엄숙한 표정으로 변하더니 고개를 끄덕였다.

"연습실 여기저기에 불을 켜고 다니는 귀신. 학교에 음악 소리를 울려 퍼지게 하는 유령 혹은 귀신. 그런 소문이 돌았었어요.

혹시 들어보셨나요?"

은호는 고개를 끄덕였다.

"뭔가를 찍는 게 어느새 습관이 된 건지, 뭘 안 찍으니까 허전하더라구요. 그래서 애들도 찍어주고 했는데 그거랑은 뭔가 다른 거예요. 애들은 카메라를 의식하니까. 더 자연스러운 뭔가를 찍고 싶었는데…… 딱 그 소문을 들은 거예요. 귀신 사진을 찍어서 정체도 확인하고 진짜 귀신이면 어디 올려서 화제를 불러 모을 수 있지도 않을까 그런 기대를 하면서 어느 날 밤에 학교를 갔죠.

그런데 그게 유령도 귀신도 아니었던 거예요. 저도 찍을 때까지만 해도 진짜 유령이구나! 소문이 진짜였어! 하면서 떨리는 손 때문에 삼각대까지 써가면서 사진을 찍었단 말이에요. 근데 집에 가서 사진을 확대해보니……."

은호는 들은 바 있어서 이미 귀신의 정체를 알고 있었다.

"지율이가, 지율이가 연습실을 옮겨 다니면서, 숨어 다니면서 귀신처럼 연습하고 있었던 거예요. 충격적이었어요. 지율이가 그렇게 열심히 연습하고 미래를 향해서 달려가는 동안 난 대체 뭘 한 건가 자괴감도 들고. 열심히 해야겠다는 마음을 먹었어요. 진짜 사람 마음이 웃긴 게, 루이 군을 여전히 좋아하지만 발레를 더 좋아하게 되고 내 미래에 더 집중하다 보니까 공개방송 녹화 일정이랑 유설 발레단 수석 발레리나 특강이 겹치면 특강을 가게 되더라구요. 그런 식으로 못 가게 된 거예요."

"그런데 오늘은 수업을 빼면서까지 팬 사인회를 가는 거잖아."

"오늘은 알려줘야 하니까요. 내가 어떻게 바뀌었는지 알려주고 싶어요. 팬 사인회는 다른 행사랑 다르게 짧게라도 직접 말할 수 있으니까요. 그리고 루이 군이 인기가 높아져서 힘들게 당첨된 거니까요."

"그래, 가끔은 기분 전환도 필요하겠지."

은호는 W의 편을 들어주었다. 그러나 W는 갑자기 축 늘어져 시무룩해졌다.

"기분 전환……. 맞아요, 그랬죠. 그걸 안 했다면 모든 게 없던 일이 될까요? 차라리 몰랐던 게 좋았을까요? 그런 생각이 들 때가 있어요."

"루이 20세를 몰랐다면 말이야?"

하지만 W는 은호의 물음에는 대답을 하지 않고 계속 말했다.

"기분 전환으로 아이들 사진을 찍어줬어요. 제 차례 아니면 애들이 의식 안 할 때 틈틈이 사진 찍어주고, 가끔은 망원으로 줌 엄청 당겨서 멀리 있는 애들 모습 찍어주고. 예쁘게 찍은 걸 추려서 주니까 애들이 너무 좋아하더라구요. 그러다 보니까 우리 졸업할 때쯤에 아이들 사진을 모아서 추억으로 간직하라고 주면 어떨까 하는 생각이 들었어요. 그래서 열심히 찍었죠.

어느 날 지율이가 내 발레 실력이 진짜 많이 늘었다면서 얼마나 열심히 연습을 했으면 이렇게 늘었겠냐고 칭찬을 해줬어요. 갑자기 지율이의 귀신 사진을 예쁘게 찍어주면 어떨까 그런 생각이 들었어요. 평소 모습을 찍어주기는 했지만 내가 열심히 하게 된 계기이기도 하고 졸업 때 애들이 귀신의 정체가 그랬다는 걸 알면 얼마나 놀랄까, 속으로 즐거워하면서 말이에요. 지율이한테도 뭔가 해주고 싶었고. 좋은 추억이 될 것 같았구요."

"그랬구나……."

"그래서 어느 날 밤, 학교에 가게 된 거죠."

그 어느 날 밤이라는 말이 여느 때처럼 평범한 밤이었다는 말처럼 들리지 않는 탓에 은호는 잔뜩 긴장을 하며 W를 바라보았다. 어쩌면 처음으로 목격담이 나올 수도 있는 순간이었다.

"학교 옆 놀이터로 갔어요. 그런데 한참을 기다려도 불 켜진 연습실에서 지율이의 연습하는 모습이 보이지 않았어요. 이상하다, 이상하다. 그렇게 생각하고 있는데…… 그런데 갑자기 작게 철문이 열리는 소리가 들렸어요. 저는 본능적으로 학교 옥상을 봤어요. 그런 소리를 내는 문은 거기밖에 없으니까……. 그런데 거기에 지율이가 나타난 거예요. 지율이는 뒷걸음질을 치기 시작했어요. 그리고 열린 문으로…… 추수인이 나타났어요."

은호는 숨을 죽이고 듣다가 나지막하게 욕설을 뱉어냈다. W의 말이 사실이라면 지율이는 분명 수인을 피하려다가 죽은 것이었다.

"저는 그때부터 망원렌즈로 두 사람을 봤어요. 뭐라고 뭐라고 두 사람이 대화를 나누다가, 추수인이 지율이 쪽으로 성큼 걸어갔어요. 지율이는 옥상 가장자리로 밀렸어요. 저는 소리를 꽥 지르려고 숨을 들이마셨어요. 그런데 지율이가 갑자기 심장을 움켜잡았어요. 그러고는……. 아, 루이 군 보러 가는데 울면 안 되는데……."

지율이가 왜 옥상으로 향했는지, 왜 굳이 난간 근처에 있다가 심장마비를 일으켰는지를 비로소 알 수 있었다. W는 어린아이처럼 두 손으로 눈물을 훔쳤다.

"지율이가 앞으로 휘청하더니 밑으로 떨어졌어요. ……순식간이었어요. 저는 너무 충격받아서 카메라 든 자세 그대로 굳어 버렸고, 그래서 추수인이 도망가기 전에 찍을 생각도 못 했어요. 차마…… 차마 떨어진 지율이 쪽으로 카메라를 옮길 수가 없었어요. 그런데 카메라가 무거우니까 저절로 점점 손이 밑으로 내려갔어요. 교무실 쪽에 불이 켜져 있고 창문가에 누가 있는 게 보였죠. 조은지 선생님. 선생님이 창문 쪽에서 바닥을 내려다보고 계시더군요."

"뭐라고?"

은호는 W가 말한 의미를 머리로는 순식간에 알아들었지만 마음으로는 받아들일 수가 없었다.

"조은지 선생님은 분명 지율이를 봤어요. 입을 손으로 막고 안절부절못하고 있었어요. 하지만 선생님은 너무 당황했는지 그 자리에 가만히 서 있기만 하는 거예요. 안 되겠다, 내가 신고해야지. 스마트폰을 꺼냈는데 배터리가 없는 거예요. 하필 그날따라 카메라 충전한다고 보조배터리도 다 써버렸고요. 나는 용기를 내서…… 지율이 쪽으로 카메라를 가져다 댔어요. 지율이는 눈을 깜빡이고 있었어요. 바닥에 손을 짚으며 뭔가를 찾는 듯했어요. 아직 살아 있어! 다행이야! 나는 다시 교무실 쪽으로 카메라를 돌렸어요. 선생님이 스마트폰으로 어딘가에 문자를 하는가 싶더니 곧 전화를 하는 것이 보였어요. 그리고 곧 어디선가 사이렌 소리가 들렸어요. 나는 생각했어요. 다행이야. 진짜 다행이야. 경찰이 오면 내가 본 걸 다 말해야지……. 그런데 다음 순간 눈을 떠보니 아침이었어요. 바보같이 쓰러졌나 봐요. 바보같이……."

W는 부르르 떨리는 입술을 꽉 깨물었다.

"선생님은 119에도 112에도 전화하지 않았어요. 사이렌 소리는 다른 곳에 가던 차였던 거죠. 내가 일어났을 때 울렸던 사이렌 소리가 경비 아저씨가 불러서 학교로 들어온 사이렌 소리였고요. 그동안 지율이는 죽었어요."

은호는 몸에서 피가 다 빠져나가는 기분을 느꼈다.

"어떻게 그걸 보고도 모른 척할 수가 있어요. 제가 어떻게 그걸 보고도 모른 척할 수가 있겠어요."

W는 사진을 한 장 꺼내 은호에게 건넸다. 은호는 손을 부들부들 떨며 받아 들었다.

한밤중처럼 어두워 노이즈가 가득한 사진, 그 안에 은지가 있었다. 은지는 교무실 커튼 뒤에서 고개를 내밀고 무언가를 공포스러운 눈으로 내려다보고 있었다.

X

XANADU

1

은호는 창가에 가만히 선 채로 침대에 앉아 책을 읽고 있는 은지를 바라보았다. 도저히, 도저히 믿을 수가 없었다. 책을 보고 있는 은지의 눈동자에는 남의 마음을 읽을 줄 아는 재주와 깊은 사려가 담겨 있는 것처럼 보였기 때문에 더욱 그랬다.

왜 그런 장면을 목격하고도 은지는 못 본 척한 것일까? 사람의 생명이 걸려 있는 문제인데 그 앞에서 눈을 감다니. 도대체 왜? 왜?

아니, 의심하면 안 돼. 정말 몰랐던 걸 수도 있는데 왜 어린 학생의 말만 듣고 평생 봐온 동생을 의심하는 거야, 지금? 은호는 책장을 넘기는 은지를 보며 죄책감을 느꼈다. 차라리 시원하게 물어볼 수 있다면 좋을 텐데, 이제 겨우 조금씩 회복되어가는 은지에게 다시 폭탄 같은 질문을 날려 그동안의 성과를 초토화

시킬 수는 없는 일이었다.

아니겠지, 그게 지율이가 죽은 날 찍은 장면이 아닐 수도 있지. 게다가 그 어두운 밤, 은지가 있던 교무실에는 밝게 불이 켜져 있었다. 밝은 곳에서 어두운 곳을 보면 무엇이 있는지 잘 보이지 않는 것이 당연했다. 아마도 W는 그것을 잘 몰랐기에 오해가 번지게 된 것인지도 몰랐다. 설마 은지가 그렇게 피도 눈물도 없는 행동을 할 리가 없다고 은호는 싹처럼 돋아나는 의혹들을 살포시 덮었다.

다음 순간 불쑥 이런 생각이 들었다. 만약 W의 말이 정말이라면? U의 말이 사실이라면? 그래서 은지에게 악감정을 가지고 있는 학생들이 있던 것이라면? 은지가 그 파렴치한 선생들, 학생의 마음에 원한의 씨앗을 심어주는 선생들과 한패였다면? 정말 그런 거라면 어떻게 하면 좋을까. 은호 안에는 대답이 없었다. 아무리 찾아봐도 없을 것 같았고, 정말 찾아내기라도 할까 봐 찾아보기 싫었다.

은호는 답답한 마음에 학교로 돌아가기 전 조금 걷고 싶어 예정보다 일찍 자리를 뜨기로 했다. 은호가 의자에 걸어놓았던 카디건을 몸에 걸치자 은지는 은호를 아리송하게 쳐다봤다.

"어디 가? 친구들하고 약속?"

"오늘은 저녁 연습이 있어."

"연습? 이 저녁에? 게다가…… 그걸 오빠가 왜 가? 선생도 아니면서."

은지가 잔뜩 몸에 힘을 주고 긴장한 기색으로 물었다.

"아……. 선생님들이 다 레슨도 있고 스케줄이 바쁘셔서, 애들 연습하는데 어른 하나는 있어야 할 것 같다고 나한테 부탁을 하셨어."

은지는 가지 말라는 듯 고개를 가로저었다.

"남도 아니고 어려운 일도 아니잖아. 아무리 다 같이 있다고 해도 학교에 어른 없이 애들만 두는 게 마음에 걸려서 그래. 혼자 있기 싫어서 그래?"

"그런 게 아니라……."

은지는 걱정스러운 눈빛으로 은호를 쳐다보았다.

"귀신이 나타나면……."

은호는 헛웃음을 터뜨렸다.

"은지야, 걱정 마. 난 귀신보다 사춘기 학생들이 더 무서운 것 같아."

은지는 그 말에 피식 웃었다.

"그건 그래."

가끔 긴장하는 것을 빼면 은지의 상태가 많이 좋아져 예전의 모습으로 돌아온 것처럼 보였다. 범인도 라연과 S, 추수인 세 사람 중 하나, 혹은 라연과 S의 공범으로 생각할 수 있었기 때문에 이제는 어떻게 결정적인 증거를 잡느냐, 증거가 부족하다면 어떻게 몰아붙이느냐만이 남아 있었다. 서두르면 공연이 열리기 전에 잡아낼 수 있을지도 모르겠다는 생각이 들었다. 그렇게 되면 은지도 이렇게 병원에서 무기력하게 죽치며 두려움에 떨지 않아도 될 것이다. 원래의 사랑스러운 동생 은지로 돌아올 수 있다. 그것만이 지금 은호를 움직이게 하는 힘이었다. 지금은 그 일에만 집중하기로 마음을 다잡아야 했다.

연습 전, X와 인터뷰를 하기로 되어 있었다. X는 "UTOPIA"라고 적힌 티셔츠를 레오타드 위에 입고 있었다.

"이상향이라. 네가 생각하는 이상향은 뭐야?"

X가 자리에 앉자 은호는 질문했다.

"앉자마자요?"

"티셔츠에 크게 씌어 있길래. 그리고 방금 전 네 토슈즈에도 똑같은 단어가 새겨져 있는 걸 슬쩍 봤거든."

"예리하시네요."

X는 잠깐 생각하더니 명쾌하게 대답했다.

"선의를 믿지 않아도 살아갈 수 있는 사회요?"

은호는 X의 말에 대해 잠시 생각하고 고개를 가로저었다.

"그런 사회가 있을까."

“그럼 아저씨는 선의를 믿는 것이 유토피아를 만드는 길이라고 생각하시는 건가요?”

이번엔 X가 고개를 가로저었다. 못 말린다는 듯한 미소를 짓고 있었다.

“순진하시네.”

은호는 X의 치기에 약간 울컥하면서도 웃음이 났다.

“무슨 소리야.”

“이 세계는 선의를 믿으면 안 되는 세계 같아요. 아저씨, 사람들이 완전히 바보라서 사이비 종교를 믿기 시작하고 거기에 빠져든다고 생각해요? 아닐걸요. 그 가짜들은 선의를 뒤집어쓰고 와서 친절하고 좋은 마음들에 파고들어 기생하기 시작하거든요. 아저씨도 사이비 종교 조심하셔야겠어요.”

X는 무슨 뜻인지 빙긋 웃었다.

“그건 하나의 예시일 뿐이잖아.”

“하나의 대표적인 예라고 해두죠.”

“그럼 네 말은, 사람들이 악의에 기대도 된다는 말이야?”

“예, 그래요. 악의에 기대도 최악은 면할 수 있는 사회가 더 좋은 거 아닌가요?”

치기 어리긴 해도 영 틀린 말은 아니었다.

“네가 하고 있는 윌리는 이상향 만들기랑은 거리가 있는 역이잖아.”

"아니죠. 이거야말로 이상향을 만드는 거에 일조하는 일인데."

X는 눈을 동그랗게 뜨고 깜짝 놀라기까지 하며 말했다.

"왜 그렇게 생각해?"

"월리들이 하는 일을 보세요. 죗값을 치러야 할 사람을 처단하잖아요."

"음……. 미묘하네. 어떤 의미에서는 공감할 수 있지만 어떤 의미에선……."

"왜요?"

X는 고개를 갸웃거리며 물었다.

"기준이 모호해."

"옳지 않아도 이대로 세상이 유지되어야 한다는 말인가요? 그리고 나름 월리들의 처단 기준은 명확해요. 생각해보세요."

"두 케이스밖에 안 나오니까 비교하기가 뭐한데……."

"아, 하긴."

X는 쿡쿡 웃었다.

"법이라는 게 있잖아. 처단은 거기서 하는 거야."

"저는 법 같은 건 안 믿어요."

치기 어린 대답.

"믿든 안 믿든 지키긴 해야 할걸. 아니면 감옥에 가게 되는데?"

"알아요. 법이 모든 일들을 일대일로 대변해줄 수는 없다는 거. 그것도 모르진 않아요. 하지만 당하는 사람의 마음을 이해한다면, 법이 이런 식일 리가 있나요?"

"그래도 따라야 하지. 이의가 있다면 절차에 따라서 항의해야 하는 거고."

"아저씨도 지루한 소리 좀 할 줄 아시네요."

X는 혀를 삐쭉 내밀어 보였다.

"아무튼 이 썩어빠진 판에서 새 질서를, 새 이상향을 구현할 사람이 필요해요. 그러려면 좋은 리더가 필요하다구요."

그래서 X가 윌리를 하기로 한 것은 가상의 이야기에 감복해서 그런 것이라는 것인지 아닌지 명확하지 않았다. 뭔가 비유를 하고 있는 것 같은 느낌, 다른 차원의 이야기를 하고 싶어 하는 것 같은 느낌을 받았다.

"……그게 라연이라는 얘기는 아니겠지, 설마."

X는 싱긋 웃으며 말했다.

"더 두고 봐야 알겠지만, 그렇게 될 수 있지 않을까요? 이미 부와 권력을 등에 업고 있고, 결국 유설 발레단도 그 언니 것이 될 거니까요."

"글쎄. 결격 사유가 있다면 불가할 수도 있지."

"결격 사유? 어떤 게 있을까요?"

"범죄라든지."

은호는 X가 동요하는지를 유심히 살펴보았지만 고개를 갸우뚱 기울이며 의아한 표정을 지을 뿐이었다.

"그래도 상관없지 않을까요?"

왜 자기편에 대해서는 도덕적인 결함을 용인하려는 맹목적인 태도를 보이는 걸까. 요즈음 애들이 그런 걸까 아니면 사춘기 애들이 그런 걸까. 그렇게 생각하던 은호는 누구의 말처럼 그게 꼭 아이들만의 이야기일까 하는 생각을 했다.

"저는 위선보다는 위악을 따를래요. 제가 원하는 이상향으로 인도해줄 것처럼 말하고 다른 곳으로 가는 배보다, 본인의 이기적인 이상향을 펼치는 것처럼 말하지만 결국 제 이상향과 동일한 방향으로 가는 배가 있다면 후자를 선택하는 것이 현명한 게 아닐까요?"

"예시가 딱 맞아떨어진다는 생각은 들지가 않네. 위선과 위악은 방향성의 문제가 아니잖아."

"그럴까요? 과연 그런 걸까요?"

은호는 팔짱을 꼈다. X의 말을 계속 들어보기로 했다.

"피해자보다 가해자를 더 생각해주는 법들이 있잖아요. 그것도 결국 위선에서 태어난 것 같다는 생각이 들어요. 누가 억울하게 혹은 피치 못하게 가해자가 될 가능성이 전혀 없다고 했어요? 단지 피해자를 더 생각해달라는 말인데, 이런 것까지도 우리가 이해해줘야 착한 사람이 되는 거라면서 가해자를 이해하고 용서하라고 강요하잖아요, 그런 법들은.

인터넷 기사 같은 걸로 이런 거 읽어본 것 같은데, 아님 언니한테 들었었나? 강도가 집안에 들어와서 때렸더니 강도가 다쳐서 집주인이 처벌받았다는 거.

그럼 가만있으라는 건가? 강도가 무슨 짓을 할 줄 알고요? 무방비로 당한 다음에 귀신이 되어서 복수하라는 이야긴가? 그럴 수 없는 상황에서 무리해서라도 내가 나를 지키라고 하는 것도 서러운데 그것도 모자라서 스스로를 위험에서 지켜낸 결과로 처벌을 받아야 한다는 건가? 그럼 뭐 하러 사람들이 선하게 살아요? 선한 의도를 갖는 사람이 바보라는 어른들 말을 들으며 저런 형편없는 어른은 되지 말아야지 했는데, 그렇게 될 수밖에 없구나, 이해가 되더라고요.

내가 위험하니까 앞으로 위험이 닥칠 것 같으니까 도와달라고 하면, 아직은 아무 일도 안 일어나서 안 되거든요? 알아서 해결하세요……. 알아서 해결을 하면 처벌받고……. 그나마 그건 다행이죠. 저항할 힘은 있었다는 거잖아요? 저항할 힘도 없으면 도망칠 수밖에 없고 도망친 막다른 길목에서 나락으로 떨어져 죽어버릴 수밖에 없을지도 모르잖아요. 해결을 해줘도 죽은 다음이라 억울해 두 번 죽을 지경인데 해결도 안 된대요. 그렇게는 연결이 안 된대요. 처벌을 못 한대요."

X는 지금 지율의 이야기를 하고 있는 것이다.

"지율이 얘기, 어떻게 알게 된 거야?"

"R하고 얘기했어요. 걔가 나한테 법에 대해서 물었거든요."

"법에 대해 잘 알아?"

"아니요. 저는 잘 모르고 저희 큰언니가 대형 로펌에서 일하는 변호사거든요. 언니한테 이런 경우에 어떻게 해야 하냐고 슬쩍 물었는데 그런 실망스러운 결과밖에 없다는 똑같은 대답을 하면서 이러더라고요. 실망스럽지? 이게 현실이란다. 네. 저는 현실에 매우 실망했어요.

그후로 저는 이상향을 꿈꾸게 된 것 같아요. 내가 세울 것도 아니고 그럴 능력도 없으면서 혼자 이런저런 설정도 하고, 뭐가 안 되고 뭐가 되고, 그 기준은 어떤 것이고……. 생각하며 지내던 중에 윌리를 하면서 많이 위안을 받았죠."

은호는 흠 소리를 내며 잠시 고민하다 말했다.

"당연히 그 분노는 이해해. 하지만 모든 사람이 원한을 사적으로 해결하다가는 끝이 없을 거야. 결국 모두가 각자의 판단에 의해 행동하는 엉망진창인 사회가 될 거야. 지금 일어나는 사회 현상들, 부족한 면들 모두 다 사회가 성숙해져가는 과정이니 지켜보면서……."

X가 참을 수 없다는 듯 끼어들었다.

"아저씨도 복수는 나쁜 거라고, 그렇게 얘기하고 싶은 거죠? 그럼 복수 대신에 문제를 해결해줄 뭔가가 있어야죠. 완전히 만능인 제도는 아니더라도 적어도 위안이 되는 그런 거……. 나를, 내 소중한 사람을 지킬 수 없는 세상에서, 올바르게 살아가는 게 대체 무슨 의미가 있다는 거죠?

이런 거. 나는 이제까지 신호등을 잘 지키면서 파란불이면 건너고 빨간불이면 멈춰 서는, 그렇게 살아온 사람이라고 쳐요. 그런데 어느 날 차가 갑자기 빨간불에 쌩 달려와서 나를 쳤어요. 나는 망가지게 됐어요. 그런데 주변 사람들이 이렇게 얘기해요, 세상엔 그런 일도 벌어지는 거라고. 그럼 질서를 안 지킨 저 차를 혼내줘요! 내가 이렇게 말하니까 무단 횡단하는 사람들이 말해요. 처음이니까 봐줍시다, 이러니까 저러니까 사정 감안해 줍시다, 그러고 나서 이만하면 됐지요? 그렇게. 완전 무너진 나는 보이지도 않는 것처럼. 처음부터 나는 이런 일을 겪어도 되는 사람처럼 취급하는 거예요. 기분이 어떨 것 같아요?

나는 그렇게 하지 말라고 배워서 안 한 거예요. 그런데 누군가 그런 잘못된 일을 나에게, 아니면 내 사람들에게 했어요. 화가 나고 무섭고 슬퍼요. 하지만 그렇게 하면 안 돼! 라고 나에게 가르쳐줬던 사람이 내 편을 들어줄 줄 알았더니, 이렇게 말하는 거예요. 아, 그랬어? 다음부턴 그렇게 하지 말라고 할게. 멱살 잡고 끌고 가서 혼낼 줄 알았더니 아프지도 않게 꿀밤 한 대 콩 때리고는 자, 이제 됐지? 마치 별일도 아니었다는 듯이. 그 누구도 아니고 바로 나한테 질서를 지키면서 살아가라고 가르친 세상이.

그럼 나는 도대체 어느 세상에 속해야 하죠? 이전과 똑같이 빨간불 파란불 잘 지키는 세상이 진짜 옳은 세상이라고 더이상 믿을 수가 없는데? 배신당한 기분이 들고 내가 이제까지 다 지키면서 살았던 게 바보 같고, 나 너무 잘못 살고 있었네? 그런 기분이 들 것 같은데. 그렇다고 엉망진창인 사람들의 대열에 합류하라고요? 그런 역겨운 광경을 보면서 원래 세상은 그런 거야, 냉혹한 거고, 다 한 번씩 겪는 일이야, 그렇게 말하면서 혼돈을 질서로 여기면서 살아야 한다고요? 그럴 바에야 새 이상향을 세우겠어요."

X가 말하는 것이 무엇인지, 그게 어떤 기분인지 은호도 알고 있었다. 은호가 가난한 상황에서 겪어야 했던 여러 일들, 그 일들을 대하는 사람들의 태도, 알고 있던 바람직한 세상과 실제로 은호를 둘러싼 세상의 괴리, 질서가 있어야 할 곳에 자리 잡은 위선, 그것에 대한 분노…….

"내가 기자가 된 이유가 그런 것들 때문인데. 그런 불합리한 일들에 대해서 세상에 알리기 위해서. 때로 반기를 들 필요가 있다면 그러기 위해서. 하지만 사적 복수를 하기 위해서는 아니야."

"그럼요?"

"세상을 조금씩 바꾸기 위해서, 그 힘을 모으는 역할을 하고 싶었어."

"그렇구나……."

X는 고개를 끄덕였다.

"그런데 아저씨, 저도 물어볼 게 있어요."

"뭔데?"

"뭐가 바뀌었나요? 그래서 세상이 바뀌었나요? 아저씨가 아저씨의 방식으로 힘썼다고 해서 말이에요."

최대한 씁쓸하지 않은 척 은호는 대답했다.

"세상이 그렇게 쉽게 바뀌지 않는다는 걸 알고 시작했지."

"그럴 때 어떤 생각이 드세요? 쉽지 않구나, 하는 생각이 들 때."

"앞으로 할 일이 많구나, 힘들긴 하지만 그래도 가치 있는 삶을 살 수 있겠구나, 그런 생각으로 점점 발전하지."

"그렇군요. 결국 우리의 이상향은 합의점을 찾지 못하고 다른 길을 가는 걸로 결론 난 것 같네요."

X는 한숨을 쉬며 먼 곳을 바라보았다.

"솔직히 아저씨, 전 발레에 대해서 하고 싶은 말이 없고 아저씨도 별로 듣고 싶은 말이 없을 거예요. 방금 한 얘기 빼면 사실 다른 애들이랑 별다를 것 없는, 특이한 것 없는 애라서요. 원하신다면 계속할 수 있고요."

은호는 잠시 고민하다가 고개를 저었다. W가 건넨 사진 때문에 충격을 받고 밤새 많은 생각을 해서 그런지 조금이라도 눈을 붙이고 싶었다.

"충분한 것 같아. 고마워."

"아저씨, 그런데 저 잠깐만 폰 빌려주시면 안 돼요? 제 카메라가 고장 나서 제가 연습하는 걸 못 찍거든요. 라연 언니한테 혼나기 전에 미리 체크 좀 해보려고요. 한 삼십 분? 아니 아니, 십 분도 안 걸릴 텐데."

"그래. 결제나 성인 인증 같은 걸 하는 건 아니지?"

"안 해요, 절대. 지금 급한 불 꺼야 되는데 결제하게 생겼어요?"

X는 까르르 웃었다. 어차피 딱히 봐서는 안 되는 사진이나 정보도 없었고 당장 필요도 없는데다가 연습 시간이 되기 전 잠깐이라도 눈을 붙이고 싶었기에 은호는 스마트폰을 건네줬다.

"이따가 대연습실에서 봬요!"

연습까지는 앞으로 한 시간 정도가 남아 있었다.

잠깐 눈을 붙인 은호가 눈을 뜨자, 어느새 해가 지고 하늘이 어둑해져 있었다. 교직원 휴게실을 나서려던 은호는 문 앞에 서 있는 그림자를 보고 깜짝 놀랐다. X가 어둠 속에서 우두커니 서서 자신을 지켜보고 있었다. X는 깔깔대며 웃었다.

"왜 이렇게 놀라세요. 귀신인 줄 아셨어요, 설마?"

"그래, 그렇게 서서 보고 있으면 놀라지."

"아저씨 깨우러 왔어요."

"언제 왔어?"

"맞혀보세요."

은호는 저절로 눈이 떠진 것도, 무슨 소리가 들려 잠에서 깬 것 같은 느낌이 든 것도 아마 X가 자신을 관찰하듯 쳐다보고 있었기 때문인 것 같다고 생각했다.

은호는 대연습실에 도착해 항상 류 선생이 앉아 있던 자리에 앉았다. 어차피 선생 대행은 아니었으니 그렇게 어려운 기분도 아니었다. 라연은 또다시 진두지휘를 하며 부족한 면들을 일러주고는 힐라리온 씬을 해보겠다고 말하며 은호에게 신호하면 음악을 틀어달라고 말했다. 라연은 뭔가를 기다리는 듯 시계를 유심히 보았다. 평소에 하지 않던 행동이라 눈에 띄었다. 하지만 라연이 별난 행동을 하는 것이 하루 이틀도 아니고 소요 시간을 체크하려고 하는 것일지도 모르니 은호는 그저 시키는 대로 라연이 신호를 할 때까지 기다렸다가 음악을 틀었다. 예전에 같은 씬의 연습 장면을 봤을 때보다 더 호흡이 착착 맞아떨어졌다. 은호는 그 광경을 보며 감탄했다. 며칠 사이에 저렇게나 발전할 수 있나. 은호는 씬이 끝나면 진심으로 박수를 쳐줘야겠다고 생각했다.

그러나 은호는 왠지 모를 위화감을 느꼈다. 아마 지난번 봤을 때와는 달리 힐라리온을 연기해줄 남자아이의 부재 때문에 그렇게 느껴지는 것 같았다. 그런데 라연이 '너, 춤을 추다가 죽어라' 하고 명령하는 마임을 무대 바깥쪽을 향해서 했다. 왜 저 방향을 보고 동작을 하는 거지? 저번에 힐라리온을 연기했던 남자애는 윌리들의 중앙, 그러니까 무대 안쪽에 서 있었던 것 같은데, 장면이 수정된 건가? 아니면 그냥 착각인가? 발레 전공도 아니고 외부인인 은호로서는 정확한 연유를 알 길이 없어 그냥 바라보고만 있었다. 아이들은 매정하고 매서운 표정으로 동시에 튀어 오른 뒤 자세를 가다듬었다 다시 튀어 오르기를 반복했다. 아무리 깃털같이 가볍게 뛰는 아이들이라도 이십여 명이 함께 뛰니 아무래도 바닥이 울릴 수밖에 없었다. 은호의 다리로 진동이 고스란히 전달되고 있었다.

그때, 어딘가에서 쿵 하는 소리가 들렸다. 음악이 워낙 커서 작게 들렸지만 분명히 들릴 정도는 되는 소리였다. 윌리들은 이제 손을 붙잡고 큰 원을 그리며 돌기 시작했다. 재빠르게 달리는 발들이 내는 작은 소리가 드럼 롤처럼 들렸다.

문득 은호의 뇌리를 스치는 것이 있었다. 쿵 하는 소리? 은호는 벌떡 자리를 박치고 일어나 황급히 문을 열고 연습실 밖으로 나갔다. 이상했다. 연습실에만 울려 퍼지고 있어야 할 테마곡이 복도 스피커에서도 울리고 있었다. 불길한 예감이 들었다.

은호는 본능적으로 바로 옆의 소연습실을 바라보았다. 라연은 분명 그쪽을 바라보며 마임을 했다. 아무 이유 없이 그랬던 것 같지 않았다. 은호는 거침없이 다가가 문을 열었다. 문을 열자마자, 오렌지 향이 싸악 퍼지며 은호의 코를 찔렀다. 눈앞에 펼쳐진 광경에, 은호는 자리에 주저앉을 뻔한 것을 간신히 버텨냈다.

수인의 양팔은 스카프로 만든 헐거운 매듭과 함께 칠판 위쪽 나무에 마치 십자가에 박힌 것처럼 매달려 있었고, 목이 굵은 밧줄로 졸려 있었다. 튀어나온 혀, 푸르딩딩하게 질린 얼굴, 혈액이 군데군데 뭉쳐 보이는 흔적, 젖은 바지에서 바닥으로 흘러내리고 있는 무언가가 그를 살리기에는 이미 늦었다는 것을 말해주고 있었다. 그때 꺅, 하는 비명 소리가 음악 소리보다 더 크게 들려왔다.

뒤돌아보니, 은호를 쫓아 나온 아이들이 복도에 주르륵 서서 소연습실 안을 들여다보고 비명을 마구 질러대고 있었다.

"들어오지 마! 보지 마!"

은호는 아이들을 향해 황급하게 소리를 지르며 손바닥으로 손짓했다. 은호는 빠르게 주변을 둘러보았다. 수인의 목을 조르고 있는 굵은 밧줄은 힘을 분산하기 위해 천장과 바닥 여기저기에 정신없이 설치된 여러 개의 도르래 사이를 지나고 있었다. 난잡한 형태이긴 했지만, 미술과 아이들의 실패 모델이었던 복합 도르래 형태였다. 그리고 그 끝에 연결된 채 사물함 근처 바닥에 나뒹굴고 있는 큰 무게 추 하나와 처음부터 아무것에도 연결되지 않았던 것으로 보이는 무게 추 하나가 눈에 보였다.

한번 당겨진 밧줄이 수인의 무게 때문에 혹여라도 다시 말려 올라가지 않도록 하기 위해서인지 밧줄의 굵기와 도르래의 구멍 크기가 거의 딱 맞는 것처럼 보였다. 수인을 칠판 위쪽에 매단 것도 혹시나 몸부림을 쳐도 그의 목을 조르고 있는 밧줄이 느슨해지지 않게 하기 위해서라는 판단이 들었다. 밧줄이 조금씩 흔들리고 있는 탓에 수인이 음악에 맞추어 몸을 흔드는 것같이 보이기도 했다.

그 순간 누군가가 크게 움직이고 있는 듯한 느낌이 들어 은호는 뒤를 돌아 복도 쪽을 보았다. 모두가 놀라고 있는 그 와중에도 라연만은 계속 춤을 추고 있었다.

역시.

은호가 라연에게 다가가려고 복도로 한 발자국 나아간 그 순간, 라연이 단호하게 허공에 손을 휘둘렀다. 은호는 자신도 모르게 복도에 주르륵 늘어서 있는 윌리들을 향해 시선을 돌렸다. 마치 무언가에 홀린 것처럼 윌리들은 놀란 표정들을 순식간에 걷어냈다. 그러더니 도미노처럼 차례차례로 뒤로 반 바퀴씩 돌았다. 두 손을 허공에 뻗고 자세를 취할 때까지도, 은호는 몰랐다. 그러나 다음 순간, 은호는 순식간에 피가 식는 기분을 맛봐야 했다.

음악이 끝나는 타이밍에 윌리들은 마치 한 사람처럼 동시에 손을 내리며 우아하게 준비 자세를 취했다. 그들의 차분한 시선은 모두 은호 한 사람을 향해 있었다.

Y

YOU

I

은호는 비틀비틀 소연습실에서 걸어 나왔다. 은호를 보는 스물다섯 명의 시선에는 여전히 흔들림이 없었다. 라연이 손짓하자 아이들은 고정되어 있던 자세를 거두고 각자 움직이기 시작했다. 어떤 아이들은 안을 빼꼼 들여다보고는 소리를 질렀고, 어떤 아이들은 입술을 깨물어가며 은밀하게 기뻐했다. 심지어 어떤 아이는 경찰에 신고 전화를 걸고 있었다. 어떤 아이는 조금 놀란 듯했으나 옆에서 다른 아이들이 마치 큰일이라도 해낸 것처럼 격려해주고 있었고 또 다른 아이들은 수다를 떨고 있었다. 나머지는 연습실로 들어가 안무를 체크하고 있었다. 마치 별일 아닌 것처럼, 아무 일도 없었던 것처럼.

은호는 어지러웠다. 어지러워서 심장이 미친 듯이 뛰는 건지 아니면 그 반대인 건지도 분간이 가지 않았다. 구토감이 들었다.

은호는 헛구역질을 간신히 참아냈다. 그런데 아이들은 같은 장면을 보고도, 아니, 저질러놓고도 아무렇지 않은 것이었다. 그 광경이 은호를 더 혼란스럽게 만들었다.

"괜찮으세요?"

라연이 차분하게 말을 걸었다.

"어째서……."

"어째서?"

라연은 은호의 말을 반복하며 되물었다.

"아저씨, 초를 태우는 게 어떻게 주변의 냄새를 잡아주는지 아세요?"

"지금 그게 무슨 상관이지?"

"불은 산소를 먹으면서 타요. 주변에 있는 산소를 활용해서 연소하는 거죠. 공기 중에 있는 냄새도 그렇게 사라지는 거예요."

"무슨 얘기가 하고 싶은 거야?"

"저는 제 배경을 활용하기로 한 거예요. 문제가 생기면 제 집안이 어떻게 막을지, 잘 아시잖아요. 계란으로 바위 치기인 거 그 누구보다 잘 아시겠죠."

"알아. 계란으로 바위를 치려고 기자 된 거거든."

"그래요? 알았어요. 경찰 불렀으니까, 말하시려면 다 말하세요. 그런데 이건 명심하세요. 죽은 사람들, 인터뷰했으니까 이제 잘 알잖아요, 왜 죽었는지. 그 어른들은 편하게 내버려두고 우리를 단죄하는 행동이라는 거, 그건 잘 알아두세요. 그리고 그 결과에 실망할 자신 있으시면, 하세요. 절 믿어봐요, 제가 경험자니까."

라연의 말을 들은 은호는 창백한 얼굴로 크게 웃었다.

"기자들은 이런 문제를 더 좋아하는 걸 잘 모르나 보네. 이건 누구나 노릴 만한 특종감이야. 게다가 넌 정계 재계의 거물들하고도 많이 관계가 있으니 아주 좋은 특종이지. 위험한 것쯤은 감수할 각오는 하고 살아가는 사람이라, 어쩌지? 안 통하는 협박이네."

라연은 잠시 입에 손을 가져다 대고 고민하는 척했다.

"알겠어요. 저희가 졌네요. 저희의 오산이에요. 특종에 미쳐서 동생을 파멸로 이끄는 사람일 줄은 미처…… 매혹적인 소재네요. O한테 언젠간 발레로 꼭 만들라고 얘기해야지."

라연은 여유 있게 웃어 보였다. 은호는 동요하고 싶지 않았지만 속이 부글부글 끓고 있었다. 라연은 그것을 꿰뚫어 본 듯했다.

"이 모든 사실이 밝혀지면 과연 누가 더 비난을 받을까요? 법은 우리의 손을 들어주지 않을 수도 있겠죠. 하지만 법원 앞에 있는 정의의 여신이 들고 있는 저울에다가 은지 쌤이랑 우리를 달아보면 아마 은지 쌤 쪽으로 더 기울어질 것 같은데. 아, 그리고 이게 알려지면……."

라연은 뭘 상상했는지 우스워했다.

"사회생활은 제대로 할 수 있을까? 사람들이 내버려둘까?"

더는 참을 수 없었다. 은호는 라연의 팔을 잡고 소연습실 문 앞으로 거칠게 끌고 갔다. 은호는 수인의 모습을 보지 않으려 애쓰며 손가락으로 가리키고는 이글대는 눈빛으로 라연을 바라봤다.

"똑바로 봐! 이게 너희가 한 짓이야! 대체 무슨 짓을 벌였는지 알아?"

라연은 눈 하나 깜빡하지 않고 수인이 있는 쪽을 빤히 쳐다보았다.

"네, 똑바로 보고 있어요. 아주 잘 보여요. 제가 예상한 모습보다 너무 온화하게 죽었네요?"

"너 정말……."

"아저씨야말로 똑바로 봐야 할 거예요."

어느새 문 주위에는 윌리들이 모여 있었다. 그들은 은호가 라연에게 무슨 짓이라도 하면 가만히 두지 않을 기세로 은호를 노려보고 있었다.

"똑바로 보세요. 다들 우리를 돌봐주지 않는 동안에도 이렇게 잘 자라줬잖아요? 이제 와서 참견하려는 건가요? 늦었어요."

라연은 은호의 팔을 홱 뿌리치고 다시 나가려했다.

"너희가 굉장히 대단한 것 같아? 그런데 어쩌냐, 넌 실수를 했어. 증언을 해줄 사람을 만들어버렸고, 너도 모르는 사이에 다른 곳에도 분명 증거가 될 만한 걸 흘렸을 거야. 보통 살인자들이 그렇듯이."

그 말에 라연은 뒤돌아보며 미간을 찌푸리더니 은호를 똑바로 쳐다봤다.

"조은지?"

라연은 처음으로 비아냥거리는 말투로 말했다.

"처음부터 죽일 생각 없었어요."

"…… 어째서."

라연은 얼굴에서 웃음기를 거두고 대답했다.

"당신 여동생도 우리와 함께 걸어가야 하지 않겠어요? 영원의 밤을요."

라연은 은호를 냉랭한 눈빛으로 바라보고 홱 돌아 유유히 걸어갔다.

"어딜 가!"

하지만 은호의 목소리는 공허하게 공중으로 흩어져 부서졌다. 윌리들이 몰려들어 은호와 라연 사이를 가로막았다. 그때 어렴풋이 사이렌 소리가 들리더니 빠르게 가까워졌다. 학교 정문 앞에 도착한 경찰차에서 경찰 두 사람이 내리는 것이 창밖으로 보였다. 그리고 K를 포함한 윌리 몇 명이 경찰에게 다가가고 있었다. 또 무언가를 꾸미고 있다면 이번에는 저지해야 한다는 생각에 은호는 아이들의 어깨를 손으로 마구 밀며 헤치고 나갔다. 이상하게도 월리들은 은호에게 달려들지 않았다. 마치 순순히 길을 터주려는 것 같았다. 수상쩍지만 일단은 서둘러야 했다. 복도를 내달리려는데, 이번엔 Y가 앞을 가로막았다.

"아저씨, 은지 쌤한테 전화 왔는데요?"

허튼수작이라고 생각하고 그대로 지나치려고 할 때, 전화 너머로 은지의 목소리가 들렸다.

"오빠! 그만해!"

은지는 절박한 목소리로 소리 지르고 있었다. 은호는 당장 Y의 손에서 자신의 스마트폰을 가로챘다.

"무슨 일이야?"

"오빠, 안 돼! 제발 경찰한테 아무 말 하지 마. 제발……. 그러면 안 돼. 날 위해서, 제발……."

은지는 오열하며 간신히 말을 이었다. 환자분 진정하세요, 더 울면 탈수 일어나요, 이러면 진정제 놓을 수밖에 없어요. 은지의 우는 소리 뒤로 간호사의 다급한 목소리가 들려왔다.

"알았어. 말 안 할 테니까 진정해, 은지야."

"약속해?"

"약속할게. 됐지?"

"응……."

"거기 무슨 일 있는 거 아니지?"

"아니야, 아니야……. 그러니까 제발……. 부탁해……."

은지는 흐느끼며 전화를 끊었다. 은지가 왜 갑자기 저런 격한 반응을 보이는지, 왜 하필 이 타이밍에 이러는지 걱정이 되는 탓에 짐작이 안 되어 멍하니 있는 은호에게 Y가 친절하게 말을 걸었다.

"저희 아빠가 그 병원에서 일하세요. 더 정확하게 말씀드리면 그 병원이 저희 아빠 거예요."

대가 없는 호의는 없다는 말이 은호의 머릿속을 가득 채웠다. 왜 그 말을 잊었지, 너무 안일했다, 그렇게 자책해도 늦은 일이었다.

"선생님한테 누가 병원 추천해줬게요?

선생님! 왜 그러세요? 괜찮아요, 선생님. 저희 아빠 병원에 가요. 제가 아무도 못 들어오게 경비 잘 서달라고 말씀드릴 수도 있어요."

Y는 상황을 재연하듯 허공을 보며 다급하게 외치며 연기를 하고, 마친 후에는 웃음을 터뜨렸다.

"대체 은지한테 뭐라고 했어."

"뭐라고 했긴요. 별말 안 했고, 알고 있는 사실을 간단하게 일깨워준 것뿐이에요. 쌤이 애기도 아닌데 너무 과잉보호하시네."

더 시간을 끌어봐야 소용없었다. 경찰과 이야기를 하고 빨리 은지에게 가야 했다. 그런데 이번에는 N이 은호가 가는 길 앞으로 끼어들었다.

"아저씨, 추수인 변태 짓 하다가 죽은 거 맞죠?"

"뭐?"

"K가 그러던데요? 가끔 저렇게 쾌락을 위해서 이상한 짓을 하다가 죽는 사람이 있다고, 아까 보니까 바닥에 야한 잡지도 있던데. 못 보셨어요? 놀라서?"

은호는 스스로를 책망했다. 아이들은 일의 진상을 파헤치는 것에 혈안이 된 은호가 어떤 미끼를 물게 될지까지도 예상하고 있었던 것이다.

"참, 맞다! 아저씨가 증언해주시면 되겠네요. 제가 인터뷰할 때 말했잖아요. 추수인이랑 사귈 때 알게 됐는데 엄청난 변태라고."

N의 말에 은호는 기가 막혀서 헛웃음을 터뜨렸다.

"내가 그럴 거라고 생각해?"

"아니면 어쩔 수 없고."

"아, 근데 아저씨. 아저씨도 혹시 한패 아니에요?"

R이 끼어들었다.

"뭐? 지금 누가 할 말을……."

"추수인이랑 말이에요. 같은 부류 인간, 아니냐구요."

"그런 짓을 고발했으면 했지, 내가 하진 않아. 누구들처럼."

"아, 그게 정말 진실성 있는 걸까."

H는 여유로운 표정을 지어 보였다. 그 표정이 은호를 더욱 불안하게 만들었다.

"내가 봤는데. 지난주 토요일에 I랑 카페에서 뭐 마시는 거."

"그건 인터뷰를 거기서……."

그러자 W가 은호의 눈앞으로 끼어들며 당장이라도 눈이 튀어나올 것 같은 표정으로 몰아붙였다.

"하, 대박. 그럼 맞긴 맞는 거네요? 아저씨, 핑계 잘 대시네요. 추수인처럼."

W는 은호에게 종이 몇 장을 내밀었다. 자세히 보니 사진이었다. 은호와 I가 카페에 마주 앉아 있는 채로 함께 웃는 모습, I가 화를 내는 모습, 우는 모습이 찍힌 사진들이 인화되어 있었다. I와 찍힌 사진이 전부가 아니었다. 옥상에서 P와 만났을 때 매트에 P가 누워 있고 그 옆에 은호가 이상하게 미소 지으며 앉아 있는 사진도 찍혀 있었다. 사진들은 묘하게 오해를 살 만한 각도를 취하고 있었다. 그제야 은호는 그 만남들이 함정이었음을 깨달았다.

"아저씨, 제가 어떤 말을 하느냐는 아저씨에게 달려 있어요."

H 곁에서는 늘 어눌해 보이던 I는 H가 옆에 있는데도 자신만만하게 말하며 싱긋 미소를 지었다. 그제야 은호는 지금 당장 자신이 할 수 있는 일이 없다는 것을 깨달았다. 오히려 불리한 것은 자신이었다. 학교에 갑자기 나타난 외부인, 학교의 누

군가가 동생을 해치려 했다며 원한을 가졌을 피해자의 가족, 학생들과의 인터뷰를 핑계로 수상쩍은 만남을 하려 했던 수상한 자……. 지금 이 순간 은호를 위해 증언해줄 사람은 아무도 없었다. 섣불리 움직였다가는 일이 틀어져도 한참 틀어질 수도 있었다. 범인의 꼬리를 잡겠다고 자신만만하게 뛰어들었지만 치밀하고 단단한 올가미에 오히려 자신이 걸려버렸다. 은호는 어리석은 자신의 오만함을 탓했지만 이미 승부는 끝난 상태였다.

은호는 경찰과 대화하는 것은 수사 단계에서도 가능하니 일단은 아이들이 보는 앞에서는 포기하는 게 좋겠다고 생각했다. 증거를 확보한답시고 자리를 지키고 있는 것도 의미가 없어 보였다. 지금 연습실에 남아 있는 증거들도 딱히 타살이라고만 주장하기는 어려울 것이라는 것을 보는 순간 알았다.

X는 처음부터 은호를 데리러 온 것이 아니라, 은호를 감시하려고 온 것이었다. 만약 첫 번째 추가 떨어지는 동안 은호가 무슨 기미를 느끼고 증거를 찾아다니려 한다면 계획되어 있는 다른 조치를 취했을 것이다. 아마 그전에 누군가가 수인을 소연습실로 유인했을 것이다. 그리고 나쁜 의도를 가진 수인은 굉장히 쉽게 걸려들었을 것이고, 사귄 적이 있는 N이 유혹하거나 그 방

법을 알려줬을 가능성이 높았다. 수인이 평소 가학적인 플레이를 즐겼다는 N의 말이 사실이라면 손목이 묶일 때도 저항하지 않았을 것이다. 어쩌면 스스로 콧노래를 부르며 함정으로 걸어 들어갔을 가능성도 있었다. 도르래의 설치는 약간 복잡할 수 있지만 그렇게 어려운 원리로 작동하는 것도 아니었고, 미술과 아이들과 가까운 S는 그 장치가 어떻게 작동하는지 어디에 보관하는지도 잘 알았을 것이다. 이십여 명의 아이들은 나눠서 행동하며 알리바이가 없는 시간을 분 단위로 줄일 수 있었을 것이다. K는 어떻게 하면 더 고통스럽게 죽일 수 있는지와 어느 정도의 시간이 걸리는지를 알고 있을 것이 분명했다. 유서나 컴퓨터실 등에서 메시지를 통해 압박했던 것처럼 사람의 심리를 압박하고, E의 도움을 받아 시간이 되면 자기들이 손대지 않아도 오렌지 오일로 풍선을 녹여 약 가루가 코로 흡입되도록 미리 설치할 수도 있었다. 하지만 아이들은 수인을 다른 방식으로 죽였다.

은호가 문을 열었을 때, 오렌지 향이 진동했지만 은지나 단비가 말했던 하얀 가루는 어디에도 보이지 않았다. 터진 풍선 조각 따위도 없었다. 대신 밧줄로 목을 졸랐다. 확실하게 죽이고 싶었다는 것밖에는 달리 해석할 수 없었다. 은호가 대연습실로 오는 동안 이미 수인은 몸부림치며 죽었을 것이다. 라연이 시계를 보던 이유는 아마 완벽하게 질식사가 끝난 후 아무것도 매달려 있지 않은 두 번째 추가 떨어지는 소리를 내서 은호를 소연습실로 인도하기 위함이었을 것이다. 그것도, 그 씬의 음악에 맞추어 정확한 타이밍에 춤을 마치기 위해서. 그런 필요 없는 디테일에까지 정성을 쏟을 마음의 여유가 있었던 것이다. 대연습실과 붙어 있는 벽면 쪽 소연습실의 사물함 위 끝 쪽에 아슬아슬하게 추를 올려두고, 자신들이 뛰며 진동할 때마다 충격을 주며 추가 떨어지며 줄을 당겨 목을 조르게 만들었다. 이 장면을 연출하기 위해서 아마 철저한 라연은 같은 실험을 몇 번이고 미리 해보고 위치를 조정해놓았을 것이다. 그래야 추가 두 번, 제각각 적절한 타이밍에 따로 떨어질 수가 있었다. 이렇게 빤히 보이는 수를 써서 죽이는 데 성공하다니.

아이들은 그동안 춤 연습뿐만 아니라 살인 연습을 하고 있었던 것이다. 아이들은 처음부터 자신들의 가짜 허점을 미끼로 덫을 놓아 은호가 따라오게 만들었다. 말실수를 하는 척하면서 은호를 홀렸다. 은호가 예상을 벗어난 행동을 할 경우 저지할 카드들까지 미리 준비해놓았다. 이제까지 아이들이 힌트를 조금씩 줬던 걸 생각하면 농락당한 기분이 드는 것을 피할 수 없었다. 더 복잡한 트릭을 썼을 거라고 생각하며 높게 평가했던 탓인지 아니면 그렇게까지 치밀하게 움직일 거라고는 생각하지 못하여 낮게 평가했던 탓에 걸려든 것인지 판단할 수가 없었다.

그렇게 서로 입을 맞추며 일을 꾸민 아이들인데, 그런 아이들에게 병원이라는 곳은 은지를 해코지해도 핑곗거리가 수두룩하게 많은 곳이 아닐까 하는 생각에 은호는 발걸음을 재촉했다. 물론 바보 같은 생각이었다. 의사와 간호사가 한둘도 아니고 환자까지 가득한 병원에서 목격될 위험을 감수하면서까지 사람을 해칠 이유가 없었다. 하지만 그런 바보 같은 생각 중 하나가 실현되었다는 점을 생각할 때에는, 기우일 거라고만 생각할 수도 없었다. 그리고 진실을 밝혀내는 것과 은지의 안전, 둘 중에 하나를 택해야 한다면 단연 후자였다. 은지의 상태도 걱정될뿐더러, 병원에 있는 것도 안전하지 않을 것 같다는 생각이 들어 은호는 서둘러 은지가 있는 병원으로 향했다.

급하게 병실 문을 열었을 때, 침대 위에서 겁을 잔뜩 먹은 채 떨고 있는 은지가 보였다. 은호가 곁으로 다가가서 입을 열려고 하는데, 누군가가 병실 문을 거칠게 열었다. Y였다.

"선생님, 안녕? 아저씨 빨리도 오셨네요!"

"왜 왔어?"

은호는 경계를 잔뜩 세우고 말했지만 Y는 꿈쩍도 하지 않았다.

"섭섭하게. 왜 오긴요, 가르쳐주는 선생님인데 병문안 한번 온 거죠. 우리 아빠 병원이기도 하고. 빈손으로 오기 뭐해서 선물도 하나 가져왔어요."

"필요 없어."

"선생님이랑 할 애기도 있고."

"……너는 경찰에 이것저것 핑계를 대느라 바쁠 거라고 생각했는데?"

Y는 이미 평정심을 잃은 은호의 신경전 따위에는 말려들지 않았다.

"우리 다 집에 가래요. 정신만 사납다고. 그리고 애들이 알아서 잘 마무리했다고 하더라고요. 우리 그 시간에 뭐 했는지 같은 거 묻고, 그래서 우리가 아저씨 오기 전에 모여서 연습한 거 찍은 영상들도 보여주고 U라는 애가 추수인 죽는 시간에 생방한 것도 알려주고. 참, 아저씨도 있었다고 말하니까 어디 갔냐고 물었대요. 그래서 변호 조금 해줬다고 그러더라고요. 전 됐고요, 나중에 걔네한테나 고맙다고 말하세요."

Y는 의자에 앉으며 침대 위의 은지를 바라보았다. 은지는 숨도 제대로 못 쉬고 있었다.

"선생님이 우리 아빠 병원에 입원해서 다행이었죠. 기자 오빠가 있다는 건 예상 못 한 변수 중에 하나였거든요. 덕분에 인터뷰 준비를 잘할 수 있었죠."

"아주 철저히 계획했더구나."

"우리한테 잘못을 저지른 사람들이 너무들 잘 빠져나가니까,

어떻게 하면 못 빠져나가게 할지 생각을 치밀하게 해야 했죠."

Y는 은호를 놀리듯이 씨익 웃었다.

"아저씨, 그거 알아요? 우리는 아저씨를 속였지만 우리가 죽이지 않았다는 거, 그거 한 가지 빼고는 거짓말한 적 없어요. 그냥 관점을 조금 다르게, 조금 자극적으로 얘기한 것뿐이죠. 아니면 우리가 아저씨 같은 프로의 눈을 어떻게 피하겠어요? 아저씨가 제멋대로 속아 넘어간 거죠."

"그럴듯한 말로 포장해도 소용없어. 속이려는 의도를 가지고 행동을 했고, 그 결과 속았어. 그게 뭐가 다르지?"

"맞아요. 아저씨 말이 맞아요. 근데요, 우리가 발레 말고 배운 게 이런 것밖에 없거든요. 우리를 속이던 사람들은 이렇게 속이면 된다고 말하던데요? 그게 세상 살아가는 법이라고. 그러니까 그분들한테 먼저 가서 따져주실래요? 그럼 저도 완전히 납득하고 제 발로 경찰서 가서 모든 걸 사실대로 진술할게요. 받아들여질지는 모르겠지만. 아니면 아저씨가 가서 말씀하세요. 기사를 쓰려면 쓰시고요. 다른 애들은 협박당하거나 조종당했을지 몰라도, 저는 라연이에게 적극적으로 가담한 공범이에요. 라연이가 아무리 머리가 좋다고 하지만 이 계획을 혼자 짤 수 있었다고 생각하세요?"

Y는 고개를 꼿꼿하게 들고 손바닥으로 가슴팍을 소리 나게 때리며 말했다.

"나예요. 구멍들을 촘촘하게 메운 거."

"자랑스럽게 얘기하는구나. 그런데 전혀 자랑거리가 아닌데 어쩌지."

Y는 코웃음을 쳤다.

"뭐 어쩌라는 건지. 그럼 우리는 뭐 어쩌라는 거예요. 추수인이나 구회영한테 그냥 당하고 있으라는 건가? 아니면 지금 그 사람들 편드는 거예요?"

Y는 경멸하는 표정을 지어 보였다. 일부러였다.

"아, 그런 거구나?"

"그렇다고 옳지 않은 일이 옳은 일이 되는 건 아니잖아? 너희의 방법은 틀렸어. 잘못하면 처벌을 받아야 한다고 생각해서 이런 일을 한 거지? 그렇다면 너희도 처벌을 받아야 하는 거야."

은호의 말은 Y에게 별로 위협이 되지 못한 모양이었다.

"소년원에 가는 거? 교도소에 가는 거? 인터뷰한 내용들 기억하고 있다면 아실 것 같은데. 우리가 거기에 얼마나 갇혀 있을 거라고 생각하세요? 애초에 들어가기는 할까요? 칼로 사람 찌른 애들도 쉽게 나오던데? 게다가 우린 여럿이서 한 학생을 괴롭힌 것도 아니고. 과연?"

"칼을 들지 않았지만 사람을 죽인 건 똑같아. 그게 없던 일처럼 될 것 같지?"

그렇게 말하는 은호도 확신할 수 없었다. 계획이 치밀했다는 사실 이외에는 기댈 곳이 없었다.

"네, 일이 잘못될 수도 있겠죠. 그럼 감옥에 가는 거죠. 그런데 있죠."

Y는 갑자기 은지 쪽으로 몸을 돌렸다.

"그럼 조은지 선생님, 선생님은 어떻게 하실래요? 어떻게 죗값을 치를 거예요?"

은지는 피가 나도록 아랫입술을 잘근잘근 깨물고 있었다.

"나랑 얘기해."

"아니요. 아저씨는 잘 모르는 내용도 있으니까 나서지 마시고요. 당사자랑 얘기해보고 싶네. 정말 결백하면 아저씨 앞에서도 얘기할 수 있겠죠. 안 그래요?"

"내가 너무 얘기를 많이 들어줬다. 여기서 나가자, 은지야."

은호는 옷가지와 물건들을 챙기기 시작했다. 하지만 은지는 그 자리에 굳은 것처럼 가만히 있었다.

"선생님은 지율이를 질투했어요. 아니라고 말할 수 있어요? 할 수 있으면 지금 해봐요. 자신 있게 말을 해보라고요, 네?"

"은지야, 나가 있어."

"선생님이 죽인 거나 마찬가지예요!"

"심장이, 심장이 약했어……. 지율이는 심장이 약해서……."

Y가 몰아붙이자 은지는 울먹이며 말했다.

"어땠어요? 그때. 심장이 막 뛰니까 힘들지 않았어요? 새 발의 피이기는 하지만 조금은 그 괴로움을 느끼셨겠네요. 안 그래요? 이럴 때 자업자득이라는 말 쓰죠?"

은호는 은지와 Y 사이를 가로막았다.

"책임 회피 하지 마. 누군가를 죽이고 싶다는 생각을 한 번도 안 해본 사람이 어디 있겠어? 너희가 한 짓은 그것에 비교할 수 없을 만큼 더……."

"끔찍하다고요? 정말요? 저는 그렇게 생각 안 하는데요. 선생님. 지율이 떨어질 때, 봤잖아요."

"밝은 곳에서는 어두운 곳이 안 보여! 은지는 그날 소리는 들었을지 몰라도 바닥에 뭐가 있는지, 누가 있는지는 몰랐겠지. 그날은 그냥 학교에 있었던 것뿐이……."

"책상에서 잠들었다고요? 잠들어서 몰랐다고요? 자면서 문자도 보내시나 보죠?"

"무슨 소리야."

Y는 은호의 반응을 보고 소리 내어 웃었다.

"지후 쌤 핸드폰 좀 훔쳐봤어요. 지율이 죽은 걸로 추정되는 시간에, W가 목격했던 시간에 문자 보내셨더라고요. '어디야? 학교예요? 아니야, 혹시나 해서. 잘 자요. 내일 괜히 일찍 학교 가서 작품 짜지 말고 저녁에 내가 도와줄 테니까 그때 같이 해요.' 몽유병치고는 길게도 보내셨던데? 교무실이 밝아서 못 봤다기에는 너무나 학교 오지 말라고 광고를 하셨던데? 끼리끼리라고 하죠? 지후 쌤도 지율이가 보낸 '도와줘', 그 말을 무시하고 답장도 안 했더라고요?"

Y는 눈을 희번덕이며 기세 좋게 이야기를 이어갔다.

"어떻게 사람이 죽어가는 걸 보면서도 모른 척할 수가 있어요? 그것도 자기가 좋아하는 남자랑 사귄다는 이유, 그거 하나로! 살인? 그래요, 어른 대 어른이라도 나쁜 일이죠. 아저씨 말이 맞아요. 근데요, 아직 어려서 보호해야 할 학생을 죽도록 내버려둔 건 더 끔찍한 거죠! 아니면 아니라고 말해보세요! 그게 사람이에요?"

아무리 은지라도 해도 두둔해줄 수 없는 일이었다, 그게 사실이라면. 사실이 아니기를 바라며 은호는 은지를 슬그머니 바라보았다.

하지만 은지는 덜덜 떨며 Y의 시선을 피했다. 은지는 떨리는 목소리로 더듬더듬 말했다.

"난 설마 진짜 죽을 줄은 몰랐어……."

은호는 눈을 감았다. 좌절한 나머지 다른 말이 입 밖으로 나오지 않았다.

"설마 지율이가 죽을 거라고는……."

Y는 너무나 어이없다는 듯 반쯤 웃었다.

"떨어지면 죽지 안 죽어요? 안 죽었다고 생각했다면 빨리 구급차를 불렀어야죠. 그래요, 선생님 생각이 맞아요. 지율이 살아 있었대요. 그런데 당신이 보고도 눈을 감아버리는 바람에, 그사이에 죽었어!"

은지는 덜덜 떨며 흐느끼기 시작했다. Y도 분노로 몸을 떨었다.

"그리고 쌤, 그건 아세요? 라연이가 밤마다 지율이 생각한 거. 너무 보고 싶어서 지율이 죽은 자리에 가서 혼자 누워 있기도 했다는 거. 근데요, 거기에 누워 있다가 알았는데 거기서 선생님 있던 자리가 딱 보였대요. 그거, 선생님은 알았어요? 알고 있었어요? 지율이 고개 돌아가 있던 방향도 그쪽이잖아요? 지율이는 죽어가면서 선생님을 봤던 거예요. 보면서, 죽어가면서 속으로 무슨 말을 했을까요? 영원히, 영원히 저주에나 걸려버리라고 했겠죠!"

Y의 말이 끝나자마자 들어본 적도 없는 끔찍한 비명 소리가 병실 안에 울려 퍼졌다. 은지는 입을 벌리고 하염없이 비명을 내뱉었다. 은호는 은지가 다른 사람처럼 낯설게 보여 멍하니 있을 수밖에 없었다. 소리를 들은 간호사들이 우르르 들어와서 은지를 잡고 진정시키려고 노력했다. 그러나 그들은 Y에게는 손도 대지 못한 채 난감한 표정을 짓고 있을 뿐이었다. 은호 역시도 Y를 제지하는 어떤 행동도 할 수 없었다. Y의 앞으로 다가가서 쳐다보았지만 그 이상으로는 차마 몸이 움직이질 않았다. 그럴 자격이 못 됐다.

Y는 스스로 문 앞으로 성큼성큼 걸어가더니, 뒤돌아서 은지를 노려보았다.

"잊지 마. 이 모든 건 바로 당신 때문이니까!"

Y는 들고 있던 봉지를 바닥에 던지고 문을 나섰다. 유리병이 깨지는 소리가 나면서, 오렌지 향이 병실에 가득 퍼졌다. 그러자 은지는 꺽꺽대며 오열하기 시작했다. 간호사 하나가 뭔가를 들고 병실로 급히 뛰어 들어왔다. 봉지 사이로 깨진 유리 조각들과 사진 몇 장이 보였다. 아까 아이들이 보여주었던 사진들도 있었다. 사진은 열 장도 더 되어 보였다. 은지가 까무러쳤는지 진정제를 맞았는지 갑자기 조용해졌다. 은호는 다리에 힘이 풀려 그대로 자리에 주저앉았다.

1

"정말이야? 구회영, 추수인에 관한 말들, 너에 관한 말들……."

한참을 침묵하던 은호는 늦은 밤 불을 끄고 간이침대에 누워서야 질문을 던졌다.

"미안해, 오빠……. 다 사실이야. 아까 들은 말 중에 틀린 말은 없어……."

"다른 선생들이 한 짓들, 너도 알고 있었고?"

"……응……."

"도대체 왜 그런 거야, 은지야."

은호는 싸늘한 목소리로 물었다. 가장 용서할 수 없는 일들을 가장 사랑하는 동생이 저지르고 있었다는 사실만으로 은호는 세상이 무너져 내린 것 같은 기분을 느끼고 있었다.

"나 너무 후회하는데, 방법이 없어. 여전히 지율이가 귀신으로 나타날까 봐 무섭고, 무서운 것도 무서운 건데 너무 마음이 무거워. 그땐 왜 그랬는지……. 왜 그랬는지는 알아. 그렇지만 돌아간다면 그런 행동들 하지 않을 텐데……. 어떻게 해야 할지를 모르겠어, 오빠."

은지가 조용히 흐느껴 우는 소리가 들렸다.

"계속 후회하는 게 맞아, 은지야. 나는 널 사랑하고 언제나 널 위해 옆에 있겠지만 이번엔 너의 편을 들어줄 수는 없어."

"알아, 오빠. 알아……."

은지는 계속 훌쩍거렸다.

"그러니까 오빠, 그 애들 경찰에 신고하거나 기사 내거나, 그러지 마."

"그건 네가 선택할 문제가 아니야. 나는 기자야. 그런 일들을 세상에 알리는 일을 하는 거잖아. 그래야 하는 이유가 있는 일이고."

"오빠, 걔네들이 처벌받으면 나는 더 용서받을 길이 없어."

"처벌을 면한다고 해도 네가 용서받는 건 아니야."

"알아. 그렇게 안 될 거라는 거 알아. 그래도 여기서 더 큰 잘못을 하고 싶지 않은 거야. 그런 거야."

은지는 더 격하게 울기 시작했다. 은호는 불을 켜고 은지의 침대에 걸터앉았다. 은지는 자리에서 일어나 앉아 은호의 손을 부여잡고 말했다.

"오빠, 나 이 일 그만둘래. 나는 발레를 하면 안 돼. 제일 좋아하는 거니까 포기할 거야. 그런 사치를 누리면서 살 수 있는 자격, 난 없어."

그렇게 산다고 해도 이제 와 현지도 지율이도 그 누구도 되살아나지도 않을 테지만, 바뀌는 것도 아무것도 없었지만, 은호의 생각도 같았다. 은호는 우는 은지를 껴안아줬다. 은지는 한층 더 심하게 울면서 말했다.

"나 당장 그만둘래. 나 영국으로 데려가주면 안 돼? 아무 일도 안 해도 좋아. 여기에선 못 살겠어."

은지는 엉엉 울었다. 은호는 아이처럼 우는 은지의 등을 토닥였다. 여기서 살아내며 계속 선생을 하며 말 없는 비난의 눈초리를 견뎌내는 것이 진정한 반성이 아닐까 하는 생각도 들었지만 팔은 안으로 굽는다는 말처럼, 은지가 더 괴로워하는 것을 볼 자신이 없었다.

은지가 잠들고 난 후 은호는 회사에 며칠 내로 복귀하겠다는 메일을 보냈다. 그리고 비행기 티켓 두 장을 예매했다.

은호는 사회부에 근무하는 동료를 통해 수사 경과를 알고 싶다고 요청했다. 동료는 어떤 사건인지 알고 나서 실망하더니 특이 사항이 없다면 어렵지 않을 거라며 마침 그 서에 아는 사람이 있으니 부탁해보겠다고 했다. 그날 저녁 경찰에서 직접 연락이 왔다. 수인의 죽음은 자기색정사自己色情死로 보인다는 내용이었다.

팔목이 스카프에 걸려 매달려 있는 형태로 발견되어 처음에는 타인에게 살해당한 건가 싶었지만, 매듭이 단단하게 지어져 있는 것도 아니라 손을 빼려면 충분히 뺄 수 있는 상황이었기에 처음부터 아슬아슬한 스릴을 즐기기 위해 이런 장치를 해놓은 것은 아닐까 하는 의견이 나왔고, 스카프를 미리 매듭지어 고정시켜놓고 거기에 손목을 거는 일도 가능해 과연 타살일까 의구심이 들었다는 것, 저항한 흔적이 거의 없다는 점, 목을 매단 굵은 매듭 역시도 여차하면 조절할 수 있게 앞으로 묶은 것처럼 보인다는 점, 한 학생이 사망 추정 시각은 물론 은호가 발견할 때까지도 인터넷 생방송을 켜놓은 것이 영상으로 저장되어 있어 그것을 살펴본 결과 학생들과 은호의 알리바이도 확실했고 거기서 누가 어떤 수를 써서 사람을 죽였을 걸로 보이지 않는다는 것, 경비의 증언으로 그때 학교에는 은호와 윌리들밖에 없었다는 점, 교문에 달린 CCTV 영상에서도 그와 일치하는 결과를 확인할 수 있었다는 점, 또 현장인 연습실 바닥에 있던 도색잡지와 그의 집에서 발견된 가학적이고 성도착적인 영상들과 도구들로 자기색정사를 의심할 여지가 없다고 했다.

더불어, 비록 명의는 달랐지만 그가 사용했던 것으로 보이는 세컨폰이 발견되어 죽은 지율과 N을 포함해 여러 학생들에게 성희롱을 한 증거를 보았고 아이들에게도 관련 증언을 얻어냈다며 조사를 나갔던 인원 모두가 경악했다고 말했다. 설령 미심쩍은 면이 있었다 하더라도 바빠죽겠는데 이런 더러운 놈을 위해 딱 보기에도 희박한 확률로 존재할 그의 결백을 위해 수사를 하고 싶겠냐며 툴툴거렸다. 은호가 유서에 대해 물었으나 발견된 유서는 같은 것은 없다고 했다. 대신 몸에서 유흥가 길바닥에 즐비한 디자인의 불법 유흥업소 명함이 몇 개 발견되었다고 했다. 아이들은 똑같은 유서를 넣어서 자신들의 존재감을 알리며 거만을 떠는 짓은 하지 않았다. 아마 별 의미도 없었던 오렌지 향을 풍기는 것으로 충분하다고 생각했던 것 같았다. 단순함 사이에 슬쩍 끼워 넣은 아이다운 치밀함에 더욱 소름이 끼쳤다.

은호는 전화를 끊고 이 모든 것이 어떻게 벌어진 일인지, 이제까지 알아낸 것들을 토대로 기사를 낼까도 생각해보았다. 그날 은호는 밤을 꼬박 지새우며 그간 썼던 것들을 다듬어보았다. 하지만 이게 정말 맞는 걸까, 하는 생각이 들어 도중에 그만두었다. 수인이 가지고 있던 물건들이 N이나 누군가가 그 집에 가져다 놓은 것일 수도 있겠지만 정말 그가 가지고 있던 것일 수도 있고, 무엇보다 학생들을 성적 대상으로 보고 추행을 일삼았던 것은 결코 거짓이 아니었다. 그래도 그의 죽음은 또 다른 문제라고 보고 사실을 밝히는 게 옳지 않을까 생각이 떠올랐다가, 회의감이 들었다. 이 기사를 낸다면 과연 그것이 정의를 위한 것이 되는 것인가. 무시당한 선의에 대해서는 입막음하는 똑같은 존재가 되는 것이 아닌가. 글을 정리하기는커녕 그런 생각에 잠을 이루지 못했다.

며칠 후, 드디어 공연 개막일이 되었다.

은호는 공연장으로 향했다. 호화스러운 샹들리에와 각종 장식들이 다른 세계로 온 듯한 기분을 선사했다. 공연 로비에는 잘 차려입은 학부모들과 관객들이 들뜬 표정으로 즐겁게 수다를 떨고 있었다. 교감은 여기저기 인사를 다니며 그 어느 때보다 활짝 웃고 있었다. 교감의 표정을 보고 있자니 마치 추수인이 죽은 일도 구회영이 죽은 일도 없었던 것 같은 이상한 기분이 들었다. 은지나 단비가 고통스러워했던 것도, 지율이나 현지가 억울하게 죽어야 했던 일도 모두 없는 것처럼 세상이 평온하게 돌아간다고 생각하니 왠지 헛구역질이 날 것 같았다. 멀리서 류 선생이 은호를 발견하고는 착잡한 표정으로 묵례를 했다. 은호는 그래도 정상적인 감각을 가진 사람이 한 사람쯤은 있다는 안도감과 동시에 부끄러운 기분이 들어, 묵례로 답하고 빠르게 자리를 벗어났다.

"어, 아저씨! 기자 아저씨!"

출연자 대기실로 향하려는 은호를 누군가가 불러 세웠다. 소극장에서 만났던 미술과 아이들 세 명이었다.

"오셨네요! 우리가 만든 무대 보러!"

"맞아."

아이들은 갑자기 주위를 둘러보더니 은호에게 더 가까이 다가와서 속닥였다.

"아저씨, 우리 말이 맞죠? 현지 귀신 짓이라고."

은호는 어떤 표정을 지어야 할지 몰라 그저 어색한 미소를 지었다.

"이번에 유서는 발견되지 않았다는데?"

"그래도 현지 귀신이에요. 내 생각엔 현지 귀신은 그런 꼴을 보기 싫다는 거야. 이상한 사람들은 싹 다 처단하겠다는 거지."

"그럼 좋은 거 아니야? 난 현지 귀신 찬성."

"야, 그래도 나랑 아는 사이였는데 자꾸 귀신 귀신 하지 말아 줄래?"

아이들은 자기들끼리 토론을 벌이다가 킥킥댔다.

"너희 추수인 선생님의 사인 제대로 알고 있는 거 맞아?"

"아, 그럼요. 제대로 알고 있죠. 그래서 새 별명도 생겼는데."

"나 참, 그거 듣고 웃긴 동시에 어찌나 민망하던지."

"존나 파격적. 누가 우리 물건 훔쳐 갔나 했는데, 그런 데 쓰라고 있는 게 아닐 텐데……."

아이들은 킥킥 웃었다.

"그런데 어째서 현지 귀신 짓이라는 소문이 아직도 도는 거야?"

은호가 묻자 아이들은 왜 그런 걸 묻느냐는 표정으로 의아하게 은호를 쳐다봤다.

"그거야 당연하죠. 이상하지 않아요? 저런 짓 해서 죽을 확률 얼마나 돼요?"

"복뭐뭐라고 그런 사인도 있긴 하고 세상엔 별의별 변태들이 있고 추상사도 변태긴 하지만, 추수인만 저렇게 된 거면 이해가 되겠는데 좀 이상하잖아요."

"뭐가 이상한데?"

은호가 되묻자 장갑이 답했다.

"요즘엔 현지 귀신이 아니라 지율이 귀신도 있다는 소문이 돌고 있어요. 그래서 윌리 자리가 두 개 비었다는 소문도 있고요. 왜, 거기에 유명한 애 있거든요. 귀신 보는 애. 연습할 때 귀신들 서는 자리에 애들이 서면 거기 지금 누구 있다고 서지 말라고 얘기한대요."

"소름. 지금 나 닭살 돋았어."

"직접 인터뷰할 때 그런 얘기는 없었는데."

"그래요? 그럼 그건 아닌가 보다. 아니면 아저씨한텐 얘기 안 한 걸 수도 있죠. 아무튼, 이상한 건 그거에요. 지율이라는 애 사인이 심장마비였다잖아요. 그후로 죽은 사람들 다 심장마비로 죽은 거 아니에요?"

"뭘로 인한 심장마비냐가 중요한 거지. 과다출혈로 인한 심장마비일 수도 있고 충격에 의해서 심장마비가 일어나는 경우도 있어. 원인이 다 다르지만 결론적으로는 심장마비라고 표현하는 것뿐이니까."

장갑은 눈을 있는 대로 크게 뜨고 고개를 과장되게 끄덕였다.

"그러니까요, 아저씨. 그게 이상한 거예요. 그 선생도 어디 부딪혀서 죽었든 어쨌든 심장마비 같은 증세 느낀 이후에 굴러떨어졌다는 소문 있죠, 여자 선생 하나도 심장마비 올 뻔했죠, 잘난 척하던 어떤 여자애도 그랬다면서요. 추상사는 목을 너무 졸라서 죽었다고 하지만 그렇게 된 것도 무슨 문제가 있지 않았을까요? 변태면 그 짓을 많이 해봤을 텐데 갑자기 죽는다고요?"

"더 강한 자극을 필요로 한 거 아니야? 그래서 평소보다 힘 조절 잘못해서 실수했다든지."

"아, 더러워. 설명하지 마."

수인에 관한 설명은 틀렸지만 다른 일들은 아이들 말대로 생각하면 또 그렇게 볼 수 있기도 했다. 아무리 심적 부담이 가는 상황을 연출하며 메틸페니데이트 계열의 약이나 카페인을 과다 투여했다고 해도 백 프로 심장 이상으로 이어진다는 보장이 없었는데, 모두가 윌리들이 계획했던 것처럼 심장에 문제가 생겨 휴식을 취하거나 계단에서 굴러떨어지거나 함정에 빠졌다. 운이 좋았다고 설명할 수밖에 없는 구석이 있기는 했다.

하긴, 꼭 그렇게 볼 수만도 없었다. 라연은 은지는 처음부터 죽이려고 한 것이 아니라고 말했다. 그러나 단비에 대해서는 그런 말이 없었던 걸로 보아 실패한 것으로 볼 수도 있다. 그렇게 본다면 계획 전부가 성공한 것은 아니었고, 완전히 운이 좋았다고 보기도 힘들었다.

어쩌면 라연은 애초에 실패율이 높더라도 의심받을 가능성이 가장 적은 방법들을 쓰려고 한 것일 수도 있다는 생각도 들었다. 그녀의 성격상 1안이 실패해도 쓸 수 있는 제2, 제3의 방법들을 가지고 있을 가능성이 있었다. 이래저래 어느 한쪽으로 판단하기는 미묘했다. 그리고 어찌된 일이든 이제는 다 소용없는 일이었다.

"아무튼 아저씨, 오늘 공연 볼 때 2막에서 하얀 천 지나가는 건 귀신 아니니까 너무 쫄면 안 돼요."

은호는 하하 웃었다. 아이들의 농담에 메슥거리던 속이 그나마 조금은 나아진 것 같았다.

"알았다. 잘 볼게. 다들 잘 지내."

"네! 안녕!"

세 아이는 손을 흔들며 사라졌다. 천진난만하게 웃는 시간도 끝이 났다. 은호는 다시 헛구역질 나는 곳으로 발걸음을 향해야 했다.

공연장 뒤를 지나 대기실에 들어서자 지후가 홀로 아이들의 의상을 체크하고 있는 모습이 보였다. 모니터 화면을 통해 아이들이 무대 위에서 몸을 풀고 있는 것이 보였다.

"아, 은호 씨."

지후는 반갑게 인사를 건넸다. 은호도 반갑게 인사하려고 노력은 했다.

"공연 준비는 잘되고 있나요?"

"네. 이래저래 정신은 없지만 잘되고 있는 것 같네요."

"추 선생이 없는 게 크겠어요."

"사실…… 이런 말 뭐하지만 별로 크진 않습니다. 원래 그 사람이 하던 일이 딱히 있었나요. 그래도 같이 일하던 동료가 죽었다니 마음이 무거운 건 어쩔 수 없네요. 그 사람도 참 별나지. 학생들에게 설명하느라 진땀 좀 뺐습니다."

지후는 범인들의 실체에 대해서는 모르는 듯했다. 은호도 말할 생각은 없었다. 은호가 말하고 싶은 것은, 다른 사람에 관한 일이었다.

"양 선생님, 지후 씨. 지젤이 죽은 후 알브레히트가 해야 했던 일은 뭐라고 생각하나요?"

"…… 애도하기 위해 무덤에 갔죠."

"고작 그 정도로 끝나나요?"

지후는 대답이 없었다. 은호가 말을 이었다.

"자신이 잘못해서 죽음의 원인을 제공했다는 사실을 인정하고 참회해야죠. 직접적인 것이 아니라도 그녀의 죽음에 일말의 죄책감을 느껴야 할 처지니까요. 부끄러운 사실이 공표가 되는 한이 있더라도 진실에 대해 조금이라도 안다면 그에 대한 말을 해야 하지 않았을까요?"

"굳이……."

"굳이, 굳이라."

헛웃음이 났다.

"제 말은 지젤의 죽음이 사소하다는 게 아니라 굳이 알브레히트 입장에서는 진실을 알린다고 해도 이미 죽은 사람은 돌아오지 않으니까요."

지후는 변명하듯 황급히 말했다.

"아니죠. 적어도 그간 사랑한다고 입으로 떠들어대며 함께했던 시간들에 대한 책임을 졌어야 한다는 말입니다."

"이제 공연 준비하러 가봐야겠네요."

지후는 황급히 자리를 피하려 했다.

"도와줘."

은호가 말하는 순간 지후는 자리에 얼어붙은 듯 굳었다.

"문자를 받고 답장을 안 하셨더군요."

지후는 손을 떨었다. 아예 죄책감을 느끼지 못하는 건 아니구나 하는 생각에 은호는 자신도 모르게 조금 안도했다.

"왜 그러셨죠?"

"그, 글쎄요."

상당히 실망스러운 대답이었다.

"좋아요. 그럴 수 있다 칩시다. 봐주고 싶지 않지만 지후 씨 나름대로의 사정이 있었을 수도 있겠죠. 그럼 그다음으로 해야 할 일이 뭐였을까요, 지후 씨."

지후는 말이 없었다. 은호는 지후의 코앞까지 다가갔다.

"지율이의 죽음이 어떻게 된 일인지 밝히셨어야죠. 알고 있었잖아요. 당신은 충분히 추측할 수 있었잖아요."

지후는 대답 없이 손을 떨었다.

"왜 하지 않으셨죠?"

"……별 가진 것 없는 저에게도 잃을 것이 있더라고요."

은호는 훅 하고 피가 역류하는 것을 느꼈다. 은호는 빠른 속도로 비난을 쏟아부었다.

"당신은 비겁하고 용기도 없는 인간이야. 학생을 상대로 연애를 해놓고 그 와중에 사랑하지도 않는 여자의 유혹에 넘어가 심지어 학교에서 그런 짓을 하고……. 그후에 한지율한테 제대로 된 변명이나 사과라도 했어? 한밤중에 도와달라는 말에도 응답하지 않았고 그날 지율이는 결국 죽었지. 네가 직접 죽인 게 아니면 다야?"

"저는 지율이를 진심으로 사랑했어요."

지후는 울부짖었다. 그 자리에 무릎을 꿇고 주저앉아 꺽꺽댔다. 하지만 은호는 그런 지후를 보고도 아무 감흥도 느낄 수 없었다.

"하지만 만일…… 만일 제가 얘기했다면 저도 은지 씨도 어떤 처지가 됐을지 생각해보셨어요? 은호 씨도 할 수 없을 거잖아요."

은호는 미친 사람처럼 웃었다. 그후에야 대답할 수 있었다.

"그러니까 말입니다."

은호는 그때만큼 자기 자신을 경멸한 적이 없었다.

"내가 비겁한 인간이 아니라고는 말한 적은 없어요. 결국 나도 당신처럼 비겁한 사람인 거, 잘 알고 있습니다."

지후가 흐느끼는 소리만이 울려 퍼졌다.

"걱정 마세요. 이제 그 누구도 이 사건의 진실이 밝혀지는 걸 원하지 않을 겁니다. 아마 지율이까지도요."

은호는 문을 열고 나가려다가 멈춰서 한마디 덧붙였다.

"덧붙이자면 당신을 위해서는 절대 아니니까 착각하지 마세요."

은호는 문을 쾅 닫고 나와 씩씩거리며 걸었다. 뺨을 타고 뭔가가 흘러내렸다. 은호는 고개를 돌려 벽면에 장식된 작은 거울을 보았다. 거울에 비친 형상은 처량하게 울고 있었다.

아무도 없는 2층 로비 한쪽 구석 의자에 쭈그려 앉아 고개를 푹 숙이고 있는 은호의 어깨를 누군가 손가락으로 톡톡 쳤다. 은호는 고개를 들었다. 월리 분장을 마친 Z가 은호를 내려다보며 미소 짓고 있었다. 그 모습이 꼭 천사 같기도 하고 어떻게 보자면 귀신같이 괴기스럽게 보이기도 했다.

"인터뷰하러 왔어요. 제가 마지막 인터뷰 대상자거든요."

은호는 허탈한 나머지 쓰게 웃었다.

"이제 인터뷰 안 할 건데."

"알아요. 제가 아저씨를 인터뷰할 거예요. 인터뷰라기보다, 마지막 인사를 대신 건네는 역할이라고 해야 하나."

Z는 은호의 옆에 앉았다.

"처음부터 다 계획했던 거야?"

"아저씨, 녹음기 켜놨어요?"

"없어. 믿어도 돼. 그런 건 거짓말 안 해."

은호는 힘 빠진 손으로 주머니와 속주머니까지 털어 보여줬다.

"이런 건 라연이가 다 알려준 거야?"

Z는 대답 없이 미소를 지었다.

"미르타도 처음에는 지젤같이 맑고 순수한 소녀였을 거예요."

Z는 먼 곳을 바라보았다.

"하지만 가장 중요한 믿음이 심장과 함께 산산조각 난 이후에는, 순수했던 자신을 버린 거예요."

"그렇게 된 사람들이 모두 다른 사람을 해치지는 않지."

"맞아요."

Z는 의외로 쉽게 수긍했다.

"그런데 아저씨, 생각해본 적 있으세요? 그렇게 한마디 문장으로 맞다 틀리다 말하기 전에요. 윌리들의 밤에 대해서요."

"윌리들의 밤이 왜?"

"무대에서 보여지는 건 단 하룻밤의 이야기예요. 하지만 윌리들은 매일 밤 그렇게 춤을 출 거예요. 영원의 시간 속에서, 영원의 밤 속에서 영원히 고통스러운 기억들을 곱씹어야 하는 거예요. 심장을 찢어놓은 사람과 그 아픈 기억들을……. 처음에는 잊어보려고도 하고 지젤이 그랬던 것처럼 용서해보려고도 했을 거예요, 분명히. 하지만 아무도 우리 편에 서준 적 없고 지율이도 돌아오지 않아요. 우리한테 지켜야 할 것들을 지켜야 한다고 알려줘놓고 그런 걸 지키면 바보래요. 영리하지 못한 거래요. 그 누구도 책임을 지지 않겠대요.

너무 혼란스러웠어요. 그럼 우린 대체 뭘 위해 그동안 그런 가치들을 지켜온 거지? 뭘 위해서 지율이는 죽은 거지? 왜 지율이는 죽어야 했지? 그렇게 뫼비우스의 띠처럼 답도 없는 물음들이 반복될수록 평온한 밤을 보내긴 힘들어질 거예요. 윌리들은 이미 죽었지만 고통 때문에 안식을 취하지도 못하고 미친 춤을 춰야 그 밤을 보낼 수 있는 거예요. 좋든 싫든 이제 새로운 존재로 거듭나야 하는 거예요. 그런 밤에 대해서 생각해보신 적 있어요?"

Z의 눈에서 눈물이 흘러내렸다.

"은지 쌤…… 그러니까 아저씨 동생이 똑같이 죽었다고 생각하면 아저씨는 숲에 찾아온 원흉들을 살려서 내보낼 수 있다고, 은지 쌤에, 선생님 목숨에 대고 맹세할 수 있어요?"

은호는 거짓으로라도, 호기로라도 맹세할 수 없었다. 대신 질문을 던졌다.

"나도 뭐 하나 물어보자."

"네, 물어보세요. 얼마든지."

"은지는 그 일을 떠올리면서 쿵 하고 뭔가 떨어지는 소리가 들렸다고 했어. 그런데 구회영 선생 때도 그렇고 은지 때도 그렇고 추는 발견이 되지 않았어. 이건 사람들이 놓친 건가? 그 옆 교실에 있었거나, 치웠거나 뭐 그런 거야?"

"아니요."

Z가 뿌듯하다는 듯한 미소를 지었다.

"아무 관계 없어요. 약 가루를 풍선 안에 두고 풍선을 매단 다음에 오일 병도 근처에 매달고 낚싯줄로 타이밍을 맞추는 건데, 그건 당기면 바로 되거든요."

"그럼 그 소리는 뭐야? 은지가 착각한 거야?"

"착각은 아니에요. 은지 쌤이 그 소리를 듣는 게 필요했을 뿐이에요. 여차할 때 좋은 증언이 되어줄 말을 해줄 수 있을지도 모르니까요. 한 가지 더 말씀드리면, 구회영 때는 다 필요 없었어요. 겁만 살짝 줘서 계단 쪽으로 가게 한 거예요. 생각해보세요. 가루를 썼다가 그게 미세 증거로 채택되기라도 해서 우리 꼬리가 잡히면, 일이 복잡해지잖아요? 해결 못 할 건 없지만."

Z는 다정하게 미소 지어 보였지만, 은호의 팔에는 소름이 돋았다.

"아저씨가 앞으로 어떻게 하시든 상관없어요. 이제까지 우리들 인터뷰한 내용, 알아내신 거, 다 터뜨리셔도 돼요. 처음부터 라연 언니도 각오하고 있다고 했어요. 결국 이게 알려져도 라연 언니가 뒤집어쓸 각오까지 하고 있을 거예요. 그러니까 그냥…… 그게 정의라고 생각하신다면 우리 윌리들이 저지른 비뚤어진 정의를 고발하시면 돼요. 하지만 이것만은 알아두세요. 누군가에게는 지나가는 하룻밤 꿈 같은 풍경이, 그래서 무시하고 짓밟았던 짧은 밤이, 누군가에게는 영원한 고통 속의 극히 일부라는 걸요. 셀 수도 없는 고통 속에서 하나의 위안을 얻기 위해서는 이런 일을 해야만 했어요."

"그렇다고 해도……."

"그렇다고 해도 그후에 고통 없는 밤을 보낼 거라고는 얘기할 수 없겠지만요."

"그건 변명이 안 돼. 어떤 이유도 충분치 않아."

은호는 힘이 없는 와중에도 강하게 말했다. 말해야만 했다.

"하지만 아저씨, 선택을 할 때가 오잖아요. 그게 변명이든 아니든 내가 더 힘을 발휘할 수 있는 쪽을 선택하는 게 낫지 않겠어요? 버틸 수도 의지할 곳도 없는 상황에서는요."

Z는 눈물을 닦고 씩씩하게 말했다.

"다른 건 계획했던 게 맞지만 아저씨에 관한 거나 인터뷰는 처음부터 계획했던 건 아니에요. 아저씨가 기자라는 걸 알게 된 건 Y 언니가 선생님 병문안 갔을 때, 그러니까 아저씨 오시기 전 일주일 전쯤이었는데 그때 라연 언니는 분명히 아저씨가 학교로 찾아올 거라고 했고 준비할 시간이 조금 촉박하긴 하지만 오히려 잘된 일일 수 있다면서 아저씨가 볼 때 추수인을 죽이자고 했어요. 우리끼리 있을 때보다, 선생님들이 있을 때보다 더 좋은 목격자가 되어줄 거라고요. 약간 위험하지만 선택의 여지도 없으니 잘해보자고 격려해줬어요.

우리가 거짓말을 잘해봤자 그렇게 잘할 수는 없을 거니까 각자 일부러 흘려야 할 이야기와 숨겨야 할 이야기, 어떤 질문을 유도해야 하는지를 말해줬어요. 그 정도는 쉬웠죠. 거짓말할 필요 없이 우리가 이제까지 느낀 것들 조금만 각색하면 전부 얘기할 수 있었으니까. 오히려 속 시원하게 털어놓을 수 있어서 좋은 것도 있었죠. 그래서 아저씨 같은 똑똑한 사람이 우리한테 속을 수밖에 없었던 것 같아요. 중간에 아저씨가 우리 계획보다 빨리 알아낸 사실도 있어서 당황했던 아이도 있는 것 같지만 어떻게 잘 넘길 정도는 되어서 다행이에요.

그리고…… 다행히 아저씨는 우리 진심을 봐줬으니까, 그래서 우리가 생각한 것보다 더 수월하지 않았나 싶어서……. 고마워요. 그건 우리 계산에는 없었거든요. 하지만 진심의 대가가 이런 거라서 좀 미안하네요. 그동안 이용당하느라 고생 많으셨어요. 그 기분은 저희도 잘 알고 있어 더 미안해지기도 하고. 그런데……. 이제 당하는 쪽은 안 되고 싶어서요. 더이상 지젤처럼 살 수는 없었어요."

Z는 꾸벅 인사를 하고 뒤돌아 걸어갔다. 은호는 가만히 그 모습을 한동안 바라보고 있었다.

1막은 여러 생각에 빠져 어떻게 지나갔는지 알 수 없었다. 은호는 대기실에 가서 라연과 마지막으로 나눈 대화를 생각하느라 정신이 없었다.

"너는 괜찮을 것 같아? 멀쩡하게 살아갈 수 있을 거라고 생각해? 마음 한 켠에는 언제나 너라는 인간에 대한, 너 자신에 대한 의구심을 품고 살아야 할 거야."

그 질문에 라연은 산뜻한 표정으로 대답했다.

"이미 제 세상은 바뀌어버렸는데 무슨 차이가 있을까요?"

라연의 세상이, 품고 있던 가치가 송두리째 바뀌기 전에 왜 아무도 알아차려주지 못했던 것일까. 그런 원망을 하는 사이에 무대 위의 지젤이 죽었다.

2막이 시작되고 무대가 텅 비었을 때, 음산한 기운이 더욱 파랗게 무대를 물들이기 시작했다. 드디어 여왕의 등장이었다.

바이올린 선율이 연약한 사람의 맥처럼, 섬뜩한 밤안개처럼 울려 퍼졌다. 미르타는 무대 옆으로 스르르 미끄러지며 등장했다. 몸이 위아래로 흔들리지도 않았기에 도무지 땅에 다리를 내딛고 있는 것처럼 보이지 않았다. 드라이아이스와 긴 의상 덕에 토슈즈가 잘 보이지 않아 정말 귀신이 나타난 것같이 보였다. 은호의 등골이 서늘해졌다.

미르타는 신부의 베일은 아니지만 그와 마찬가지로 결연한 의지를 품은 하얀 베일을 뒤집어쓰고 있었다. 그 의지가 순수하고 아름다운 사랑에서 비롯된 것이라 생각하니 더욱 끔찍하게 느껴졌다. 하프 소리가 울려 퍼지자 라연은 양손에 들었던 백합을 한 송이씩 버렸다. 베일이 벗겨지자 머리 위의 화관이 보였다. 저 화관이 떨어지지 않도록, 곡예 아닌 곡예를 펼치고 있는 것이 조금은 안쓰러워 보였다. 손이 공중을 몇 번이고 가로질렀으나 아무것도 베어내지 못하고 있었다. 도와달라고, 제발 도와달라고 물속에서 허우적대는 사람처럼 팔을 흔들던 과거를 회상하던 미르타는 도와줄 사람이 아무도 없다는 것을 깨닫고 이내 미쳐버린 듯 펄쩍펄쩍 뛰며 뱅뱅 돌기 시작했다. 계속 어지럽게 돌다가 그 자리에 중심을 잡고 선 미르타는 더이상 이전의 미르타가 아니었다. 엄숙한 표정은 그녀가 평범한 소녀에서 잔인한 원귀들의 여왕으로 등극하고야 말겠다는 결심을 굳혔다는 것을 말해주고 있었다. 은호는 자리에서 일어났다. 사람들이 박수를 보내는 동안 그는 잠시 무대 위의 미르타를 바라보다가 뒤돌아섰다. 그러고는 곧장 나가는 문으로 향했다.

그는 그간 이 학교에 머물며 써왔던 원고와 자료를 파기하기로 다짐했다. 미르타의 처연한 춤을 보다 보니 어느 한쪽의 공범이 될 것이라면 윌리들의 편이 되는 것이 낫지 않을까 싶은 마음이 들었기 때문이다. 언젠가부터 어떤 의미에서는 이미 윌리들의 적일지도, 윌리들을 탄생시킨 자들과 한패일지도 모른다는 생각에 마음 한구석이 찔려왔다. 그래서 비정상적인 형식으로라도 조금이나마 참회하고 싶었다는 것이 더 솔직한 표현이었다.

아니, 솔직히 그런 이유가 아니더라도 은호는 계속할 수가 없었다. 라연의 말대로 실망할 자신이 없었다. 긴 싸움이 계속될 것이고 결국에는 라연의 집안이 이길 가능성이 높았다. 그렇다면 그가 이제까지 믿어오던 가치들이, 그 가치들로 이뤄진 세상들이 무너지게 될 것이다. 그가 계란이 된 심정으로 힘껏 바위를 내려쳐서 정말 작은 확률로 성공한다고 해도 그 수혜를 받을 사람도 없었다. 그래봐야 옳지 않은 자들의 명예를 회복시켜주는 행위가 될 뿐이었다. 그렇게 되면 은지를 보호하기도 힘들어지리라. 아마도 은지는 온전한 삶을 살아갈 수 없을 것이다. 지금 안고 있는 죄책감 그 이상의 무거운 짐들을 떠안고 살아야 할 텐데, 은호는 그걸 지켜볼 자신이 없었다. 옳지 않은 행동을 한 동생이라도 그 길로 내몰 수가 없었다.

은호는 라연이 처음부터 자신이 이런 결정을 내리게 될 것을 알고 있었다는 생각이 들었다. 은호가 은지를 사랑하듯 라연이 지율을 진심으로 사랑했기 때문에 알 수 있는 것이다. 그 사랑이 무서운 원념으로 변하게 된 것은 아이러니하면서도 슬픈 일이었다. 그나마 그가 모든 진상을 알면서도 눈감아줬다는 사실은 소녀들에게 조그만 위로를 줄 수 있을 것이기에, 그는 이대로 죄를 방관하며 떠나기로 결심했다.

은호는 언젠가 저들이 자신들의 죄에 대해서 머리가 아닌 마음으로 잘못했다 뉘우치는 날이 오기를 소망했다가, 바로 다음 순간 그런 가망 없는 소망을 지워버렸다. 은호 자신도 이미 가망 없는 어른들의 대열에 동참해버렸기에 상식적으로 옳은 바람을 품는 것마저 부끄러울 지경이었다. 이 정도면 충분하다고 생각하며 그는 떠났다. 이미 윌리들은 나름의 벌을 받았고, 삶이 계속되는 한 계속 벌을 받으며 살아가야 할 것이다. 앞으로 윌리들에게, 특히 미르타에게 남은 날들이 결코 쉽지만은 않을 것을 알기에 비록 꽃잎 한 장만도 못한 작은 위로라도 건네는 것이 낫겠다는 판단 아래 내린 결정이었다.

사랑하는 사람을 다시는 만날 수 없다는 슬픔과 아무도 그 억울한 죽음에 대해 알아주려 하지 않았다는 분노, 그리고 완전히 무너진 가치들에 대한 혼란을 안은 채로, 손에 묻힌 피로 인해 자신 역시도 흠 없고 고결한 어른으로 성장할 수 없게 된 것에 대한 자괴감이 가득할, 그 아득한 영원의 밤 속을 걸어가야 하는 그녀들을 위해서.

EPILOGUE : MYRTHA

미르타의 독무가 끝나자마자 수연은 자신도 모르게 박수를 치고 있었다. 춤을 추는 미르타의 자태가 너무 멋졌다. 또, 춤을 통해서 감정을 전달받을 수 있다는 사실에 감격했다. 눈물이 핑 도는 것을 느끼며 공연을 보러 오길 잘했다고 생각하는 수연이었다. 그간 올까 말까 그렇게 심각하게 고민했던 것이 바보 같다는 생각마저 들었다. 하지만 이렇게까지 푹 빠져서 볼 줄은 미처 몰랐고 자칫하다가는 다른 관객들에게 피해를 입힐 수도, 혹은 그 때문에 동생인 A가 공연을 망칠 수도 있다고 생각하면 고민하지 않을 수 없었다.

극장 나들이는 난생처음이었다. 음악과 춤이 있고 떠들썩한 곳에는 귀신이 많다는 말 때문에 덜컥 겁이 났다. 일상 속에서 매일 귀신을 보는 것과는 차원이 다를 것 같다는 생각이 들었다. 더군다나 귀신이 나오는 내용이라니. 이 얼마나 귀신들이 좋아하며 모여들 곳인가 하는 생각에 수연은 대학생이 된 지금까지 극장이나 공연과는 먼 삶을 살아왔다. 그래서 동생인 A가 발레를 하겠다고 했을 때 A는 나와 다르구나, 용감하구나 하고 생각했다.

A와 수연은 여느 자매들처럼 옷을 빼앗아 입기도 하고 사소한 걸로 말다툼을 하기도 했지만 A와 수연만이 이해할 수 있는 영역 때문에 각별한 사이일 수밖에 없었다. 그런 A의 첫 공연을 놓칠 수는 없다고 생각해 용기를 냈지만, 극장 입구로 이어지는 높은 계단을 오르기 직전까지도 수연은 집으로 돌아갈까 고민했다. 그러나 막상 극장 안으로 발걸음을 딛고 나니 생각보다도 훨씬 쉽게 느껴졌다.

극장 안의 화려한 샹들리에는 따뜻한 불빛을 내뿜고 있었다. 벽에 붙은 장식마저 고풍스러웠고 삼삼오오 모여 이야기를 나누는 사람들의 표정에는 여유가 가득했다. 이 정도로 시선을 빼앗는 것이 많고 사람들도 가득하니 도중에 귀신을 봐도 알 수 없을 것 같다는 생각에 오히려 마음이 놓이기 시작했다. 게다가 이런 고상한 분위기의 극장에서는 귀신들도 불쑥불쑥 고개를 내밀지 않고 옷도 차려입고 와서 다소 예를 갖춰서 나타날 것 같다는 우스운 생각마저 들었다. 수연은 바닥에 깔린 짙고 붉은 카펫 위를 걸으며 영화제의 주인공이 되어 레드카펫을 걷는 듯

한 느낌에 취했다. 수연은 한동안 자신이 중요한 사람이 된 것 같은 착각을 만끽했다.

묘한 기분이었다. 그전까지는 수연의 세계에는 없을 것 같던 것들이 반가운 불청객처럼 찾아와 수연의 세계를 장식하고 있었다. 수연은 공연을 보러 자주 와야겠다는 생각한 다음 순간, 자신이 그런 생각을 했다는 것에 놀랐다. 믿을 수 없을 정도였다.

선을 넘는 것은 그토록 어려웠지만, 일단 넘고 나니 아무것도 아니었다. 다소 허무하기까지 했다. 이렇게 좋은데 왜 진작 오지 않았을까 싶었다. 수연은 어느새 자신이 남들에게 피해를 줄까 봐 걱정하던 것들을 잊어가고 있었다. 미르타의 춤이 끝난 지금에 와서는 그런 생각들이 아주 오래전에 했던 생각처럼 아득하게 느껴졌다.

곧 A가 등장할 차례였다. 수연은 두 손을 꼭 잡아 가슴 앞으로 모았다. 미르타가 손짓하자 무대 양옆에서 윌리들이 대열을 맞춰 등장했다. 베일을 쓴 스물네 명의 윌리들은 미르타의 다음 손짓에 빠르게 미르타를 둘러싸고 원을 그리며 제자리를 찾아갔다. 팔을 들어 올리며 느린 춤을 추는 것이 마치 서로 인사를 하고, 회의를 하며 여왕과 의견 교환을 하는 것처럼 보였다. 그러더니 여덟 명씩 세 줄을 맞추어 서고는 짝을 이루어 춤을 추기 시작했다.

얼마나 섬뜩하고도 아름다운 장면인가. 수연은 정말로 귀신들이 무대에 오른 것인 줄로 착각할 뻔했다. 춤을 추는 귀신은 그 광기를 감당할 수 없기 때문에 설령 눈에 보였다 해도 쳐다보지 말아야 하는 존재였다. 수연은 그 사실을 누구보다 잘 알고 있기에 더더욱 보기 드물고 예사롭지 않은 광경이라는 것을 알았다. 하지만 아름다워서 눈을 뗄 수 없는, 그야말로 기이한 장면이었다. 수연은 A를 찾는 것을 포기하고 장면에 흠뻑 빠져들었다.

윌리들은 미르타의 손짓에 따라 움직이는 군대 같기도 했고, 미르타의 또 다른 의지처럼 보이기도 했다. 윌리들은 무대 뒤로 들어가 베일을 벗고 나와 또다시 춤을 추기 시작했다. 그러더니 다시 쪼르르 들어갔다가, 양쪽에서 네 명씩 줄을 맞춰 등장하기 시작했다. 이어서 여덟 명이 합류하여 춤을 추고, 마지막으로 또 여덟 명이 합류하여 모두가 같은 자세로 춤을 췄다. 양쪽으로 나뉘어 마주 본 윌리들은, 한 발을 뒤로 곧게 뻗은 아라베스크 자세로 서로를 향해 전진했다. 치맛단이 부채처럼, 꽃잎처럼 스르르 펼쳐졌다. 검은 숲에서 하얀 윌리들이 교차하는 장면이 펼쳐지자 수연의 팔에 소름이 싸악 돋았다. 올라가서 내려올 줄 모르는 일정한 다리의 각도, 펼쳐진 치마, 음기를 머금은 푸른 달빛까지 모든 것이 이 극이 가상이 아니라 실제로 눈앞에서 벌어지는 일인 것처럼 만들기에 부족함이 없었다. 눈앞에 펼쳐지는 신비한 장면에 홀린 사람들은 박수를 치기 시작했다.

지후는 아무도 없는 포켓에 서서 윌리들을 바라보고 있었다. 포켓에 아무도 들어오지 말라는 라연의 '명령'이 있었기 때문에 무대장치를 조율하는 스태프 외의 다른 스태프나 1막 출연진들은 2막 내내 포켓에 얼씬도 하지 못했다. 조용히 생각에 잠겨 그간 가르쳐온 학생들의 작품을 보고 싶은 지후에게는 딱 마음에 드는 장소였다.

그곳에 서서 학생들의 부족한 점을 체크하려던 지후는 잠시 지율의 생각을 했다. 지율이 지금 이 무대에 서지 못하는 것이 애석하기만 했다. 비록 부적절한 만남이긴 했지만 지후는 지율을 진심으로 사랑했다. 지율이 성인이 되면 결혼을 할 생각도 있었다. 은지는 한낱 유혹에 지나지 않았지만 바로 그 한순간의 유혹을 뿌리치지 못해 지율에게 아픔을 주게 된 것을 지후는 두고두고 후회했다. 진심을 쏟았던 사람과의 이별이 그런 실수에 의해 비극적으로 끝난 것이 내내 안타까웠다. 그 실수 때문에 지율이 죽은 것은 아니긴 했지만 은호가 했던 말들이 떠올라 마음이 무거웠다. 애초에 불우하다면 불우한 지율을 지켜주기 위해 다가갔다가 사랑에 빠졌던 것인데, 결국 지켜주지 못했다고 생각하면 가슴이 턱 막혔다.

늦은 후회였다. 지난 일이야, 그렇게 생각하며 지후는 자신을 타일러보려 했다. 내년에는 다른 학교로 전근 갈 것이고 그러면

이 학교에서의 좋은 기억도 나쁜 기억도 모두 기억의 한 페이지로 남게 될 것이라고 생각하며 애써 눈물을 참았다.

다시 시선을 무대 쪽으로 돌린 지후는 뭔가를 발견하고 미간을 찌푸렸다. 윌리 중 한 명이 화관을 쓴 채 춤을 추고 있었기 때문이었다. 화관은 미르타만 쓰는 건데, 대체 누구지, 끝나고 나서 한 소리 세게 듣겠네 하며 유심히 들여다보던 지후는 화관을 쓴 윌리와 눈이 마주치자 소스라치게 놀라며 자신도 모르게 뒤로 한 걸음 물러섰다.

분명, 지율이었다. 믿을 수 없어서 다시 한번 화관 쓴 윌리를 바라보자, 그녀도 지후를 바라보았다. 지율은 씩 웃으며 무대 옆으로 들어왔다. 그러고는 지후의 목에 손을 두르며 지후를 껴안았다.

지율은 몸을 떼더니 지후의 눈을 들여다보며 미소를 지었다. 여전히 사랑스러운 모습이었다. 지후는 변하지 않은 지율의 모습에 반가운 마음이 들었지만 동시에 두려움을 느꼈다. 손과 발끝이 시린 느낌이 들었다. 한 번쯤 다시 보고 싶다고 생각했지만 지율은 더이상 살아 있는 사람이 아니었다. 지율이의 귀신이 나타난다는 소문이 진짜였구나, 도대체 왜 아직도 학교를 떠돌고 있는 거지? 나를 만나기 위해? 귀신이라 해도 상관없었다. 지후는 자신의 그리움과 미안함을 전하려고 입술을 뗐다.

그러나 바로 다음 순간 지율의 입술이 미묘하게 뒤틀렸다. 지후가 잠시 주춤하는 사이 지율이 지후의 가슴으로 팔을 뻗었다. 그러더니 지후의 심장 쪽을 세게 움켜잡았다. 심장이 조여오는 느낌이 엄습했고 지후는 숨을 쉬기 힘들어져 헐떡거렸다. 지율은 한동안 그 모습을 바라보며 지후가 여태껏 본 적 없는 냉소적인 표정을 지어 보였다. 지율의 표정을 본 지후는 두려움에 몸을 떨었다. 지율이 놓아주자 지후는 기침을 컥컥 하며 숨을 들이쉬면서 비틀비틀 뒷걸음질 쳤다. 들이쉰 숨이 몸 안으로 들어와 안도하는 순간, 아차 하는 생각이 지후를 덮쳤지만 때는 늦었다. 프로시니엄아치 뒤에 있는 육중한 커튼을 열고 닫는 도르래와 연결된 굵은 밧줄 위로 넘어진 지후의 몸이 얽히고 말았다. 어느새 그의 곁으로 다가온 지율은, 밧줄을 올가미처럼 묶어 목걸이인 양 지후의 목에 둘러주었다. 지율은 서늘한 미소를 지어 보이더니 두 손으로 마임을 만들어 보였다.

당신, 춤을 추다가 죽게 되리라.

할 말을 마친 지율은 다시 무대로 향했다. 그러자 도르래가 스르르 돌아가기 시작했고, 밧줄은 지후의 목을 점점 압박했다. 도르래가 돌아가는 바람에 흔들린 커튼이 죽음의 장막이 되어 지후의 주위를 둘러쌌다. 마치 춤을 추는 것처럼 발버둥 치던 지후의 손과 발이 마침내 아래로 축 늘어졌지만, 사람들은 무대 뒤의 광경을 볼 수 없었다.

무대 위에서는 윌리들이 아름답게 교차하는 장면이 끝나가고 있었다. 음악이 점점 고조되기 시작했다. 미르타는 마치 연설을 하는 장군처럼, 격려하며 군사들의 사기를 북돋는 것처럼 윌리들의 주위를 돌며 화려한 동작들을 펼쳤다. 미르타는 윌리들을 향해 전진하자고 손짓을 보냈다. 그러자 그 자리에 동상처럼 굳게 서 있던 윌리들은 화답하듯 모두 동시에 미르타를 따르며 같은 동작을 선보였다.

성격도 살아온 사연도 제각각인 사람들이 한 마음, 한 호흡으로 춤을 추고 있다는 사실에 수연은 재차 감탄했다. 그리고 극 속의 윌리들이 순진한 마을 처녀에서 살기 가득한 춤을 추는 광기 어린 존재가 되고 말았다는 사실에 슬퍼지기도 했다. 하지만 극장에 둥둥둥 하며 진동하는 북소리와 함께 하늘로 뻗는 윌리들의 팔을 보고 있자니 윌리들이 자신들만의 방법으로 어떤 혁명, 혹은 반란을 일으키는 준비를 하고 있는 것만 같은 생각이 들어 수연은 전율했다. 점점 격해지는 윌리들의 춤을 보면서, 자신도 윌리가 된 것만 같은 기분을 느꼈다. 자신들이 받은 것을 세상에 돌려주겠다는 윌리들의 결의를 눈앞에서 보고 있자니 사람이 어떻게 악해지는지 그 과정을 고스란히 지켜본 것 같은, 그래서 그들을 이해할 수 있을 것 같은 기분이 들었다.

동시에 이상하게도 수연은 1막 마지막에 죽은 지젤을 떠올렸다. 지젤은 어떻게 될까? 결국은 윌리들의 대열에 합류할 것이라고 생각했다. 윌리들도 처음에는 지젤 같은 순수한 존재였을 테지만 이제는 원한에 가득 찬 혼이 되었다. 아무리 순수한 영혼이라 해도 결국 윌리가 되어 죽음의 춤을 추지 않고는 끝없는 고뇌와 고통을 견딜 수 없을 것이라는 생각을 하며 수연은 눈물을 흘렸다.

음악이 끝나는 타이밍에 맞춰 윌리들은 똑같은 호흡으로 똑같은 동작을 선보이며 춤을 마쳤다. 사람들은 뜨거운 박수를 보내기 시작했다. 여러 가지 감정을 느낀 수연은 자신도 모르게 자리에서 일어나 열렬히 박수를 쳤다. 잔인할 정도로 아름다운 미르타와 스물여섯 명의 윌리들을 향해서.

작가 후기

흔히 무엇을 시작하기에 늦은 때란 없다고들 하지만, 신체를 사용하는 특성과 여러 여건 때문에 발레에는 '늦은 때'가 있습니다. 제가 발레에 소질이 있다는 것을 깨달았을 때는 이미 발레리나 지망생이 될 시기를 한참이나 놓쳐버린 후였습니다. 그러니 발레리나의 삶을 살고 싶다면 다음 생(이 있다면)을 노리는 수밖에 없다고 할 수 있습니다. 다행히 발레는 취미로 삼아도 그 아름다움을 충분히 즐길 수 있었습니다. 사람의 몸짓이 얼마나 아름다울 수 있는지, 그리고 그 아름다운 선을 만들기 위해 얼마나 노력해야 하는지를 직접 느끼며 점점 더 빠져들었습니다. 그러던 중 발레가 가진 아름다움을 이만큼 잘 보여줄 수는 없기에 '고전 발레의 정수'라고 불린다는 〈지젤〉이라는 작품을 접하게 되었습니다.

처음 〈지젤〉을 보았을 때는 단순히 지젤의 슬픈 이야기라고 생각했습니다. 하지만 다시 만났을 때에는 미르타의 이야기가 궁금해졌습니다. 미르타는 어떻게 윌리들의 여왕이 된 걸까? 어쩌면 미르타도 한때는 지젤 같은 소녀가 아니었을까? 그렇다면 미르타가 예전 모습을 버리고 지금의 모습이 되기까지 어떤 일들을 겪어야 했고, 얼마나 많은 밤을 고통 속에 지내야 했을까? 그러자 무대를 통해 보는 하룻밤의 이야기가 그들이 걸어가야 하는 영원의 한 파편에 불과할 거라는 생각이 들어 슬퍼졌습니다. 천진했던 소녀가 아무리 고통 속에서 헤매어도 자신을 구할 길도, 구해주는 이도 없어, 악령들의 여왕 미르타로 거듭날 수밖에 없었던 사연을 들여다보려 했습니다. 그곳에서부터 이야기가 시작되었습니다.

미르타와 윌리들의 잘못된 선택을 옹호할 수는 없습니다. 정당화하고 싶은 마음도 없습니다. 그들이 불의 위에 세운 것은 정의가 아니라 또 다른 종류의 불의이기도 합니다. 하지만 과연 그들의 탓만 할 수 있을까 하는 생각은 떨칠 수가 없습니다. 이들은 처음부터 악하게 태어나서 잔인함을 즐기고자 비뚤어진 결심을 한 것이 아니라, 자신들이 당한 불의와 불합리에 대해 호소하는 목소리를 무시당했기에 이런 모습으로 거듭난 것이기 때문입니다. 막다른 골목에 다다른 소녀들의 외침을 외면한 어른들이 있었기에 도출된 결과이기 때문입니다.

윌리들의 슬프고도 공포스러운 이야기가 반복되지 않으려면 우리의 눈에는 보이지 않는 밤들, 표면으로 쉽사리 드러나지 않는 것들에 대해 헤아려봐야 합니다. 인식이나 제도가 사람들의 상식과 감정을 따라잡지 못하고 것은 아닌지, 그걸 뻔히 알면서도 눈감고 있는 것은 아닌지, 약자에 대한 폭력을 좋은 말로 포장하고 있지는 않은지, 불합리한 상황에 부딪혔을 때 극단적인 방법이 아닌 다른 방법을 선택할 수 있는 여지가 존재하는지, 현재 우리가 살아가는 사회가 올바른 가치를 버리지 않고 지금과 다른 새로운 세상을 열 수 있다는 믿음을 준 적이 있는 사회인지.

아마 저런 물음에 좋은 대답이 나올 수 없었기 때문에 이런 이야기를 떠올리게 된 거겠죠. 선의와 정의를 바로 세울 준비가 되어 있는가 하는 질문은 개인이 아니라 사회에 던져야 하는 게 맞는 것 같습니다. 권력 구조를 이용한 약취, 특히 성폭력 같은 문제는 사회 구성원들의 인식과 떼려야 뗄 수 없는 부분이기 때문에 더더욱 그렇습니다. 그 인식의 바탕이나 판단 기준이 되는 것은 사회의 제도와 구조이기 때문에, 또 그것들을 악용하여 충분히 빠져나갈 수 있도록 설계되고 고착되어 있기에, 사회에 그 책임을 묻지 않을 수 없습니다.

물론 어떤 사회도 어떤 국가도 완벽할 수 없고, 모든 일을 관리 감독하거나, 일어난 일을 돌이킬 수 없다는 것은 잘 알고 있습니다. 그런 무리한 것을 원하는 것은 아닙니다. 하지만 피해자가 고통과 짐을 모두 짊어지는 사태를 방관하는 것이나 마찬가지인 결과를 낳는 지금의 사고방식이나 사회 제도, 특히 관련 형법에는 문제가 있다고 말하지 않을 수 없습니다.

최근에는 많은 사람들이 이와 관련된 사안이나 사건에 대해 공분하고 목소리를 내기 시작했습니다. 이 점이 무력감 안에서도 하나의 위안이 되고 있지만, 과연 개선 의지가 없는 사람들을 흔들어 정신 차리게 만들지, 반대로 빈약한 기존의 정의를 날려버리고 각자의 의지를 내세우며 갈등이 난무하는 미래로 나아가게 만들지는 잘 모르겠습니다.

작품 속 윌리들이 가진 알파벳은 각자가 이 계획에 참가한 이유와 관계가 있습니다. 그들이 구한 물음에 아무도 제대로 된 답을 해주지 않았기 때문에 절망감과 무력감에 제각기 멋대로 찾은 단어입니다. 그들이 잘못된 답안지를 적어 내려가기 전에 고쳐주어야 했습니다. 아마 이 부분에 대한 고찰과 개선이 없다면 윌리들이 창궐하는 세계로 진입하는 것을 막을 수 없을 것입니다. 부디 언젠가는, 때를 놓쳐 아주 늦어버리기 전에, 비극적인 이야기는 단지 이야기로만 남을 수 있는 시대가 오기를 소망해봅니다.

이 이야기가 세상에 나올 수 있도록 도와주신 엘릭시르 편집부 여러분께 감사드립니다. 그리고 이 험난하고 복잡한 세상에서 이리저리 흔들리는 저의 도덕적 가치관을 지켜주고, 세상과 인간에 대한 애정을 잃지 않도록 언제나 애정과 격려를 아끼지 않는 가족과 친구들에게 무한한 감사의 말을 전하고 싶습니다.

이소민

영원의 밤 — 춤을 추다가 죽게 되리라

초판 발행 2020년 8월 21일

지은이 이소민
펴낸이 염현숙

책임편집 임지호 | **편집** 지혜림 이송
표지디자인 이혜경디자인 | **본문디자인** 이주영
저작권 한문숙 김지영 이영은
마케팅 정민호 정진아 함유지 김혜연 김수현
홍보 김희숙 김상만 지문희 우상희 김현지
제작 강신은 김동욱 임현식 | **제작처** 영신사

펴낸곳 (주)문학동네
출판등록 1993년 10월 22일 제406-2003-000045호
임프린트 엘릭시르

주소 10881 경기도 파주시 회동길 210
문의 031-955-8892(편집) 031-955-8896(마케팅) 031-955-8855(팩스)
전자우편 editor@elmys.co.kr | **홈페이지** www.elmys.co.kr

ISBN 978-89-546-7388-4 (03810)

이 도서의 국립중앙도서관 출판예정도서목록(CIP)은 서지정보유통지원시스템 홈페이지(http://seoji.nl.go.kr)와 국가자료종합목록 구축시스템(http://www.nl.go.kr/kolisnet)에서 이용하실 수 있습니다. (CIP제어번호: CIP2020030381)

잘못된 책은 구입하신 서점에서 교환해드립니다. 기타 교환 문의: 031-955-2661, 3580